PIERRE DE RONSARD

LES AMOURS
(1552-1584)

*Chronologie, introduction,
notes et glossaire*

par

Marc BENSIMON
Professeur à l'Université de Californie
(Los Angeles)

et

James L. MARTIN

GF
FLAMMARION

CHRONOLOGIE

1524 : Naissance de Pierre de Ronsard au château de la Possonnière, près de Vendôme.

1541-1543 : Premiers essais poétiques. Maladie de Ronsard : il est atteint de surdité. Le 6 mars 1543, il reçoit la tonsure. Rencontre avec Jacques Peletier du Mans.

1544 : Mort de Louis de Ronsard.

1545 : Rencontre à Blois, dans un bal de cour, Cassandre Salviati. Mort de Jeanne de Chaudrier, mère de Ronsard.

1547 : Publication des *Œuvres poétiques* de Peletier du Mans.

1548 : Publication par Philieul de Carpentras du premier livre de sa *Laure d'Avignon*, traduction en vers de 196 sonnets de Pétrarque.

1549 : Publication de la *Deffence et illustration de la langue françoyse* et de l'*Olive* de Du Bellay ; des *Erreurs amoureuses* de Pontus de Tyard.

1551 : L'*Amour* de Léon Hébreu, traduction de Pontus de Tyard.

1552 : *Les Amours* de P. de Ronsard... Paris, Vve Maurice de la Porte. (183 sonnets.) Pontus de Tyard publie son *Solitaire premier, ou Prose des Muses et de la fureur poétique*, et le *Solitaire second, ou Prose de la Musique*.

1553 : *Les Amours* de P. de Ronsard... nouvellement augmentées... [de 40 pièces] et commentées par M. A. de Muret, Paris, Vve Maurice de la Porte.

1554 : Ronsard reçoit la Fleur d'Églantine du Collège de Toulouse. *Le Bocage* de P. de Ronsard... Paris,

Vve Maurice de la Porte. *Les Meslanges* de P. de Ronsard, Paris, Corrozet.

1555 : *Continuation des Amours* de P. de Ronsard... Paris, Sertenas. Rencontre de Marie à Bourgueil en Anjou. Publication des *Hymnes*. Peletier publie l'*Amour des Amours*. Baïf publie ses *Quatre livres de l'Amour de Francine*. Vasquin Philieul publie sa traduction complète des *Œuvres vulgaires de Françoys Petrarque*.

1556 : *Nouvelle Continuation des Amours*... Paris, Sertenas. Publication du second livre des *Hymnes*.

1559 : *Le Second Livre des Meslanges* de P. de Ronsard, Paris, Robert le Mangnier. Henri II est tué accidentellement dans un tournoi.

1560 : *Les Œuvres* de P. de Ronsard, Paris, G. Buon. Première édition collective des *Œuvres* en 4 tomes. Conjuration d'Amboise, férocement châtiée. Mort du jeune roi François II, accession de Charles IX, âgé de dix ans, Catherine de Médicis devient régente.

1562 : Début de la première guerre de religion.

1562-63 : Les Trois Livres du Recueil des *Nouvelles Poésies*, Paris, G. Buon. Paix d'Amboise (mars 1563).

1565 : *Élégies*, *Mascarades et Bergerie*, Paris, G. Buon.

1569 : *Le Sixiesme et Septiesme Livre des Poëmes*, Paris, J. Dallier.

1570 : Baïf et Thibault de Courville fondent l'Académie de Poësie et de Musique.

1572 : Ronsard rencontre Hélène de Surgères. Massacre de la Saint-Barthélemy (24 août).

1574 : Mort de Charles IX et avènement d'Henri III. Ronsard publie le *Tombeau du feu Roy treschrestien Charles IX*. Agrippa d'Aubigné publie ses *Vers funebres sur la mort d'Estienne Iodelle Parisien, prince des poëtes tragiques*. Cinquième guerre de religion.

1576 : Paix de Beaulieu, formation de la Sainte-Ligue. Sixième guerre de religion.

1578 : *Les Œuvres* de P. de Ronsard. Cinquième édition, cinq volumes, Paris, G. Buon. Ce volume contient, entre autres, ces pièces nouvelles :
Sur la mort de Marie — 16 pièces.
Sonets et madrigals pour Astrée.

Le Premier Livre des Sonets pour Helene — 60 pièces.
Le Second Livre des Sonets pour Helene — 55 pièces.
Les Amours diverses — 50 pièces nouvelles.

1584 : *Les Œuvres...*, Paris, G. Buon.

1585 : Mort du poète à Saint-Cosme dans la nuit du 27 au 28 décembre.

1586 : Cérémonie en hommage à Ronsard au collège de Boncourt devant une assistance très brillante (février).

1587 : *Les Œuvres...*, Paris, Buon, en cinq volumes (édition posthume, J. Galland et Claude Binet).

1609 : *Les Œuvres...*, Paris, N. Buon, édition collective, J. Galland.

INTRODUCTION

Prens ce Livre pour gage, & luy fais, je te prie,
Ouvrir en ma faveur ta belle Librairie,
Où logent sans parler tant d'hostes estrangers :
Car il sent aussi bon que font tes orangers.

Je suis, dis-je, Ronsard, et cela te suffise.

> Qui voudra voyr comme un Dieu me surmonte,
> Comme il m'assault, comme il se fait vainqueur,
> Comme il r'enflamme, & r'englace mon cuœur,
> ...
> Me vienne voir : il voirra ma douleur.

C'est ainsi que débute le premier des 183 sonnets des *Amours* de 1552. Cette invitation à lire une poésie pleine « d'âme » (c'est-à-dire « enthousiasme et fureur dans un jeune cerveau ») est d'abord et surtout invitation à un spectacle : ce n'est pas un hasard si Ronsard utilise trois fois le verbe *voir* dans ces quatre vers : alors que dans toute son œuvre le verbe *entendre* ne revient que 236 fois, *voir* s'y rencontre près de trois mille !

Et le spectacle prolifère. Ce « trafiqueur des Muses », comme il aime à s'appeler, entraîne son lecteur dans une série de tourbillons, spectacles toujours renouvelés, aux facettes variées et d'autant plus éblouissantes que viennent s'y refléter plusieurs mondes. La « sorcellerie évocatoire » va piocher dans plusieurs discours. Le sonnet va appeler le monde de Pétrarque et son amour pour l'éternelle Laure ; le seul nom de Cassandre, coïncidence bien étrange, permet au magicien de faire naître dans l'imagination de son lecteur toute la Grèce antique et son Parnasse, ses histoires fabuleuses, ses batailles, Homère et Virgile. Ronsard l'eût-il choisi pour sa maîtresse, qu'il n'aurait pas mieux fait [1]. Ovide, à qui Ronsard prend le titre *Amores*, est là tout proche, narquois, sensuel, qui suggère non seulement l'amour de Vénus, mais aussi le

---

1. Voir les remarques de F. Rigolot à ce sujet, *Poétique et Onomastique*, Genève, Droz, 1977, p. 202 et suiv. Pour lui l'image du nom « gravé » sert à mettre « l'accent sur l'aspect visuel du signifiant producteur d'écriture. « Cassandre » est *imprimée, gravée, écrite* ».

monde paradisiaque de l'Age d'Or et une féerie mythique
où se donne le spectacle de mainte métamorphose émail-
lée. Tout ceci se passe sous un firmament au centre
duquel brille un soleil éblouissant, mais dont la beauté
est éclipsée par le regard de la belle (*A.* 52, V), ou encore
sous une voûte étoilée où se donne « plus tost le bal
de tant d'astres divers » (*A.* 52, V).

Prolifération du spectacle aussi par les tentatives sans
cesse renouvelées du poète qui, alors qu'il a forgé un
« livre » avec un « vers plus dur que fer », livre-offrande
à l'autel de Cassandre dans le sonnet votif qui ouvre le
recueil, le clôt en déclarant qu'il sait ne pas être encore
« à la fin de sa ryme » (*A.* 52, CLXXXI). En fait, les
nouvelles pièces, aussi bien que les transformations
apportées aux anciennes dans les éditions successives,
nécessitent une lecture constamment renouvelée et
montrent bien avec quel acharnement Ronsard fait
croître une œuvre prétendue fermée et livrée à l'immortalité dès sa publication, et ceci jusqu'à sa mort [1].

Ronsard naît en 1524, date de la défaite de Pavie, dans
la vieille forteresse de la Possonnière que son père Louis,
ancien combattant des guerres d'Italie sous Charles VIII,
Louis XII, et François Ier, vient de transformer en
agréable résidence par l'aménagement de fenêtres, porte
d'escalier, cheminée, médaillons, sentences latines, bibliothèque, etc. Au contact de l'Italie le militaire s'est fait
humaniste et même poète, car faire des vers, pense-t-il
avec ses contemporains, n'est pas « deroger à l'estat de
noblesse ». Et le jeune Ronsard qui aura pourtant entendu
mainte histoire d'éclatants faits d'armes et que l'on
destine à la carrière des armes (page en Écosse, chez le
duc d'Orléans, chez Lazare de Baïf), se trouve constamment, comme par une exigence du sort, dans des milieux
de lettres. La demi-surdité qui l'atteint à seize ans est-elle,
comme il le prétend, la véritable raison qui le détourne
de la carrière des armes ? Peut-être eût-il eu de la peine
à réaliser son but dans l'armée, car la nature de la guerre
a changé et, malgré les nombreuses batailles, les mili-
taires de l'époque ne s'immortalisent guère par leurs

1. Voir à ce sujet les remarques de T. Cave, *The Cornucopian Text*, Oxford, Clarenton Press, 1979, p. 223 et suiv.

hauts faits d'armes. François Ier lui-même s'offre plus bienveillamment comme modèle du roi-poète (humaniste et amoureux) que comme chef militaire.

Ronsard se voit donc écarté de l'une des trois avenues ouvertes aux jeunes de cette petite noblesse criblée de dettes, l'inflation sous François Ier ayant fait sextupler le coût de la vie. Mieux que le jeune du Bellay, Ronsard résiste cependant aux pressions parentales qui l'orientaient, pour lui assurer un avenir, vers un grade de la Faculté de Décrets, qui permettait l'achat d'offices revendables avec une marge de bénéfices considérable. Cependant, le futur chantre du vin et des roses finit par accepter la tonsure. Elle ne le fait pas accéder au sacerdoce mais lui permet d'espérer, avec la protection des Grands, l'acquisition de privilèges ecclésiastiques. Il n'a d'autre obligation que le célibat et son avenir matériel est plus ou moins assuré, à l'intérieur de structures catholiques, cela va sans dire, et au sein de l'activité humaniste dépolitisée et aliénée du mouvement de la Réforme. L'activité du poète et de ses jeunes amis pour lesquels la poésie conserve une dimension ludique, s'aiguille donc dans la revendication d'un monde païen, avec ses Dieux, à des fins non plus théologiques, historiques ou politiques, mais esthétiques. Le passé mythique et ses tableaux vivants prolongent le quotidien et l'envahissent, le codent.

Le compromis permet au jeune noble l'étude des lettres et de la poésie de plus en plus de mise chez les ecclésiastiques sans pour autant déroger. Dès la mort de son père, en 1544, le jeune Ronsard entre au Collège de Coqueret sur la montagne Sainte-Geneviève, et, sous la direction de l'helléniste Daurat en compagnie de Baïf et de Du Bellay, s'adonne sérieusement aux études classiques et commence à acquérir cette extraordinaire somme de connaissances (lettres et philosophie) que sera la sienne. Le prestige social est sauf et, avec la gloire littéraire qu'il brigue, l'idéal nobiliaire se maintient[1]. La discipline militaire se mue en discipline d'écolier : ce travail acharné, ces heures de vigiles, la faim, la soif — indispensable épreuve — ce sont « les esles dont les ecriz des hommes volent au ciel[2] », comme le dit du Bellay

---

1. Comme l'a admirablement montré G. Gadoffre, *Ronsard par lui-même*, Paris, Seuil, 1960, pp. 16-17, encore l'un des meilleurs livres sur Ronsard.

2. II, iii, p. 106, éd. Chamard, STFM.

dans sa *Deffence et illustration* en 1549; et quand, un an plus tard, Ronsard publie ses *Odes*, il demande — comme son dû — qu'on l'appelle le « premier auteur lirique Français ». C'est là l'origine de cette noble idée de la poésie et le sens de la mission qu'assume le poète de se rendre l'égal des rois et même, en substituant sa « plume de fer » à l'épée, de devenir leur défenseur, celui qui les fait et les sauve de l'oubli.

Dès sa première ode, Ronsard demande à Henri II une reconnaissance. Il y chante la paix récemment signée. Puis, évoquant les actions vertueuses du roi, les articule dans un discours sur l'Age d'Or, âge de paix après le Chaos, âge que le roi a fait « reverdir ». Cette récupération d'un passé mythique qui recouvre la réalité quotidienne et qui permet au « trafiqueur des Muses..., de leurs biens, maîtres du temps » de la manipuler, caractérise la démarche de l'écriture ronsardienne. Ici il n'hésite pas à proposer au roi un marché (comme il en proposera à ses « maîtresses ») :

> Trafiquant mes vers à la mode
> Que le marchant baille son bien,
> Troque pour troc' : toi qui es riche,
> Toy roy de biens, ne sois point chiche
> De changer ton present au mien [1].

On le voit, le Pindare français, dès 1550, connaît sa valeur et se sait roi.

Comme il le dit dans sa Préface, il s'adresse à un public sérieux et sait que les « rimeurs » et « principalement les courtizans » ne sauraient apprécier qu'un « petit sonnet petrarquizé ». Mais comme vraisemblablement il pétrarquise lui-même depuis quelques années au moment de la rédaction de la préface de ses *Odes*, il doit déjà nourrir aussi l'ambition de faire du sonnet beaucoup plus « qu'une mignardise d'amour qui continue tousjours son propos » : il vise déjà à devenir non pas l'auteur d'un des nombreux *canzonieri* à la mode, mais bien celui d'un recueil de sonnets qui lui vaudrait le titre de Pétrarque français [2].

Son sonnet votif (p. 57), ciselé dans un vers qu'il dit

---

1. Voir Laumonier III, pp. 33-34.
2. T. Sébillet qui déjà, dans son *Art poëtique françois* de 1548 (II, 1116) déclare « la matiere facetieuse est repugnante à la gravité du sonnet, qui reçoit et proprement affections et passions gréves, mesmes chez le Prince des Poëtes italiens, duquel l'archetype des sonnetz a esté tiré ».

« plus dur qu'en fer, qu'en cuyvre, ou qu'en metal »
présente déjà, dès l'entrée, l'image d'une Cassandre
aussi immortalisée par « l'humble discours » du « livre
immortel » que le fut Laure par les vers de Pétrarque.

Aucune différence d'attitude donc entre le Ronsard
pindarisant et le Ronsard pétrarquisant des *Amours*
de 1552. Dans des genres différents, ce sera le même
effort d'enrichissement du langage [1], la même tentative
difficile de perfectionner un instrument, d'illustrer (dans
les deux sens), de faire entrer dans le texte français des
allusions à un discours mythologique et classique. C'est
surtout du Ronsard hellénisant que viennent les « obs-
curités » du texte. *Les Amours* connurent un grand
succès, mais, devant l'inimitié de « quelques arrestés
mignons » qui reprocheront à Ronsard sa vanité, son
obscurité, ses audaces lexicales, il faudra, dans la nouvelle
édition de 1553, augmentée d'une quarantaine de pièces
et remaniée, le commentaire d'un de ses amis, érudit
distingué, Marc-Antoine Muret, pour expliciter les
sonnets au lecteur qui, même cultivé, piétinait. Néanmoins le succès était déjà acquis, déjà le terme « cassan-
driser » circulait, et Ronsard recevait du même humaniste
qui avait bien dû, selon son propre aveu, solliciter l'aide
du poète pour élucider le sens de certains sonnets, le
glorieux titre de « Prince des Poëtes François ».

Si le sonnet n'est pas tout à fait nouveau en France,
l'idée d'un recueil de sonnets l'est davantage. Le premier
sonnet, de C. Marot, fut composé à Venise en 1536 ; par
la suite il en écrit une dizaine d'autres dont six traduits
de Pétrarque. Suit Mellin de Saint-Gelais qui prend sa
place à la cour et qui se pique de culture italienne, en
compose et en traduit de Pétrarque et des Italiens
modernes Bembo, Arioste, Seraphin, Philoxeno. Enfin
Jacques Peletier du Mans en 1547 en écrit une quinzaine
dont douze sont traduits de Pétrarque. Mais ces tentatives restent isolées. Jusque-là aucun recueil. Très vrai-

---

1. En un sens, la création de nouveaux vocables représente au
niveau lexical la même tentative de *prolifération :* plutôt que des
néologismes qui ouvriraient un monde inconnu, il s'agit d'une
démarche prudente (« sage hardiesse ») qui consiste à les façonner
sur un « patron desja receu du peuple », qui renvoie à du connu,
à du « même ».

semblablement, pourtant, du Bellay a commencé son
Olive et Ronsard ses *Amours*. En 1548, paraît enfin la
traduction, de Vasquin Philieul, de 196 sonnets de
Pétrarque, dont deux d'ailleurs sont en alexandrins [1].

Dès lors le sonnet s'installe dans la littérature française.
La vogue du sonnet s'explique en grande partie par la
popularité du discours pétrarquiste et platonisant qu'il
véhiculait, en Italie surtout, et en France de plus en plus ;
mais ussi, cet instrument de quatorze vers convenait
admiraolement aux artistes de la Renaissance, et du Bellay
et Ronsard l'ont immédiatement compris.

L'avantage du sonnet est de présenter dans un espace
concentré des parties semblables, surtout les deux premiers quatrains en rimes embrassées abba-abba, avec
leur césure à la quatrième pour les décasyllabes et plus
tard à la sixième pour les alexandrins : ce modèle sera
immédiatement adopté et respecté sans aucune excep-
tion [2]. Les quatrains sont censés contenir chacun une
unité syntaxique (et rythmique) articulée avec la suivante
de manière différente, selon l'exigence du schéma intel-
lectuel adopté. Quelle que soit la nature de l'argument
dans les quatrains, sa résolution viendra comme un
écho se dérouler sur deux tercets. Le système de rimes
des tercets s'est cherché en France dans les débuts,
mais Ronsard a vite adopté ce qui deviendra le sonnet
régulier avec la rime innovée par Marot (ccd-eed) et
par Peletier du Mans (ccd-ede), lequel explique dans son
Art poëtique de 1555 qu'il faut, tout en trouvant le plus
de variation possible, pour éviter la trop grande mono-
tonie, ne pas mettre trop d'espace entre les rimes, entre
« deus vers d'une (même) couleur ».

L'armature logique du sonnet peut varier : la question
des quatrains appellera une réponse dans les tercets par
exemple ; l'analyse, une synthèse ; la démonstration, des
preuves ; les prémisses, une conclusion ; mais elle exige
toujours une présentation, une visualisation qui prendra
dans *Les Amours* une importance primordiale, et elle est,
toujours ou presque, régie par un principe d'analogie.

Dans tous les cas, par la concentration de sa forme et
par sa symétrie, le sonnet imprimé avec art — et symétrie — satisfait le désir qu'éprouve l'œil de posséder

---

1. La traduction complète ne paraît qu'en 1555 en 4 livres.
2. Dans *Les Amours* de 1555-1560, on trouve 5 fois abab-baba
(*Cont.* XVIII, XXI, XLVI et *Nouv. Cont.* II, XIII), et une fois
abab-baab (*Cont.* IX).

spatialement son objet de lecture ou d'écriture, flatte le sens d'ordre et d'équilibre, et tout particulièrement le plaisir de la découverte du Même : le sentiment raisonné se fige dans un espace pré-visible par l'esprit.

C'est dans l'intervalle entre cette image fixe, à la symétrie parfaite, au rythme anticipé, à la rigoureuse logique, et l'expression poétique qui tend dynamiquement à se mouler dans la durée que se débat le discours des *Amours*. L'espace est étroit, la forme respectée et régularisée triomphe, mais elle s'intensifie en s'articulant dans l'écho. En d'autres termes, dans le sonnet — microcosme par excellence de l'activité analogique à la Renaissance et véhicule d'une tradition littéraire, voire d'un système de valeurs — l'ajout émotif ne s'acharne pas à détruire la forme, mais plutôt la confirme, lui confère un équilibre, et ceci sur le mode superlatif pour ainsi dire (accumulation et répétitions d'adjectifs, d'adverbes, d'exclamations, voire de substantifs à valeur affective, par exemple).

La recherche délicate de cet équilibre apparaît clairement dans l'usage que fait Ronsard du sonnet en vers rapportés quoiqu'il ne l'ait utilisé qu'une fois dans ses *Amours* (*A.* 52, XVII). Ce jeu littéraire importé d'Italie et populaire chez les disciples de Ronsard représente le modèle virtuel, l'extrême de la rigidité et de la symétrie dans le sonnet : en effet, dans ce genre d'exercice, l'articulation logique ne se fait plus horizontalement entre les mots d'un même vers, mais verticalement, entre les parties semblables des vers suivants. On peut ainsi trouver trois sujets dans un premier vers, trois verbes dans le second, et trois objets directs dans le troisième. Il en résulte une organisation graphique qui spatialise le texte et le différencie de la langue parlée. Cela exige une lecture heurtée, paradigmatique qui freine les habitudes de lecture linéaire. Ronsard ne l'utilise que rarement (XVII). C'est que cette forme ne permettait ni une articulation plus souple, plus rythmée, ni le travail affectif d'accumulation dont il était question plus haut.

Le sonnet XVII illustre à merveille non seulement la démarche formelle décrite plus haut, mais aussi comment l'écriture se réalise à partir de ce curieux modèle. Dans le premier quatrain, les parties semblables sont décalées :

> Par un destin dedans mon cœur demeure,
> L'œil, & la main, & le crin delié,
> Qui m'ont si fort, bruslé, serré, lié
> Qu'ars, prins, lassé, par eulx fault que je meure

et la symétrie se rétablit avec peine. Il résulte pourtant de la lecture du sonnet un sens d'équilibre heureux, amené tout particulièrement par le parfait mouvement rythmique du dernier tercet :

> Hé que ne suis je Ovide bien disant!
> Œil tu seroys un bel Astre luisant,
> Main un beau lis, crin un beau ret de soye.

Véritable métamorphose des objets aimés — jusque-là uniquement nommés — envolée lyrique qui les transporte dans un espace imaginaire et esthétique.

Comme on le voit, ce sonnet exemplifie bien le glissement que fait subir Ronsard à l'esprit du discours pétrarquisant. Celui-ci en effet fournit les clichés mais ce ne sont que prétextes à la création d'une poésie qui s'épanouit dans les images et la maîtrise des rythmes, des enjambements, et des coupes variées.

Par ailleurs, le *canzoniere* de Pétrarque lui-même n'exclut pas les recherches stylistiques des élégiaques latins qu'il a imités — ni leur sensualité — et Ronsard tient souvent à retrouver derrière l'Italien, son modèle latin, fidèle à sa méthode de « contamination ». Pétrarquiser, pour un poète de la Pléiade, cela signifie surtout demander à Pétrarque des thèmes, des images, des tournures de style, et en ce sens, le poète italien n'est qu'à demi-trahi. En effet, il s'immortalise non seulement par la ferveur de sa dévotion à Laure et par l'évocation de sa souffrance, source de l'éveil d'une sensibilité morale de plus en plus exaspérée, mais aussi par l'innovation littéraire — et dans cette langue toscane — qu'est le sonnet. D'une certaine façon et par un curieux détour, Ronsard retrouve derrière les schémas des pétrarquisants le véritable esprit de Pétrarque : Pétrarque-amant est aussi Pétrarque-poète. Par l'amour, il prend conscience du Beau, et, ce faisant, devient poète lyrique si inspiré que sa poésie lui assure, ainsi qu'à l'aimée, une gloire immortelle. C'est là, il ne faut pas l'oublier, le projet explicite des *Amours*.

Par contre, l'évolution du sentiment du poète désespéré qui, à la mort de Laure, s'arrache à son amour pour le transformer, au-delà des tensions, en quête spirituelle, ne sera pas évoquée par ses imitateurs, et encore moins par Ronsard; à l'image de Laure vient se superposer, à la fin du *canzoniere*, celle de la Vierge Marie.

On conçoit mal *Les Amours* se terminant par un hymne à la Vierge, et ceci pour trois raisons. Premièrement, parce qu'un discours néo-platonicien et platonicien s'est progressivement greffé au XVIe siècle sur le schéma pétrarquisant, et deuxièmement parce que l'esprit de la quête spirituelle, par l'exaltation de la souffrance que pratique encore Scève, est étranger à la mentalité de la Pléiade. Enfin, la notion même de quête implique celle d'évolution, de transformation de l'être qui s'ausculte et s'appréhende dans la durée. Ceci est contraire à l'esprit du sonnet des *Amours* qui tend au contraire à figer la durée et à la métamorphoser en temporalité mythique.

De même le lecteur moderne, accoutumé à une représentation chronologique de la réalité, sera dérouté et cherchera en vain le fil dans les sonnets, qui ne se groupent parfois en série que comme des variations sur un thème [1]. Il va sans dire que la doctrine néo-platonicienne de l'amour de Marcile Ficin qui s'infiltre en France au XVIe siècle, fournit un schéma anagogique de codification des sentiments. Et tous les *canzonieri* le respectent, qui contiennent, vers la fin, des sonnets décrivant l'aspiration de l'âme à un bien idéal, aux Idées (rares dans *Les Amours* LXII, CLXXIV, CXXXIX, CXLVI). Mais ils ne tiennent guère compte de la progression. En fait les schémas de lévitation, d'envol dans les hautes régions du cosmos où elle plane contemplant le Tout « en même temps et sans bouger », se veulent étrangers à la durée où s'enlise l'être. Ils les nient comme ils nient les désordres du changement et de la Fortune.

Ronsard emprunte au discours pétrarquiste son jeu de métaphores, de comparaisons, d'hyperboles, d'antithèses, tout un répertoire pour construire autour de Cassandre un univers de pierreries, d'or, de bois précieux, d'ivoire

---

1. Ronsard le dit lui-même : « C'est un grand malheur de servir une maistresse qui n'a jugement ny raison en nostre poësie, qui ne sçait pas les poëtes, principallement en petis et menus fatras come elegies, epigrames et sonnetz, ne gardent *ny ordre ny temps*, c'est affaire aux historiographes qui escrivent tout de fil en eguille » (Lettre à Sainte-Marthe, Laumonier, XVIII, p. 499). Il faut noter que cette justification est formulée beaucoup plus tard, à une époque où justement les schémas sont envahis par des préoccupations d'ordre temporel. C'est contre ces nouvelles structures qu'il se débat.

et de pourpre; les palais de l'antiquité revivent comme les forêts avec leurs colonnes, leurs statues, leurs nymphes, leurs dryades. La mythologie, les ciels, les enfers, l'antiquité la plus reculée avec ses prophètes, ses coins de mystère et d'ombre, tout cela s'anime et s'actualise dans les sonnets par l'évocation du sentiment du poète et de ses tourments avec un répertoire d'images tout aussi varié. Ronsard s'attarde avec complaisance sur les descriptions des flèches, des brandons, des filets d'or, des clous de feu. Comme il le dit lui-même à propos du travail poétique qu'il compare aux tableaux et à leurs cadres très élaborés, comme ceux de la galerie de François Ier à Fontainebleau, le poète n'a pas à rendre compte de la réalité dans toutes ses considérations, c'est un travail d'historien :

> (Les Poëtes) ne cherchent que le possible : puis d'une scintille font naistre un grand brazier, & d'une petite cassine font un magnifique Palais, qu'ils enrichissent, dorent & embellissent par le dehors de marbre, Jaspe & Porphire, de guillochis ovalles, frontispices & piedestals, frises & chapiteaux, & par dedans de Tableaux, tapisseries eslevees & bossees d'or & d'argent, et le dedans des tableaux cizelez & burinez, raboteux & difficiles à tenir és mains, à cause de la rude engraveure des personnages qui semblent vivre dedans. Apres ils adjoustent vergers & jardins, compartimens & larges allees [1]...

Le « lecteur apprentif » aura dû rêver devant une telle esthétique où le « dedans » se mêle si bien avec le « dehors » qu'on ne distingue plus l'œuvre du « hors-d'œuvre », l'*ergon* du *parergon* [2].

Comme on le voit, ce serait commettre une grave erreur aussi que de rechercher dans *Les Amours* l'exposition d'un moi problématique, la mise au jour de sentiments enfouis au tréfonds de l'être : le journal intime, l'analyse introspective, sont à l'opposé de la démarche des sonnets où

---

1. Laumonier, tome XVI, IIe partie, p. 340.
2. Cf. le chapitre de Derrida, *La Vérité en peinture*, Paris, Flammarion, 1978, pp. 74-94. Voir comment Montaigne (I, xxviii) compare les *Essais* au *hors-d'œuvre*, l'*œuvre*, le *dedans*, étant d'abord l'essai de son ami La Boétie, puis la quête pour combattre le *vide* provoqué par l'absence de son *alter ego*.

les signes, les symboles acquièrent une valeur plus importante que le symbolisé auquel ils se rapportent et le font oublier. *Dedans* et *dehors* ne sont plus que des signes vraisemblables que l'on accepte comme réalité (cf. *infra* page 24). Le sentiment amoureux du poète est éclipsé par l'image physique de Cupidon qui, logé dans l'œil de Cassandre, lui décoche une flèche :

> Dans le serain de sa jumelle flamme
> Je vis Amour, qui son arc desbandoit,
> Et sus mon cuœur le brandon éspandoit,
> Qui des plus froids les moelles enflamme. (*A.* 52, III)

Et ceci, quelle que fût la nature véritable du sentiment qui animait le jeune homme; ce sentiment que le sonnet décrit est coupé d'avec sa source profonde. On pourrait même dire que cette vision plastique se substitue à lui comme pour le sceller [1].

De même, l'image de la jeune Cassandre Salviati serait-elle venue hanter chaque nuit les rêves du jeune homme, on chercherait en vain une description de la belle Italienne dans le sonnet. Les nombreux portraits-blasons sont destinés à idéaliser son image non pas à en retrouver les traits. Il faut préciser pourtant que le poème-blason, malgré ce qu'en dit Ronsard en bon élève platonicien (vers 11), n'est pas non plus un faible écho du portrait idéal, de l'Idée; loin d'avoir une forme ouverte appelant l'infini, le sonnet s'élabore autour d'un symbole qui s'anime aux dépens de ce à quoi il est censé renvoyer, il devient une image obsédante, une idole poétique :

> Ce beau coral, ce marbre qui souspire,
> Et cest ébénne ornement d'un sourci,
> Et cest albastre en vouste racourci,
> Et ces zaphirs, ce jaspe, & ce porphyre
> Ces diaments, ces rubis qu'un zephyre
> Tient animez d'un souspir adouci,
> Et ces œilletz, & ces roses aussi,
> Et ce fin or, où l'or mesme se mire,
> Me sont au cuœur en si profond esmoy,
> Qu'un autre object ne se presente à moy,
> Si non le beau de leur beau que j'adore,
> Et le plaisir qui ne se peult passer
> De les songer, penser, & repenser,
> Songer, penser, & repenser encore. (*A.* 52, XXIII.)

1. Voir pour des remarques sur le « spectacle de la souffrance » chez Ronsard, G. Castor, « Petrarchism and the quest for beauty... » in Cave, *Ronsard the Poet*, London, Methuen, 1973, pp. 82-84.

Ronsard entrevit la jeune Cassandre, fille du banquier Salviati apparenté à l'illustre famille des Médicis en 1546, dans un bal de cour à Blois. C'était, tout comme Pétrarque quand il rencontra sa Laure, au mois d'avril. Six mois plus tard, elle épousait un voisin de Ronsard et venait résider près de Vendôme. Que le jeune poète ait éprouvé pour la jeune fille autre chose que de l'amitié, cela est certain, mais les biographes se sont perdus en conjecture sur la nature et la durée de leurs relations et sur les raisons par exemple qui firent que Muret éprouva le besoin, dans son commentaire des sonnets *A.52*, C, CI, CII, de signaler qu'ils n'avaient pas été composés en l'honneur de Cassandre, mais plutôt à « quelque bonne dame »; cherchait-il à protéger quelqu'un ? On peut douter que la liaison entre le clerc tonsuré et la jeune femme ait duré six ans, qu'il y eût même liaison, mais quoiqu'il en soit, la femme et l'amour jouent, dans la littérature de cette époque, un rôle important, et ceci ne peut être attribué à une mode littéraire.

Dans les sonnets de 1552, c'est de la femme idéale, « idolastrée et adorée comme une déesse », dit Ronsard ailleurs, qu'il est surtout question, et on trouve d'elle des visages multiples. Par exemple, elle est femme-cosmos quand elle se regarde dans un miroir et qu'elle y voit l'univers (LXIII), femme-printemps belle et fleurie comme avril (CIII), femme-soleil quand elle rivalise par son regard d'éclat et de chaleur avec l'astre du monde (XCIV). Les nombreuses analogies qu'il utilise font que le texte tisse entre elle et le cosmos auquel elle est directement ou indirectement comparée, un trait d'union sécurisant : le monde mythique, animé d'anges, de démons, de nymphes, s'actualise et devient sous sa plume la réalité, le monde connu, le seul admis, qui écarte la hantise de la mort et recouvre les remous des profondeurs d'un voile éternisé par son amour [1]. Le cosmos et la nature tout entière fonctionnent harmonieusement, et les obstacles, l'écartèlement du poète, les mille morts dont il souffre, ne constituent plus que des garanties de la perpétuité et du sentiment et du monde qu'il évoque. Le dehors et le dedans se rejoignent.

---

1. Cf. notre article « Ronsard et la mort », *MLR*, 57, 1962, et Gadoffre, *op. cit.*, pp. 116-117. Voir aussi cette évocation de l'épaisseur matérielle, brutale, du chaos et de la nuit. Heureux ceux dont la terre a les os, heureux, dit-il, «... vous, rien, que la nuict du Chaos/ Presse au giron de sa masse brutale. » A. 52, XLVII.

Un exemple amusant (*A. Div.* XLVII) illustre bien le mécanisme de l'analogie et sa fonction. Ronsard y évoque l'œuf « en sa forme *ronde* » qu'il compare aux quatre éléments. L'œuf, dit-il, « Semble au Ciel, qui peut tout *en ses bras enfermer* ». Le ciel devient donc la coquille qui entoure l'embryon, un symbole maternel, protecteur, une matrice. Offert à la dame, l'œuf-univers (« Je vous donne, en donnant un œuf, tout l'Univers ») ressemble aussi à celle-ci par la perfection qui leur est commune. Ronsard cependant déclare que la perfection de cette dernière est supérieure : elle est divine, unique.

A cette vision d'une harmonie esthétique (l'image ronde, symétrique, parfaite de l'œuf-univers-matrice) transcendante (la *divine* beauté et perfection de la dame), correspond à celle de la nature parfaite, harmonieuse, celle de l'Age d'Or. La nostalgie de la Création et du Un se manifeste aussi dans cet exemple, mais elle est présente dans l'évocation du chaos initial dont le sein sera ouvert par l'Amour universel qui rétablit l'ordre et l'harmonie. En fait le rapprochement que nous effectuons ici n'est pas fortuit : dans la cosmogonie orphique, Amour est sorti, à la création du monde, de la coquille d'un œuf auquel la Nuit avait donné naissance. De même, l'amour opère une véritable re-naissance chez le poète qui découvre après le chaos de son âme, vie, pouvoir, chaleur, etc. (*A* 52, XLII). Cette relation au commencement du monde signifie beaucoup plus que le désir de constituer un *décor* mythique, elle exprime à la fois la négation de l'origine et la fascination que celle-ci continue d'exercer lorsque affublée de sa qualité mythique, elle permet à un désir innocent de s'affirmer. Le personnage qui incarne le mieux à la fois la naissance du monde, de la nature, et la fécondité de celle-ci, la procréation même, sous le signe du désir innocent, pré-adamique, pour ainsi dire, c'est Vénus, personnage central des *Amours* de 1552. La protection divine est évoquée dans l'inscription du médaillon où Ronsard est représenté, pour plaire à la déesse, couronné non de lauriers, comme on l'a dit parfois, mais des feuilles du myrte, l'arbre de la « Sainte Vénus ».

Celle-ci, en effet, devient, à la Renaissance, l'objet d'un véritable culte qui sera parallèle à celui de la Femme, tandis que s'amenuise, au contraire, dans la littérature le culte mariologique qui ne redevient primordial qu'avec la Contre-Réforme et le renouveau de la littérature reli-

gieuse. Dans les schémas néo-platoniciens, Vénus sym-
bolise la forme parfaite, le mystère de la Beauté, l'union
de l'âme et de l'esprit [1]. Le mythe de la naissance
« pure » de Vénus est illustré par le célèbre tableau de
Botticelli, que l'on a souvent rapproché du sonnet où
Cassandre, déesse, est comparée à Vénus « escumiere
fille », à la longue chevelure d'or, flottant sur sa coquille
(*A*. 52, XXXIX). Rappelons que Vénus était née de
l'écume de la mer. En effet, l'Océan, c'est-à-dire la
multiplicité, la matière informe, chaotique, en flux perpétuel, avait été fécondé par les testicules (l'écume)
d'Uranus, coupés et jetés dans la mer. Ces semences
du ciel, Uranus, représentaient l'Un, les pures Idées,
descendues dans la matière pour lui donner une forme,
celle de la parfaite Beauté. Dans le tableau de Botticelli
au centre duquel se dresse le corps nu de Cyprine la
dorée (χρυσῆ, πούχρυσος), l'écume n'évoque que très
discrètement la castration (conformément d'ailleurs aux
recommandations de Platon qui, dans sa *République*,
comptait cette fable parmi celles qu'il faut taire le plus
possible). Dans un certain sens, la fable évoque une
union symbolique qui ne peut avoir lieu qu'au-delà de
l'évocation — et partant par la conjuration — d'un
démembrement symbolique. L'image de Vénus elle-
même devient donc en partie un fétiche dont l'une des
fonctions consiste à conjurer la peur de la castration,
du manque [2]. C'est surtout sur ses attributs féminins
et en particulier sur sa chevelure d'or que se fixe ce
symbolisme fétichiste, renforcé d'ailleurs par un geste
de chasteté ambigu. De même dans les sonnets, la longue
chevelure, serpentine, constitue l'attribut magique et
nécessaire qui établit la marque de la « divinité » de Vénus
comme celle de Cassandre [3]. Dans la variante de 1578
du sonnet (52, XXIX), les cheveux « *jaunement* longz »
deviennent dans le vers « *brunement* longz » : le mythe

1. Chez Plotin, par exemple, *De Amore, Ennéades* III, v. 9, *apud*
Wind, *Pagan Mysteries of the Renaissance*, New York, Norton, 1968,
p. 128. Y voir aussi la discussion de la *Naissance de Vénus* de Botticelli.
2. C'est-à-dire, comme Freud l'a montré, le pied, le cheveu, ou
même le bijou acquiert symboliquement un sens phallique qui, par
sa présence en l'objet du désir, conjure la peur du manque et rassure
le sujet.
3. Pour la symbolique du cheveu-fétiche dans ses relations avec
le soleil et l'onde et la circularité, voir surtout Raymond Ortali,
« Ronsard from chevelure to rond parfait », in *Image and Symbol*,
Yale French Studies, 47, 1972, pp. 90-97.

chez Ronsard — comme d'ailleurs dans les représentations graphiques de l'époque — a perdu de sa force; Vénus, dépossédée de ses attributs, s'humanise; partant la femme aussi. Elle devient, dans certaines structures, figure menaçante qui appelle des conduites vindicatives, dont on trouve un écho dans les *Sonets pour Helene* [1].

Dans une autre pièce (*A.* 52, LXXVI), amusante, où le poète, fidèle au principe de *varietas*, élargit le registre des *Amours* pour en évoquer, par une allusion ambiguë, certaines, de mise dans l'antiquité, mais à peine tolérées en 1552, la description des différentes coiffures (et l'occultation de la chevelure) montre bien la valeur fétichiste de celle-ci.

En plein cœur du recueil, un sonnet (C) fait allusion directement — ce qui est fort rare dans *Les Amours* de 1552 — « au bien » « qui doibt avenir » au poète. Mais celui-ci, loin de se réjouir, appréhende l'union avec la femme aimée : son âme « desja, desja impuissante se pasme », il craint de succomber dans le « doulx combat » et s'en remet à Vénus dans une supplique, priant, non pas pour son intercession ou sa protection, mais lui demandant de le recevoir. C'est donc en elle, au sein de la nature, que se déplace, pour se réaliser, dans l'innocence mythique et dans la plus grande sensualité, le désir :

> Reçoy ma vie, o deesse, & la guide
> Parmy l'odeur de tes plus belles fleurs,
> Dans les vergers du paradis de Gnide.

Le discours conjure l'échec [2] par l'évocation de la déesse de la nature et aussi celle de la Beauté. Cette « magie blanche de l'art [3] » trouve, comme nous l'avons déjà dit, son épanouissement dans le *spectacle*.

---

1. Cf. *infra*, p. 41.
2. Il faut pourtant noter la différence entre deux « discours d'échec ». Celui de Ronsard qui lutte avec l'obstacle et celui de Du Bellay qui, beaucoup plus passif, se cantonne dans son refus : voir F. Rigolot, « Du Bellay et la poésie du refus », *BHR*, 36, 1974, pp. 490 et suiv. Ce discours de Pontus de Tyard (*Solitaire Premier*, éd. S. Baridon, Genève, Droz, 1950, p. 20) transpose sur le plan philosophique cette aspiration : «... il faut (pour revenir à la source de son origine) que soudain elle (l'âme) se revoque en ce souverain *Un*, qui est sur toute essence, chose, que la grande et celeste Venus accomplit par Amour, c'est à dire, par un fervent et incomparable desir, que l'ame ainsi eslevé a de jouir de la divine et eternelle beauté ».
3. Gadoffre, *op. cit.*, p. 63.

Plus qu'un lyrisme décoratif, il y a aussi dans cet aspect plastique l'exercice d'un puissant érotisme, comme dans le sonnet *A. 52, CV* :

> Vous avez tant *appasté mon désir*
> Que pour souler la *faim* de *son plaisir,*
> Et nuict & jour, il fault qu'*il* vous *revoye.*

Ou bien lorsqu'elle est fabulée, l'évocation plastique des plaisirs peut prendre une allure vraiment lubrique. A l'instar de Jupiter auquel il souhaiterait s'identifier, le poète voudrait, dans le célèbre sonnet des métamorphoses, se transformer en or liquide pour « jaunissant » « goute à goute descendre » en la « belle Cassandre ». L'image est éloquente, saisissante, et s'est prêtée à nombreuses lectures aussi variées les unes que les autres. A notre avis, comme elle est suivie d'une autre image semblable, qui renforce la première certes, mais qui par rapport à la résolution du désir ne fait qu'opérer une translation plastique — autre facette, prolifération du désir, démultiplié par la surface — c'est le signe poétique qui y gagne aux dépens du signifié. Les derniers tercets expriment surtout non plus le désir de posséder la puissance érotique du dieu mais ce qui est conséquent et rend compte de l'unité du poème, son immortalité : il voudrait, comme en une fontaine, se plonger en elle, durant une nuit qui durât toujours. Comme le dit Demerson à propos des mythes de l'ode ronsardienne (et cela s'applique aussi bien aux sonnets) [1], le véritable échec amoureux, c'est celui du héros qui n'a su vaincre le temps : « au cœur du chant d'amour vit le mythe de l'immortalité ».

Après la réédition des *Amours* (1553), Ronsard publie dans le *Bocage* et les *Meslanges* (1554) quelques sonnets, ainsi qu'une élégie à Cassandre, qui trouvent leur place plus tard dans le *Premier Livre des Amours* (1560) et dans le *Second Livre* (1578). Le nom de Cassandre disparaît des sonnets, cependant, l'inspiration reste plus

---

1. « Ronsard n'a retenu de ses modèles, qui insistaient sur l'étrangeté pittoresque des métamorphoses, que des symboles d'immortalité. » *La Mythologie classique dans l'œuvre de la Pléiade*, Genève, Droz, 1972, p. 174.

ou moins la même (thèmes pétrarquisants, vœux, images avec personnages mythologiques, etc.). Deux pièces au moins évoquent l'atmosphère de l'*Anthologie grecque* et des épigrammes anacréontiques. Mais là, contrairement à ce qu'en disent certains critiques, rien de très nouveau. On y voit, par exemple (*Boc.* III), Amour suspendu à un pilier d'airain, « gros et douillet », avec son arc et son carquois sous l'aisselle, ou ailleurs c'est sa « peinture plumeuse » que le poète désire suspendre au-dessus de son lit (*Boc.* VIII). Les aurait-on trouvés dans *Les Amours* de 1552, qu'on n'aurait pas relevé ces sonnets. Déjà en 1552 (VI), Ronsard évoque Amour-oiseau qui, avec son ventre « gros de germe », « d'œufs non formez et de glaires nouvelles », se niche dans son sein : neuf mois plus tard le poète donne naissance à « mille amoureaux chargez de traits et d'aisles ».

Cette même veine sensuelle et pittoresque, précieuse, facile ou « nonchalante », réapparaît dans la *Continuation des Amours* (1555) et dans la *Nouvelle Continuation* (1556). Dans ces deux recueils à Marie, Ronsard change de mètre et impose véritablement l'alexandrin au sonnet français [1]. Marie, la jeune « paysanne » de Bourgueil, que courtise Ronsard, représente, tout autant que Cassandre, une beauté assez inaccessible, sinon par le truchement de la poésie — et malgré celle-ci (LXX). Elle lui permet toutefois d'introduire dans le discours pétrarquiste, qu'il conserve (*Cont.* XV, XXVII, XXIX, LXI, *Nouv. Cont.* XVII), une veine relativement nouvelle et de plus en plus appréciée, celle de la pastorale littérale [2]. Virgile, et particulièrement Théocrite, y rejoignent Sannazar et Anacréon; mais surtout Ronsard gallicise langue, discours, et décor. La savante recherche de la simplicité (d'importation grecque), l'amène à développer un langage et un ton familiers. Tout un vocabulaire champêtre s'insère dans les sonnets par touches discrètes, « aussi rares que fleurs dans un pré », comme le suggère

1. Comme l'annonce le sous-titre de la *Continuation* : « Sonnets en vers heroïques ».
2. L'Angevine n'était peut-être qu'une demoiselle déguisée en bergère, voir *Nouv. Cont.* III et XXX ; la pastorale était à la mode, voir de la même année les *Foresteries* de Vauquelin de la Fresnaie, éd. Bensimon, Genève, Droz, 1956.

Peletier du Mans dans son *Art poëtique* de la même date, ou par accumulation à l'intérieur d'un texte, comme pour le faire éclater (*Cont.* LX), à l'instar des longues énumérations des *Amours* de 1552 (LVII).

Les pins de Bourgueil, les « futeaux », les ormes, le lambruche et l'aubépin fleuri, les roses sauvages, les châtaignes décorent la campagne qu'il peuple d'une multitude d'oiseaux. On y retrouve le rossignol d'Ovide, le passereau des élégiaques latins, mais huppes, ramiers, coucous, alouettes, etc., estompent le décor classique et évoquent le site angevin. Plutôt, pour être plus exact, il faudrait dire que les clichés, tirés cette fois surtout de la tradition bucolique (comme le miel, le jonc, le lait caillé rougi de fraises, les chapeaux tressés de fleurs), viennent contribuer à la création du monde familier de la « paysanne » de Bourgueil.

De plus, habituellement et plus négligemment que dans *Les Amours* de 1552, il continue de faire résonner entre eux des registres différents : parle-t-il du Loir (au sujet d'une mésaventure précise, *Cont.* XIX), il évoque le Nil et le Gange. Loin d'oublier le décor classique, il cherche donc à le maintenir. On ne peut oublier qu'il continue de parler non seulement de figures mythologiques connues (Pallas, Phébus, Thétys, etc.) mais aussi de personnages obscurs comme Typhe, Biarée et Géryon, le monstre tricéphale. Cette technique rappelle, d'une certaine façon, la juxtaposition insolite de lieux différents en peinture, par exemple la célèbre *Chute d'Icare* de Brueghel (Ca. 1558) où le paysan flamand du premier plan cultive son champ sur un fond de paysages vaporeux, féeriques, d'outre-mer. A l'intérieur d'un même texte le Corydon de Virgile [1] rime avec Madelon (*Cont.* XIII).

D'un sonnet à l'autre aussi, le paysage peut changer. Le décor angevin se transforme en marine, et on y voit Amour, qui « voiant du ciel un pescheur sur la mer/ *Calla* son *aisle bas sur le bord du navire* » (*Cont.* LXIII). La notation précise, les éléments *narratifs* et *ponctuels* de ce sonnet font pressentir une nouvelle relation à la temporalité, comme si le ponctuel tentait de se greffer sur du virtuel, du temps mythique [2].

    1. Nom de fantaisie inspiré des *Bucoliques*.
    2. Voir nos études « Désir, Espace et Temps : remarques sur l'art de la littérature du XVIe siècle », Mythes-Symboles-Signes, *Revue de Littérature Comparée*, vol. II (1977), pp. 289-298 et « The Significance

Dans un portrait de Marie (*Cont.* LXVI), le même mécanisme apparaît. Un mélange d'imparfaits et de passés simples brouille la relation à la temporalité. Alors que flottent, dans l'atmosphère irréelle du tableau, « amoureaux » et « grâces » qui « en ce beau mois » se nichent dans la coiffure de la jeune femme, la représentation se fait plus précise : « ... je vis ma maitresse, au mois de May couchée/... mi-panchée/Dessus le coude droit, fermant sa belle bouche/Et ses yeux... » La pose rappelle la composition en diagonale des Vénus languissantes d'un Titien et la riche coiffe « ouvré[e] de soie verte » apporte dans le texte ronsardien une nouvelle note de couleur et de texture qui change des allusions à l'ivoire, l'or, la pourpre des *Amours* de 1552. Enfin, dans le même recueil, il évoque d'autres maîtresses ce qui, à notre avis, est un jeu délibéré. Cassandre y fait une apparition insolite, puis c'est Jeanne ou une autre Marie. Quant à la Marie de Bourgueil, le sonnet XV est un serment de constance et de fidélité, le sonnet XVI exprime la peine du joug amoureux qu'il supporte mal. Il affirme son indépendance ailleurs (*Cont.* IX, XI, XL). La contradiction est voulue; elle fragmente le discours et y apporte cette *facilità* par rapport à l'évocation du réel dont il était question plus haut.

Cette attitude « négligée » possède un côté *pittoresque*, cultivée par peintres et écrivains. Ce serait donc faire un contresens que de reprocher à Ronsard son manque de rigueur, alors que c'est au contraire « artifice caché ». Il serait tout aussi saugrenu que de songer à lui reprocher de ne pas avoir fait allusion à la sainte Vierge à propos de la paysanne puisque son nom s'y prêtait. Elle n'est que Marie la paysanne, anagramme d'*aimer* (*Cont.* VII), et comme dit Ronsard de son public qui critique son style trop élevé et trop bas : « ...il le faut laisser dire,/ Et nous rire de lui, comme il se rit de nous » (*Cont.* I).

Le ton des seize sonnets du *Second Livre des Meslanges* (1559) est beaucoup plus triste et bizarre. C'est à Sinope, pseudonyme non pas de Marie mais d'une maîtresse inconnue. Sinope (σίνομαι, *gâter* ; ὄψ, *vue*), c'est celle

of Eye Imagery in the Renaissance from Bosch to Montaigne », in *Image and Symbol in the Renaissance*, *Yale French Studies*, 47, 1972, pp. 266-290.

qui blesse les yeux, comme l'explique le sonnet XV.
Son regard enflammé, venimeux, atteint celui du poète
et l'aveugle. Cette symbolique de l'aveuglement est
d'autant plus significative qu'elle est très nouvelle chez
un poète aussi « voyeur » que Ronsard : de plus en plus,
le thème de l'aveuglement va s'imposer dans la littérature de la fin du XVIᵉ siècle [1]. Parallèlement, les images
où l'évocation du monde extérieur domine, s'éclipsent
pour laisser une plus grande place à l'expression des
sentiments : amertume devant le narcissisme de la belle,
jalousie devant son inconstance et même culpabilité « je
sais que je commets envers vous *une faute* ». Enfin dans
deux sonnets (retranchés en 1560 : IX et XI), Ronsard
est plus proche de la brûlante actualité que du mythe,
quand il disserte sur le privilège et la liberté des ecclésiastiques, ou quand il cite saint Paul, pour convaincre,
avec un discours peu ambigu. Tartuffe séduisant Elmire
ne lui dira pas autre chose [2]. Ces textes reflètent une
atmosphère sombre et menaçante. Le sang qui y coule
n'est encore que celui du cœur de l'amoureux traditionnel,
mais l'image devient morbide et son « réalisme » convain-
cant :

> Mais cest'*humeur mauvaise* au cuœur est devallée :
> Et là comme maistresse a pris force & vigueur,
> *Gastant* mon *pauvre sang*, d'une *blesme langueur*,
> Qui ja par tout le corps *lente s'est escoulée*.

Après les conflits religieux du début des années 60,
Ronsard compose surtout des élégies et une poésie de
cour assez conventionnelle avec quelques sonnets, traditionnels eux aussi. Après avoir suivi la cour aux fêtes
de Fontainebleau et à travers la France, Ronsard se
retire dans son prieuré de Saint-Cosme. Là il chante
une inconnue dans quelques sonnets, puis compose pour
une dame dont s'était épris le jeune Charles IX, *Les
Amours d'Eurymédon et de Callirée*, puis c'est la *Charite*
(1572) où Marguerite de Valois, épouse du futur Henri IV,
est comparée à une déesse.

---

1. Voir notre étude « Modes of Perception of Reality in the
Renaissance », in *The Darker Vision of the Renaissance*, éd. Robert
Kinsman, U. of California Press, 1974, pp. 221-272. Voir aussi les
articles cités dans la note 2, page 30.
2. III, iii.

Ce n'est qu'en 1574, deux ans après la Saint-Barthélemy, que Ronsard compose ses célèbres *Vers et Stances sur la mort de Marie*. Ces pièces, où se trouve le chef-d'œuvre « Comme on voit sur la branche... », constituent un « tombeau » qui pleure la mort de la jeune Marie de Clèves, princesse de Condé, très vraisemblablement, et non pas celle de Marie, la paysanne de Bourgueil. C'est donc pour la maîtresse d'Henri III (et probablement sur son ordre) qu'elles furent composées. La mode, par ailleurs, était à la littérature funèbre. Si Henri III, dramatisant sa douleur, porte des boucles d'oreille qui représentent des têtes de mort, c'est l'année de la mort du jeune roi Charles IX pour lequel Ronsard écrit un deuxième tombeau, tandis que de Baïf compose ses *Vers funèbres* sur la mort d'Étienne Jodelle. Le second livre du *canzoniere* de Pétrarque sur la mort de Laure était le modèle parfait. Ronsard s'en souvient soudain et s'en nourrit. Néanmoins, de l'aspect religieux, il ne retient que quelques allusions à l'âme, au ciel, aux enfers, etc. C'est surtout la vision tragique de la Mort « toute palle d'effroy » sous « l'obscur de la nuit endormie » dans un « sepulchre entre-ouvert » qui l'obsède. Il s'attarde sur l'aspect plainte, souffrance indignée, révoltée par la mort d'un être jeune qu'il cherche à couvrir de fleurs et à éterniser dans sa beauté. Rite littéraire magique : l'offrande païenne du « vase plein de lait » et du « panier plein de fleurs » conjure l'actualité de la Parque meurtrière (sonnet V).

Les Sonets et Madrigals pour Astrée contiennent une série de textes assez légers et relativement traditionnels. Ils expriment surtout une distance ludique et une certaine fantaisie : fantaisie formelle avec l'introduction du madrigal[1], fantaisie aussi dans les innombrables jeux de mots autour du nom d'Astrée (Astres-Astrée), et de la douce Françoise (douce framboise) (V), qui désamorce le discours amoureux tout sensuel et néo-pétrarquisant et enlève leur sérieux aux évocations de l'amoureux puni, ébloui, foudroyé à l'instar d'Icare ou d'Ixion; et par contrecoup, « le Prince des poètes montre paradoxale-

1. Voir *Sonets et Madrigals pour Astrée*, IV, note 1.

ment que l'astre d'Astrée, malgré tous les qualificatifs
lumineux qui le pressent, brille d'une lumière bien
pâle [1] ».

En 1578, paraissent les deux livres des *Sonnets pour
Hélène*, que d'aucuns considèrent comme le chef-d'œuvre
de Ronsard. C'est donc un recueil où domine de nouveau
l'idéalisation d'une maîtresse, du moins en apparence,
car les textes où il se conforme à la nouvelle mode
italianisante imbue de néo-platonisme mondain et de la
poésie des petits du quattrocento (Tebaldeo, Sasso,
Serafino) semblent, par leur boursouflure, caricaturer
les modèles pétrarquistes avec une ironie à la mode, elle
aussi, chez les artistes maniéristes. Quoi qu'il en soit,
d'autres éléments, nouveaux dans le discours de Ronsard,
font l'originalité des *Sonnets pour Hélène* et c'est surtout
cet aspect qu'il convient de définir.

C'est à Hélène de Surgères, sans équivoque possible
car son nom est même donné en anagramme dans le
recueil (II, VI), que s'adresse le poète, même s'il le
remanie selon son habitude, pour y ajouter quelques
sonnets jugés inacceptables à la première publication.
Cette précision dans le détail biographique, après l'apparition fantomatique des Cassandre et des Marie dans les
canzonieri précédents, a sa signification, nous le verrons
plus loin [2]. Tout d'abord, son prénom permet à Ronsard
d'évoquer celui de la belle Grecque, cause de la célèbre
guerre : « ... nom fatal / Qui mit toute l'Asie et l'Europe
en pillage » : le discours mythique et l'actualité brûlante
vont pouvoir se rejoindre.

Le nom d'Hélène revient si souvent (plus de quarante
fois), qu'on a pu se demander si l'auteur de la *Franciade*,
alors en pleine verve « homerisante » n'aurait pas choisi
Mlle de Surgères pour son prénom [3]. Peut-être la reine
elle-même aurait invité Ronsard à la chanter. De toutes
façons, il est certain que chez ce dernier, tout est pré-
texte à poésie. Claude Binet, son biographe, apporte
sur cet amour d'automne, l'opinion d'un contemporain :

1. F. Rigolot, *op. cit.*, p. 217.
2. Cf. *infra*, p. 35.
3. Desonay, *Ronsard poète de l'amour*, Bruxelles, 1959, III,
p. 249.

> Quant à Heleine de Surgeres, il s'est aidé de son nom,
> de sa vertu, et de sa beauté pour embellir ses vers, et luy
> a cette gentille Damoiselle servy de blanc, pour viser et
> non pour attirer ou attaindre, l'ayant aimée chastement,
> et pour son gentil esprit en la Poësie et autres bonnes
> parties [1].

La chaste demoiselle diserte (*SPH* I, XLV) lisait le
Pimandre (*SPH* I, XLI) et fréquentait le brillant salon
de la Maréchale de Retz où se discutaient les doctrines
néo-platoniciennes les plus ésotériques et se récitaient
les derniers vers galants des poètes de cour comme
Desportes.

Quelles furent les relations véritables qui s'établirent
entre le poète « au chef grison », brûlant d'un « tison »
qui « s'attise » sous la « cendre grise » (*SPH* II, I) et la
jeune intellectuelle à qui il dit : « Tu t'entretenois seule
au visage abaissé, / Pensive toute à toy, n'aimant rien
que toymesme, / Desdaignant un chacun d'un sourcil
ramassé » ? On se perd en conjectures : relation mondaine,
jeu de cour, flirt, ou même liaison ? Vu les « mœurs
souterraines » de cette cour et malgré ses conduites
« supra-célestes », pour citer Montaigne qui connaissait
bien son monde, une liaison n'est pas exclue, mais elle
est peu probable : cette fois-ci — et c'est l'un des aspects
nouveaux du recueil — le texte présente ces amours
comme une fiction *vécue*, inscrite dans une durée, avec
un commencement et une fin. Les petits accidents de la
réalité quotidienne (même s'ils favorisent l'incorporation
de souvenirs littéraires, *Anthologie grecque* et clichés
pétrarquisants savamment « contaminés » (*SPH* I, XVIII,
LV, XXXV ; *SPH* II, V, XVIII, XLI), sont appréhendés
et organisés chronologiquement, et le mode narratif
s'installe dans les sonnets. Ceux-ci deviennent une sorte
de journal, le passé simple s'impose, qui remplace les
formes fréquentatives (présent et imparfait) des premiers
recueils où l'événement flottait dans une temporalité
suspendue, mythique. Ronsard raconte, se raconte, ou
s'adresse à Hélène, à laquelle il raconte aussi le tourment
qu'elle lui fait endurer.

Loin d'être une présentation fragmentée et sans ordre
comme *Les Amours* de 1552, les *Sonnets pour Hélène*
reflètent donc, malgré la variété des sonnets, une certaine
unité. Elle procède aussi et surtout du schéma sous-

1. *Vie de Ronsard*, éd. Laumonier, p. 25, note 9.

jacent au recueil : l'idée fixe du poète qui, avec une persistance acharnée, revient à l'expression d'un désir identique : toute tendue en avant, sa volonté de conquête physique, exaspérée et rendue impuissante par le refus systématique de la chaste et cruelle Hélène. Le thème du poète médusé par les « rais » de la belle vient, comme un leitmotiv, renforcer cette unité en soulignant l'implacabilité de la situation d'échec. Enfin, il s'agit d'un jeu, délibérément accepté avec ses règles dès le début : le premier sonnet explique en effet que le poète « conduit » par la vertu en « telle affection » aime « *par election* », plus, comme disait Pétrarque, « non par élection mais par destinée ». A la fin, lorsqu'il décide de se détacher « je ne *veux* si long temps devenir furieux » et que « c'est trop chanté d'Amour sans nulle recompense » (*SPH* II, LII), le poète dit s'être senti « ingenieux » par « Amour en quinze jours ». La remarque est éloquente.

Tourner le dos au modèle Pétrarque, dans un discours pétrarquisant, comme il le fait, ou entrer en matière par un biais recherché, voilà qui n'était pas pour déplaire à ses lecteurs : le tour maniériste [1] dut être très goûté. Néanmoins comme dans toute entreprise maniériste qui se respecte, la position du modèle est minée de l'intérieur. Ici le discours qui idéalise la femme, avec toutes les structures analogiques qui devraient le sous-tendre, s'affaiblit, comme nous le verrons plus loin [2].

Par ailleurs, le véritable mécanisme que l'on retrouve en fait dans d'autres textes contemporains, amoureux ou autres, chez d'Aubigné par exemple, ou même chez Montaigne, et qui oriente le mouvement du recueil, c'est celui qui consiste, après s'être *volontairement* érigé en victime et avoir choisi un bourreau approprié, à revendiquer le droit de l'accuser et de se venger de lui. Des conduites vindicatives apparaissent, nouvelles pour Ronsard. Il appelle la vengeance d'Amour (*SPH* II, V), de la laideur et de la vieillesse (*SPH* I, LVI), et même du Ciel (*SPH* I, XLVIII). Enfin ce jeu sérieux s'inscrit dans une durée codée par l'image toujours présente de la mort à venir.

La mort est partout dans ce recueil : si l'on prête foi aux affirmations de Ronsard, les *Sonnets pour Hélène* furent terminés vers 1574, ou, dans tous les cas, composés

---

1. Voir notre article sur le maniérisme, « La Porte Etroite : essai sur le maniérisme », *Journal of Medieval and Renaissance Studies*, octobre 1980.
2. Cf. *infra*, p. 40-41.

autour de cette date. Aucune indication claire quant à la
date à laquelle ils furent commencés (on peut penser que
selon toute probabilité ce fut vers 1571). En revanche,
et ceci est significatif, Ronsard a tenu à ce qu'ils s'or-
donnent autour d'un grand événement : celui de la mort
de Charles IX : « Je chantois ces Sonets, amoureux d'une
Heleine, / En ce funeste mois que mon Prince mourut »
(*SPH* II, LIV). Or, à la même date, Ronsard composait
ces sonnets *Sur la Mort de Marie* et la mode était,
comme on l'a vu, au vers funèbre. L'événement devient
donc symbolique : ces vers amoureux s'écrivent sous
le signe du deuil. Le crêpe est de mise; le malheur de
celui qui aime ou qui s'afflige fait que, comme en conclut
le dernier vers des sonnets, « L'Amour et la Mort n'est
qu'une mesme chose » (*SPH* II, LIV).

Ailleurs la juxtaposition du discours mythologique et
amoureux à un décor funèbre est encore plus éloquente :
les Muses sont invitées à suivre le « funeste convoy » :
L'évocation d'Atropos qui prive de lumière les yeux [1]
de Charles et le revêt d'une « robe de terre » coïncide
avec l'évocation du vautour Hélène qui torture (aveugle ?)
son Prométhée. Mais l'image du convoi funèbre éclipse
les allusions mythologiques (*SPH* I, XLVIII). Ce n'est
plus l'évocation de la mort, esthétisée, botanisée, ou
habillée à l'antique [2], mais celle de l'antiquité sur laquelle
plane l'ombre de la mort « réelle ». Parallèle au deuil
pour Charles, celui d'Hélène devant la tombe d'une
amie intime lui offre, avec sa propre mort, l'image saisissante de son propre cercueil (*SPH* II, XLII).

Hélène, lorsqu'elle est comparée à la Grecque, c'est
soit pour que le poète lui demande de changer de nom
puisque Hélène en grec signifie *pitié* : « un autre plus
cruel » lui siéra mieux, dit-il (*SPH* II, XLVII), soit
pour évoquer les ravages causés par ce « beau nom fatal »,
la « terreur de Phrygie ». Le vocabulaire amoureux devient
sanglant (« le *meurtre* de tes yeux ») et militaire (soudars,
sentinelles, remparts, places fortes, assauts, etc.). Les
souvenirs de guerre et de massacre sont frais, et si Ronsard prie plaisamment Vénus d'aller « mignarder les
moustaches de Mars », c'est une dissonance baroque
dans un sonnet où il prêche l'amour plutôt que la guerre,
et où il vient de rappeler les « os pourris » dans les champs

---

1. Cf. *supra*, note 1, p. 32.
2. Bensimon, « Ronsard et la mort », *op. cit.*

de bataille de Dreux (1562), de Montcontour (1569) et
de Jazeneuf (1569) (*SPH* I, XLIII). Il va même jusqu'à
dire : « les guerres » et « l'Amour sont une mesme chose »
(*SPH* I, VIII), comme il avait rapproché Amour et
Mort. De plus, doute-t-elle de sa « foy » ? C'est « crime
d'heresie » (*SPH* I, XXX). Voit-il Hélène s'amuser dans
un bal costumé ? Il désire la mort (*SPH* I, IV). Même
le portrait-blason d'Hélène se termine sur une note
macabre, la description d'un corps, glacé « par la peur
de mort » (*SPH* I, LV). Les songes érotiques deviennent
eux aussi songes funèbres. La vie du poète est « pleine
de trépas » (*SPH* I, LIV), ou encore les « longues nuicts
d'hyver » lui seraient mortelles, n'était-ce pour la visite
du fantôme d'Hélène, de son « mort » comme il l'appelle
(*SPH* II, XXIII). La mort contamine tout et elle
accompagne l'Amour dans presque tous les sonnets.

Au cosmos ensoleillé et plein de gaieté et d'enthousiasme des *Amours* de 1552, se substitue un décor
parisien, crépusculaire ou nocturne, qui contribue à
entretenir une certaine tristesse, à évoquer des sentiments
intimes ou ineffables (« Je sens une douceur à conter
impossible » *SPH* I, LII), « Le cœur le dit assez, mais
la langue est muette ». Ce décor sombre se fait aussi le
triste complice de l'évocation d'autres ténèbres. Une
chandelle va-t-elle s'éteindre, elle lui fait souhaiter la
mort (*SPH* II, XV); une autre flamme de chandelle,
qui éclaire le visage d'une vieille, sa face « saisie » « de
vieillesse et de hideuseté », à « la chair si moisie » dira-t-il
ailleurs (*SPH* II, XXVI), avec sa servante au coin du
feu, vacille sur un fond noir où rôde le « fantaume sans
os » de Ronsard, somptueux clair-obscur digne des
grands maîtres maniéristes (*SPH* II, XXIV).

Si par hasard l'apparition d'Hélène ramène l'éclat du
jour dans une sombre salle de bal [1], elle est généralement,
malgré sa lumière source de *perte* : « Je ne voy point de
Phare... / Naufrage je mourray : car je ne voy reluire /
Qu'une flame sur moy, qu'une Helene qui tire /... ma
Navire à la mort » (*SPH* I, VI).

Hélène est une autre Sinope dont le regard agit comme
un venin ou un philtre (« Vous avez telle *peste* en mon
cœur respandue, / Que mon sang s'est gasté... » *SPH* I,

---

1. Voir aussi :
        Je fis loin de ton chef evanoüir la nuit
        Je fis flamber ton nom comme un astre qui luit.
Amours de 1609, V.

LI). De nombreuses allusions aux herbes ensorcelantes, à Médée, à la magie noire d'Hélène la Grecque jettent sur la jeune fille une ombre encore plus inquiétante : les procès de sorcières étaient monnaie courante. Le fer, le poison et l'intrigue hantent les *Sonnets pour Hélène*, comme sont hantées les consciences angoissées qui voient dans la guerre, les massacres, la comète de 1572 [1], des signes avant-coureurs du Jugement dernier [2]. L'amour des *Sonnets pour Hélène* n'est plus une garantie d'éternité, Ronsard n'y évoque guère, tel qu'il avait fait en 1552, de belles images proliférant dans un espace atemporel. Les allusions à l'amour se coulent dans la durée, dans un futur de mort où il est entraîné à sa perte tout autant qu'il l'entraîne elle : même lorsqu'il se prend à vouloir fuir avec elle loin de la cour maudite, lui promettant une vie idyllique, il ne peut lui proposer comme modèle d'amants qu'Orphée et Eurydice. Il exprime le désir que naisse de leurs amours une plante propice aux amoureux qui croisse sur leurs tombeaux (*SPH* I, V). Il fait rimer, dans les *Stances de la Fontaine d'Helene*, Heleine et fontaine et les unit à jamais (v. 87-88), mais le sonnet suivant (*SPH* II, LI) fait de ces eaux une indélébile teinture rouge. Enfin la douce Heleine-haleine lui fait perdre le souffle quand il gravit avec peine des marches symboliques, d'où, hautaine, elle le repousse (*SPH* II, XLIII).

La fameuse chanson *Plus estroit que la Vigne à l'Ormeau se marie* évoque la mort des amants « morts de trop aimer » et s'étend longuement sur le paradis. Les *Sonnets pour Hélène* entrouvrent la porte de l'au-delà, si bien que toutes les structures mystiques et extatiques de la poésie religieuse à venir s'y trouvent déjà en place. Certains sonnets pourraient illustrer les commentaires de Mon-

---

1. Voir Ronsard, *Tombeau du feu Roy tres-chrestien Charles IX*, Laumonier XVIII, v. 156-160 et *Hymne des Estoiles, ibid.*, p. 38, sur la fameuse comète dite de Ticho-Brahé qui brilla de 1572 à 1574 et qui était pour beaucoup en cette période de catastrophisme signe de la colère divine et de la fin du monde. Voir aussi les sombres prophéties de Ronsard dans la pièce ajoutée aux *Amours diverses* (1584), note 3.

2. Montaigne, *Les Essais* I, XXVI, s'insurge contre cette forme de panique :

> A voir nos guerres civiles, qui ne crie que cette machine se bouleverse et que le jour du jugement nous prend au collet, sans s'aviser que plusieurs pires choses se sont veuës... A qui il gresle sur la teste, tout l'hemisphere semble estre en tempeste et orage.

taigne sur la façon dont « la crainte, le desir l'esperance
nous eslancent vers l'advenir... pour nous amuser *à ce
qui sera*, voire quand nous *ne serons plus* [1] ». La contem-
plation des « beaux rais » comme d'un soleil amène
l'extase : «... ma pauvre ame possible / En se pasmant
se perd... » (*SPH* I, LII), il est « de merveille ravy »
(*SPH* II, XX). Quand, dans ce dernier sonnet, il fait
rimer « ressusciter les morts » avec « tous les membres
du corps », la scène est complète [2], et *Les Tragiques* de
d'Aubigné peuvent paraître.

Les *Sonnets pour Hélène* continuent de présenter
Hélène comme idéale entre toutes, mais, si Ronsard
prétend par exemple immortaliser la jeune fille avec
son livre, il biaise. Ses remarques contiennent des res-
trictions, des hésitations, des pointes, qui sont parfois
ambiguës et même ironiques. « Long temps *apres* la
mort, je vous feray *revivre*, / Tant peut le docte soin
d'un gentil serviteur... / Vous vivrez *(croyez moy)* comme
Laure en grandeur, / *Au moins tant* que vivront les
plumes et le livre » (*SPH* II, II). Ici, Ronsard rêve à
la fin du monde [3], du temps lui-même, comme du Bellay
et aussi comme Sponde qui déclare que le temps lui-
même « coule » et « se perd » et que la « longue durée »
est « ailleurs [4] ».

De même, les compliments qu'il lui adresse sont rela-
tifs et ambigus. Elle est parfaite, le moule est brisé, mais
un « bon-heur » lui « defaut » : son « voile ombragé du
trespas » l'empêche d'être reconnue (*SPH* II, XXXVI).
Ailleurs elle est la plus parfaite idée tracée par Dieu,
elle est immortelle, mais le dernier vers rappelle que
« tout ce qui est parfait ne dure pas long temps » (*SPH* II,
XI).

Il se refuse à la comparer à la lune ou au soleil, « Tu
sembles à toymesme et n'as portrait aucun », dit-il; en
un sens, ce genre de réflexion montre l'écroulement du

---

1. *Les Essais* I, iii.
2. Il faut pourtant remarquer que Ronsard sépare toujours âme
et corps, cf. les *Derniers vers* et Bensimon, « Ronsard et la mort »,
op. cit. Voir sur d'Aubigné et le Jugement, « Essai sur Agrippa d'Aubigné, I : Aspirations et conflits dans *Les Tragiques* », *Studi Francesi*,
XXI (1964), pp. 418-437.
3.   ... à la fin la mort toutes choses emmeine :
                     Et... *mesme le Ciel* qui fait mourir les Rois
                     Et perir un chacun, *perira quelquefois.*
Tombeau de Charles IX, *op. cit.* v. 156-160.
4. Schmidt, *Poètes du seizième siècle*, *Stances de la mort*, p. 892.

système analogique et avec lui des structures néo-platoniciennes dont il se réclamait et se réclame encore,
subversivement. Au lieu de poser Vénus comme modèle
idéal pour lui comparer Hélène comme il l'avait fait
pour Cassandre, il dénonce celle des Grecs comme un
« mensonge », une « fable », explique Richelet. Il en
résulte une dévaluation du mythe de Vénus [1]. Nous
avons souligné plus haut l'importance de la chevelure
d'or et de sa signification symbolique. Au nom peut-être
de la vraisemblance, Ronsard choisit à la même date (1578)
de faire de sa blonde Vénus des *Amours* de 1552 une
brune et corrige son sonnet (cf. *supra*, p. 26). Là aussi
le sens symbolique s'affaiblit.

De même, dans le seul sonnet du recueil qui chante la
chevelure d'Hélène (II, XXXII), elle est évoquée avec
une précision réaliste, ses « cheveux... coulent aux talons
entre noirs & chastains... bruns, deliez et *longs tels que
Venus les porte* ». La notation de couleur trahit plus le
désir de décrire les cheveux d'Hélène que celui de la
comparer à la déesse de l'amour; la comparaison se
limite à la longueur de la chevelure. Ainsi l'analogie
n'a plus sa force, et par contrecoup le culte de la femme
idéale semble perdre de sa vitalité. En fait dans le même
sonnet, se tisse tout un réseau d'images négatives, qui
font que le mécanisme analogique fonctionne à l'envers :
« cheveux non achetez, empruntez, ny fardez [2] ».

L'amour dans le texte de 1552 renvoie, nous l'avons
vu, à l'origine du monde, à l'Amour, ordonnateur du
chaos initial; dans les *Sonnets pour Hélène*, le regard
aveugle, tue; l'amour renvoie à la mort et à une escha-
tologie. Il annonce les vers d'un Chassignet pour qui
« l'esbat de Venus trouble tes yeus serains / ... mais s'il
faut que tu meures [3] », ou qui déclare « La seule mort
nous peut rendre les yeus plus fors, / Nous redonnant la
vie, et pensons mal accors / Qu'elle nous vienne oster
et la vie et la veue [4] ». On pense à l'isomorphisme de

1. Cette détériorisation du mythe trouve son plein épanouissement
en 1595 dans le *Venus and Adonis* de Shakespeare. Voir notre étude
in La Métamorphose dans la poésie baroque française et anglaise, éd.
Gunther Narr Verlag, Tübingen, 1980.
2. Voir, pour des conclusions semblables, les excellentes remarques
de G. Castor, in T. Cave, *op. cit.*, p. 104.
3. Ed. Vaganay, Lyon, 1916, sonnet XVIII.
4. *Ibid.*, XXIX.

ces structures où naissance et mort sont intimement associées [1].

Hélène ne représente même pas une planche de salut. Elle est là pour tisser sa mort. Le diptyque (amour-gloire) du sonnet votif à Cassandre affirmait l'immortalité du poète; la couronne de myrte et de laurier (amour et gloire) que lui tresse Hélène est une couronne... mortuaire. Amour lui rappelle en effet que « Plus l'argument est grand, plus Cygne vous mourrez » (*SPH* II, XXXIX).

Et c'est avec cette surprenante désinvolture dont nous avons parlé (*SPH* II, LIII) qu'il coupe court à cette « plaisante farce », cette « belle mensonge ». Mais la mort n'est pas plus présente dans sa nouvelle solitude; pas de solution de continuité. Il évoque son âge et son poil grison qui lui rappellent qu'il est l'heure de la défaite et de la retraite. Et Ronsard de faire son bilan : ce dernier amour « entre l'aigre et le doux, l'esperance et la peur » lui aura du moins donné l'occasion d'avoir « dedans sa forge » « poly cest ouvrage ». L'argument est grand, mais ce qui compte surtout c'est le chant du cygne, et Ronsard sûr de son art jusque dans ses derniers vers y reprendra cette image :

> Il faut... chanter son obseque en la façon du Cygne,
> Qui chante son trespas...
> J'ay vescu, j'ay rendu mon ame assez insigne
> Ma plume vole au ciel pour estre signe [2].

Ce « chant de Cygne » est aussi un « chant », comme tous les poèmes de Ronsard. S'il est vrai que Ronsard était surtout un visuel, qu'il était à demi-sourd, sa poésie n'en est pas moins très « musicale ». Tout lecteur insensible à cet aspect des sonnets et chansons devra suivre le conseil du poète lui-même qui non seulement recommande au jeune écrivain de faire ses vers en les lisant à haute voix, ou même en les chantant, mais demande à son

1. «... nature nous y force. Sortez, dit-elle, de ce monde comme vous y estes entrez. Le mesme passage que vous fites de la mort à la vie... refaites-le de la vie à la mort », *Les Essais*, I, xx. Voir notre article, *op. cit.*, note 1, p. 36.

2. *Derniers vers*, VI, éd. Bellenger, Garnier-Flammarion, 1979, p. 196.

lecteur d'en faire autant. Il y découvrira des recherches musicales très variées et très poussées.

La musicalité d'un texte se laisse difficilement cerner et décrire verbalement. Les mots et leur agencement créent des sonorités et des rythmes qui étayent les images tout autant que celles-ci les renforcent. Cependant, tantôt les images bénéficient de la musique, tantôt au contraire une savante sonorité donne au texte une valeur musicale quasi indépendante de son sens, comme dans les derniers sonnets, ainsi que nous le verrons plus bas. Les textes des *Amours* de 1552, au contraire, contiennent surtout des rythmes, des répétitions de sons et de mots (rimes et allitérations, etc.) qui enrichissent les images et leur mouvement; la musique s'y met véritablement au service du langage et devient imitative, « plastique », pour ainsi dire : Ronsard veut-il décrire les cheveux d'or qui se déroulent lentement sur les épaules de Cassandre, il évoque ce filet d'or « qui tout crespu blondement descendoit à flotz ondez pour enlasser mon ame » (*A.* 52, III). Ailleurs et d'une façon tout à fait différente, la « musique » est mise au service de ce qui dans le sonnet ronsardien pourrait s'appeler « dynamisme [1] ». On se reportera par exemple au sonnet *A.* 52, XXIII, dans lequel la nomenclature, caractéristique du poème-blason, s'anime sous la baguette du maître. Le portrait traditionnel de la belle ne serait qu'une froide statue sans les savantes répétitions de sons qui, s'amplifiant comme des ondes, vont lui insuffler une véritable vie (grâce au verbe « souspire » qui anime le « marbre » du premier vers). Ronsard travaille donc surtout pour les images de son texte. Les théoriciens de la Pléiade insisteront sur la valeur morale et spirituelle du mètre, sur l'importance de la musique qui chasse la « dissonante discorde », et rétablit l'harmonie de l'âme avec le cosmos, sur la musique des sphères, inaudible, qui garantie l'ordre du cosmos; Ronsard lui-même proclamera que poésie et musique doivent s'unir (Préface des *Meslanges* 1560) : « celuy n'est digne de voir la douce lumiere du soleil, qui ne fait honneur à la Musique, comme petite partie de celle, qui si ârmonieusement... agitte tout ce grand univers », mais Ronsard, et surtout lui, donne la primauté au visible. Comme Chantavoine, et Jeffery, après lui, l'ont fort bien remarqué, avec Ronsard musique et poésie si

1. Voir plus haut, pp. 18-19; et 23.

intimement liées chez les troubadours vont se dissocier ;
ceci d'abord dans les odes pindariques, mais ce sera tout
aussi vrai pour *Les Amours,* du moins dans les premiers
textes : « Ronsard quand il se prétend disciple et réno-
vateur de Pindare (est moins)... musicien que poète. Son
appel à la musique est au fond un adieu [1]. »

Le supplément musical des *Amours* de 1552 contient
six partitions par quatre compositeurs, Certon, Janne-
quin, Goudimel et Muret, sur lesquelles pouvaient se
chanter tous les sonnets. Mais ces compositions musicales
restent des tentatives isolées. De plus, elles ne devaient
plaire que médiocrement à Ronsard, malgré la richesse
du contrepoint, le déroulement du texte s'y trouvant à
l'étroit. Il leur préférera les savants arrangements de
Costeley qui, sans rien sacrifier à la qualité, permettront
aux beautés du texte et à son sens de ressortir davantage.

Les compositeurs continueront de mettre en musique
de nombreuses pièces de Ronsard, et ceci encore en 1617.
Mais c'est surtout entre 1575 et 1578, époque très éprise
de musique, que les sonnets de Ronsard seront surtout
mis en musique. La préférence des compositeurs ira
surtout au décasyllabe des *Amours* de Cassandre 1552-
1553.

En fait, la musique et la poésie vont suivre un chemin
parallèle. La musique devient de plus en plus monodique ;
et, surtout avec l'alexandrin, le texte se rapproche de
plus en plus de la prose et celle-ci du langage parlé. Les
magnifiques alexandrins des *Sonnets pour Hélène* sont
savamment étudiés, mais leur grande simplicité tend à
retrouver le rythme de la parole. Ils ont une valeur
musicale plus intrinsèque, dont on a souvent subi le
charme, tout en l'attribuant au *ton* de la conversation
intime, ou à la *note* personnelle. Mais nous avons vu la
place de l'élément biographique dans les *Sonnets pour
Hélène ;* il y est logé tout comme dans *Les Essais* par des
préoccupations qui s'inscrivent nécessairement dans la
durée, le devenir et, partant, seront indissociablement
liées au rythme. Montaigne se cherchant, préfère un
« parler simple et naïf, tel sur le papier qu'à la bouche [2] »,
et il explique ailleurs ce penchant : « *le bransle mesme de
ma voix tire plus* de mon esprit que je n'y trouve lors que

1. *Revue musicale,* mai 1924, p. 85, *apud* Jeffery, « The Idea of
Music in Ronsard's Poetry », in Cave, *op. cit.,* p. 217.
    2. I, XXVI.

je le sonde... ainsi les paroles en valent mieux que les escripts [1] ». Par ailleurs la musique se fait elle aussi « recherche », elle devient de plus en plus monodique et finit par donner naissance au premier opéra, l'*Eurydice* de Peri (1600) où s'affirmera dans une espèce de mélopée, déclamée et à peine chantée, la primauté du langage.

La présente édition reproduit le texte intégral des *Amours* [2]. Elle est établie suivant le principe de Laumonier, qui dans son édition critique des *Œuvres complètes* adopte le texte de l'édition princeps au fur et à mesure de sa parution dans les éditions successives. C'est à son édition que nous nous sommes reportés pour établir la nôtre.

Nous avons adopté dans ce volume l'ordre qui suit, on y trouvera la première édition des *Amours* de 1552, suivie des pièces ajoutées dans la deuxième édition de 1553, puis dans celle du *Premier Livre des Amours* essentiellement dédié à Cassandre qui figure dans les *Œuvres* à partir de 1560.

Suivent les *Continuations* de 1555, les *Nouvelles Continuations* de 1556, les pièces ajoutées en 1560, 1564 et 1567. Dès 1560, Ronsard rassemblait les *Continuations* et les *Nouvelles Continuations* dans le *Second Livre des Amours*, celui-ci presque entièrement consacré à Marie.

Les *Sonets à Sinope* publiés en 1559 qui paraissent dans le *Second Livre des Meslanges* figurent dans notre édition en appendice avec les autres pièces, parues en 1553 au *Cinquiesme des Odes*, dans le *Bocage* de 1554, dans les *Meslanges* de 1555, dans les *Nouvelles Poësies* de 1563-1564, les *Élégies, Mascarades et Bergeries* de 1565, au *Siziesme et Septiesme Livre* des *Poëmes* de 1569. Les pièces posthumes de 1609 y figurent également. On trouvera ensuite la série de sonnets et de pièces *Sur la*

---

1. I, X.
2. Il faut cependant noter quelques omissions : nous n'avons pas inclus dans la *Nouvelle Continuation* deux élégies et un dialogue dont le sujet semblait étranger au recueil et qui ne figurent plus dans *Les Amours* de 1560, ainsi que les sonnets d'hommage qui suivent le dernier sonnet à Marie. Par contre, nous avons jugé bon d'inclure trois pièces, qui furent retranchées des *Amours* en 1560, mais qui nous paraissaient appartenir au recueil des *Amours* de Marie, l'ode IV, « Bel aubepin... », les poèmes XXIX, « L'Alouette » et XXX, « Le Gay ».

Mort de Marie (1578), *Sonets et Madrigals pour Astrée* (1578), *Sonets pour Helene*, livres I et II (1578), suivis des pièces ajoutées en 1584 et 1587.

S'ensuivent les *Amours diverses* de 1578 avec les pièces ajoutées en 1584.

Cette édition ne pouvait prétendre contenir tout l'appareil critique de l'édition savante de Laumonier. Il nous a fallu nous limiter à des notes essentielles pour la bonne compréhension du texte. Nous avons cependant tenu à y faire figurer le plus grand nombre possible de remarques des contemporains (les commentaires de Muret et de Belleau) qui jettent sur ces textes une lumière très instructive. Nous avons été obligés d'omettre les sources et de n'inclure dans nos notes que quelques-unes des multiples variantes résultant de l'incessant remaniement du texte par Ronsard.

Marc BENSIMON.

ABRÉVIATIONS

A. 52 : *Les Amours* (1552)
A. 53 : *Les Amours* (1553)
A. Div. : *Les Amours Diverses*
Cont. : *Continuation des Amours*
Nouv. Cont. : *La Nouvelle Continuation des Amours*
SPH I : *Sonets pour Helene* Livre I
SPH II : *Sonets pour Helene* Livre II

BIBLIOGRAPHIE

ÉDITIONS

Œuvres complètes, éd. par Paul Laumonier (et complétées par I. Silver et R. Lebègue), Société des Textes Français Modernes, Paris, Didier, 1914-1975, 20 tomes. Edition de référence.

Œuvres complètes, éd. G. Cohen, Paris, Gallimard (Bibliothèque de la Pléiade), 1950, 2 tomes. Texte de l'édition de 1584.

Les Amours, éd. H. et C. Weber, Paris, Garnier, 1963.

ÉTUDES

ARMSTRONG, E., *Ronsard and the Age of Gold*, Cambridge University Press, 1968.

BENSIMON, M., « Désir, Espace et Temps : remarques sur l'art de la littérature du XVIe siècle », Mythes-Symboles-Signes, *Revue de Littérature Comparée*, vol. 2 (1977), 289-298.

—, « La Porte étroite : Essai sur le maniérisme », *Journal of Medieval and Renaissance Studies* (oct. 1980).

—, « Ronsard et la mort », *Modern Language Review*, LVII (avril 1962), 183-194.

—, « Modes of Perception of Reality in the Renaissance » in *The Darker Vision of the Renaissance : Beyond the Fields of Reason*, R. KINSMAN, éd., University of California Press, 1974, 221-272.

—, « The Significance of Eye Imagery in the Renaissance from Bosch to Montaigne », in *Image and Symbol in the Renaissance, Yale French Studies*, 47 (1972), 266-290.

BROWN, F. S., éd. *Renaissance Studies in Honor of Isidore Silver*, Kentucky Romance Quarterly, XXI (1974), supplément n° 2.

CASTOR, G., « Ronsard's variants : « Je vouldray richement jaunissant », *Modern Language Review*, 63 (1964), 387-390.

—, « The Theme of Illusion in Ronsard's *Sonets pour Helene* and in the variants of the 1552 *Amours* », *Forum for Modern Language Studies*, 7 (1971), 361-373.

—, *Pléiade Poetics : a study in sixteenth century thought and terminology*, Cambridge University Press, 1964.

CAVE, T., *The Cornucopian Text*, Oxford, Clarendon Press, 1979.

—, *Ronsard the Poet*, London, Methuen, 1973.

CREORE, A. E., *A Word-Index to the Poetic Work of Ronsard*, Leeds, Marrey, 1972, 2 vol.

DASSONVILLE, M., « A propos du pétrarquisme et de Ronsard », *Esprit Créateur*, 12 (1972), 178-182.

—, « Pour une interprétation nouvelle des *Amours* de Ronsard », *BHR*, 28 (1966), 241-270.

DUBOIS, C. G., *Le Maniérisme*, Paris, P.U.F., 1979.

—, *Mythe et langage au XVI*e *siècle*, Paris, Nizet, 1970.

FESTUGIÈRE, J., *La Philosophie de l'amour de Marsile Ficin et son influence sur la littérature française du XVI*e *siècle*, Paris, Vrin, 1941.

FORSTER, L., *The Icy Fire : five studies in European petrarchism*, Cambridge University Press, 1969.

GADOFFRE, G., « Ronsard et la pensée ficinienne », *Archives de philosophie* (janvier 1963), 45-48.

—, « Ronsard et le thème solaire », in *Le Soleil à la Renaissance : Sciences et mythes* (colloque international, 1963), Paris, P.U.F., 1965.

—, *Ronsard par lui-même*, Paris, Seuil, 1960.

GENDRE, A., *Ronsard poète de la conquête amoureuse*, Neuchâtel, 1970.

Lumières de la Pléiade (neuvième stage international d'études humanistes, Tours, 1965), Paris, Vrin, 1966.

MELANÇON, R., « Sur la structure des *Amours* (1552) de Ronsard », *Renaissance et Réforme* I (1977), 119-135.

NURSE, P., éd. *The Art of Criticism : Essays in French Literary Analysis*, Edinburgh, Edinburgh University Press, 1969.

REGAN, M., « The Evolution of the Poet in Ronsard's Sonnet Sequences », *Mosaic*, 11, I (1977), 127-149.

RICHTER, B., « Ronsard Studies (1956-1970) », *Neophilologus*, LVI, 1972, 353-362.

RIGOLOT, F., *Poétique et onomastique*, Genève, Droz, 1977.

SILVER, I., « Ronsard Studies (1936-1950) », *BHR*, XII, 1950 et « Ronsard Studies (1951-1955) », *BHR*, XXII, 1960, 214-268.

TRIPET, A., *Pétrarque ou la connaissance de soi*, Genève, Droz, 1967.

TUZET, H., *Le Cosmos et l'imagination*, Paris, Corti, 1965.

VIANEY, J., *Le Pétrarquisme en France au XVIe siècle*, Montpellier, Coulet, 1909; Genève, Slatkine, 1969.

WEBER, H., *La Création poétique au seizième siècle en France de Maurice Scève à Agrippa d'Aubigné*, Paris, Nizet, 1956.

—, « Autour du dernier sonnet de Ronsard : de la vieillesse à la mort, du cygne au signe », in *Mélanges Silver*, 1974, 113-120.

WILSON, D. B., *Descriptive Poetry in France from Blason to Baroque*, Manchester University Press, 1967.

YATES, F., *The French Academies of the Sixteenth Century*, Warburg Institute, University of London, 1947.

Kniffka, H., and Roland Simon, ... Pro ... 1970, Memphis ... ... and L ... upp ... Pretoria ...

Parisot, J., Fab..., in down ... is ... Scien ..., 1962 ...

So ..., L., Renard, and J ... 1960 ... 8. BIP. XII.

1960 ... J. Hoo ... III ... Studio (1951-1955). 8 BIP. XXIII, ... 10, 219-265.

Thelm ... of Zerlegu ... in dr ... ma ... de la, Geneve ... tion ... 305.

Thi, H., 1951 ... Vol ... J ... Interna ... Phaiz ... Bunf C ..., 1905 ... VI ... 2. Te ... Prod ... con ... Praha ... 1912 ... eco ...

Mo ... pill ... Somir ... 15 ... dr ... Opr ... in ... und ... so ... label.

Wi ... pr ... H., N ... Co ... la ... pa ... po ... 5 ... w ... n ... tade ... rg ... w ... Altade ... rg ... a 2 ... Plan ... 3 ... R ... a J ... Rang ... of Pari ... King ... g ... a ...

... 's ... Mon ... U ... ta ... ver ... e ... of ... Poland ... 196 ... 6, so ... nolité ... tle ... Altad ... of ... g ... vo ... printed ... a ... M ... ffre ... Stone ... tons ... rev ... an ...

... 19 ... V ... U ... Phoen ... chi ... e ... Phila ... b ... Engel ... A ... Wilkiss ... for ... Sanche ... chin ... ima ... the ... Unive ... of ... Pro ... s ... 1970 ... V ... Varsa ... P ... The ... mann ... And ... Res ... of ... An ... Stru ... O ... ... an ... Writing ... Institute ... Insectus ... of ... Iberica ... P ...

LES AMOURS

VŒU

Divin troupeau [1], qui sur les rives molles
  Du fleuve Eurote, ou sur le mont natal,
  Ou sur le bord du chevalin crystal [2],
1   Assis, tenez vos plus sainctes escolles :
Si quelque foys aux saultz de vos carolles [3]
  M'avez receu par ung astre fatal,
  Plus dur qu'en fer, qu'en cuyvre ou qu'en metal,
8   Dans vostre temple engravez ćes paroles :
Ronsard, affin que le siecle a venir,
  De pere en filz se puisse souvenir,
11   D'une beauté qui sagement affole,
De la main dextre append a nostre autel,
  L'humble discours de son livre immortel,
14   Son cuœur de l'autre, aux piedz de ceste idole [4].

LES AMOURS
DE P. DE RONSARD

SONETZ

I

Qui voudra voyr comme un Dieu me surmonte [1],
 Comme il m'assault, comme il se fait vainqueur,
 Comme il r'enflamme, & r'englace mon cuœur,
4 Comme il reçoit un honneur de ma honte,
Qui voudra voir une jeunesse prompte
 A suyvre en vain l'object de son malheur,
 Me vienne voir : il voirra ma douleur,
8 Et la rigueur de l'Archer qui me donte.
Il cognoistra combien la raison peult
 Contre son arc, quand une foys il veult
11 Que nostre cuœur son esclave demeure :
Et si voirra que je suis trop heureux,
 D'avoir au flanc l'aiguillon amoureux,
14 Plein du venin dont il fault que je meure.

II

Nature ornant la dame qui devoyt
 De sa douceur forcer les plus rebelles,
 Luy fit present des beautez les plus belles,
4 Que des mille ans en espargne elle avoyt.
Tout ce qu'Amour avarement couvoyt,
 De beau, de chaste, & d'honneur soubz ses ailles,
 Emmiella les graces immortelles
8 De son bel œil qui les dieux emouvoyt.
Du ciel à peine elle estoyt descendue,

Quand je la vi, quand mon ame ésperdue
11   En devint folle : & d'un si poignant trait,
Le fier destin l'engrava dans mon ame,
       Que vif ne mort, jamais d'une aultre dame [1]
14   Empraint au cuœur je n'auray le portraict.

III

Dans le serain de sa jumelle flamme
       Je vis Amour qui son arc desbandoit,
       Et sus mon cuœur le brandon éspandoit,
4   Qui des plus froids les moelles enflamme.
Puis çà puis là pres les yeulx de ma dame
       Entre cent fleurs un retz d'or me tendoit,
       Qui tout crespu blondement descendoit [1]
8   A flotz ondez pour enlasser mon ame.
Qu'eussay-je faict ? l'Archer estoit si doulx,
       Si doulx son feu, si doulx l'or de ses noudz,
11   Qu'en leurs filetz encore je m'oublie :
Mais cest oubli ne me tourmente point,
       Tant doulcement le doulx Archer me poingt,
14   Le feu me brusle, & l'or crespe me lie.

IV

Je ne suis point, ma guerriere Cassandre [1],
       Ne Myrmidon, ne Dolope souldart,
       Ne cest Archer, dont l'homicide dart
4   Occit ton frere, & mit ta ville en cendre [2].
En ma faveur pour esclave te rendre
       Un camp armé d'Aulide [3] ne depart,
       Et tu ne voys au pied de ton rempart
8   Pour t'emmener mille barques descendre.
Mais bien je suis ce Chorébe [4] insensé,
       Qui pour t'amour ay le cuœur offensé,
11   Non de la main du Gregeois Penclée [5] :
Mais de cent traitz qu'un Archerot vainqueur,
       Par une voye en mes yeulx recelée,
14   Sans y penser me ficha dans le cuœur.

V

Pareil j'egalle au soleil que j'adore
    L'autre soleil. Cestuy là [1] de ses yeulx
    Enlustre, enflamme, enlumine les cieulx,
4   Et cestuy ci toute la terre honore.
L'art, la Nature, & les Astres encore,
    Les Elements, les Graces, & les Dieux
    Ont prodigué [2] le parfaict de leur mieux,
8   Dans son beau jour qui le nostre decore.
Heureux, cent foys heureux, si le destin
    N'eust emmuré d'un fort diamantin,
11   Si chaste cuœur dessoubz si belle face :
Et plus heureux si je n'eusse arraché
    Mon cuœur de moy, pour l'avoyr attaché
14   De cloudz de feu sur le froid de sa glace [3].

VI

Ces liens d'or, ceste bouche vermeille,
    Pleine de lis, de roses, & d'œuilletz,
    Et ces couraulx chastement vermeilletz,
4   Et ceste joue à l'Aurore pareille :
Ces mains, ce col, ce front, & ceste oreille,
    Et de ce sein les boutons verdeletz,
    Et de ces yeulx les astres jumeletz,
8   Qui font trembler les ames de merveille :
Feirent nicher Amour dedans mon sein,
    Qui gros de germe avoit le ventre plein,
11   D'œufz non formez & de glaires nouvelles.
Et luy couvant (qui de mon cuœur jouit
    Neuf mois entiers) en un jour m'eclouit
14   Mille amoureaux chargez de traits & d'aisles.

VII

Bien qu'à grand tort il te plaist d'allumer
    Dedans mon cuœur, siege à ta seigneurie,
    Non d'une amour, ainçois d'une furie
14   Le feu cruel pour mes os consumer,
L'aspre torment ne m'est point si amer,
    Qu'il ne me plaise, & si n'ay pas envie

De me douloir : car je n'ayme ma vie
8   Si non d'autant qu'il te plaist de l'aimer.
Mais si les cieulx m'ont fait naistre, Ma dame,
Pour estre tien, ne genne plus mon ame,
11   Mais pren en gré ma ferme loyaulté.
Vault il pas mieulx en tirer du service,
Que par l'horreur d'un cruel sacrifice,
14   L'occire aux piedz de ta fiere beauté ?

VIII

Lors que mon œil pour t'œillader s'amuse,
Le tien habile à ses traits decocher,
Estrangement m'empierre en un rocher,
4   Comme au regard d'une horrible Meduse.
Moy donc rocher, si dextrement je n'use
L'outil des Seurs pour ta gloire esbaucher,
Qu'un seul Tuscan est digne de toucher [1].
8   Non le changé, mais le changeur accuse [2]
Las, qu'ay je dit ? Dans un roc emmuré,
En te blamant je ne suis asseuré,
11   Tant j'ay grand peur des flammes de ton ire,
Et que mon chef par le feu de tes yeux
Soit diffamé, comme les monts d'Epire
14   Sont diffamez par les flammes des cieulx [3].

IX

Le plus toffu d'un solitaire boys,
Le plus aigu d'une roche sauvage,
Le plus desert d'un separé rivage,
4   Et la frayeur des antres les plus coys :
Soulagent tant les soupirs de ma voix,
Qu'au seul escart de leur secret ombrage,
Je sens garir une amoureuse rage,
8   Qui me raffolle au plus verd de mes moys.
Là, renversé dessus leur face dure,
Hors de mon sein je tire une peinture,
11   De touts mes maulx le seul allegement,
Dont les beaultez par Denisot encloses,
Me font sentir mille metamorphoses
14   Tout en un coup, d'un regard seulement [1].

X

Je pais mon cœur d'une telle ambrosie,
   Que je ne suis à bon droit envieux
   De ceste là qui le pere des dieux
4   Chez l'Ocean friande resasie [1].
Celle qui tient ma liberté saisie,
   Voire mon cœur dans le jour de ses yeux,
   Nourrist ma faim d'un fruict si precieux,
8   Qu'un autre appareil ne paist ma fantaisie.
De l'avaller je ne me puis lasser,
   Tant le plaisir d'un variant penser
11   Mon appetit nuict & jour faict renaistre.
Et si le fiel n'amoderoit un peu
   Le doux du miel duquel je suis repeu,
14   Entre les dieux, dieu je ne voudroys estre.

XI

Amour, amour, donne moy paix ou trefve,
   Ou bien retire, & d'un garrot plus fort
   Tranche ma vie, & m'avance la mort,
4   Me bienheurant d'une langueur plus bréve.
Soit que le jour ou se couche, ou se leve,
   Je sens tousjours un penser qui me mord,
   Et contumax [1] au cours de son effort,
8   De pis en pis mes angoisses r'engreve.
Que doibs je faire ? Amour me faict errer,
   Si haultement que je n'ose esperer
11   De mon salut que la desesperance.
Puis qu'Amour donc ne me veult secourir,
   Pour me deffendre il me plaist de mourir,
14   Et par la mort trouver ma delivrance.

XII

J'espere & crains, je me tais & supplie,
   Or je suis glace, & ores un feu chault,
   J'admire tout, & de rien ne me chault,
4   Je me delace, & puis je me relie.
Rien ne me plaist si non ce qui m'ennuye,
   Je suis vaillant, & le cœur me default,

J'ay l'espoir bas, j'ay le courage hault,
8   Je doubte Amour [1], & si je le deffie.
Plus je me picque, & plus je suis restif,
    J'ayme estre libre, & veulx estre captif,
11   Cent foys je meur, cent foys je prens naissance.
Un Promethée en passions je suis [2],
    Et pour aymer perdant toute puissance,
14   Ne pouvant rien je fay ce que je puis.

XIII

Pour estre en vain tes beaulx soleilz aymant,
    Non pour ravir leur divine estincelle [1],
    Contre le roc de ta rigueur cruelle
4   Amour m'atache à mille cloux d'aymant.
En lieu d'un Aigle, un soing horriblement
    Claquant du bec, & siflant de son aille,
    Ronge goulu ma poictrine immortelle,
8   Par un desir qui naist journellement.
Mais de cent maulx, & de cent que j'endure,
    Fiché, cloué, dessus ta rigueur dure,
11   Le plus cruel me seroit le plus doulx,
Si j'esperoys, apres un long espace,
    Venir vers moy l'Hercule de ta grace,
14   Pour delacer le moindre de mes nouds [2].

XIV

Je vy tes yeulx desoubz telle planette,
    Qu'autre plaisir ne me peult contenter,
    Si non le jour, si non la nuict, chanter,
4   Allege moy doulce plaisant' brunette [1].
O liberté combien je te regrette!
    Combien le jour que je vy t'absenter,
    Pour me laisser sans espoir tourmenter
8   En ceste genne, où si mal on me traicte!
L'an est passé, le vingtuniesme jour
    Du mois d'Avril, que je vins au sejour
11   De la prison, où les amours me pleurent :
Et si ne voy (tant les liens sont fors)
    Un seul moyen pour me tirer dehors,
14   Si par la mort toutes mes mors ne meurent.

XV

Hé qu'à bon droit les Charites d'Homere
   Un faict soudain comparent au penser [1],
   Qui parmy l'air sçauroit bien devancer
4   Le Chevalier qui tua la Chimaire [2].
Si tost que luy une nef passagere
   De mer en mer ne pourroit s'élancer,
   Ny par les champs ne le sçauroit lasser
8   Du faux & vray la prompte messagere [3].
Le vent Borée ignorant le repos,
   Conceut le mien, qui viste & qui dispos,
11   Et dans le ciel, & par la mer encore,
Et sur les champs, fait allié belliqueur,
   Comme un Zethés, s'envolle apres mon cueur,
14   Qu'une Harpye humainement devore [4].

XVI

Je veulx darder par l'univers ma peine,
   Plus tost qu'un trait ne volle au descocher :
   Je veulx de miel mes oreilles boucher
4   Pour n'ouir plus la voix de ma Sereine [1].
Je veulx muer mes deux yeulx en fontaine,
   Mon cueur en feu, ma teste en un rocher,
   Mes piedz en tronc, pour jamais n'aprocher
8   De sa beauté si fierement humaine.
Je veulx changer mes pensers en oyseaux,
   Mes doux souspirs en zephyres nouveaux,
11   Qui par le monde evanteront ma pleinte.
Et veulx encor de ma palle couleur,
   Dessus le Loyr enfanter une fleur,
14   Qui de mon nom & de mon mal soit peinte [2].

XVII

Par un destin dedans mon cueur demeure,
   L'œil, & la main, & le crin delié,
   Qui m'ont si fort, bruslé, serré, lié,
4   Qu'ars, prins, lassé, par eulx fault que je meure
Le feu, la serre [1], & le ret à toute heure,
   Ardant, pressant, nouant mon amitié,

Occise aux piedz de ma fiere moitié [2]
8 Font par sa mort ma vie estre meilleure.
   Œil, main & crin, qui flammez & gennez,
   Et r'enlassez mon cuœur que vous tenez
11 Au labyrint de vostre crespe voye.
   Hé que ne suis je Ovide bien disant!
   Œil tu seroys un bel Astre luisant,
14 Main un beau lis, crin un beau ret de soye [3].

XVIII

   Un chaste feu qui les cuœurs illumine,
   Un or frisé de meint crespe annelet,
   Un front de rose, un teint damoiselet,
4 Un ris qui l'ame aux astres achemine :
   Une vertu de telles beaultez digne,
   Un col de neige, une gorge de laict,
   Un cuœur ja meur dans un sein verdelet,
8 En dame humaine une beaulté divine :
   Un œil puissant de faire jours les nuictz,
   Une main forte à piller les ennuiz,
11 Qui tient ma vie en ses doitz enfermée,
   Avecque un chant offensé doulcement
   Ore d'un ris, or d'un gemissement :
14 De telz sorciers ma raison fut charmée.

XIX

   Avant le temps tes temples fleuriront,
   De peu de jours ta fin sera bornée,
   Avant ton soir se clorra ta journée,
4 Trahis d'espoir tes pensers periront.
   Sans me fleschir tes escriptz flétriront,
   En ton desastre ira ma destinée,
   Ta mort sera pour m'amour terminée,
8 De tes soupirs tes nepveux se riront.
   Tu seras faict d'un vulgaire la fable,
   Tu bastiras sur l'incertain du sable,
11 Et vainement tu peindras dans les cieulx :
   Ainsi disoit la Nymphe qui m'affolle [1],
   Lors que le ciel pour séeller sa parolle
14 D'un dextre ésclair fut presage à mes yeulx [2].

XX

Je vouldroy bien richement jaunissant
   En pluye d'or goute à goute descendre
   Dans le beau sein de ma belle Cassandre,
4   Lors qu'en ses yeulx le somme va glissant [1].
Je vouldroy bien en toreau blandissant
   Me transformer pour finement la prendre,
   Quand elle va par l'herbe la plus tendre
8   Seule à l'escart mille fleurs ravissant [2].
Je vouldroy bien afin d'aiser ma peine
   Estre un Narcisse, & elle une fontaine
11   Pour m'y plonger une nuict à sejour [3] :
Et vouldroy bien que ceste nuict encore
   Durast tousjours sans que jamais l'Aurore
14   D'un front nouveau nous r'allumast le jour.

XXI

Qu'Amour mon cueur, qu'Amour mon ame sonde,
   Lui qui congnoist ma seulle intention,
   Il trouvera que toute passion
4   Veuve d'espoir, par mes veines abonde.
Mon Dieu que j'ayme! est il possible au monde
   De voyr un cueur si plein d'affection,
   Pour le parfaict d'une perfection,
8   Qui m'est dans l'ame en playe si profonde ?
Le cheval noir qui ma Royne conduit
   Par le sentier où ma Chair la seduit,
11   A tant erré d'une vaine traverse,
Que j'ay grand peur, (si le blanc ne contraint
   Sa course vague, & ses pas ne refraint
14   Dessoubz le joug) que ma raison ne verse [1].

XXII

Cent et cent foys penser un penser mesme,
   A deux beaulx yeulx montrer à nud son cueur,
   Se desoyfver d'une amere liqueur,
4   S'aviander d'une amertume estresme [1] :
Avoyr la face amoureusement blesme,
   Plus souspirer, moins fleschir la rigueur,

Mourir d'ennuy, receler sa langueur,
8   Du vueil d'aultruy des loix faire à soy mesme :
Un court despit, une aimantine foy,
     Aymer trop mieulx son ennemi que soy,
11   Peindre en ses yeulx mille vaines figures :
Vouloir parler & n'oser respirer,
     Esperer tout & se desesperer,
14   Sont de ma mort les plus certains augures.

XXIII

Ce beau coral, ce marbre qui souspire,
     Et cest ébénne ornement d'un sourci,
     Et cest albastre en vouste racourci,
4   Et ces zaphirs, ce jaspe, & ce porphyre,
Ces diaments, ces rubis qu'un zephyre
     Tient animez d'un souspir adouci,
     Et ces œilletz, & ces roses aussi,
8   Et ce fin or, où l'or mesme se mire,
Me sont au cuœur en si profond esmoy,
     Qu'un autre object ne se presente à moy,
11   Si non le beau de leur beau que j'adore,
Et le plaisir qui ne se peult passer
     De les songer, penser, & repenser,
14   Songer, penser, & repenser encore.

XXIV

Tes yeulx divins me promettent le don
     Qui d'un espoir me r'enflamme & r'englace,
     Las, mais j'ay peur qu'ilz tiennent de la race
4   De ton ayeul le roy Laomedon [1].
Au flamboyer de leur double brandon
     De peu à peu l'esperance m'embrasse,
     Ja prevoyant par le ris de leur grace
8   Que mon service aura quelque guerdon.
Tant seulement ta bouche m'espouvante,
     Bouche vrayment qui prophéte me chante
11   Tout le rebours de tes yeulx amoureux.
Ainsi je vis, ainsi je meurs en doubte,
     L'un me r'appelle, & l'autre me reboute,
14   D'un seul object heureux & malheureux.

XXV

Ces deux yeulx bruns, deux flambeaulx de ma vie,
   Dessus les miens fouldroyans leur clarté,
   Ont esclavé [1] ma jeune liberté,
4   Pour la damner en prison asservie.
De vos doulx feux ma raison fut ravie,
   Si qu'esblouy de vostre grand' beaulté,
   Opiniastre à garder loyaulté
8   Aultres yeulx voyr depuis je n'euz envie.
D'autre esperon mon Tyran ne me poingt,
   Aultres pensers en moy ne couvent point,
11   Ny aultre idole en mon cuœur je n'adore.
Ma main ne sçait cultiver aultre nom,
   Et mon papier n'est esmaillé, si non
14   De vos beaultez que ma plume colore [2].

XXVI

Plus tost le bal de tant d'astres divers
   Sera lassé, plus tost la terre & l'onde,
   Et du grand Tout l'ame en tout vagabonde
4   Animera les abysmes ouverts [1] :
Plus tost les cieulx des mers seront couverts,
   Plus tost sans forme ira confus le monde :
   Que je soys serf d'une maistresse blonde,
8   Ou que j'adore une femme aux yeulx verds [2].
Car cest œil brun qui vint premier esteindre
   Le jour des miens, les sceut si bien attaindre,
11   Qu'autre œil jamais n'en sera le vainqueur.
Et quant la mort m'aura la vie ostée,
   Encor là bas je veulx aymer l'Idée [3]
14   De ces beaulx yeulx que j'ay fichez au cuœur.

XXVII

Bien mille fois & mille j'ay tenté
   De fredonner sus les nerfz de ma lyre,
   Et sus le blanc de cent papiers escrire
4   Le nom, qu'Amour dans le cuœur m'a planté.
Mais tout soubdain je suis espovanté,
   Car sa grandeur qui l'esprit me martyre

Sans la chanter arriere me retire
8   De cent fureurs pantoyment [1] tourmenté.
Je suis semblable à la prestresse folle,
       Qui bégue perd la voix & la parolle,
11   Dessoubz le Dieu qu'elle fuit pour neant [2].
Ainsi picqué de l'Amour qui me touche
       Si fort au cuœur, la voix fraude ma bouche,
14   Et voulant dire en vain je suis béant.

XXVIII

Injuste amour, fuzil de toute rage,
       Que peult un cuœur soubmis à ton pouvoyr,
       Quand il te plaist par les sens esmouvoyr
4   Nostre raison qui préside au courage ?
Je ne voy pré, fleur, antre, ny rivage,
       Champ, roc, ny boys, ny flotz dedans le Loyr,
       Que, peinte en eulx, il ne me semble voyr
8   Ceste beaulté qui me tient en servage.
Ores en forme, ou d'un foudre enflammé,
       Ou d'une nef, ou d'un Tigre affamé,
11   Amour la nuict devant mes yeulx la guide :
Mais quand mon bras en songe les poursuit,
       Le feu, la nef, & le Tigre s'enfuit,
14   Et pour le vray je ne pren que le vuide.

XXIX

Si mille œilletz, si mille litz j'embrasse,
       Entortillant mes bras tout alentour,
       Plus fort qu'un cep, qui d'un amoureux tour
4   La branche aymée impatient enlasse :
Si le souci ne jaunist plus ma face,
       Si le plaisir fonde en moy son sejour,
       Si j'ayme mieulx les ombres que le jour,
8   Songe divin, cela vient de ta grace.
Avecque toy je volleroys aux cieulx,
       Mais ce portraict qui nage dans mes yeulx,
11   Fraude tousjours ma joye entrerompuë.
Et tu me fuis au meillieu de mon bien,
       Comme l'esclair qui se finist en rien,
14   Ou comme au vent s'esvanouit la nuë.

XXX

Ange divin [1], qui mes playes embasme,
    Le truchement & le herault des Dieux,
    De quelle porte es tu coullé des cieulx
4   Pour soulager les peines de mon ame ?
Toy, quand la nuict comme un fourneau m'enflamme,
    Ayant pitié de mon mal soulcieux,
    Or dans mes bras, ore dedans mes yeulx
8   Tu fais nouër l'idole [2] de ma Dame.
Las, où fuis tu ? Atten encor un peu,
    Que vainement je me soye repeu
11   De ce beau sein, dont l'appetit me ronge,
Et de ces flancz qui me font trespasser :
    Sinon d'effect, seuffre au moins que par songe
14   Toute une nuict je les puisse embrasser.

XXXI

Aillez Démons qui tenez de la terre,
    Et du hault ciel justement le meillieu :
    Postes divins, divins postes de Dieu,
4   Qui ses segretz nous apportez grand erre [1].
Dictes Courriers (ainsi [2] ne vous enserre
    Quelque sorcier dans un cerne de feu)
    Rasant noz champz, dictes, avous [3] point veu
8   Ceste beaulté qui tant me fait de guerre ?
Si l'un de vous la contemple çà bas,
    Libre par l'air il ne refuira pas,
11   Tant doulcement sa doulce force abuse.
Ou, comme moy, esclave le fera,
    Ou bien en pierre ell' le transformera
14   D'un seul regard ainsi qu'une Meduse.

XXXII

Quand au premier la Dame que j'adore
    Vint embellir le sejour de noz cieulx,
    Le filz de Rhée [1] appella tous les Dieux,
4   Pour faire encor d'elle une aultre Pandore [2].
Lors Apollin [3] richement la decore,
    Or, de ses raiz luy façonnant les yeulx,

Or, luy donnant son chant melodieux,
8   Or, son oracle & ses beaulx vers encore.
Mars luy donna sa fiere cruaulté,
       Venus son ris, Dione [4] sa beaulté,
11   Peithon sa voix [5], Ceres son abondance.
L'Aube ses doigtz & ses crins deliez,
       Amour son arc, Thetis donna ses piedz [6],
14   Cleion sa gloyre [7], & Pallas sa prudence.

XXXIII

D'un abusé je ne seroy la fable,
       Fable future au peuple survivant,
       Si ma raison alloyt bien ensuyvant
4   L'arrest fatal de ta voix veritable.
Chaste prophete, & vrayment pitoyable,
       Pour m'avertir tu me prediz souvent,
       Que je mourray, Cassandre, en te servant :
8   Mais le malheur ne te rend point croyable [1].
Car ton destin, qui cele mon trespas,
       Et qui me force à ne te croyre pas,
11   D'un faulx espoir tes oracles me cache.
Et si voy bien, veu l'estat où je suis,
       Que tu dis vray : toutesfoys je ne puis
14   D'autour du col me desnouer l'attache.

XXXIV

Las, je me plain de mille & mille & mille
       Souspirs, qu'en vain des flancz je vois tirant,
       Heureusement mon plaisir martirant
4   Au fond d'une eau qui de mes pleurs distille.
Puis je me plain d'un portraict inutile,
       Ombre du vray que je suis adorant,
       Et de ces yeulx qui me vont devorant
8   Le cuœur bruslé d'une flamme gentille.
Mais parsus tout je me plain d'un penser,
       Qui trop souvent dans mon cuœur fait passer
11   Le souvenir d'une beaulté cruelle,
Et d'un regret qui me pallist si blanc,
       Que je n'ay plus en mes veines de sang,
14   Aux nerfz de force, en mes oz de moëlle.

XXXV

Puisse avenir, qu'une fois je me vange
    De ce penser qui devore mon cuœur,
    Et qui tousjours, comme un lion vainqueur,
4   Soubz soy l'estrangle, & sans pitié le mange.
Avec le temps, le temps mesme se change,
    Mais ce cruel qui suçe ma vigueur,
    Opiniatre au cours de sa rigueur,
8   En aultre lieu qu'en mon cuœur ne se range.
Bien il est vray, qu'il contraint un petit
    Durant le jour son segret appetit,
11   Et dans mes flancs ses griffes il n'allonge :
Mais quand la nuict tient le jour enfermé,
    Il sort en queste, & Lion affamé,
14   De mille dentz toute nuict il me ronge.

XXXVI

Pour la douleur, qu'amour veult que je sente,
    Ainsi que moy, Phebus, tu lamentoys,
    Quand amoureux, loing du ciel tu chantoys
4   Pres d'Ilion sus les rives de Xanthe [1].
Pinçant en vain ta lyre blandissante,
    Et fleurs, & flots, mal sain, tu enchantoys,
    Non la beaulté qu'en l'ame tu sentoys
8   Dans le plus doulx d'une playe esgrissante.
Là de ton teint se pallissoyent les fleurs,
    Et l'eau croissant' du dégout de tes pleurs,
11   Parloit tes criz, dont elle roulloyt pleine :
Pour mesme nom, les fleuréttes du Loyr,
    Pres de Vandosme [2], & daignent me douloyr,
14   Et l'eau se plaindre aux souspirs de ma peine.

XXXVII

Les petitz corps, culbutans de travers [1],
    Parmi leur cheute en byaiz vagabonde
    Hurtez ensemble, ont composé le monde,
4   S'entracrochans d'acrochementz divers.
L'ennuy, le soing, & les pensers ouvers,
    Chocquans le vain de mon amour profonde,

Ont façonné d'une attache féconde,
8   Dedans mon cuœur l'amoureux univers.
Mais s'il avient, que ces tresses orines,
Ces doigtz rosins, & ces mains ivoyrines [2]
11   Froyssent ma vie, en quoy retournera
Ce petit tout ? En eau, air, terre, ou flamme ?
Non, mais en voix qui tousjours de ma dame
14   Par le grand Tout les honneurs sonnera.

XXXVIII

Doulx fut le traict, qu'Amour hors de sa trousse,
Pour me tuer me tira doulcement,
Quand je fus priz au doulx commencement
4   D'une doulceur si doulcettement doulce.
Doulx est son ris, & sa voix qui me poulse
L'ame du corps, pour errer lentement,
Devant son chant marié gentement
8   Avec mes vers animez de son poulce [1].
Telle doulceur de sa voix coulle à bas,
Que sans l'ouir vrayment on ne scayt pas,
11   Comme en ses retz Amour nous encordelle.
Sans l'ouir, di-je, Amour mesme enchanter,
Doulcement rire, & doulcement chanter,
14   Et moy mourir doulcement aupres d'elle.

XXXIX

Quand au matin ma Deesse s'abille
D'un riche or crespe ombrageant ses talons,
Et que les retz de ses beaulx cheveux blondz [1]
4   En cent façons ennonde et entortille :
Je l'accompare à l'escumiere fille [2].
Qui or peignant les siens jaunement longz [3],
Or les ridant en mille crespillons
8   Nageoyt abord dedans une coquille.
De femme humaine encore ne sont pas
Son ris, son front, ses gestes, ny ses pas,
11   Ny de ses yeulx l'une & l'autre chandelle :
Rocz, eaux, ny boys, ne celent point en eulx
Nymphe, qui ait si follastres cheveux,
14   Ny l'œil si beau, ny la bouche si belle.

XL

Avec les liz, les œilletz mesliez,
    N'egallent point le pourpre de sa face :
    Ny l'or filé ses cheveux ne surpasse,
4   Ore tressez & ore deliez.
De ses couraux en vouste repliez
    Naist le doulx ris qui mes soulciz efface :
    Et çà & là par tout où elle passe,
8   Un pré de fleurs s'esmaille soubz ses piedz [1].
D'ambre & de musq sa bouche est toute pleine.
    Que diray plus ? J'ay veu dedans la plaine,
11   Lors que plus fort le ciel vouloyt tançer,
Cent fois son œil, qui des Dieux s'est faict maistre,
    De Juppiter rasserener la dextre,
14   Ja ja courbé pour sa fouldre eslancer.

XLI

Ores l'effroy & ores l'esperance,
    De çà de là se campent en mon cuœur,
    Or l'une vainq, ores l'autre est vainqueur,
4   Pareilz en force & en perseverance.
Ores doubteux, ores plain d'asseurance,
    Entre l'espoyr & le froyd de la peur,
    Heureusement de moy mesme trompeur,
8   Au cuœur captif je prometz delivrance.
Verray-je point avant mourir le temps,
    Que je tondray la fleur de son printemps,
11   Soubz qui ma vie à l'ombrage demeure ?
Verray-je point qu'en ses bras enlassé,
    De trop combatre honnestement lassé,
14   Honnestement entre ses bras je meure ?

XLII

Avant qu'Amour, du Chaos otieux
    Ouvrist le sein, qui couvoit la lumiere,
    Avec la terre, avec l'onde première,
4   Sans art, sans forme, estoyent brouillez les cieulx.
Ainsi mon tout erroit seditieux
    Dans le giron de ma lourde matiere,

Sans art, sans forme, & sans figure entiere,
8   Alors qu'Amour le perça de ses yeulx.
  Il arondit de mes affections
    Les petitz corps en leurs perfections [1],
11   Il anima mes pensers de sa flamme.
  Il me donna la vie, & le pouvoyr,
    Et de son branle il fit d'ordre mouvoyr
14   Les pas suyviz du globe de mon ame.

XLIII

Par ne scay quelle estrange inimitié,
    J'ay veu tomber mon esperance à terre,
    Non de rocher, mais tendre comme verre,
4   Et mes desirs rompre par la moytié.
Dame où le ciel logea mon amitié,
    Pour un flatteur qui si laschement erre,
    Et pour quoy tant me brasses tu de guerre,
8   Privant mon cuœur de ta doulce pitié [1] ?
Or s'il te plaist fay moy languir en peine,
    Tant que [2] la mort me desnerve & desveine,
11   Je seray tien : et plus tost le Chaos
Se troublera de sa noyse ancienne,
    Que par rigueur aultre amour que la tienne.
14   Soubz aultre joug me captive le doz.

XLIV

Verray-je plus le doulx jour qui m'apporte
    Ou trefve ou paix, ou la vie ou la mort,
    Pour edenter le souci, qui me mord
4   Le cuœur à nud d'une lime si forte ?
Verray-je plus que ma Naiade sorte
    Du fond de l'eau pour m'enseigner le port ?
    Nourai-je plus ainsi qu'Ulysse abord
8   Ayant au flanc son linge pour escorte [1] ?
Verray-je plus que ces astres jumeaulx [2],
    En ma faveur encore par les eaulx,
11   Montrent leur flamme à ma Caréne lasse ?
Verray-je point tant de vents s'accorder,
    Et calmement mon navire aborder,
14   Comme il souloit au havre de sa grace ?

XLV

Divin Bellay, dont les nombreuses loix [1],
  Par une ardeur du peuple separée,
  Ont revestu l'enfant de Cytherée
4 D'arc, de flambeau, de traitz & de carquoys :
Si le doulx feu dont chaste tu ardoys
  Enflamme encor ta poitrine sacrée,
  Si ton oreille encore se recrée
8 D'ouyr les plaints des amoureuses voix :
Oy ton Ronsard, qui sanglotte & lamente,
  Palle, agité des flotz de la tourmente,
11 Croysant en vain ses mains devers les Dieux,
En frailse nef, & sans voyle, & sans rame,
  Et loing du bord, où pour astre sa Dame
14 Le conduisoyt du Phare de ses yeulx.

XLVI

O doulx parler, dont l'appast doulcereux
  Nourrit encor la faim de ma memoire,
  O front, d'Amour le Trophée & la gloire,
4 O riz sucrez, o baisers savoureux.
O cheveulx d'or, o coustaulx plantureux [1]
  De liz, d'œilletz, de Porphyre, & d'ivoyre,
  O feuz jumeaulx dont le ciel me fit boyre
8 A si longs traitz le venin amoureux,
O vermeillons, o perlettes encloses,
  O diamantz, o liz pourprez de roses,
11 O chant qui peulx les plus durs esmovoyr,
Et dont l'accent dans les ames demeure.
  Et dea [2] beaultez, reviendra jamais l'heure
14 Qu'entre mes bras je vous puisse r'avoyr ?

XLVII

Quel dieu malin, quel astre me fit estre,
  Et de misere & de tourment si plein ?
  Quel destin fit, que tousjours je me plain
4 De la rigueur d'un trop rigoureux maistre ?
Quelle des Seurs [1] à l'heure de mon estre
  Noircit le fil de mon sort inhumain ?

       Et quel Démon d'une senestre main
8   Berça mon corps quand le ciel me fit naistre.
Heureux ceulx là dont la terre a les oz,
       Heureux vous rien, que la nuict du Chaos
11   Presse au giron de sa masse brutalle !
Sans sentiment vostre rien est heureux :
       Que suis je, las ! moy chetif amoureux,
14   Pour trop sentir, qu'un Sisyphe ou Tantale ?

XLVIII

Quand le soleil à chef renversé plonge
       Son char doré dans le sein du viellard [1],
       Et que la nuict un bandeau sommeillard
4   Des deux coustez de l'orizon alonge :
Amour adonc qui sape, mine, & ronge
       De ma raison le chancelant rempart,
       Pour l'assaillir à l'heure à l'heure [2] part,
8   Armant son camp des ombres et du songe.
Lors ma raison, & lors ce dieu cruel,
       Seulz per à per d'un choc continuel
11   Vont redoublant mille escarmouches fortes :
Si bien qu'Amour n'en seroit le vainqueur,
       Sans mes pensers, qui luy ouvrent les portes,
14   Par la traison que me brasse mon cuœur.

XLIX

Comme un Chevreuil, quand le printemps destruit
       L'oyseux crystal de la morne gelée,
       Pour mieulx brouster l'herbette emmielée
4   Hors de son boys avec l'Aube s'en fuit,
Et seul, & seur, loing de chiens & de bruit,
       Or sur un mont, or dans une vallée,
       Or pres d'une onde à l'escart recelée,
8   Libre follastre où son pied le conduit :
De retz ne d'arc sa liberté n'a crainte,
       Sinon alors que sa vie est attainte,
11   D'un trait meurtrier empourpré de son sang :
Ainsi j'alloy sans espoyr de dommage,
       Le jour qu'un œil sur l'avril de mon age
14   Tira d'un coup mille traitz dans mon flanc.

L

Ny voyr flamber au point du jour les roses,
   Ny lis planté sus le bord d'un ruisseau,
   Ny chant de luth, ny ramage d'oyseau,
4   Ny dedans l'or les gemmes bien encloses :
Ny des zephyrs les gorgettes descloses,
   Ny sur la mer le ronfler d'un vaisseau,
   Ny bal de Nymphe au gazouillis de l'eau,
8   Ny de mon cuœur mille metamorphoses :
Ny camp armé de lances herissé,
   Ny antre verd de mousse tapissé,
11   Ny les Sylvains qui les Dryades pressent,
Et ja desja les dontent à leur gré,
   Tant de plaisirs ne me donnent qu'un Pré [1],
14   Où sans espoyr mes esperances paissent.

LI

Dedans des Prez je vis une Dryade,
   Qui comme fleur s'assisoyt par les fleurs,
   Et mignotoyt un chapeau de couleurs,
4   Eschevelée en simple verdugade.
Des ce jour là ma raison fut malade,
   Mon cuœur pensif, mes yeulx chargez de pleurs,
   Moy triste et lent : tel amas de douleurs
8   En ma franchise imprima son œillade.
Là je senty dedans mes yeulx voller
   Un doulx venin, qui se vint escouler
11   Au fond de l'ame : & depuis cest oultrage,
Comme un beau lis, au moys de Juin blessé
   D'un ray trop chault, languist à chef baissé,
14   Je me consume au plus verd de mon age.

LII

Quand ces beaulx yeulx jugeront que je meure,
   Avant mes jours me fouldroyant là-bas,
   Et que la Parque aura porté mes pas
4   A l'aultre flanc de la rive meilleure :
Antres & prez, & vous forestz, à l'heure,
   Je vous supply, ne me desdaignez pas,

8 Ains donnez moy, soubz l'ombre de voz bras,
   Quelque repos de paisible demeure.
   Puisse avenir qu'un poëte amoureux,
   Ayant horreur de mon sort malheureux,
11 Dans un cypres notte cest epigramme [1] :
   CY DESSOUBZ GIST UN AMANT VANDOMOYS,
   QUE LA DOULEUR TUA DEDANS CE BOYS :
14 POUR AYMER TROP LES BEAULX YEULX DE SA DAME.

LIII

   Qui vouldra voyr dedans une jeunesse,
   La beaulté jointe avec la chasteté.
   L'humble doulceur, la grave magesté,
4 Toutes vertus, & toute gentillesse :
   Qui vouldra voyr les yeulx d'une deesse,
   Et de noz ans la seule nouveauté [1],
   De ceste Dame œillade la beaulté,
8 Que le vulgaire appelle ma maistresse.
   Il apprendra comme Amour rid & mord,
   Comme il guarit, comme il donne la mort,
11 Puis il dira voyant chose si belle :
   Heureux vrayment, heureux qui peult avoyr
   Heureusement cest heur que de la voyr,
14 Et plus heureux qui meurt pour l'amour d'elle.

LIV

   Tant de couleurs le grand arc ne varie
   Contre le front du Soleil radieux,
   Lors que Junon, par un temps pluvieux,
4 Renverse l'eau dont sa mere est nourrie :
   Ne Juppiter armant sa main marrie
   En tant d'esclairs ne fait rougir les cieulx,
   Lors qu'il punist d'un fouldre audacieux
8 Les montz d'Epire, ou l'orgueil de Carie [1] :
   Ny le Soleil ne rayonne si beau,
   Quand au matin il nous monstre un flambeau,
11 Pur, net, & clayr, comme je vy ma Dame
   De cent couleurs son visage acoustrer,
   Flamber ses yeulx, & claire se monstrer,
14 Le premier jour qu'elle ravit mon ame.

LV

Quand j'aperçoy ton beau chef jaunissant,
   Qui l'or filé des Charites [1] efface,
   Et ton bel œil qui les astres surpasse,
4   Et ton beau sein chastement rougissant :
A front baissé je pleure gemissant,
   De quoy je suis (pardon digne de grace)
   Soubz l'humble voix de ma rime si basse,
8   De tes beaultez les honneurs trahissant.
Je cognoy bien que je devroy me taire,
   Ou mieux parler : mais l'amoureux ulcere
11   Qui m'ard le cuœur, me force de chanter.
Doncque (mon Tout) si dignement je n'use
   L'encre & la voix à tes graces vanter,
14   Non l'ouvrier, non, mais son destin accuse.

LVI

L'œil qui rendroit le plus barbare apris,
   Qui tout orgueil en humblesse destrampe,
   Par la vertu de ne sçay quelle trampe
4   Qui sainctement afine les espritz [1],
M'a tellement de ses beaultez espris,
   Qu'autre beaulté dessus mon cuœur ne rampe.
   Et m'est avis, sans voyr un jour la lampe
8   De ses beaulx yeulx, que la mort me tient pris.
Cela vrayment, que l'air est aux oyseaulx,
   Les boys aux cerfs, & aux poissons les eaux,
11   Son bel œil m'est. O lumiere enrichie
D'un feu divin qui m'ard si vivement,
   Pour me donner & force & mouvement,
14   N'estes vous pas ma seulle Endelechie [2] ?

LVII

Ciel, air, & vents, plains & montz descouvers,
   Tertres fourchuz, & forestz verdoyantes,
   Rivages tortz, & sources ondoyantes,
4   Taillis razez, & vous bocages verds,
Antres moussus à demy front ouvers,
   Prez, boutons, fleurs, & herbes rousoyantes,

    Coustaux vineux, & plages blondoyantes,
8   Gastine, Loyr, & vous mes tristes vers :
  Puis qu'au partir, rongé de soing & d'ire,
    A ce bel œil, l'Adieu je n'ay sceu dire,
11   Qui pres & loing me detient en esmoy :
Je vous supply, Ciel, air, ventz, montz, & plaines,
    Tailliz, forestz, rivages & fontaines,
14   Antres, prez, fleurs, dictes le luy pour moy.

LVIII

  De quelle plante, ou de quelle racine,
    De quel unguent, ou de quelle liqueur,
    Oindroy-je bien la playe de mon cuœur
4   Qui d'oz en oz incurable chemine ?
Ny vers charmez, pierre, ny medecine,
    Drogue, ny just, ne romproyent ma langueur,
    Tant je sen moindre & moindre ma vigueur,
8   Ja me traisner dans la Barque voysine.
Las, toy qui scays des herbes le pouvoyr,
    Et qui la playe au cuœur m'as faict avoyr,
11   Guary le mal, que ta beaulté me livre :
De tes beaulx yeulx allege mon soucy,
    Et par pitié retien encor ici
14   Ce pauvre amant qu'Amour soulle de vivre.

LIX

  Pour voyr ensemble & les champs & le bord,
    Où ma guerriere avec mon cuœur demeure,
    Alme Soleil, demain avant ton heure,
4   Monte à cheval, & galope bien fort :
Ainçoys les champs, où l'amyable effort
    De ses beaulx yeulx, ordonne que je meure,
    Si doulcement, qu'il n'est vie meilleure
8   Que les souspirs d'une si doulce mort.
A costé droit, sus le bord d'un rivage,
    Reluit à part l'angelique visage,
11   Que trop avare ardentement je veulx :
Là, ne se voyt, roc, source, ny verdure,
    Qui dans son teint, or ne me r'affigure
14   L'une ses yeulx, or l'autre ses cheveux.

LX

<pre>
  Pardonne moy, Platon, si je ne cuide
      Que soubz la vouste & grande arche des dieux,
      Soit hors du monde, ou au centre des lieux,
4   En terre, en l'eau, il n'y ayt quelque vuide [1].
  Si l'air est plein en sa courbure humide,
      Qui reçoyt donq tant de pleurs de mes yeulx,
      Tant de souspirs, que je sanglote aux cieulx,
8   Lors qu'à mon dueil Amour lasche la bride ?
  Il est du vague, ou certes s'il n'en est,
      D'un air pressé le comblement ne naist :
11   Plus tost le ciel, qui bening se dispose
  A recevoir l'effect de mes douleurs,
      De toutes partz se comble de mes pleurs,
14   Et de mes vers qu'en mourant je compose.
</pre>

LXI

<pre>
  D'un foyble vol, je volle apres l'espoyr,
      Qui mieux vollant volle oultre la carriere,
      Puis, quand il voyt que je volle derriere,
4   De mon voller renforce le pouvoyr.
  Voyant le sien qui volle pour m'avoyr,
      Me revoltant [1] je franchi la barriere,
      Et d'un bas vol je m'escarte en arriere,
8   Pour ne le prendre, & pour pris ne me voyr.
  Je suis semblable au malade qui songe,
      Le quel en vain ses doigtz mocquez allonge,
11   Pour tastonner l'idole qui n'est pas :
  L'un fuit, l'un suit d'une vaine poursuite,
      Ainsi suyvant l'espoyr qui est en fuite,
14   Et qui ne suit, je perdz en vain mes pas.
</pre>

LXII

<pre>
  Les Elementz, & les Astres, à preuve [1]
      Ont façonné les raiz de mon Soleil,
      Et de son teint le cinabre vermeil,
4   Qui çà ne là son parangon ne treuve.
  Des l'onde Ibere où nostre jour s'abreuve
      Jusques au lict de son premier reveil,
</pre>

    Amour ne voyt un miracle pareil,
8   N'en qui le Ciel tant de ses graces pleuve [2].
Son œil premier m'apprit que c'est d'aymer :
      Il vint premier ma jeunesse animer
11   A la vertu, par ses flammes dardées.
Par luy mon cuœur premierement s'aisla,
      Et loing du peuple à l'escart s'en vola
14   Jusque au giron des plus belles Idées.

LXIII

Je parangonne à vos yeulx ce crystal,
      Qui va mirer le meurtrier de mon ame :
Vive par l'air il esclate [1] une flamme,
4   Voz yeulx un feu qui m'est sainct et fatal.
Heureux miroer, tout ainsi que mon mal
      Vient de trop voyr la beaulté qui m'enflamme :
Comme je fay, de trop mirer ma Dame
8   Tu languiras d'un sentiment egal.
Et toutesfoys, envieux, je t'admire,
      D'aller mirer le miroer où se mire
11   Tout l'univers dedans luy remiré.
Va donq miroer, va donq, & pren bien garde,
      Qu'en le mirant ainsi que moy ne t'arde,
14   Pour avoir trop ses beaulx yeulx admiré.

LXIV

Que n'ay-je, Dame, & la plume & la grace
      Divine autant que j'ay la volonté,
      Par mes escritz tu seroys surmonté,
4   Vieil enchanteur des vieulx rochers de Thrace [1].
Plus hault encor que Pindare, ou qu'Horace,
      J'appenderoys à ta divinité
      Un livre enflé de telle gravité,
8   Que Du Bellay luy quitteroyt la place.
Si vive encor Laure par l'Univers
      Ne fuit volant dessus les Thusques vers [2],
11   Que nostre siecle heureusement estime,
Comme ton nom, honneur des vers françoys,
      Hault elevé par le vent de ma voix
14   S'en voleroyt sus l'aisle de ma rime.

LXV

Du tout changé ma Circe enchanteresse
   Dedens ses fers m'enferre emprisonné,
   Non par le goust d'un vin empoisonné,
4   Ny par le just d'une herbe pecheresse.
Du fin Gregeoys [1] l'espée vangeresse,
   Et le Moly [2] par Mercure ordonné,
   En peu de temps du breuvage donné
8   Forcerent bien la force charmeresse,
Si qu'à la fin le Dulyche troupeau [3]
   Reprint l'honneur de sa premiere peau,
11   Et sa prudence auparavant peu caute :
Mais pour la mienne en son lieu reloger,
   Ne me vaudroyt la bague de Roger [4],
14   Tant ma raison s'aveugle dans ma faulte.

LXVI

Ja desja Mars ma trompe avoit choisie,
   Et, dans mes vers ja françoys, devisoyt :
   Sus ma fureur ja sa lance aiguizoit,
4   Epoinçonnant ma brave poësie.
Ja d'une horreur la Gaule estoit saisie,
   Et soubz le fer ja Sene treluisoit,
   Et ja Francus à son bord conduisoit
8   L'ombre d'Hector, & l'honneur de l'Asie,
Quand l'archerot emplumé par le dos
   D'un trait certain me playant [1] jusqu'à l'os,
11   De sa grandeur le sainct prestre m'ordonne :
Armes adieu. Le Myrte Paphien
   Ne cede point au Laurier Delphien [2],
14   Quand de sa main Amour mesme le donne.

LXVII

Petit nombril, que mon penser adore,
   Non pas mon œil, qui n'eut onques ce bien,
   Nombril de qui l'honneur merite bien,
4   Qu'une grand'ville on luy batisse encore [1] :
Signe divin, qui divinement ore
   Retiens encore l'Androgyne lien [2],

Combien & toy, mon mignon, & combien
8   Tes flancs jumeaulx follastrement j'honore!
Ny ce beau chef, ny ces yeulx, ny ce front,
Ny ce doulx ris, ny ceste main qui fond
11   Mon cuœur en source, & de pleurs me fait riche,
Ne me sçauroyent de leur beau contenter,
Sans esperer quelque foys de taster
14   Ton paradis, où mon plaisir se niche.

LXVIII

L'onde & le feu, ce sont de la machine [1]
Les deux seigneurs que je sen pleinement,
Seigneurs divins, & qui divinement
4   Ce faix divin ont chargé sus l'eschine.
Toute matiere, essence, & origine
Doibt son principe à ces deux seulement,
Touts deux en moy vivent esgallement,
8   En eulx je vi, rien qu'eulx je n'imagine.
Aussi de moy il ne sort rien que d'eulx,
Et tour à tour en moy naissent touts deux :
11   Car quand mes yeulx de trop pleurer j'appaise.
Rasserénant les flotz de mes douleurs,
Lors de mon cuœur s'exhale une fournaise,
14   Puis tout soubdain recommancent mes pleurs.

LXIX

Si seulement l'image de la chose
Fait à nos yeulx la chose concevoir [1],
Et si mon œil n'a puissance de veoir,
4   Si quelqu'idole au devant ne s'oppose [2] :
Que ne m'a faict celuy, qui tout compose,
Les yeulx plus grandz, affin de mieux pouvoir
En leur grandeur la grandeur recevoir
8   Du simulachre, où ma vie est enclose ?
Certes le ciel trop ingrat de son bien,
Qui seul la fit, & qui seul veit combien
11   De sa beaulté divine estoit l'idée,
Comme jaloux du tresor de son mieux,
Silla le Monde [3], & m'aveugla les yeulx,
14   Pour de luy seul seule estre regardée.

LXX

Soubz le cristal d'une argenteuse rive,
   Au moys d'Avril, une perle je vy,
   Dont la clarté m'a tellement ravy
4   Qu'en mes discours aultre penser n'arrive.
Sa rondeur fut d'une blancheur naïve.
   Et ses rayons treluysoyent à l'envy :
   Son lustre encor ne m'a point assouvy,
8   Ny ne fera, non, non, tant que je vive.
Cent et cent foys pour la pescher à bas,
   Tout recoursé, je devalle le bras,
11   Et ja desja content je la tenoye,
Sans un archer, qui du bout de son arc
   A front panché me plongeant soubz le lac,
14   Frauda mes doigtz d'une si doulce proye.

LXXI

Si l'escrivain de la mutine armée,
   Eut veu tes yeulx, qui serf me tiennent pris,
   Les faicts de Mars il n'eut jamais empris,
4   Et le Duc Grec fut mort sans renommée [1].
Et si Paris, qui vit en la valée
   La grand' beaulté dont son cuœur fut espris,
   Eut veu la tienne, il t'eut donné le pris,
8   Et sans honneur Venus s'en fut allée [2],
Mais s'il advient ou par le vueil des Cieulx,
   Ou par le traict qui sort de tes beaulx yeulx,
11   Qu'en publiant ma prise, & ta conqueste,
Oultre la Tane [3] on m'entende crier,
   Iö, iö [4], quel myrte, ou quel laurier
14   Sera bastant [5] pour enlasser ma teste ?

LXXII

L'astre ascendant, soubz qui je pris naissance,
   De son regard ne maistrisoyt les cieux :
   Quand je nasquis il coula dans tes yeulx,
4   Futurs tyrans de mon obeissance.
Mon tout, mon bien, mon heur, ma cognoissance,
   Vint de ses raiz : car pour nous lier mieulx,

Tant nous unit son feu presagieux,
8   Que de nous deux il ne fit qu'une essence,
En toy je suis, & tu es dedans moy,
     En moy tu vis, & je vis dedans toy :
11   Ainsi noz toutz ne font qu'un petit monde.
Sans vivre en toy je tomberoy là bas [1] :
     La Salemandre, en ce point, ne vit pas
14   Perdant sa flamme, & le Dauphin son onde [2].

LXXIII

Pour celebrer des astres desvetuz [1]
     L'heur escoulé dans celle qui me lime,
     Et pour louer son esprit, qui n'estime
4   Que le divin des divines vertuz :
Et ses regardz, ains traitz d'amour pointuz,
     Que son bel œil au fond du cuœur m'imprime,
     Il me fauldroyt non l'ardeur de ma rime,
8   Mais la fureur du Masconnoys Pontus [2].
Il me fauldroyt ceste chanson divine
     Qui transforma sus la rive Angevine
11   L'olive palle en un teint plus naïf [3],
Et me fauldroyt un Desautelz encore [4],
     Et cestuy là qui sa Meline adore
14   En vers dorez le biendisant Bayf [5].

LXXIV

Estre indigent, & donner tout le sien,
     Se feindre un ris, avoir le cuœur en pleinte,
     Hayr le vray, aymer la chose feinte,
4   Posseder tout & ne jouir de rien :
Estre delivre, & traisner son lien,
     Estre vaillant, & couharder de crainte,
     Vouloir mourir, & vivre par contraincte,
8   De cent travaulx ne recevoir un bien :
Avoir tousjours, pour un servil hommage,
     La honte au front, en la main le dommage :
11   A ses pensers d'un courage haultain
Ourdir sans cesse une nouvelle trame,
     Sont les effetz qui logent dans mon ame
14   L'espoir doubteux, & le tourment certain.

LXXV

Œil, qui portrait dedans les miens reposes,
  Comme un Soleil, le dieu de ma clarté :
  Ris, qui forçant ma doulce liberté
4   Me transformas en cent metamorphoses :
Larme, vrayment qui mes souspirs arroses,
  Quand tu languis de me veoir mal traicté :
  Main, qui mon cuœur captives arresté
8   Par my ton lis, ton ivoyre & tes roses,
Je suis tant vostre, & tant l'affection
  M'a peint au vif vostre perfection,
11   Que ny le temps, ny la mort tant soit forte,
Ne fera point qu'au centre de mon sein,
  Tousjours gravéz en l'ame je ne porte
14   Un œil, un ris, une larme, une main.

LXXVI

Soit que son or se crespe lentement
  Ou soit qu'il vague en deux glissantes ondes,
  Qui çà qui là par le sein vagabondes,
4   Et sur le col, nagent follastrement :
Ou soit qu'un noud diapré tortement
  De maintz rubiz, & maintes perles rondes,
  Serre les flotz de ses deux tresses blondes,
8   Je me contente en mon contentement.
Quel plaisir est ce, ainçoys quelle merveille
  Quand ses cheveux troussez dessus l'oreille
11   D'une Venus imitent la façon ?
Quand d'un bonet son chef elle adonize [1],
  Et qu'on ne sçait (tant bien elle desguise
14   Son chef doubteux) s'elle est fille ou garçon [2] ?

LXXVII

Picqué du nom qui me glace en ardeur [1],
  Me souvenant de ma doulce Charite,
  Ici je plante une plante d'eslite,
4   Qui l'esmeraude efface de verdeur.
Tout ornement de royalle grandeur,
  Beaulté, sçavoir, honneur, grace, & merite,

Sont pour racine à ceste Marguerite
8   Qui ciel & terre emparfume d'odeur.
Divine fleur, où ma vie demeure,
    La manne tombe à toute heure à toute heure
11   Dessus ton front sans cesse nouvelét :
Jamais de toy la pucelle n'aproche,
    La mousche à miel, ne la faucille croche,
14   Ny les ergotz d'un follastre aignelét.

LXXVIII

De ses cheveulx la rousoyante Aurore
    Eparsement les Indes remplissoyt,
    Et ja le ciel à longz traitz rougissoyt
4   De meint esmail qui le matin decore,
Quand elle veit la Nymphe que j'adore
    Tresser son chef, dont l'or, qui jaunissoit,
    Le crespe honneur du sien esblouissoit,
8   Voire elle mesme & tout le ciel encore.
Lors ses cheveux vergongneuse arracha,
    Si qu'en pleurant sa face elle cacha,
11   Tant la beaulté des beaultez luy ennuye :
Et ses souspirs parmy l'air se suyvantz,
    Troys jours entiers enfanterent des ventz,
14   Sa honte un feu, & ses yeulx une pluye.

LXXIX

Apres ton cours je ne haste mes pas
    Pour te souiller d'une amour deshonneste :
    Demeure donq : le Locroys m'amonneste
4   Aux bordz Gyrez de ne te forcer pas [1].
Neptune oyant ses blasphemes d'abas,
    Accabla là son impudique teste
    D'un grand rocher au fort de la tempeste.
8   Le ciel conduit le meschant au trespas.
Il te voulut, le meschant, violer,
    Lors que la peur te faisoit accoller
11   Les piedz vangeurs de sa Grecque Minerve :
Moy je ne veulx qu'à ta grandeur offrir
    Ce chaste cuœur, s'il te plaist de souffrir
14   Qu'en l'immolant de victime il te serve.

LXXX

Depuis le jour, que le trait otieux [1]
  Grava ton nom au roc de ma memoire,
  Et que l'ardeur qui flamboit en ta gloire
4 Me fit sentir le fouldre de tes yeulx :
Mon cuœur attaint d'un esclair rigoreux
  Pour eviter le feu de ta victoire,
  S'alla cacher dans tes ondes d'ivoire [2],
8 Et soubz l'abri de tes flancz amoureux.
Là point ou peu soucieux de ma playe
  De çà de là par tes flotz il s'esgaye,
11 Puis il se seiche aux raix de ton flambeau :
Et s'emmurant dedans leur forteresse,
  Seul, palle & froid, sans retourner, me laisse,
14 Comme un esprit qui fuit de son tombeau.

LXXXI

Le mal est grand, le remede est si bref
  A ma douleur qui jamais ne s'alente,
  Que bas ne hault, des le bout de la plante [1],
4 Je n'ay santé, jusqu'au sommet du chef.
L'œil qui tenoit de mes pensers la clef,
  En lieu de m'estre une estoile drillante [2],
  Parmy les flotz d'une mer violente,
8 Contre un orgueil a faict rompre ma néf.
Un soing meurtrier soit que je veille ou songe,
  Tigre affamé, le cuœur me mange & ronge,
11 Suçant tousjours le plus doulx de mon sang,
Et le penser qui me presse & represse,
  Et qui jamais en repos ne me laisse,
14 Comme un mastin, me mord tousjours au flanc.

LXXXII

Amour, si plus ma fiebvre se renforce,
  Si plus ton arc tire pour me blesser,
  Avant mes jours, j'ay grand'peur de laisser
4 Le verd fardeau de cette jeune escorse.
Ja de mon cuœur je sen moindre la force
  Se transmuer pour sa mort avancer

Devant le feu de mon ardent penser,
8   Non en boys verd, mais en pouldre d'amorce.
Bien fut pour moy le jour malencontreux,
     Quand je humay le bruvage amoureux,
11   Qu'à si longz traictz me versoit une œillade :
O fortuné! si pour me secourir,
     Des le jour mesme Amour m'eust faict mourir,
14   Sans me tenir si longuement malade.

LXXXIII

Franc de travail une heure je n'ay peu
     Vivre, depuis que les yeulx de ma Dame
     Mielleusement verserent dans mon ame
4   Le doulx venin, dont mon cuœur fut repeu.
Ma chere neige, & mon cher & doulx feu,
     Voyez comment je m'englace & m'enflamme :
     Comme la cire aux rayons d'une flamme,
8   Je me consume, & vous en chault bien peu.
Bien est il vray, que ma vie est heureuse
     De s'escouler doulcement langoureuse,
11   Desoubz votre œil, qui jour & nuict me poingt.
Mais si fault il que vostre bonté pense,
     Que l'amitié d'amitié se compense,
14   Et qu'un Amour sans frere ne croyst point [1].

LXXXIV

Si doulcement le souvenir me tente
     De la mieleuse & fieleuse saison,
     Où je perdi la loy de ma raison,
4   Qu'autre douleur ma peine ne contente.
Je ne veulx point en la playe de tente [1]
     Qu'Amour me fit, pour avoir guarison,
     Et ne veulx point, qu'on m'ouvre la prison,
8   Pour affranchir autre part mon attente.
Plus que venin je fuy la liberté,
     Tant j'ay grand peur de me voyr escarté
11   Du doulx lien qui doulcement offense :
Et m'est honneur de me voyr martirer,
     Soubz un espoyr quelquefoys de tirer
14   Un seul baiser pour toute recompense.

LXXXV

D'Amour ministre, & de perseverance,
   Qui jusqu'au fond l'ame peulx esmouvoyr,
   Et qui les yeulx d'un aveugle sçavoyr,
4   Et qui les cuœurs voyles d'une ignorance,
Vaten ailleurs chercher ta demeurance,
   Vaten ailleurs quelqu'autre decevoyr,
   Je ne veulx plus chez moy te recevoyr,
8   Malencontreuse & meschante esperance.
Quand Juppiter, ce lasche criminel,
   Teingnit ses mains dans le sang paternel,
11   Desrobant l'or de la terre où nous sommes [1],
Il te laissa, Harpye, & salle oyseau,
   Cropir au fond du Pandorin vaisseau [2],
14   Pour enfieller le plus doulx miel des hommes.

LXXXVI

Amour archer d'une tirade ront
   Cent traitz sur moy, & si ne me conforte
   D'un seul espoir, celle pour qui je porte
4   Le cuœur aux yeulx, les pensers sus le front.
D'un Soleil part la glace qui me fond,
   Et m'esbays que ma froydeur n'est morte
   Au feu d'un œil, qui d'une flamme accorte [1]
8   Brulle mon cuœur d'un ulcere profond.
En tel estat je voy languir ma vie,
   Qu'aux plus chetifz ma langueur porte envie,
11   Tant le mal croist & le cuœur me deffault :
Mais la douleur qui plus comble mon ame
   D'un vain espoyr, c'est qu'Amour & Madame
14   Scavent mon mal, & si ne leur en chault.

LXXXVII

Je vy ma Nymphe entre cent damoyselles,
   Comme un Croyssant par les menuz flambeaulx,
   Et de ses yeulx plus que les astres beaulx
4   Faire obscurcir la beaulté des plus belles.
Dedans son sein les graces immortelles,
   La Gaillardize, & les freres jumeaux [1],

Alloyent vollant comme petitz oyseaux
8   Par my le verd des branches plus nouvelles.
Le ciel ravy, que son chant esmouvoyt,
       Roses, & liz, & girlandes [2] pleuvoyt
11   Tout au rond d'elle au meillieu de la place :
Si qu'en despit de l'hyver froydureux,
       Par la vertu de ses yeulx amoureux,
14   Un beau printemps s'esclouit de sa face.

LXXXVIII

Bien que six ans soyent ja coulez derriere,
       Depuis le jour, que l'homicide trait
       Au fond du cuœur m'engrava le portrait
4   D'une humblefiere, & fierehumble guerriere,
Si suis-je heureux d'avoyr veu la lumière
       En ces ans tardz pour avoyr veu le trait
       De son beau front, qui les graces attrait
8   Par une grace aux Graces coustumiere.
Le seul Avril de son jeune printemps,
       Endore, emperle, enfrange nostre temps [1],
11   Qui n'a sceu voyr la beaulté de la belle,
Ny la vertu, qui foysonne en ses yeulx :
       Seul je l'ay veue, aussi je meur pour elle,
14   Et plus grand heur ne m'ont donné les cieulx.

LXXXIX

Franc de raison, esclave de fureur,
       Je voys chassant une Fére sauvage,
       Or sur un mont, or le long d'un rivage,
4   Or dans le boys de jeunesse & d'erreur.
J'ay pour ma lesse un cordeau de malheur,
       J'ay pour limier un trop ardent courage,
       J'ay pour mes chiens, & le soing, & la rage,
8   La cruaulté, la peine, & la douleur.
Mais eulx voyant que plus elle est chassée,
       Loing loing devant plus s'enfuit eslancée,
11   Tournant sur moy la dent de leur effort,
Comme mastins affamez de repaistre,
       A longz morceaux se paissent de leur maistre,
14   Et sans mercy me traisnent à la mort [1].

XC

Si ce grand Dieu le pere de la lyre,
    Qui va bornant aux Indes son reveil,
    Ains qui d'un œil, mal apris au sommeil,
4   De çà de là, toutes choses remire,
Lamente encor, pour le bien où j'aspire,
    Ne suis je heureux, puisque le trait pareil,
    Qui d'oultre en oultre entame le Soleil,
8   Mon cuœur entame à semblable martire [1] ?
Dea [2], que mon mal contente mon plaisir,
    D'avoyr osé pour compaignon choysir
11   Un si grand Dieu : ainsi par la campagne,
Le bœuf courbé desoubz le joug pesant,
    Traisne le faix plus leger & plaisant,
14   Quand son travail d'un aultre s'accompagne.

XCI

Ce petit chien, qui ma maistresse suit,
    Et qui jappant ne recognoyst personne,
    Et cest oyseau, qui mes plaintes resonne,
4   Au moys d'Avril souspirant toute nuit :
Et ceste pierre, où quand le chault s'enfuit
    Seule aparsoy pensive s'arraisonne,
    Et ce jardin, où son poulce moyssonne
8   Touts les tresors que Zephyre produit :
Et ceste dance, où la flesche cruelle
    M'outreperça, & la saison nouvelle,
11   Qui touts les ans rafraischit mes douleurs,
Et son œillade, & sa parolle saincte,
    Et dans le cuœur sa grace que j'ay peinte,
14   Baignent mon sein de deux ruisseaux de pleurs.

XCII

Entre tes bras, impatient Roger,
    Pipé du fard de magicque cautele,
    Pour refroydir ta chaleur immortelle,
4   Au soyr bien tard Alcine vint loger [1].
Opiniatre à ton feu soulager,
    Ore planant, ore nouant sus elle,

Dedans le gué d'une beaulté si belle,
8   Toute une nuit tu apris à nager.
En peu de temps, le gracieux Zephyre,
       Heureusement empoupant ton navire,
11   Te fit surgir dans le port amoureux :
Mais quand ma nef de s'aborder est preste
       Tousjours plus loing quelque horrible tempeste
14   La single [2] en mer, tant je suis malheureux.

XCIII

Je te hay peuple, & m'en sert de tesmoing,
       Le Loyr, Gastine, & les rives de Braye,
       Et la Neuffaune, & l'humide saulaye,
4   Qui de Sabut [1] borne l'extreme coin.
Quand je me perdz entre deux montz bien loing,
       M'arraisonnant seul à l'heure j'essaye
       De soulager la douleur de ma playe,
8   Qu'Amour encherne au plus vif de mon soing.
Là pas à pas, Dame, je rememore
       Ton front, ta bouche, & les graces encore
11   De tes beaulx yeulx trop fidelles archers :
Puis figurant ta belle idole feinte
       Dedans quelque eau, je sanglote une pleinte,
14   Qui fait gemir le plus dur des rochers.

XCIV

Non la chaleur de la terre, qui fume
       Béant de soif au creux de son profond,
       Non l'Avantchien [1], qui tarit jusqu'au fond
4   Les tiedes eaux, qu'ardent de soif il hume :
Non ce flambeau qui tout ce monde allume
       D'un bluëtter qui lentement se fond.
       Bref ny l'esté, ny ses flammes ne font
8   Ce chault brazier qui m'embraize et consume
Voz chastes feux, espriz de vos beaulx yeulx,
       Voz doulx esclairs qui rechauffent les dieux,
11   Seulz de mon feu eternizent la flamme :
Et soit Phebus attelé pour marcher
       Devers le Cancre, ou bien devers l'Archer [2],
14   Vostre œil me fait un esté dans mon ame.

XCV

Ny ce coral, qui double se compasse,
   Sur meinte perle entée doublement [1],
   Ny ceste bouche où vit fertillement
4   Un mont d'odeurs qui le Liban surpasse,
Ny ce bel or qui frisé s'entrelasse
   En mille noudz mignardez gayement,
   Ny ces œillets esgalez unyment
8   Au blanc des liz encharnez dans sa face,
Ny de ce front le beau ciel esclarci,
   Ny le double arc de ce double sourci,
11   N'ont à la mort ma vie abandonnée :
Seulz voz beaulx yeulx (où le certain archer,
   Pour me tuer, d'aguet se vint cacher)
14   Devant le soir finissent ma journée.

XCVI

De toy, Paschal [1], il me plaist que j'escrive,
   Qui de bien loing le peuple abandonnant,
   Vas du Arpin [2] les tresors moyssonnant,
4   Le long des bordz où ta Garonne arrive.
Hault d'une langue eternellement vive,
   Son cher Paschal Tolouse [3] aille sonnant,
   Paschal Paschal Garonne resonnant,
8   Rien que Paschal ne responde sa rive.
Si ton Durban [4], l'honneur de nostre temps,
   Lit quelque foys ces vers par passetemps,
11   Di luy, Paschal (ainsi [5] l'aspre secousse
Qui m'a fait cheoir, ne te puisse esmouvoir) :
   Ce pauvre Amant estoit digne d'avoir
14   Une maistresse ou moins belle, ou plus doulce.

XCVII

Dy l'un des deux, sans tant me desguiser
   Le peu d'amour que ton semblant me porte [1] :
   Je ne sçauroy, veu ma peine si forte,
4   Tant lamenter ne tant petrarquiser [2].
Si tu le veulx, que sert de refuser
   Ce doulx present dont l'espoir me conforte ?

8   Si non, pourquoy, d'une esperance morte
       Pais tu ma vie affin de l'abuser ?
     L'un de tes yeulx dans les enfers me ruë,
     L'aultre à l'envy tour à tour s'esvertuë
11   De me rejoindre en paradis encor :
     Ainsi tes yeulx pour causer mon renaistre,
     Et puis ma mort, sans cesse me font estre
14   Ore un Pollux, & ores un Castor [3].

XCVIII

   L'an mil cinq cent contant quarante & six,
    Dans ses cheveux une beaulté cruëlle,
    (Ne sçay quel plus, las, ou cruelle ou belle)
4   Lia mon cuœur de ses graces épris.
  Lors je pensoy, comme sot mal appris,
    Né pour souffrir une peine immortelle,
    Que les crespons de leur blonde cautelle
8   Deux ou troys jours sans plus me tiendroyent pris :
  L'an est passé, & l'autre commence ores
    Où je me voy plus que devant encores
11   Pris dans leurs retz : & quand parfoys la mort
  Veult delacer le lien de ma peine,
    Amour tousjours pour l'ennouer plus fort,
14   Oingt ma douleur d'une esperance vaine.

XCIX

  A toy chaque an j'ordonne un sacrifice,
    Fidelle coing, où tremblant et poureux,
    Je descouvry le travail langoureux
4   Que j'enduroy, Dame, en vostre service.
  Un coing vrayment, plus seur ne plus propice
    A deceler un tourment amoureux,
    N'est point dans Cypre, ou dans les plus heureux
8   Vergers de Gnide, Amathonte, ou d'Eryce [1].
  Eussé-je l'or d'un peuple ambicieux,
    Tu toucherois, nouveau temple, les cieux,
11   Elabouré d'une merveille grande :
  Et là dressant à ma Nymphe un autel,
    Sur les pilliers de son nom immortel,
14   J'appenderoy mon ame pour offrande.

C

Le pensement, qui me fait devenir
   Haultain & brave [1], est si doulx que mon ame
   Desja desja impuissante, se pasme,
4   Yvre du bien qui me doibt avenir.
Sans mourir donq, pourray-je soustenir
   Le doulx combat, que me garde Madame,
   Puis qu'un penser si brusquement l'entame,
8   Du seul plaisir d'un si doulx souvenir ?
Helas, Venus, que l'escume féconde,
   Non loing de Cypre, enfanta dessus l'onde,
11   Si de fortune en ce combat je meurs,
Reçoy ma vie, o deesse, & la guide
   Parmy l'odeur de tes plus belles fleurs,
14   Dans les vergers du paradis de Gnide.

CI

Quand en songeant ma follastre j'acolle,
   Laissant mes flancz sus les siens s'allonger,
   Et que d'un bransle habillement leger,
4   En sa moytié ma moytié je recolle [1] :
Amour adonq si follement m'affolle,
   Qu'un tel abus je ne vouldroy changer,
   Non au butin d'un rivage estranger,
8   Non au sablon qui jaunoye en Pactole [2].
Mon Dieu, quel heur, & quel contentement,
   M'a fait sentir ce faux recollement,
11   Changeant ma vie en cent metamorphoses :
Combien de fois doulcement irrité,
   Suis-je ore mort, ore ressuscité,
14   Parmy l'odeur de mile & mile roses ?

CII

O de Nepenthe [1], & de lyesse pleine,
   Chambrette heureuse, où deux heureux flambeaux,
   Les plus ardentz du ciel, & les plus beaulx,
4   Me font escorte apres si longue peine.
Or je pardonne à la mer inhumaine,
   Aux flotz, aux ventz, la traison de mes maulx,

Puis que par tant & par tant de travaulx,
8   Une main doulce à si doulx port me meine.
Adieu tourmente, à dieu naufrage, à dieu,
Vous flotz cruelz, ayeux du petit Dieu,
11   Qui dans mon sang a sa flesche souillée [2] :
Ores encré dedans le sein du port,
Par vœu promis j'appen dessus le bord
14   Aux dieux marins ma despouille mouillée.

CIII

Je parangonne à ta jeune beaulté,
Qui tousjours dure en son printemps nouvelle,
Ce moys d'Avril, qui ses fleurs renouvelle,
4   En sa plus gaye & verte nouveaulté.
Loing devant toy fuyra la cruaulté,
Devant luy fuit la saison plus cruelle.
Il est tout beau, ta face est toute belle,
8   Ferme est son cours, ferme est ta loyaulté.
Il peint les champs de dix mille couleurs,
Tu peins mes vers d'un long esmail de fleurs.
11   D'un doulx zephyre il fait onder les plaines,
Et toy mon cuœur d'un souspir larmoyant.
D'un beau crystal son front est rousoyant,
14   Tu fais sortir de mes yeulx deux fontaines.

CIV

Ce ne sont qu'haims, qu'amorces & qu'appastz,
De son bel œil qui m'alesche en sa nasse,
Soyt qu'elle rie, ou soyt qu'elle compasse
4   Au son du Luth le nombre de ses pas.
Une mynuit tant de flambeaux n'a pas,
Ny tant de sable en Euripe ne passe,
Que de beaultez embellissent sa grace,
8   Pour qui j'endure un millier de trespaz.
Mais le tourment, qui moyssonne ma vie,
Est si plaisant que je n'ay point envie
11   De m'eslongner de sa doulce langueur :
Ains face Amour, que mort encores j'aye
L'aigre doulceur de l'amoureuse playe,
14   Que deux beaulx yeulx m'encharnent dans le cuœur.

CV

Œil, qui mes pleurs de tes rayons essuye',
   Sourci, mais ciel des autres le greigneur,
   Front estoylé, Trophée à mon Seigneur,
4   Qui dans ton jour ses despouilles étuye [1] :
Gorge de marbre, où la beaulté s'appuye,
   Col Albastrin emperlé de bonheur,
   Tetin d'ivoyre où se niche l'honneur,
8   Sein dont l'espoyr mes travaulx desennuye :
Vous avez tant appasté mon desir,
   Que pour souler la faim de son plaisir,
11   Et nuict & jour il fault qu'il vous revoye.
Comme un oyseau, qui ne peult sejourner,
   Sans revoler, tourner, & retourner,
14   Aux bordz congneuz pour y trouver sa proye.

CVI

Haulse ton aisle, & d'un voler plus ample,
   Forçant des ventz l'audace & le pouvoir,
   Fay, Denisot [1], tes plumes esmouvoir,
4   Jusques au ciel où les dieux ont leur temple.
Là, d'œil d'Argus, leur deitez contemple,
   Contemple aussi leur grace, & leur sçavoir,
   Et pour ma Dame au parfait concevoir,
8   Sur les plus beaulx fantastique un exemple [2].
Moissonne apres le teint de mille fleurs,
   Et les detrampe en l'argent de mes pleurs,
11   Que tiedement hors de mon chef je ruë :
Puis attachant ton esprit & tes yeulx
   Dans le patron desrobé sur les dieux,
14   Pein, Denisot, la beaulté qui me tuë.

CVII

Ville de Bloys, le sejour de Madame,
   Le nid des Roys & de ma voulonté,
   Où je suis pris, où je suis surmonté,
4   Par un œil brun qui m'oultreperce l'ame :
Sus le plus hault de sa divine flamme,
   Pres de l'honneur, en grave magesté,

Reveremment se sied la chasteté,
8   Qui tout bon cuœur de ses vertuz enflamme.
Se loge Amour dans tes murs pour jamais,
Et son carquoys, & son arc desormais
11   Pendent en toy, comme autel de sa gloire :
Puisse il tousjours soubz ses plumes couver
Ton chef royal, & nud tousjours laver
14   Le sien crespu dans l'argent de ton Loyre.

CVIII

Heureuse fut l'estoille fortunée,
Qui d'un bon œil ma maistresse apperceut :
Heureux le bers, & la main qui la sceut
4   Emmailloter alors qu'elle fut née.
Heureuse fut la mammelle emmannée,
De qui le laict premier elle receut,
Et bienheureux le ventre, qui conceut
8   Si grande beaulté de si grandz dons ornée.
Heureux les champs qui eurent cest honneur
De la voir naistre, & de qui le bon heur
11   L'Inde & l'Egypte heureusement excelle.
Heureux le filz dont grosse elle sera,
Mais plus heureux celuy qui la fera
14   Et femme & mere, en lieu d'une pucelle.

CIX

De ton poil d'or en tresses blondissant,
Amour ourdit de son arc la ficelle,
Il me tira de ta vive estincelle,
4   Le doulx fier traict, qui me tient languissant.
Du premier coup j'eusse esté perissant,
Sans l'autre coup d'une flesche nouvelle,
Qui mon ulcere en santé renouvelle,
8   Et par son coup le coup va guarissant.
Ainsi jadis sur la pouldre Troyenne,
Du souldard Grec la hache pelienne,
11   Du Mysien mit la douleur à fin [1] :
Ainsi le trait que ton bel œil me ruë,
D'un mesme coup me garit & me tuë.
14   Hé, quelle Parque a filé mon destin !

CX

Ce ris plus doulx que l'œuvre d'une abeille,
    Ces doubles liz doublement argentez,
    Ces diamantz à double ranc plantez,
4   Dans le coral de sa bouche vermeille,
Ce doulx parler qui les mourantz esveille,
    Ce chant qui tient mes soucis enchantez,
    Et ces deux cieulx sur deux astres antez,
8   De ma Deesse annoncent la merveille.
Du beau jardin de son printemps riant,
    Naist un parfum, qui mesme l'orient
11   Embasmeroit de ses doulces aleines.
Et de là sort le charme d'une voix,
    Qui touts raviz fait sauteler les boys,
14   Planer les montz, & montaigner les plaines [1].

CXI

Dieux, si là hault s'enthrosne la pitié,
    En ma faveur, ores, ores, qu'on jette
    Du feu vangeur la meurtriere sagette,
4   Pour d'un mauvais punir la mauvaistié,
Qui seul m'espie, & seul mon amitié
    Va detraquant [1], lors que la nuict segrette,
    Et mon ardeur honteusement discrette,
8   Guident mes pas où m'attent ma Moytié.
Accablez, Dieux, d'une juste tempeste
    L'œil espion de sa parjure teste,
11   Dont le regard toutes les nuictz me suit :
Ou luy donnez l'aveugle destinée
    Qui aveugla le malheureux Phinée [2],
14   Pour ne veoir rien qu'une eternelle nuict.

CXII [1]

J'iray tousjours & resvant & songeant
    En la doulce heure, où je vy l'angelette,
    Qui d'esperance & de crainte m'alaitte,
4   Et dans ses yeulx mes destins va logeant.
Quel or ondé en tresses s'allongeant
    Frapoit ce jour sa gorge nouvelette,

Et sus son col, ainsi qu'une ondelette
8 Flotte aux zephyrs, au vent alloit nageant ?
Ce n'estoit point une mortelle femme,
    Que je vis lors, ny de mortelle dame
11 Elle n'avoit ny le front ny les yeulx :
Donques, mon cuœur, ce ne fut chose estrange
    Si je fu pris : c'estoyt vrayment un Ange
14 Qui pour nous prendre estoit vollé des cieulx.

CXIII

Espovanté je cherche une fontaine
    Pour expier un horrible songer,
    Qui toute nuict ne m'a faict que ronger
4 L'ame effroyée au travail de ma peine.
Il me sembloyt que ma doulce inhumaine
    Crioit. Amy sauve moy du danger,
    Auquel par force un larron estranger
8 Par les forestz prisonniere m'emmeine.
Lors en sursault, où me guidoit la voix,
    Le fer au poing je brossay dans le boys [1],
11 Mais en courant apres la desrobée,
Du larron mesme assallir me suis veu,
    Qui me perçant le cuœur de mon espée
14 M'a fait tomber dans un torrent de feu.

CXIV

Un voyle obscur par l'orizon espars
    Troubloyt le ciel d'une humeur survenue,
    Et l'air crevé d'une graisle menue
4 Frappoyt à bonds les champz de toutes partz :
Desja Vulcan les bras de ses souldardz [1]
    Hastoy despit à leur forge cognue,
    Et Juppiter dans le creux d'une nue
8 Armoyt sa main de l'esclair de ses dardz :
Quand ma Nymphette en simple verdugade
    Cueillant des fleurs, des raiz de son œillade
11 Essuya l'air grelleux & pluvieux,
Des ventz sortiz remprisonna les tropes,
    Et ralenta les marteaux des Cyclopes,
14 Et de Jupin [2] rasserena les yeulx.

CXV

En aultre part les deux flambeaux de celle
   Qui m'esclairoyt sont allez faire jour,
   Voyre un midi, qui d'un stable sejour,
4   Sans annuiter dans les cuœurs estincelle.
Et que ne sont & d'une & d'une aultre aille
   Mes deux coustez emplumez alentour ?
   Hault par le ciel soubz l'escorte d'Amour
8   Je volleroy comme un Cygne, aupres d'elle.
De ses deux raiz ayant percé le flanc,
   J'empourpreroy mes plumes dans mon sang
11   Pour tesmoigner la peine que j'endure :
Et suis certain que ma triste langueur
   Emouveroyt non seulement son cuœur
14   De mes souspirs, mais une roche dure.

CXVI

Si tu ne veulx les astres despiter
   En ton malheur, ne metz point en arriere
   L'humble souspir de mon humble priere :
4   La priere est fille de Juppiter.
Quiconque veult la priere eviter
   Jamais n'acheve une jeunesse entiere,
   Et voyt tousjours de son audace fiere
8   Jusqu'aux enfers l'orgueil precipiter [1].
Pour ce, orgueilleuse, eschappe cest orage :
   Mollis un peu le roc de ton courage
11   Aux longz souspirs de ma triste langueur :
Tousjours le ciel, tousjours l'eau n'est venteuse,
   Tousjours ne doyt ta beaulté despiteuse
14   Contre ma playe endurcir sa rigueur.

CXVII

Entre mes bras qu'ores ores n'arrive
   Celle qui tient ma playe en sa verdeur,
   Et ma pensée en gelante tiedeur,
4   Sur le tapis de ceste herbeuse rive ?
Et que n'est elle une Nymphe native
   De quelque boys ? par l'ombreuse froydeur

Nouveau Sylvain j'allenteroys l'ardeur
8   Du feu qui m'ard d'une flamme trop vive.
Et pourquoy, Cieulx, l'arrest de vos destins
Ne m'a fait naistre un de ces Paladins
11   Qui seulz portoyent en crope les pucelles [1] ?
Et qui tastant, baizant, & devisant,
Loing de l'envie, & loing du mesdisant,
14   Dieux, par les boys vivoyent avecques elles ?

CXVIII

Que tout par tout dorenavant se mue :
Soyt desormais Amour soulé de pleurs,
Des chesnes durs puissent naistre les fleurs,
4   Au choc des ventz l'eau ne soyt plus esmue,
Du cuœur des rocz le miel degoute & sue,
Soyent du printemps semblables les couleurs,
L'esté soyt froid, l'hyver plein de chaleurs,
8   De foy la terre en toutz endroitz soyt nue :
Tout soyt changé, puis que le noud si fort
Qui m'estraignoyt, & que la seule mort
11   Devoyt couper, ma Dame veult deffaire.
Pourquoy d'Amour mesprises tu la loy ?
Pourquoy fais tu ce qui ne se peult faire ?
14   Pourquoy romps tu si faulsement ta foy ?

CXIX

Lune à l'œil brun, la dame aux noyrs chevaulx
Qui çà qui là, qui hault qui bas te tournent,
Et de retours, qui jamais ne sejournent,
4   Traisnent ton char eternel en travaux :
A tes desseings les miens ne sont esgaux,
Car les amours qui ton cuœur epoinçonnent,
Et ceulx aussi qui mon cuœur aiguillonnent,
8   Divers souhaitz desirent à leurs maulx.
Toy mignotant ton dormeur de Latmie [1],
Tu vouldroys bien qu'une course endormie
11   Emblast le train de ton char qui s'enfuit :
Mais moy qu'Amour toute la nuit devore,
Las, des le soyr je souhaitte l'Aurore,
14   Pour voyr le jour [2], que me celoyt ta nuit.

CXX

Une diverse amoureuse langueur,
   Sans se meurir dans mon ame verdoye,
   Dedans mes yeulx une fontaine ondoye,
4   Un Montgibel [1] s'enflamme dans mon cuœur.
L'un de son feu, l'autre de sa liqueur,
   Ore me gele, & ore me fouldroye,
   Et l'un & l'autre à son tour me guerroye,
8   Sans que l'un soyt dessus l'autre vainqueur.
Fais Amour fay, qu'un des deux ayt la place,
   Ou le seul feu, ou bien la seule glace,
11   Et par l'un d'eux metz fin à ce debat :
J'ay seigneur j'ay, j'ay de mourir envie,
   Mais deux venins n'etouffent point la vie,
14   Tandis que l'un à l'autre se combat.

CXXI

Puis que cet œil qui fidelement baille
   Ses loix aux miens, sur les miens plus ne luict,
   L'obscur m'est jour, le jour m'est une nuict,
4   Tant son absence asprement me travaille.
Le lit me semble un dur camp de bataille,
   Rien ne me plaist, toute chose me nuit,
   Et ce penser, qui me suit & resuit,
8   Presse mon cuœur plus fort qu'une tenaille.
Ja pres du Loyr entre cent mille fleurs,
   Soullé d'ennuiz, de regretz & de pleurs,
11   J'eusse mis fin à mon angoysse forte,
Sans quelque dieu, qui mon œil va tournant
   Vers le païs où tu es sejournant,
14   Dont le bel air sans plus me reconforte.

CXXII

Comme le chault ou dedans Erymanthe [1],
   Ou sus Rhodope [2] ou sus un autre mont,
   En beau crystal le blanc des neiges fond
4   Par sa tiedeur lentement vehemente :
Ainsi tes yeulx (eclair qui me tourmente)
   Qui cire & neige à leur regard me font,

Touchans les miens ja distillez les ont
8   En un ruisseau, qui de mes pleurs s'augmente.
Herbes ne fleurs ne sejournent aupres,
         Ains des Soucis, des Ifz, & des Cypres [3],
11   Ny d'un verd gay sa rive n'est point pleine.
Les autres eaux par les prez vont roulant,
         Mais ceste ci par mon sein va coulant,
14   Qui nuict & jour bruit & rebruit ma peine.

CXXIII

De soingz mordentz & de souciz divers,
         Soyt sans repos ta paupiere eveillée,
         Ta levre soyt d'un noyr venin mouillée,
4   Tes cheveulx soyent de viperes couvers [1].
Du sang infait de ces groz lezards vers
         Soyt ta poictrine & ta gorge souillée,
         Et d'une œillade obliquement rouillée
8   Tant que vouldras guigne moy de travers.
Tousjours au ciel je leveray la teste,
         Et d'un escrit qui bruit comme tempeste,
11   Je foudroyray de tes Monstres l'effort :
Autant de foys que tu seras leur guide
         Pour m'assaillir dans le seur de mon fort,
14   Autant de foys me sentiras Alcide [2].

CXXIV

De ceste doulce & fielleuse pasture,
         Dont le surnom s'appelle trop aymer,
         Qui m'est & sucre, & riagas amer,
4   Sans me souler je pren ma nourriture.
Car ce bel œil, qui force ma nature,
         D'un si long jeun m'a tant faict epasmer,
         Que je ne puis ma faim desaffamer,
8   Qu'au seul regard d'une vaine peinture.
Plus je la voy, moins souler je m'en puis,
         Un vray Narcisse en misere je suis [1] :
11   Hé qu'Amour est une cruelle chose !
Je cognoy bien qu'il me fera mourir,
         Et si ne puis ma douleur secourir,
14   Tant j'ay sa peste en mes vaines enclose.

CXXV

Que laschement vous me trompez, mes yeulx,
　　Enamourez d'une figure vaine :
　　O nouveaulté d'une cruelle peine,
4　　O fier destin, ô malice des cieulx.
Faut il que moy de moymesme envieux,
　　Pour aymer trop les eaux d'une fontaine,
　　Je brusle apres une image incertaine,
8　　Qui pour ma mort m'accompaigne en toutz lieux ?
Et quoy, fault il que le vain de ma face,
　　De membre à membre amenuiser me face,
11　　Comme une cire aux raiz de la chaleur ?
Ainsi pleuroyt l'amoureux Cephiside [1].
　　Quand il sentit dessus le bord humide,
14　　De son beau sang naistre une belle fleur.

CXXVI

En ma douleur, las chetif, je me plais,
　　Soyt quand la nuict les feux du ciel augmente,
　　Ou quand l'Aurore enjonche d'Amaranthe
4　　Le jour meslé d'un long fleurage espais.
D'un joyeux deuil sans faim je me repais :
　　Et quelque part où seulet je m'absente,
　　Devant mes yeulx je voy tousjours presente,
8　　Celle qui cause & ma guerre, & ma paix.
Pour l'aymer trop egalement j'endure
　　Ore un plaisir, ore une peine dure,
11　　Qui d'ordre egal viennent mon cuœur saisir :
Et d'un tel miel mon absynthe est si pleine,
　　Qu'autant me plaist le plaisir que la peine,
14　　La peine autant comme fait le plaisir.

CXXVII

Or que Juppin epoint de sa semence,
　　Hume à longz traitz les feux accoustumez,
　　Et que du chault de ses rains allumez,
4　　L'humide sein de Junon ensemence.
Or que la mer, or que la vehemence
　　Des ventz fait place aux grandz vaisseaux armez,

Et que l'oyseau parmy les boys ramez
8   Du Thracien les tançons recommence [1] :
Or que les prez, & ore que les fleurs,
De mille & mille & de mille couleurs,
11   Peignent le sein de la terre si gaye,
Seul, & pensif, aux rochers plus segretz,
D'un cuœur muét je conte mes regretz,
14   Et par les boys je voys celant ma playe.

CXXVIII

Ayant par mort mon cuœur desalié
De son subject, & l'estincele esteinte,
J'alloy chantant, & la chorde desceinte,
4   Qui si long temps m'avoyt ars, & lié.
Puis je disoy, Et quelle aultre moytié,
Apres la mort de ma moytié si saincte,
D'un nouveau feu, & d'une neuve estrainte,
8   Ardra, noura ma seconde amitié ?
Quand je senti le plus froid de mon ame
Se rembraser d'une nouvelle flamme,
11   Encordelée es retz Idaliens [1] :
Amour reveult pour eschauffer ma glace,
Qu'aultre œil me brusle, & qu'aultre main m'enlasse,
14   O flamme heureuse, o plus qu'heureux liens.

CXXIX

Puissé-je avoir ceste Fére aussi vive
Entre mes bras, qu'elle est vive en mon cuœur :
Un seul moment gariroit ma langueur,
4   Et ma douleur feroit aller à rive.
Plus elle court, & plus elle est fuytive,
Par le sentier d'audace, & de rigueur,
Plus je me lasse, & recreu de vigueur,
8   Je marche apres d'une jambe tardive.
Au moins escoute, & rallente tes paz :
Comme veneur je ne te poursuy pas,
11   Ou comme archer qui blesse à l'impourveue :
Mais comme amy piteusement touché
Du fer cruel, qu'Amour m'a decoché,
14   Faisant un trait des beaulx raiz de ta veue.

CXXX

Contre le ciel mon cœur estoit rebelle,
   Quand le destin, que forçer je ne puis,
   Me traisna voyr la Dame à qui je suis,
4   Ains que vestir ceste escorce nouvelle.
Un chaud adonq de moëlle en moëlle,
   De nerfz en nerfz, de conduitz en conduitz,
   Vint à mon cœur, dont j'ay vescu depuis,
8   Or en plaisir, or en peine cruelle.
Si qu'en voyant ses beaultez, & combien
   Elle est divine, il me resouvint bien
11   L'avoir jadis en paradis laissée [1] :
Car des le jour que j'en refu blessé [2],
   Soit pres ou loing, je n'ay jamais cessé
14   De l'adorer de fait, ou de pensée.

CXXXI

Voyci le boys, que ma sainte Angelette
   Sus le printemps anime de son chant.
   Voyci les fleurs que son pied va marchant,
4   Lors que pensive elle s'esbat seullette.
Iö voici la prée verdelette,
   Qui prend vigueur de sa main la touchant,
   Quand pas à pas pillarde va cherchant
8   Le bel esmail de l'herbe nouvelette.
Ici chanter, là pleurer je la vy,
   Ici soubrire, & là je fus ravy
11   De ses beaulx yeulx par lesquelz je desvie :
Ici s'asseoir, là je la vi dancer :
   Sus le mestier d'un si vague penser
14   Amour ourdit les trames de ma vie [1].

CXXXII

Saincte Gastine, heureuse secretaire
   De mes ennuis, qui respons en ton bois,
   Ores en haulte, ores en basse voix,
4   Aux longz souspirs que mon cœur ne peult taire :
Loyr, qui refrains la course voulontaire
   Du plus courant de tes flotz vandomoys,

Quand acuser ceste beaulté tu m'ois,
8   De qui tousjours je m'affame & m'altere :
Si dextrement [1] l'augure j'ay receu,
Et si mon œil ne fut hyer deceu
11   Des doulx regardz de ma doulce Thalie [2],
Dorenavant poëte me ferez,
Et par la France appellez vous serez,
14   L'un mon laurier, l'aultre ma Castalie [3].

CXXXIII

En ce pandant que tu frappes au but
De la vertu, qui n'a point sa seconde,
Et qu'à longz traitz tu t'enyvres de l'onde
4   Que l'Ascrean [1] entre les Muses but,
Ici, Bayf, où le mont de Sabut
Charge de vins son espaulle féconde,
Pensif je voy la fuite vagabonde
8   Du Loyr qui traisne à la mer son tribut.
Ores un antre, or un desert sauvage,
Ore me plaist le segret d'un rivage.
11   Pour essayer de tromper mon ennuy :
Mais quelque horreur de forest qui me tienne,
Faire ne puis qu'Amour tousjours ne vienne,
14   Parlant à moy, & moy tousjours à luy.

CXXXIV

Quel bien auray-je apres avoir esté
Si longuement privé des yeulx de celle,
Qui le Soleil de leur vive estincelle
4   Rendroyent honteux au plus beau jour d'Esté ?
Et quel plaisir, voyant le ciel vousté
De ce beau front, qui les beaultez recelle,
Et ce col blanc, qui de blancheur excelle
8   Un mont de laict sus le jonc cailloté ?
Comme du Grec la troppe errante & sotte,
Afriandée aux doulceurs de la Lote,
11   Sans plus partir vouloyent là sejourner [1] :
Ainsi j'ay peur, que ma trop friande ame,
R'affriandée aux doulceurs de Madame,
14   Ne veille plus dedans moy retourner.

CXXXV

Puis que je n'ay pour faire ma retraitte
    Du Labyrinth, qui me va seduysant,
    Comme Thesée, un filet conduysant
4   Mes paz doubteux dans les erreurs de Crete [1] :
Eussé-je au moins une poictrine faicte,
    Ou de crystal, ou de verre luysant,
    Lors tu serois dedans mon cuœur lisant,
8   De quelle foy mon amour est parfaite.
Si tu sçavois de quelle affection
    Je suis captif de ta perfection,
11   La mort seroit un confort à ma plainte :
Et lors peult estre esprise de pitié,
    Tu pousserois sur ma despouille esteinte,
14   Quelque souspir de tardive amitié.

CXXXVI

Hà, Belacueil, que ta doulce parolle
    Vint traistrement ma jeunesse offenser
    Quand au premier tu l'amenas dancer,
4   Dans le verger, l'amoureuse carolle [1].
Amour adonq me mit à son escolle,
    Ayant pour maistre un peu sage penser,
    Qui des le jour me mena commencer
8   Le chapelet de la danse plus folle.
Depuis cinq ans dedans ce beau verger,
    Je voys balant avecque faulx danger,
11   Soubz la chanson d'Allegez moy Madame :
Le tabourin se nommoit fol plaisir,
    La fluste erreur, le rebec vain desir,
14   Et les cinq pas la perte de mon ame [2].

CXXXVII

En escrimant un Démon m'eslança
    Le mousse [1] fil d'une arme rabatue,
    Qui de sa pointe aux aultres non pointue,
4   Jusques à l'os le coulde m'offença.
Ja tout le bras à seigner commença,
    Quand par pitié la beaulté qui me tuë,

De l'estancher soigneuse s'evertuë,
8   Et de ses doigtz ma playe elle pança.
Las, di-je lors, si tu as quelque envie
De soulager les playes de ma vie,
11   Et luy donner sa premiere vigueur,
Non ceste ci, mais de ta pitié sonde
L'aspre tourment d'une aultre plus profonde,
14   Que vergongneux je cele dans mon cuœur.

CXXXVIII

Tousjours des bois la syme n'est chargée,
Soubz les toysons d'un hyver éternel,
Tousjours des Dieux le fouldre criminel
4   Ne darde en bas sa menace enragée.
Tousjours les ventz, tousjours la mer d'Egée
Ne gronde pas d'un orage cruel :
Mais de la dent d'un soing continuel,
8   Tousjours tousjours ma vie est oultragée.
Plus je me force à le vouloir tuer,
Plus il renaist pour mieux s'esvertuer
11   De féconder une guerre en moymesme.
O fort Thebain [1], si ta serve vertu
Avoit encor ce monstre combatu,
14   Ce seroit bien de tes faitz le treiziesme.

CXXXIX

Je veus brusler pour m'en voler aux cieux,
Tout l'imparfait de ceste escorce humaine,
M'eternisant, comme le filz d'Alcméne,
4   Qui tout en feu s'assit entre les Dieux [1].
Ja mon esprit chatouillé de son mieux,
Dedans ma chair, rebelle se promeine,
Et ja le bois de sa victime ameine
8   Pour s'enflammer aux rayons de tes yeulx.
O sainct brazier, ô feu chastement beau,
Las, brusle moy d'un si chaste flambeau
11   Qu'abandonant ma despouille cognue,
Nét, libre, & nud, je vole d'un plein sault,
Oultre le ciel, pour adorer là hault
14   L'aultre beaulté dont la tienne est venue.

CXL

Ce fol penser pour s'en voler plus hault,
    Apres le bien que haultain je desire,
    S'est emplumé d'ailes joinctes de cire,
4   Propres à fondre aux raiz du premier chault [1].
Luy fait oyseau, dispost de sault en sault,
    Poursuit en vain l'object de son martire,
    Et toy, qui peux, & luy doys contredire,
8   Tu le vois bien, Raison, & ne t'en chault.
Soubz la clarté d'une estoile si belle,
    Cesse, penser, de hazarder ton aisle,
11 Ains que te voir en bruslant deplumer :
Car pour estaindre une ardeur si cuizante,
    L'eau de mes yeulx ne seroit suffisante,
14 Ny suffisants toutz les flotz de la mer.

CXLI

Or que le ciel, or que la terre est pleine
    De glaz, de graille esparse en tous endrois,
    Et que l'horreur des plus frigoreux mois
4   Fait herisser les cheveux de la plaine,
Or que le vent, qui mutin se promeine,
    Rompt les rochers, & desplante les bois,
    Et que la mer redoublant ses abois,
8   Contre les bordz sa plus grand rage ameine,
Amour me brusle, & l'hyver froidureux,
    Qui gele tout, de mon feu chaleureux
11 Ne gele point l'ardeur, qui tousjours dure :
Voyez, Amantz, comme je suis traitté,
    Je meurs de froid au plus chault de l'Esté,
14 Et de chaleur au cuœur de la froidure.

CXLII

Je ne suis point, Muses, acoustumé
    De voir la nuict vostre dance sacrée :
    Je n'ay point beu dedans l'onde d'Ascrée [1],
4   Fille du pied du cheval emplumé [2].
De tes beaulx raiz chastement allumé
    Je fu poëte : & si ma voix recrée,

8   Et si ma lyre, ou si ma rime agrée,
        Ton œil en soit, non Parnase, estimé.
      Certes le ciel te debvoit à la France,
        Quand le Thuscan, & Sorgue, & sa Florence,
11   Et son Laurier engrava dans les cieux :
      Ore trop tard, beaulté plus que divine,
        Tu vois nostre âge, helas, qui n'est pas digne
14   Tant seulement de parler de tes yeulx.

CXLIII

Ny les desdaingz d'une Nymphe si belle,
      Ny le plaisir de me fondre en langueur,
      Ny la fierté de sa doulce rigueur,
4   Ny contre amour sa chasteté rebelle,
Ny le penser de trop penser en elle,
      Ny de mes yeulx la fatale liqueur,
      Ny mes souspirs messagers de mon cuœur,
8   Ny de ma flamme une ardeur eternelle,
Ny le desir qui me lime & me mord,
      Ny voir escrite en ma face la mort,
11   Ny les erreurs d'une longue complainte,
Ne briseront mon cuœur de diamant,
      Que sa beaulté n'y soit tousjours emprainte
14   Belle fin fait qui meurt en bien aymant.

CXLIV [1]

Dedans le lit où mal sain je repose,
      Presque en langueur Madame trespassa
      Au moys de Juin, quand la fiebvre effaça
4   Son teint d'œilletz, & ses lévres de rose.
Une vapeur avec sa fiebvre esclose,
      Entre les draps son venin delaissa,
      Qui par destin, diverse me blessa
8   D'une autre fiebvre en mes veines enclose.
L'un apres l'autre elle avoyt froyd & chault,
      Le froyd, le chault jamais ne me deffault,
11   Et quand l'un croyst l'autre ne diminue :
L'aspre tourment tousjours ne la tentoyt,
      De deux jours l'un sa fiebvre s'allentoyt,
14   Las, mais la mienne est tousjours continue.

CXLV

O traitz fichez dans le but de mon ame,
  O folle emprise, ô pensers repensez,
  O vainement mes jeunes ans passez,
4   O miel, ô fiel, dont me repaist Madame,
O chault, ô froyd, qui m'englace & m'enflamme,
  O promptz desirs d'esperance cassez [1],
  O doulce erreur, ô paz en vain trassez,
8   O montz, ô rocz, que ma douleur entame,
O terre, ô mer, chäos, destins & cieulx,
  O nuit, ô jour, ô Manes stygieux [2],
11   O fiere ardeur, ô passion trop forte :
O vous Démons, & vous divins Espritz,
  Si quelque amour quelque foys vous a pris.
14   Voyez pour dieu quelle peine je porte.

CXLVI

Las, force m'est qu'en brullant je me taise,
  Car d'autant plus qu'esteindre je me veux,
  Plus le desir me r'allume les feux,
4   Qui languissoyent desoubz la morte braize.
Si suis-je heureux (& cela me rapaize)
  De plus soufrir que soufrir je ne peulx,
  Et d'endurer le mal dont je me deulx,
8   Je me deulx, non, mais dont je suis bien aise [1].
Par ce doulx mal j'adoray la beaulté,
  Qui me liant d'une humble cruaulté
11   Me desnoua les liens d'ignorance.
Par luy me vint ce vertueux penser,
  Qui jusqu'au ciel fit mon cuœur eslancer,
14   Aillé de foy, d'amour & d'esperance.

CXLVII

Tousjours l'erreur, qui seduit les Menades [1],
  Ne deçoyt pas leurs espritz estonnez,
  Tousjours au son des cornetz entonnez,
4   Les mons Troyens ne foulent de gambades.
Tousjours le Dieu des vineuses Thyades
  N'affolle pas leurs cuœurs espoinçonnez,

Et quelque foys leurs cerveaux forcenez
8   Cessent leur rage & ne sont plus malades.
Le Corybente a quelquefoys repos,
Et le Curete aux piedz armez dispos [2],
11   Ne sent tousjours le Tan [3] de sa deesse :
Mais la fureur de celle qui me joint [4],
En patience une heure ne me laisse,
14   Et de ses yeulx tousjours le cuœur me point.

CXLVIII

Amour & Mars sont presque d'une sorte,
L'un en plein jour, l'autre combat de nuict,
L'un aux rivaux, l'autre aux gensdarmes nuit,
4   L'un rompt un huis, l'autre rompt une porte.
L'un finement trompe une ville forte,
L'autre coyment une garde seduict :
L'un un butin, l'autre le gaing poursuit,
8   L'un deshonneur, l'autre dommage apporte.
L'un couche à terre, & l'autre gist souvent
Devant un huis à la froydeur du vent :
11   L'un boyt meinte eau, l'autre boy meinte larme.
Mars va tout seul, les Amours vont touts seulz :
Qui vouldra donc ne languir paresseux,
14   Soyt l'un ou l'autre, amoureux ou gendarme.

CXLIX

Jamais au cuœur ne sera que je n'aye,
Soyt que je tombe en l'obly du cercueil,
Le souvenir du favorable acueil,
4   Qui regarit & rengregea ma playe.
Tant ceste là, pour qui cent mortz j'essaye,
Me saluant d'un petit riz de l'œil,
Si doulcement satisfait à mon deuil,
8   Qu'un seul regard les interestz m'en paye.
Si donc le bien d'un esperé bon jour,
Plein de caresse, apres un long sejour,
11   En cent nectars peult enyvrer mon ame,
Quel paradis m'apporteront les nuictz,
Où se perdra le rien de mes ennuiz,
14   Evanouy dans le sein de Madame ?

CL

Au cuœur d'un val, où deux ombrages sont,
   Dans un destour, de loing j'avisay celle,
   Dont la beaulté dedans mon cuœur se cele,
4   Et les douleurs m'apparoyssent au front.
Des boys toffuz voyant le lieu profond,
   J'armay mon cuœur d'asseurance nouvelle,
   Pour luy chanter les maulx que j'ay pour elle,
8   Et les tourmentz que ses beaulx yeulx me font.
En cent façons, desja, desja ma langue
   Avantpensoyt [1] les motz de sa harangue,
11   Ja soulageant de mes peines le faix,
Quand un Centaure envieux sur ma vie
   L'ayant en crope au galop l'a ravie,
14   Me laissant seul, & mes cris imparfaitz.

CLI [1]

Veufve maison des beaulx yeulx de Madame,
   Qui pres & loing me paissent de douleur,
   Je t'acompare à quelque pré sans fleur,
4   A quelque corps orfelin de son ame.
L'honneur du ciel n'est-ce pas ceste flamme
   Qui donne aux dieux & lumiere & chaleur ?
   Ton ornement n'est ce pas la valeur
8   De son bel œil, qui tout le monde enflamme ?
Soyent tes buffetz chargez de masse d'or,
   Et soyent tes flancz empeinturez encor
11   De mainte histoyre en filz d'or enlassée :
Cela, Maison, ne me peult resjouir,
   Sans voyr en toy ceste Dame, & l'ouyr,
14   Que j'oy tousjours, & voy dans ma pensée.

CLII

Puis qu'aujourdhuy pour me donner confort,
   De ses cheveulx ma Maistresse me donne,
   D'avoyr receu, mon cuœur, je te pardonne,
4   Mes ennemis au dedans de mon fort.
Non pas cheveux, mais un lien bien fort,
   Qu'Amour me lasse, & que le ciel m'ordonne,

Où franchement captif je m'abandonne,
8   Serf volontaire, en volontaire effort.
D'un si beau crin le dieu que Déle honore [1],
Son col de laict blondement ne decore,
11   Ny les flambeaux du chef Egyptien [2],
Quand de leurs feux les astres se couronnent,
Maugré la nuict ne treluysent si bien,
14   Que ses cheveux qui mes bras environnent.

CLIII

Je m'assuroy qu'au changement des cieulx
Cest an nouveau romproyt ma destinée,
Et que sa trace, en serpent retournée [1],
4   Adoulciroyt mon travail soucieux :
Mais puis qu'il volte en un rond pluvieux
Ses frontz lavez d'une humide journée,
Cela me dit qu'au cours de ceste année
8   Je pleuveray ma vie par les yeulx.
Las, toy qui es de moy la quinte essence,
De qui l'humeur sur la mienne a puissance,
11   Ou de tes yeulx serene mes douleurs,
Ou bien les miens alambique [2] en fontaine,
Pour estouffer le plus vif de ma peine,
14   Dans le ruisseau, qui naistra de mes pleurs [3].

CLIV

Seconde Aglaure [1], advienne que l'Envie
Rouille ton cuœur traistrement indiscret,
D'avoyr osé publier le secret,
4   Qui bienheuroyt le bonheur de ma vie.
Fiere à ton col Tisiplone [2] se lie,
Qui d'un remors, d'un soing, & d'un regret,
Et d'un fouet, d'un serpent, & d'un trait,
8   Sans se lasser punisse ta folie.
En ma faveur ce vers injurieux
Suyve l'horreur du despit furieux,
11   Dont Archiloc aiguiza son īambe :
Et mon courroux t'ourdisse le licol
Du fil meurtrier, que le meschant Lycambe,
14   Pour se saulver estraignit à son col.

CLV

En nul endroyt, comme a chanté Virgile [1],
   La foy n'est seure, & me l'a fait scavoyr
   Ton jeune cuœur, mais vieil pour decevoyr,
4   Rompant la sienne infamement fragile.
Tu es vrayment & sotte, & mal habile,
   D'assubjettir les cuœurs à ton pouvoyr,
   Jouet à vent, flot prompt à s'esmouvoyr,
8   Beaulté trop belle en ame trop mobile.
Helas, Amour, si tu as quelque foys
   Haussé ton vol soubz le vent de ma voix,
11   Jamais mon cuœur de son cuœur ne racointes.
Puisse le ciel sur sa langue envoyer
   Le plus aigu de sa fouldre à troys pointes
14   Pour le payment de son juste loyer [2].

CLVI

Son chef est d'or, son front est un tableau
   Où je voy peint le gaing de mon dommage,
   Belle est sa main, qui me fait devant l'age,
4   Changer de teint, de cheveulx, & de peau.
Belle est sa bouche, & son soleil jumeau,
   De neige & feu s'embellit son visage,
   Pour qui Juppin reprendroyt le plumage,
8   Ore d'un Cygne, or le poyl d'un toreau [1].
Doulx est son ris, qui la Meduse mesme
   Endurciroyt en quelque roche blesme,
11   Vangeant d'un coup cent mille cruaultez.
Mais tout ainsi que le Soleil efface
   Les moindres feux [2] : ainsi ma foy surpasse
14   Le plus parfaict de toutes ses beaultez.

CLVII [1]

Moins que devant m'agitoit le vouloyr,
   Qui me piquoyt d'une ardeur fanatique,
   Quand pour garir ma verve poëtique,
4   Laissant Paris j'aborde sus le Loyr.
Là je vivoy pour plus ne me chaloyr
   Ny de la Muse, ou Romaine, ou Attique,

Alors qu'Amour de son trait fantastique
8   Causa le mal qui tant me fait douloyr.
Dedans des prez, & dans un boys champestre,
       Parmy les fleurs où seur je pensoys estre,
11   Le doulx Tyran me martela de coupz :
Et me fit voyr, que jamais on n'estrange
       Loing de son chef, quelques païs qu'on change,
14   L'arrest du ciel qui preside sur nous.

CLVIII

Bien que les champz, les fleuves & les lieux,
       Les montz, les boys, que j'ay laissez derriere,
       Me tiennent loing de ma doulce guerriere,
4   Astre fatal d'où s'écoule mon mieux :
Quelque Demon par le congé des cieulx,
       Qui presidoyent à mon ardeur premiere,
       Conduit tousjours d'une aisle coustumiere
8   Sa belle image au sejour de mes yeulx.
Toutes les nuictz, impatient de haste,
       Entre mes bras je rembrasse et retaste
11   Son ondoyant en cent formes trompeur :
Mais quand il voyt que content je sommeille,
       Mocquant mes braz il s'enfuit, et m'esveille,
14   Me laissant plein de vergogne & de peur.

CLIX

Il faisoyt chault, & le somme coulant
       Se distilloyt dans mon ame songearde,
       Quand l'incertain ¹ d'une idole gaillarde,
4   Fut doulcement mon dormir affolant.
Panchant soubz moy son bel ivoyre blanc,
       Et mitirant sa langue fretillarde,
       Me baisotoyt d'une lévre mignarde,
8   Bouche sur bouche & le flanc sus le flanc.
Que de coral, que de liz, que de roses,
       Ce me sembloyt, à pleines mains descloses,
11   Tastay-je lors entre deux manimentz ?
Mon dieu mon dieu, de quelle doulce aleine,
       De quelle odeur estoyt sa bouche pleine,
14   De quelz rubiz, & de quelz diamantz !

CLX

Ces flots jumeaulx de laict bien espoissi,
   Vont & revont par leur blanche valée,
   Comme à son bord la marine salée,
4   Qui lente va, lente revient aussi.
Une distance entre eulx se fait, ainsi
   Qu'entre deux montz une sente esgalée,
   En toutz endroitz de neige devalée,
8   Soubz un hyver doulcement adoulci.
Là deux rubiz hault eslevez rougissent,
   Dont les rayons cest ivoyre finissent
11   De toutes partz unyment arondis :
Là tout honneur, là toute grace abonde :
   Et la beaulté, si quelqu'une est au monde,
14   Vole au sejour de ce beau paradis.

CLXI

Quelle langueur ce beau front deshonore ?
   Quel voile obscur embrunit ce flambeau ?
   Quelle palleur despoupre ce sein beau,
4   Qui per à per combat avec l'Aurore ?
Dieu medecin, si en toy vit encore
   L'antique feu du Thessale arbrisseau [1],
   Las, pren pitié de ce teint damoyseau,
8   Et son lis palle en œilletz recolore.
Et toy Barbu [2], fidelle gardien
   Du temple assis au champ Rhagusien [3];
11   Deflamme aussi le tison de ma vie :
S'il vit, je vy, s'il meurt, je ne suis riens :
   Car tant son ame à la mienne est unie,
14   Que ses destins seront suyvis des miens.

CLXII

D'un Océan qui nostre jour limite
   Jusques à l'autre, on ne voit point de fleur,
   Qui de beaulté, de grace & de valeur,
4   Puisse combatre au teint de Marguerite.
Si riche gemme en Orient eslite
   Comme est son lustre affiné de bon heur,

N'emperla point de la Conche l'honneur
8   Où s'apparut Venus encore petite.
Le pourpre esclos du sang Adonien [1],
    Le triste ai ai du Telamonien [2],
11   Ni des Indoys la gemmeuse largesse,
Ny toutz les biens d'un rivage estranger,
    A leurs tresors ne sauroient eschanger
14   Le moindre honneur de sa double richesse [3].

CLXIII

Au plus profond de ma poytrine morte,
    Sans me tuer une main je reçoy,
    Qui me pillant entraine avecque soy
4   Mon cœur captif, que maistresse elle emporte.
Coustume inique, & de mauvaise sorte,
    Malencontreuse & miserable loy,
    Tant à grand tort, tant tu es contre moy,
8   Loy sans raison, miserablement forte [1].
Fault il que veuf, seul entre mille ennuiz,
    Mon lict desert je couve tant de nuictz ?
11   Hà, que je porte & de haine, & d'envie
A ce Vulcan ingrat, & sans pitié [2],
    Qui s'opposant aux raiz de ma moytié,
14   Fait eclipser le Soleil de ma vie.

CLXIV

Ren moy mon cœur, ren moy mon cœur, pillarde,
    Que tu retiens dans ton sein arresté :
    Ren moy, ren moy ma doulce liberté
4   Qu'à tes beaulx yeux mal caut je mis en garde.
Ren moy ma vie, ou bien la mort retarde,
    Qui me devance au cours de ta beaulté,
    Par ne sçay quelle honneste cruaulté,
8   Et de plus pres mes angoisses regarde.
Si d'un trespas tu payes ma langueur,
    L'âge à venir maugrayant ta rigueur,
11   Dira sus toy : De ceste fiere amie
Puissent les oz reposer durement,
    Qui de ses yeulx occit meurtrierement
14   Un qui l'avoyt plus chere que sa vie.

CLXV

Quand le grand œil dans les Jumeaux arrive,
    Un jour plus doulx seréne l'Univers,
    D'espicz crestez ondoyent les champz verdz,
4   Et de couleurs se peinture la rive.
Mais quand sa fuite obliquement tardive,
    Par le sentier qui roulle de travers [1],
    Atteint l'Archer, un changement divers
8   De jour, d'espicz, & de couleurs les prive.
Ainsi quand l'œil de ma deesse luit,
    Dedans mon cuœur, dans mon cuœur se produit
11   Un beau printempz qui me donne asseurance :
Mais aussi tost que son rayon s'enfuit,
    De mon printempz il avorte le fruit,
14   Et à myherbe il tond mon esperance.

CLXVI

Les vers d'Homere entreleuz d'avanture,
    Soit par destin, par rencontre, ou par sort,
    En ma faveur chantent tous d'un accord
4   La garison du tourment que j'endure [1].
Ces vieux Barbuz [2], qui la chose future,
    Des traitz des mains, du visage, & du port,
    Vont predisant, annoncent reconfort
8   Aux passions de ma peine si dure.
Mesmes la nuict, le somme qui vous mét
    Doulce en mon lict, augure, me promet
11   Que je verray vos fiertez adoucies :
Et que vous seule, oracle de l'amour,
    Verifirez dans mes braz quelque jour,
14   L'arrest fatal de tant de propheties.

CLXVII

Fauche, garçon [1], d'une main pilleresse,
    Le bel esmail de la verte saison,
    Puis à plein poing enjonche la maison
4   Du beau tapis de leur meslange espaisse.
Despen du croc ma lyre chanteresse :
    Je veus charmer, si je puis, la poison,

Dont un bel œil sorcela ma raison
8   Par la vertu d'une œillade maistresse.
Donne moy l'encre, & le papier aussi :
         En cent papiers tesmoingz de mon souci,
11   Je veux tracer la peine que j'endure :
En cent papiers plus durs que diamant [2],
         A celle fin que la race future
14   Juge du mal que je soufre en aymant.

CLXVIII

Un sot Vulcan ma Cyprine [1] faschoit,
         Mais elle apart qui son courroux ne cele
         L'un de ses yeulx arma d'une estincelle,
4   De l'aultre un lac sur sa face espanchoit.
Tandis Amour qui petit se cachoit
         Folastrement dans le sein de la belle,
         En l'œil humide alloit baignant son aisle,
8   Puis en l'ardent [2] ses plumes il sechoit.
Ainsi voit on quelquefois en un temps,
         Rire & pleurer le soleil du printemps,
11   Quand une nuë à demy le traverse.
L'un dans les miens darda tant de liqueur,
         Et l'autre apres tant de flammes au cuœur,
14   Que pleurs & feux depuis l'heure je verse.

CLXIX

Mon dieu, quel deuil, & quelles larmes sainctes,
         Et quelz souspirs Madame alloit formant,
         Et quelz sanglotz, alors que le tourment
4   D'un teint de mort ses graces avoit peintes.
Croysant ses mains à l'estomac estraintes
         Fichoit au ciel son regard lentement,
         Et triste apart pleuroit si tristement,
8   Que les rochers se brisoyent de ses plaintes.
Les cieux fermez [1] aux criz de sa douleur,
         Changeans de front, de grace & de couleur,
11   Par sympathie [2] en devindrent malades :
Tous renfrognez les astres secouoyent
         Leurs raiz du chef, telles pitiez nouoyent
14   Dans le cristal de ses moytes œillades.

CLXX

Le feu jumeau de Madame brusloit
    Par le rayon de sa flamme divine,
    L'amas pleureux d'une obscure bruine
4   Qui de leur jour la lumiere celoit.
Un bel argent chauldement s'escouloit
    Dessus sa joue, en la gorge ivoyrine,
    Au paradis de sa chaste poitrine,
8   Où l'Archerot ses flesches esmouloit.
De neige tiede estoit sa face pleine,
    D'or ses cheveux, ses deux sourciz d'ebéne,
11   Ses yeulx m'estoyent un bel astre fatal :
Roses & liz, où la douleur contrainte
    Formoit l'accent de sa juste complainte,
14   Feu ses souspirs, ses larmes un crystal.

CLXXI

Celuy qui fit le monde façonné,
    Sur le compas de son parfait exemple [1],
    Le couronnant des voustes de son temple,
4   M'a par destin ton esclave ordonné.
Comme l'esprit, qui sainctement est né
    Pour voyr son dieu, quand sa face il contemple
    De touts ses maulx un salaire plus ample
8   Que de le voyr, ne luy est point donné :
Ainsi je pers ma peine coustumiere,
    Quand à longz traitz j'œillade la lumière
11   De ton bel œil, chefdœuvre nompareil.
Voyla pour quoy, quelque part qu'il sejourne,
    Tousjours vers luy maulgré moy je me tourne,
14   Comme un Souci aux rayons du soleil.

CLXXII

Que Gastine ait tout le chef jaunissant
    De maint citron & mainte belle orenge,
    Que toute odeur de toute terre estrange,
4   Aille par tout noz plaines remplissant.
Le Loyr soit laict, son rempart verdissant
    En un tapis d'esmeraudes se change,

Et le sablon, qui dans Braye se range,
8   D'arenes d'or soit par tout blondissant [1].
Pleuve le ciel des parfumz & des roses,
        Soyent des grands ventz les aleines encloses,
11   La mer soit calme, & l'air plein de bon heur :
Voici le jour, que l'enfant de mon maistre [2],
        Naissant au monde, au monde a fait renaistre
14   La loy premiere, & le premier honneur.

CLXXIII

Jeune Herculin, qui des le ventre sainct
        Fus destiné pour le commun service,
        Et qui naissant rompis la teste au vice
4   De ton beau nom dedans les astres peint :
Quand l'age d'homme aura ton cueur atteint,
        S'il reste encor quelque trac de malice,
        Le monde adonc ployé soubz ta police
8   Le pourra voyr totalement estaint.
En ce pendant crois enfant, & prospere,
        Et sage apren les haultz faitz de ton pere
11   Et ses vertuz, & les honneurs des Roys.
Puis aultre Hector tu courras à la guerre,
        Aultre Jason tu t'en iras conquerre,
14   Non la toison, mais les champz Navarroys [1].

CLXXIV

Comme on souloit si plus on ne me blasme [1]
        D'estre tousjours lentement otieux,
        Je t'en ren grace, heureux trait de ces yeulx,
4   Qui m'ont parfait l'imparfait de mon ame.
Ore l'esclair de leur divine flamme,
        Dressant en l'air mon vol audacieux
        Pour voir le Tout [2], m'esleve jusqu'aux cieux,
8   Dont ici bas la partie m'enflamme,
Par le moins beau, qui mon penser aisla,
        Au sein du beau mon penser s'en vola,
11   Epoinçonné d'une manie [3] extreme :
Là, du vray beau j'adore le parfait,
        Là, d'otieux actif je me suis fait,
14   Là, je cogneu ma maistresse & moy-mesme.

CLXXV

Brave ¹ Aquilon, horreur de la Scythie,
  Le chassenue, & l'ebranlerocher,
  L'irritemer ², & qui fais approcher
4   Aux enfers l'une, aux cieux l'autre partie :
S'il te souvient de la belle Orithye ³,
  Toy de l'hyver le plus fidele archer,
  Fais à mon Loyr ses mines ⁴ relascher,
8   Tant que Madame à rive soit sortie.
Ainsi ⁵ ton front ne soit jamais moyteux,
  Et ton gosier horriblement venteux,
11   Mugle tousjours dans les cavernes basses,
Ainsi les braz des chesnes les plus vieux,
  Ainsi la terre, & la mer, & les cieux,
14   Tremblent d'effroy quelque part où tu passes.

CLXXVI

Sœur de Paris, la fille au roy d'Asie,
  A qui Phebus en doubte fit avoyr
  Peu cautement l'aiguillon du sçavoyr,
4   Dont sans proffit ton ame fut saisie,
Tu variras vers moy de fantaisie,
  Puis qu'il te plaist (bien que tard) de vouloyr
  Changer ton Loyre au sejour de mon Loyr,
8   Voyre y fonder ta demeure choysie ¹.
En ma faveur le ciel te guide ici,
  Pour te montrer de plus pres le souci
11   Qui peint au vif de ses couleurs ma face.
Vien Nymphe vien, les rochers & les boys
  Qui de pitié s'enflamment soubz ma voix,
14   De leurs souspirs eschauferont ta glace.

CLXXVII

L'or crespelu, que d'autant plus j'honore,
  Que mes douleurs s'augmentent de son beau,
  Laschant un jour le noud de son bandeau,
4   S'esparpilloyt sur le sein que j'adore.
Mon cuœur, helas, qu'en vain je r'appelle ore :
  Vola dedans, ainsi qu'un jeune oyseau,

    Qui s'enfeuillant dedans un arbrisseau,
8   De branche en branche à son plaisir s'essore [1] :
Lors que voyci dix beaux doigtz ivoyrins,
    Qui ramassantz ses blondz filets orins,
11   Pris en leurs retz esclave le lierent.
J'eusse crié, mais la peur que j'avoys,
    Gela mes sens, mes poumons, & ma voix,
14   Et ce pendant le cuœur ilz me pillerent.

CLXXVIII

Si blond, si beau, comme est une toyson
    Qui mon dueil tue, & mon plaisir renforce,
    Ne fut onq l'or, que les toreaux par force,
4   Au champ de Mars donnerent à Jason.
De ceulx, qui Tyr ont esleu pour maison,
    Si fine soye en leur main ne fut torse.
    Ny mousse en corne revestit escorse,
8   Si tendre qu'elle en la prime saison.
Poyl folleton, où nichent mes liesses,
    Puis que pour moy tes compagnons tu laisses
11   Je sen ramper l'esperance en mon cuœur :
Courage Amour, desja la ville est prise,
    Lors qu'en deux partz, mutine, se devise,
14   Et qu'une part se vient rendre au vainqueur.

CLXXIX

D'une vapeur enclose soubz la terre,
    Ne s'est pas fait cest esprit [1] ventueux.
    Ny par les champs le Loyr impetueux
4   De neige cheute à toute bride n'erre.
Le prince Eole en ces moys ne deterre
    L'esclave orgueil des vents tumultueux,
    Ny l'Ocean des flotz tempestueux
8   De sa grand clef les sources ne desserre.
Seulz mes souspirs ont ce vent enfanté,
    Et de mes pleurs le Loyr s'est augmenté,
11   Pour le depart d'une beaulté si fiere :
Et m'esbays, de tant continuer
    Souspirs & pleurs, que je n'ay veu muer
14   Mon cuœur en vent, & mes yeulx en riviere.

CLXXX

Si hors du cep [1] où je suis arresté,
   Cep où l'Amour de ses flesches m'encloue,
   J'eschape franc, & du ret qui m'ennoue
4   Si quelquefoys je me voy desreté :
Au cuœur d'un pré loing de gents escarté,
   Que fourchument l'eau du Loyr entrenoue,
   De gazons verdz un temple je te vouë,
8   Heureuse, saincte & alme Liberté
Là, j'apprendray le soing, & les ennuiz,
   Les faulx plaisirs, les mensonges des nuictz,
11   Le vain espoyr, les souspirs, & l'envie :
Là, tous les ans je te pairay mes vœux [2],
   Et soubz tes piedz j'immoleray cent bœufz,
14   Pour le bienfaict d'avoyr saulvé ma vie.

CLXXXI

Veu la douleur qui doulcement me lime,
   Et qui me suit compaigne, paz à paz,
   Je congnoy bien qu'encor' je ne suis pas,
4   Pour trop aymer, à la fin de ma ryme.
Dame, l'ardeur qui de chanter m'anime,
   Et qui me rend en ce labeur moins las,
   C'est que je voy qu'aggreable tu l'as,
8   Et que je tien de tes pensers la cyme.
Je suis vrayment heureux & plusque heureux,
   De vivre aymé & de vivre amoureux
11   De la beaulté d'une Dame si belle :
Qui list mes vers, qui en fait jugement,
   Et qui me donne à toute heure argument
14   De souspirer heureusement pour elle.

CLXXXII

J'alloy roullant ces larmes de mes yeulx,
   Or plein de doubte, ores plein d'esperance,
   Lors que HENRY loing des bornes de France,
4   Vangeoyt l'honneur de ses premiers ayeulx,
Lors qu'il trenchoyt d'un bras victorieux
   Au bord du Rhin l'Espaignolle vaillance,

Ja se trassant de l'aigu de sa lance,
8   Un beau sentier pour s'en aller aux cieulx [1].
Vous saint troupeau, qui dessus Pinde errez,
    Et qui de grace ouvrez, & desserrez
11   Voz doctes eaux à ceulx qui les vont boyre :
Si quelquefoys vous m'avez abreuvé,
    Soyt pour jamais ce souspir engravé,
14   Dans l'immortel du temple de Memoyre.

CHANSON

Las, je n'eusse jamais pensé
   Veu les ennuiz de ma langueur,
Que tu m'eusses recompensé
   D'une si cruelle rigueur :
5   Mais puis qu'Amour me chasse à tort,
   Ma seule alegence est la mort.

Si fortuné j'eusse apperçu
   Quand je te vy premierement,
Le mal que j'ai depuis receu
10   Pour te servir loyalement :
   Mon cuœur qui franc avoyt vescu,
   N'eust pas esté pris ne vaincu.

Mais la doulceur de tes beaulx yeulx,
   Cent fois asseura mon debvoir,
15   De me donner encore mieulx
   Que les miens n'esperoient avoyr :
   La vaine attente d'un tel bien
   A transformé mon aise en rien.

Si tost que je vy ta beaulté,
20   Je me sentis naistre un desir
D'assubjetir ma loyaulté
   Soubz l'empire de ton plaisir,
   Et des ce jour l'amoureux trait
   Au cuœur m'engrava ton pourtrait.

25   Ce fut, Dame, ton bel acueil,
   Qui pour me rendre serviteur,
M'ouvrit par la clef de ton œil
   Le paradis de ta grandeur,

Que ta saincte perfection
30   Peignit dans mon affection.

Et lors pour hostage de moy
     Desja profondement blessé,
     Mon cuœur plain de loyale foy
     En garde à tes yeulx je laissé :
35   Et fus bien aise de l'offrir,
     Pour le veoyr doulcement soufrir.

Bien qu'il endure jours & nuictz
     Mainte amoureuse aversité,
     Le plus cruel de ses ennuiz
40   Luy semble une felicité :
     Et ne sçauroit jamais vouloyr
     Qu'autre amour le face douloyr.

Un grand rocher qui a le dos,
     Et les piedz toujours oultragez
45   Ore des vens, ore des flos
     En leurs tempestes enragez,
     N'est point si ferme que mon cuœur
     Contre le choc de ta rigueur.

Car luy de plus en plus aymant
50   Ta grace, & ton honnesteté,
     Semble au pourtrait d'un diamant,
     Qui pour garder sa fermeté,
     Se rompt plus tost soubz le marteau,
     Que se voyr tailler de nouveau.

55 Aussi ne l'or qui peult tenter,
     Ny autre grace, ny maintien,
     Ne scauroient dans mon cuœur enter
     Un autre portrait que le tien,
     Et plus tost il mourroit d'ennuy
60   Que d'en soufrir un autre en luy.

Il ne fault point pour empescher
     Qu'une autre dame en ayt sa part,
     L'environner d'un grand rocher,
     Ou d'une fosse, ou d'un rempart,
65   Amour ne l'a si bien conquis
     Que plus il ne peult estre aquis.

Chanson, les estoilles seront
　　La nuict sans les cieulx allumer,
　　Et plus tost les ventz cesseront
70　　De tempester dessus la mer,
　　Que l'orgueil de sa cruaulté
　　Puisse esbranler ma loyaulté.

AMOURETTE

Petite Nymphe folastre,
Nymphette que j'idolatre,
Ma mignonne dont les yeulx
Logent mon pis & mon mieux :
5　Ma doucette, ma sucrée,
Ma Grace, ma Cytherée,
Tu me doibz pour m'apaiser
Mille fois le jour baiser.
Avance mon cartier belle,
10　Ma tourtre, ma colombelle,
Avance moy le cartier
De mon payment tout entier.
Demeure, où fuis tu Maistresse ?
Le desir qui trop me presse,
15　Ne sçauroit arrester tant
S'il n'a son payment contant.
Revien revien mignonnette,
Mon doulx miel, ma violete,
Mon œil, mon cuœur, mes amours,
20　Ma cruëlle, qui tousjours
Treuves quelque mignardise,
Qui d'une doulce faintise
Peu à peu mes forces fond,
Comme on voyt dessus un mont
25　S'escouler la neige blanche :
Ou comme la rose franche
Pert le pourpre de son teint
Du vent de la Bise atteint.
Où fuis-tu mon âmelete,
30　Mon diamant, ma perlete ?
Las, revien, mon sucre doulx,
Sur mon sein, sur mes genoux,
Et de cent baisers apaise

De mon cuœur la chaulde braise.
Donne m'en bec contre bec,
Or un moyte, ores un sec,
Ore un babillard, & ores
Un qui soit plus long encores
Que ceulx des pigeons mignards,
Couple à couple fretillards,
Hà là! ma doulce guerriere,
Tire un peu ta bouche arriere,
Le dernier baiser donné
A tellement estonné
De mille doulceurs ma vie,
Qu'il me l'a presque ravie,
Et m'a fait veoir à demi
Le Nautonnier ennemi,
Et les pleines où Catulle,
Et les rives où Tibulle,
Paz à paz leur promenant',
Vont encores maintenant
De leurs bouchettes blesmies
Rebaisotans leurs amies.

LES AMOURS
(Pièces ajoutées en 1553)

I [1]

Pleut il à Dieu n'avoir jamais tâté
   Si follement le tetin de m'amie!
   Sans lui vraiment l'autre plus grande envie,
4   Helas! ne m'eut, ne m'eut jamais tanté.
Comme un poisson, pour s'estre trop hâté,
   Par un apât, suit la fin de sa vie,
   Ainsi je vois [2] où la mort me convie,
8   D'un beau tetin doucement apâté.
Qui eut pensé, que le cruel destin
   Eut enfermé sous un si beau tetin
11   Un si grand feu, pour m'en faire la proïe ?
Avisés donc, quel seroit le coucher
   Entre ses bras, puis qu'un simple toucher
14   De mille mors, innocent, me foudroïe.

II

Contre mon gré l'atrait de tes beaux yeus
   Donte mon cœur, mais quand je te veus dire
   Quell' est ma mort, tu ne t'en fais que rire,
4   Et de mon mal tu as le cœur joïeus.
Puis qu'en t'aimant je ne puis avoir mieus,
   Soufre du moins que pour toi je soupire :
   Assés & trop ton bel œil me martire,
8   Sans te moquer de mon mal soucieus.
Moquer mon mal, rire de ma douleur,
   Par un dedain redoubler mon malheur,
11   Haïr qui t'aime, & vivre de ses pleintes,
Rompre ta foi, manquer [1] de ton devoir,

Cela, cruelle, & n'est-ce pas avoir
14   Tes mains de sang, & d'homicide teintes ?

III

Ha, seigneur dieu, que de graces écloses
        Dans le jardin de ce sein verdelet,
        Enflent le rond de deus gazons de lait,
4   Où des Amours les fléches sont encloses !
Je me transforme en cent metamorfoses,
        Quand je te voi, petit mont jumelet,
        Ains du printans un rosier nouvelet,
8   Qui le matin bienveigne de ses roses [1].
S'Europe avoit l'estomac aussi beau [2],
        De t'estre fait, Jupiter, un toreau,
11   Je te pardonne. Hé, que ne sui-je puce !
La baisotant, tous les jours je mordroi
        Ses beaus tetins, mais la nuit je voudroi
14   Que rechanger en homme je me pusse.

IV

Je voudrois estre Ixion & Tantale,
        Dessus la roüe, & dans les eaus là bas [1] :
        Et quelque fois presser entre mes bras
4   Cette beauté qui les anges égale.
S'ainsin étoit [2], toute peine fatale
        Me seroit douce, & ne me chaudroit pas,
        Non d'un vautour fussai-je le repas,
8   Non, qui le roc remonte & redevale [3].
Lui tatonner seulement le tetin
        Echangeroit l'oscur de mon destin
11   Au sort meilleur des princes de l'Asie [4] :
Un demidieu me feroit son baiser,
        Et flanc à flanc entre ses bras m'aiser [5],
14   Un de ceus là qui mengent l'Ambrosie.

V

Amour me tue, & si je ne veus dire
        Le plaisant mal que ce m'est de mourir :
        Tant j'ai grand peur, qu'on veuille secourir

4   Le mal, par qui doucement je soupire.
  Il est bien vrai, que ma langueur desire
   Qu'avec le tans je me puisse guerir :
   Mais je ne veus ma dame requerir
8   Pour ma santé : tant me plaist mon martire.
  Tai toi langueur : je sen venir le jour,
   Que ma maistresse, apres si long sejour,
11   Voiant le soin qui ronge ma pensée,
  Toute une nuit, folatrement m'aiant
   Entre ses bras, prodigue, ira paiant
14   Les intérés de ma peine avancée.

VI

Je veus mourir pour tes beautés, Maistresse,
  Pour ce bel œil, qui me prit à son bain,
  Pour ce dous ris, pour ce baiser tout plein
4 D'ambre, & de musq, baiser d'une Deesse.
Je veus mourir pour cette blonde tresse,
  Pour l'embonpoint de ce trop chaste sein,
  Pour la rigueur de cette douce main,
8 Qui tout d'un coup me guerit & me blesse.
Je veus mourir pour le brun de ce teint,
  Pour ce maintien, qui, divin, me contreint
11 De trop aimer : mais par sus toute chose,
Je veus mourir es amoureus combas,
  Souflant l'amour, qu'au cœur je porte enclose,
14 Toute une nuit, au millieu de tes bras.

VII

Dame, depuis que la première fléche
  De ton bel œil m'avança la douleur,
  Et que sa blanche & sa noire couleur
4 Forçant ma force, au cœur me firent bréche :
Je sen toujours une amoureuse méche,
  Qui se ralume au meillieu de mon cœur,
  Dont le beau rai (ainsi comme une fleur
8 S'écoule au chaut) dessus le pié me séche [1].
Ni nuit, ne jour [2], je ne fai que songer,
  Limer mon cœur, le mordre & le ronger,
11 Priant Amour, qu'il me tranche la vie.
Mais lui, qui rit du torment qui me point,

Plus je l'apelle, & plus je le convie,
14   Plus fait le sourd, & ne me répond point.

VIII

Ni de son chef le tresor crépelu,
    Ni de sa joüe une & l'autre fossette,
    Ni l'embonpoint de sa gorge grassette,
4   Ni son menton rondement fosselu,
Ni son bel œil que les miens ont voulu
    Choisir pour prince à mon ame sugette,
    Ni son beau sein, dont l'Archerot me gette
8   Le plus agu de son trait émoulu,
Ni de son ris les miliers de Charites [1],
    Ni ses beautés en mile cœurs écrites,
11   N'ont esclavé ma libre affection,
Seul son esprit, où tout le ciel abonde,
    Et les torrens de sa douce faconde,
14   Me font mourir pour sa perfection.

IX

Mon dieu, mon dieu, que ma maistresse est belle!
    Soit que j'admire ou ses yeus, mes seigneurs,
    Ou de son front les dous-graves [1] honneurs,
4   Ou l'Orient [2] de sa levre jumelle.
Mon dieu, mon dieu, que ma dame est cruelle!
    Soit qu'un raport rengrege mes douleurs,
    Soit qu'un depit parannise [3] mes pleurs.
8   Soit qu'un refus mes plaïes renouvelle.
Ainsi le miel de sa douce beauté
    Nourrit mon cœur : ainsi sa cruauté
11   D'alaine [4] amere enamere [5] ma vie.
Ainsi repeu d'un si divers repas,
    Ores je vi, ores je ne vi pas,
14   Egal au sort des freres d'Œbalie [6].

X

Cent fois le jour, à part moi je repense,
    Que c'est qu'Amour, quelle humeur l'entretient,
    Quel est son arc, & quelle place il tient

4   Dedans nos cœurs, & quelle est son essence.
  Je conoi bien des astres la puissance,
   Je sai, comment la mer fuit, & revient,
   Comme en son Tout le Monde se contient :
8   De lui sans plus me fuit la conoissance.
  Si sai-je bien, que c'est un puissant Dieu,
   Et que, mobile, ores il prend son lieu
11   Dedans mon cœur, & ores dans mes veines :
  Et que depuis qu'en sa douce prison
   Dessous mes sens fit serve ma raison,
14   Toujours, mal sain, je n'ai langui qu'en peines.

XI

  Mile, vraiment, & mile voudroient bien,
   Et mile encor, ma guerriere Cassandre,
   Qu'en te laissant, je me voulusse rendre
4   Franc de ton ret [1], pour vivre en leur lien.
  Las ! mais mon cœur, ainçois qui n'est plus mien,
   Comme un vrai serf, ne sauroit plus entendre
   A qui l'apelle, & mieus voudroit attendre
8   Dix mile mors qu'il fût autre que tien.
  Tant que la rose en l'epine naitra,
   Tant que sous l'eau' la baleine paitra,
11   Tant que les cerfs aimeront les ramées,
  Et tant qu'Amour se nourrira de pleurs,
   Toujours au cœur ton nom, & tes valeurs,
14   Et tes beautés me seront imprimées.

XII

  Voïant les yeus de toi, Maitresse elüe,
   A qui j'ai dit, seule à mon cœur tu plais,
   D'un si dous fruit mon ame je repais,
4   Que plus en mange, & plus en est goulüe.
  Amour qui seul les bons espris englüe,
   Et qui ne daigne ailleurs perdre ses trais,
   M'alege tant du moindre de tes rais,
8   Qu'il n'a du cœur toute peine tolüe.
  Non, ce n'est point une peine qu'aimer :
   C'est un beau mal, & son feu dous-amer
11   Plus doucement qu'amerement nous brûle.
  O moi deus fois, voire trois bienheureus,

S'Amour m'occit, & si avec Tibulle
14   J'erre là-bas sous le bois amoureus [1].

XIII

J'ai cent fois épreuvé les remedes d'Ovide,
    Et si je les épreuve encore tous les jours,
    Pour voir, si je pourrai de mes vieilles amours,
4   Qui trop m'ardent le cœur, avoir l'estomac vuide :
Mais cet amadoüeur [1], qui me tient à la bride,
    Me voïant aprocher du lieu de mon secours,
    Maugré moi tout soudain fait vanoïer mon cours [2],
8   Et d'où je vins mal sain, mal sain il me reguide.
Hà, poëte Romain, il te fut bien aisé,
    Quand d'une courtisane [3], on se voit embrasé,
11   Donner quelque remede, affin qu'on s'en depestre :
Mais cettui là qui voit les yeux de mon Soleil,
    Qui n'a de chasteté, ni d'honneur son pareil,
14   Plus il est son esclave, & plus il le veut estre.

XIV

Ni les combats des amoureuses nuits
    Ni les plaisirs que les amours conçoivent
    Ni les faveurs que les amans reçoivent
4   Ne valent pas un seul de mes ennuis.
Heureus ennui, en toi seulet je puis
    Trouver repos des maus qui me deçoivent :
    Et par toi seul mes passions reçoivent
8   Le dous obli du torment où je suis.
Bienheureus soit mon torment qui n'empire,
    Et le dous jou, sous lequel je respire,
11   Et bienheureus le penser soucieus,
Qui me repait du dous souvenir d'elle :
    Et plus heureus le foudre de ses yeux,
14   Qui cuit mon cœur dans un feu qui me gelle.

XV

A ton frere Paris tu sembles en beauté,
    A ta sœur Polyxene en chaste conscience [1],
    A ton frere Helenin en profete science [2],

4   A ton parjure aïeul en peu de loiauté [3].
A ton pere Priam en meurs de roïauté,
    Au vieillart Antenor [4] en mieleuse eloquence,
    A ta tante Antigone en superbe arrogance [5],
8   A ton grand frere Hector en fiere cruauté.
Neptune n'assit onc une pierre si dure
    Dans tes murs [6], que tu es, pour qui la mort j'endure :
11 Ni des Grecs outragés l'exercite [7] vainqueur
N'emplit tant Ilion de feus, de cris, & d'armes
    De souspirs, & de pleurs, que tu combles mon cœur
14 De brasiers, & de morts, de sanglos & de larmes.

XVI

Si je trépasse entre tes bras, Madame,
    Il me suffit, car je ne veus avoir
    Plus grand honneur, sinon que de me voir
4   En te baisant, dans ton sein rendre l'ame.
Celui que Mars horriblement enflamme
    Aille à la guerre, & manque de pouvoir [1],
    Et jeune d'ans, s'ébate à recevoir
8   En sa poitrine une Espaignole lame :
Mais moi, plus froid, je ne requier, sinon
    Apres cent ans, sans gloire & sans renom,
11 Mourir oisif en ton giron, Cassandre.
Car je me trompe, ou c'est plus de bonheur,
    Mourir ainsi, que d'avoir tout l'honneur,
14 Pour vivre peu, d'un guerrier Alexandre.

XVII

Avéques moi pleurer vous devriés bien,
    Tertres bessons, pour la facheuse absence
    De cette là, qui fut par sa presence
4   Vôtre Soleil, ainçois qui fut le mien.
Las ! de quels maus, Amour, & de combien
    Une beauté ma peine recompense !
    Quand plein de honte à toute heure je pense
8   Qu'en un moment j'ai perdu tout mon bien.
Or, à dieu donc beauté qui me dédaigne :
    Quelque rocher, quelque bois, où montaigne
11 Vous pourra bien éloigner de mes yeus :
Mais non du cœur, que pront il ne vous suive,

Et que dans vous, plus que dans moi, ne vive,
14   Comme en la part qu'il aime beaucoup mieus.

XVIII

Tout me déplait, mais rien ne m'est si gref,
  Que ne voir point les beaus yeus de ma Dame,
  Qui des plaisirs les plus dous de mon ame
4   Avéques eus ont emporté la clef.
Un torrent d'eau s'écoule de mon chef :
  Et tout confus de soupirs je me pâme,
  Perdant le feu, dont la drillante flame
8   Seule guidoit de mes pensers la nef.
Depuis le jour, que je senti sa braise,
  Autre beauté je n'ai veu, qui me plaise,
11   Ni ne verrai. Mais bien puissai-je voir
Qu'avant mourir seulement ceste Fere
  D'un seul tour d'œil promette un peu d'espoir
14   Au coup d'Amour, dont je me desespere.

XIX

Quand je vous voi, ou quand je pense en vous,
  Je ne sçai quoi dans le cœur me fretille,
  Qui me pointelle, & tout d'un coup [1] me pille
4   L'esprit emblé d'un ravissement dous.
Je tremble tout de nerfs & de genous :
  Comme la cire au feu, je me distile,
  Sous mes souspirs : & ma force inutile
8   Me laisse froid, sans haleine & sans pous.
Je semble au mort, qu'on devale en la fosse,
  Ou à celui qui d'une fievre grosse
11   Perd le cerveau, dont les esprits mués
Révent cela, qui plus leur est contraire.
  Ainsi, mourant, je ne sçauroi tant faire,
14   Qui je ne pense en vous, qui me tués.

XX

Morne de cors, & plus morne d'espris
  Je me trainoi' dans une masse morte,
  Et sans sçavoir combien la Muse aporte

4   D'honneur aus siens, je l'avois à mépris :
   Mais aussi tôt, que de vous je m'épris,
       Tout aussi tôt vôtre œil me fut escorte
       A la vertu, voire de telle sorte
8   Que d'ignorant je devin bien apris.
   Donques mon Tout, si je fai quelque chose,
       Si dignement de vos yeus je compose,
11   Vous me causés vous mesmes ces effets.
   Je pren de vous mes graces plus parfaites,
       Car je suis manque [1], & dedans moi vous faites,
14   Si je fai bien, tout le bien que je fais.

XXI

   Las ! sans la voir, à toute heure je voi
       Cette beauté dedans mon cœur presente :
       Ni mont, ni bois, ni fleuve ne m'exente
4   Que par pensée elle ne parle à moi.
   Dame, qui sais ma constance & ma foi,
       Voi, s'il te plait, que le tans qui s'absente
       Depuis set ans en rien ne desaugmente
8   Le plaisant mal que j'endure pour toi.
   De l'endurer lassé je ne suis pas,
       Ni ne seroi', tombassai-je là bas [1],
11   Pour mile fois en mile cors renaître :
   Mais de mon cœur, sans plus, je suis lassé,
       Qui me déplait, & qui plus ne peut estre
14   Mien, comme il fut, puis que tu l'as chassé.

XXII

   Dans un sablon la semence j'épan [1],
       Je sonde en vain les abymes d'un goufre :
       Sans qu'on m'invite, à toute heure je m'oufre [2],
4   Et sans loïer mon âge je dépan.
   A son portrait pour un veu je m'apan :
       Devant son feu mon cœur se change en soufre,
       Et pour ses yeus cruellement je soufre
8   Dis mile maus, & d'un ne me repan.
   Qui sçauroit bien, quelle trampe a ma vie,
       D'estre amoureux n'auroit jamais envie.
11   Je tremble, j'ars, je me pai d'un amer,
   Qui plus qu'aluine [3] est rempli d'amertume :

Je vi d'ennui, de deuil je me consume :
14   En tel estat je suis pour trop aimer.

XXIII

Devant les yeus, nuit & jour, me revient
L'idole saint de l'angelique face,
Soit que j'écrive, ou soit que j'entrelasse
4   Mes vers au luth, toujours il m'en souvient.
Voiés pour dieu, comme un bel œil me tient
En sa prison, & point ne me delasse,
Et comme il prend mon cueur dedans sa nasse,
8   Qui de pensée, à mon dam, l'entretient.
O le grand mal, quand une affection
Peint nôtre esprit de quelque impression !
11   J'enten alors que l'Amour ne dédaigne
Suttilement l'engraver de son trait :
Toujours au cœur nous revient ce portrait,
14   Et maugré nous toujours nous acompaigne.

CHANSON

D'un gosier machelaurier [1]
J'oi crier [2]
3   Dans Lycofron [3] ma Cassandre,
Qui profetise aux Troïens
Les moïens,
6   Qui les tapiront [4] en cendre.

Mais ces pauvres obstinés,
Destinés
9   Pour ne croire à ma Sibylle,
Vinrent, bien que tard, apres,
Les feus Grecs
12   Forcenés parmi leur ville.

Aïans la mort dans le sein,
De leur main
15   Plomboient [5] leur poitrine nue :
Et tordant leurs cheveus gris,
De lons cris
18   Pleuroient, qu'ils ne l'avoient creüe.

Mais leurs cris n'eurent pouvoir
   D'émouvoir
21 Les Grecs si chargés de proïe,
  Qu'ils ne laisserent sinon,
   Que le nom
24 De ce qui fut jadis Troïe.

Ainsi pour ne croire pas,
   Quand tu m'as
27 Prédit ma peine future,
  Et que je n'aurois en don,
   Pour guerdon
30 De t'aimer, que la mort dure,

Un grand brasier sans repos,
   Et mes os
33 Et mes nerfs, & mon cœur brûle :
  Et pour t'amour j'ai receu
   Plus de feu,
36 Que ne fit Troïe incredule.

XXIV

Plus mile fois que nul or terrien,
  J'aime ce front où mon Tyran se joüe
  Et le vermeil de cette belle joüe,
4 Qui fait honteus le pourpre Tyrien.
Toutes beautés à mes yeus ne sont rien,
  Au pris du sein qui lentement secoüe
  Son gorgerin, sous qui per à per noüe [1]
8 Le branle égal d'un flot Cytherien [2].
Ne plus, ne moins, que Juppiter est aise,
  Quand de son luth quelque Muse l'apaise,
11 Ainsi je suis de ses chansons épris,
Lors qu'à son luth ses doits elle embesongne,
  Et qu'elle dit le branle de Bourgongne,
14 Qu'elle disoit, le jour que je fus pris.

XXV

Celle qui est de mes yeus adorée,
  Qui me fait vivre entre mile trespas,
  Chassant un cerf, suivoit hier mes pas,

4   Com' ceus d'Adon Cyprine la dorée :
        Quand une ronce en vain enamourée,
          Ainsi que moi, du vermeil de ses bras,
          En les baisant, lui fit couler à bas
8   Une liqueur de pourpre colorée.
        La terre adonc, qui, soigneuse, receut
          Ce sang divin, tout sus l'heure conceut
11   Pareille au sang une rouge fleurette :
        Et tout ainsi que d'Helene naquit
          La fleur, qui d'elle un beau surnom aquit [1],
14   Du nom Cassandre, elle eut nom Cassandrette.

XXVI

Sur mes vint ans, pur d'offence, & de vice,
        Guidé, mal caut, d'un trop aveugle oiseau [1],
        Aïant encor le menton damoiseau,
4   Sain & gaillard je vins à ton service :
        Ores forcé de ta longue malice,
        Je m'en retourne avec une autre peau,
        En chef grison, en perte de mon beau :
8   Et pour t'aimer il faut que je perisse.
        Helas! que di-je ? où veus-je retourner ?
        En autre part je ne puis sejourner,
11   Ni vivre ailleurs, ni d'autre amour me paître.
        Demeuron donc dans le camp fortement :
        Et puis qu'au moins veinqueur je ne puis estre,
14   Que l'arme au poin je meure honnestement.

XXVII

Le Ciel ne veut, Dame, que je joüisse
        De ce dous bien que dessert mon devoir :
        Aussi ne veus-je, & ne me plaît d'avoir
4   Sinon du mal en vous faisant service.
        Puis qu'il vous plaît, que pour vous je languisse,
        Je suis heureus, & ne puis recevoir
        Plus grand honneur, qu'en mourant, de me voir
8   Faire à vos yeus de mon cœur sacrifice.
        Donc si ma main, maugré moi, quelque fois
        De l'amour chaste outrepasse les lois
11   Dans vôtre sein cherchant ce qui m'embraise,
        Punissés la du foudre de vos yeus,

14   Et la brulés : car j'aime beaucoup mieus
          Vivre sans main, que ma main vous déplaise.

XXVIII

   L'homme est vraiment ou de plomb ou de bois
      S'il ne tressaut de creinte & de merveille
      Quand face à face il voit ma nompareille,
4   Ou quand il oit les acors de sa vois,
   Ou quand, pensive, aus jours des plus beaus mois
      La voit à part (comme un qui se conseille)
      Tracer les prés [1], & d'une main vermeille
8   Trier de ranc les fleurettes de chois :
   Ou quand l'Esté, lors que le chant s'avale [2],
      Au soir, à l'huis, il la voit, qu'elle égale
11   La soie à l'or d'un pouce ingenieus :
   Puis de ses dois, qui les roses effacent,
      Toucher son luc, & d'un tour de ses yeus
14   Piller les cœurs de mile hommes qui passent.

XXIX

   Avec les fleurs & les boutons éclos
      Le beau printans fait printaner [1] ma peine,
      Dans chaque nerf, & dedans chaque veine
4   Souflant un feu qui m'ard jusques à l'os.
   Le marinier ne conte tant de flos,
      Quand plus Borée horrible [2] son haleine,
      Ni de sablons l'Afrique n'est si pleine,
8   Que de tourmens dans mon cœur sont enclos.
   J'ai tant de mal, qu'il me prendroit envie
      Cent fois le jour de me trancher la vie,
11   Minant le fort où loge ma langueur,
   Si ce n'estoit que je tremble de creinte
      Qu'apres la mort ne fust la plaïe éteinte
14   Du coup mortel qui m'est si dous au cœur.

XXX

Je suis, je suis plus aise que les Dieus
      Quand maugré toi tu me baises, Maîtresse :
      De ton baiser la douceur larronnesse [1]

4   Tout éperdu m'envole ² jusque aus cieus.
        Quant est de moi, j'estime beaucoup mieus
        Ton seul baiser, que si quelque Déesse,
        En cent façons doucement tenteresse,
8   M'acoloit nu d'un bras delicieus.
        Il est bien vrai, que tu as de coutume
        D'entremeller tes baisers d'amertume,
11   Les donnant cours, mais quoy ? je ne pourrois
        Vivre autrement, car mon ame, qui touche
        Tant de beautés, s'enfuiroit par ma bouche,
14   Et de trop d'aise en ton sein je mourrois.

XXXI

        Telle qu'elle est, dedans ma souvenance
        Je la sen peinte, & sa bouche, & ses yeus,
        Son dous regard, son parler gratieus,
4   Son dous meintien, sa douce contenance.
        Un seul Janet ¹, honneur de nostre France,
        De ses craïons ne la portrairoit mieus,
        Que d'un Archer le trait ingenieus
8   M'a peint au cœur sa vive remembrance.
        Dans le cœur donque au fond d'un diamant
        J'ai son portrait, que je suis plus aimant
11   Que mon cœur mesme. O sainte portraiture,
        De ce Janet l'artifice mourra
        Frapé du tans, mais le tien demourra
14   Pour estre vif apres ma sepulture ².

XXXII

        Des Grecs marris l'industrieuse Helene,
        Et des Troïens ouvrageoit les combas ¹ :
        Dessus ta gaze en ce point tu t'ebas,
4   Traçant le mal duquel ma vie est pleine.
        Mais tout ainsi, maitresse, que ta leine
        D'un filet noir figure mon trespas,
        Tout au rebours, pourquoi ne peins-tu, las !
8   De quelque verd un espoir à ma peine ?
        Las ! je ne voi sur ta gaze rangé
        Sinon du noir, sinon de l'orangé,
11   Tristes témoins de ma longue soufrance.
        O fier destin ², son œil ne me defait

Tant seulement, mais tout ce qu'elle fait
14   Ne me promet qu'une desesperance.

XXXIII

Mon dieu, que j'aime à baiser les beaus yeus
    De ma maitresse, & à tordre en ma bouche
    De ses cheveus l'or fin qui s'écarmouche
4   Si gaïement dessus deus petis cieus [1].
C'est, Amour, c'est ce qui lui sied le mieus
    Que ce bel œil, qui jusqu'au cœur me touche,
    Et ce beau poil, qui d'un Scythe farouche
8   Prendroit le cœur en ses nous gracieus,
Ce beau poil d'or, & ce beau chef encore
    De leurs beautés font vergoigner l'Aurore,
11   Quand plus crineuse [2] elle embellit le ciel.
Et dans cet œil je ne sai quoi demeure,
    Qui me peut faire à toute heure, à toute heure,
14   Le sucre fiel, & riagas [3] le miel.

XXXIV

L'arc contre qui des plus braves gendarmes
    Ne vaut l'armet, le plastron, ni l'escu,
    D'un si dous trait mon courage a veincu,
4   Que sus le champ je lui rendi les armes.
Comme apostat [1] je n'ai point tant d'alarmes,
    Depuis que serf sous Amour j'ai vescu,
    Ni n'eusse peu, car, pris, je n'ai onq eu
8   Pour tout secours, que l'aide de mes larmes.
Il est bien vrai qu'il me fache beaucoup
    D'estre defait, mesme du premier coup,
11   Sans resister plus long tans à la guerre :
Mais ma defaite est digne de grand pris,
    Puis que le Roi, ains le dieu, qui m'a pris,
14   Combat le Ciel, les Enfers, & la terre [2].

XXXV

Cet œil besson dont, goulu, je me pais,
    Qui fait rocher celui qui s'en aprouche [1],
    Ore d'un ris, or d'un regard farouche

4   Nourrit mon cœur en querelle & en pais.
          Pour vous, bel œil, en soufrant, je me tais,
            Mais aussi tôt que la douleur me touche,
            Toi, belle, sainte, & angelique bouche,
8   De tes douceurs revivre tu me fais.
          Bouche, pourquoi me viens-tu secourir,
            Quand ce bel œil me force de mourir ?
11   Pourquoi veus-tu que vif je redevienne ?
          Las! bouche, las! je revis en langueur,
            Pour plus de soin, à fin que le soin vienne
14   Plus longuement se paître de mon cœur.

XXXVI

Depuis le jour que mal sain je soupire,
       L'an dedans soi s'est roüé par set fois [1].
       (Sous astre tel je pris l'hain) toutefois
4   Plus qu'au premier ma fievre me martire.
Quand je soulois en ma jeunesse lire
       Du Florentin les lamentables vois,
       Comme incredule alors je ne pouvois,
8   En le moquant, me contenir de rire [2].
Je ne pensoi, tant novice j'étoi,
       Qu'home eut senti ce que je ne sentoi,
11   Et par mon fait les autres je jugeoie.
Mais l'Archerot qui de moi se facha,
       Pour me punir, un tel soin me cacha
14   Dedans le cœur, qu'onque puis je n'eus joïe.

XXXVII

Mets en obli, Dieu des herbes puissant
       Le mauvais tour que non loin d'Hellesponte
       Te fit m'amie [1], & vien d'une main pronte
4   Garir son teint palement jaunissant.
Tourne en santé son beau cors perissant.
       Ce te sera, Phebus, une grand'honte,
       Sans ton secours, si la ledeur surmonte
8   L'œil qui te tint si long tans languissant.
En ma faveur si tu as pitié d'elle,
       Je chanterai comme l'errante Dele
11   S'enracina sous ta vois, & comment
Python sentit ta premiere conqueste,

Et comme Dafne aus tresses de ta teste
14   Donna jadis le premier ornement [2].

XXXVIII

Bien que ton trait, Amour, soit rigoureus,
  Et toi rempli de fraude, & de malice,
  Assés, Amour, en te faisant service,
4 Plus qu'on ne croit, j'ai vescu bienheureus.
Car cette-là, qui me fait langoureus,
  Non, mais qui veut, qu'en vain je ne languisse,
  Hier au soir me dit, que je tondisse
8 De son poil d'or un lien amoureus.
J'eu tant d'honneur, que de son ciseau mesme
  Je le tranchai. Voiés l'amour extrême,
11 Voiés, Amans, la grandeur de mon bien.
Jamais ne soit, qu'en mes vers je n'honore
  Ce dous ciseau, & ce beau poil encore,
14 Qui mon cœur presse en un si beau lien.

XXXIX

ODE A CASSANDRE [1]

Mignonne, allon voir si la rose
  Qui ce matin avoit declose
3 Sa robe de pourpre au soleil,
A point perdu, cette vesprée,
  Les plis de sa robe pourprée,
6 Et son teint au vostre pareil.
  Las, v̄oiés comme en peu d'espace,
Mignonne, elle a dessus la place
9 Las, las, ses beautés laissé cheoir!
O vraiment maratre Nature,
  Puis qu'une telle fleur ne dure
12 Que du matin jusques au soir.
  Donc, si vous me croiés, mignonne :
Tandis que vôtre âge fleuronne
15 En sa plus verte nouveauté,
Cueillés, cueillés vôtre jeunesse
  Comme à cette fleur, la vieillesse
18 Fera ternir vôtre beauté.

Pièces ajoutées aux AMOURS (Livre I) en 1560

I

Mon des Autelz [1], qui avez des enfance
Puisé de l'eau qui coule sur le mont
Où les neuf Sœurs dedans un antre font
4   Seules apart leur saincte demeurance [2].
Si autrefois l'amoureuse puissance
Vous a planté le myrthe sur le front,
Enamouré de ces beaux yeux qui sont
8   Par vos escris l'honeur de nostre France,
Ayez pitié de ma pauvre langueur
Et de vos sons adoucissez le cueur
11   D'une qui tient ma franchise en contraincte.
Si quelque fois en vos cartiers je suis,
Je flechiray par mes vers, si je puis,
14   La cruauté de vostre belle Saincte [3].

II

CHANSON

Je suis amoureux en deux lieux :
De l'un j'en suis desesperé,
De l'autre j'en espere mieux,
4   Et si n'en suis pas asseuré :
Que me sert d'avoir souspiré
Pour deux amours si longuement,
Puis qu'en lieu du bien desiré
8   Je n'ay que malheur & torment :
Or quant à moy je suis content
Desormais toute amour quitter,
Puis qu'on voit un menteur autant
12   Qu'un veritable meriter :
Je ne m'en veus plus tormenter

Ny mettre en espreuve ma foy,
Il est temps de se contenter
16   Et n'aymer plus autre que moy.

III

ÉLÉGIE

Cherche, Cassandre, un poëte nouveau
Qui apres moy se rompe le cerveau
A te chanter : il aura bien affaire,
4   Fusse un Bayf, s'il peut aussi bien faire.
Si nostre empire avoit jadis esté
Par noz François aussi avant planté
Que le Rommain, tu serois autant leüe
8   Que si Tibull' t'avoit pour sienne esleüe :
Et neantmoins tu te dois contenter
De veoir ton nom par la France chanter,
Autant que Laure en Tuscan anoblie
12   Se voit chanter par la belle Italie.
    Or, pour t'avoir consacré mes escris
Je n'ay gaigné sinon des cheveux gris,
La ride au front, la tristesse en la face,
16   Sans meriter un seul bien de ta grace :
Bien que mes vers & que ma loyauté
Eussent d'un tygre esmeu la cruauté :
Et toutefois je m'asseure, quand l'age
20   Aura donté l'orgueil de ton courage,
Que de mon mal tu te repentiras
Et qu'à la fin tu te convertiras :
Et ce pendant je souffriray la peine,
24   Toy le plaisir d'une liesse veine
De trop me veoir languir en ton amour,
Dont Nemesis te doit punir un jour.
    Ceux qui amour cognoissent par espreuve,
28   Lisant le mal dans lequel je me treuve,
Ne pardon'ront à ma simple amytié
Tant seulement, mais en auront pitié.
    Or, quand à moy, je pense avoir perdue
32   En te servant ma jeunesse, espendue
Deçà delà dedans ce livre icy.
Je voy ma faulte & la prens à mercy,
Comme celuy qui scait que nostre vie
36   N'est rien que vent, que songe, & que folye.

SONNETS EN VERS HEROIQUES.

I

Thiard [1], chacun disoit à mon commencement
Que j'estoi trop obscur au simple populaire :
Aujourd'hui, chacun dit que je suis au contraire,
4 Et que je me dements parlant trop bassement.
   Toi, qui as enduré presqu'un pareil torment,
Di moi, je te suppli, di moi que doi-je faire ?
Di moi, si tu le sçais, comme doi-je complaire
8 A ce monstre testu, divers en jugement ?
   Quand j'escri haultement, il ne veult pas me lire,
Quand j'escri bassement, il ne fait qu'en médire :
11 De quel estroit lien tiendrai-je, ou de quels clous,
   Ce monstrueux Prothé, qui se change à tous cous [2] ?
Paix, paix, je t'enten bien : il le faut laisser dire,
14 Et nous rire de lui, comme il se rit de nous.

II

Jodelle [1], l'autre jour, l'enfant de Cytherée [2]
Au combat m'apela, courbant son arc Turquois,
Et lors comme hardi, je vesti le harnois,
4 Pour avoir contre luy ma peau mieus asseurée.
   Il me tira premier [3] une flesche acerée
Droict au cœur, puis une autre, & puis tout à la fois
Il decocha sur moi les traicts de son carquois,
8 Sans qu'il eust d'un seul coup ma poictrine enferrée.
   Mais quand il vit son arc de flesches desarmé,

Tout dépit s'est lui-mesme en fleche transformé,
11 Puis se rua dans moi d'une puissance extreme :
    Quand je me vi vaincu, je me désarmé lors :
    Car, las! que m'eust servi de m'armer par dehors,
14 Ayant mon ennemi caché dedans moimesme ?

III

Ce pendant que tu vois le superbe rivage
De la riviere Tusque [1], & le mont Palatin,
Et que l'air des Latins te fait parler latin,
4 Changeant à l'étranger ton naturel langage,
   Une fille d'Anjou me detient en servage,
A laquelle baisant maintenant le tetin,
Et maintenant [2] les yeus endormis au matin,
8 Je vy (comme lon dit) trop plus heureus que sage.
   Tu diras à Maigni, lisant ces vers ici,
   Et quoi! Ronsard est donq encores amoureus [3] ?
11 Mon Bellay, je le suis, & le veus estre aussi,
    Et ne veus confesser qu'Amour soit malheureus,
    Ou si c'est un malheur, baste, je delibere
14 De vivre malheureus en si belle misere.

IV

Peletier mon ami [1], le tems leger s'enfuit,
Je change nuit & jour de poil & de jeunesse :
Mais je ne change pas l'amour d'une maistresse,
4 Qui, dans mon cueur colée, eternelle me suit.
   Toi qui es des anfance en tout savoir instruit,
   (Si de nottre amitié l'antique neud te presse) [2]
Comme sage & plus vieil, donne moi quelque adresse,
8 Pour eviter ce mal qui ma raison détruit.
   Aide-moi, Peletier, si par philosophie,
   Ou par le cours des cieus tu as jamais apris
11 Un remede d'amour, di-le moi je te prie,
    Car, bien qu'ores au ciel ton cueur soit elevé [3],
    Si as-tu quelquefois d'une dame esté pris.
14 Et pour dieu! conte-moi comme tu t'es sauvé.

V

Aurat [1], apres ta mort, la terre n'est pas digne
Pourrir si docte cor, comme est vraiment le tien.
Les Dieux le changeront en quelque vois : ou bien,
4 Si Echon [2] ne sufist, le changeront en cigne,
    Ou, en ce cors qui vit de rosée divine [3],
    Ou, en mouche qui fait le miel hymettien,
    Ou, en l'oiseau qui chante & le crime ancien
8 De Terée au printemps redit sus une épine [4].
    Ou, si tu n'es changé tout entier en quelqu'un,
    Tu vétiras un cors qui te sera commun
11 Avecques tous ceus-cy, participant ensemble
    De tous (car un pour toi sufisant ne me semble)
    Et d'home seras fait un beau monstre nouveau
14 De voix, cigne, cigalle, & de mouche, & d'oyseau.

VI

É, n'esse, mon Paquier [1], é n'esse pas grand cas [2],
Bien que le corps party de tant de membres j'aye,
De muscles, nerfs, tendons, de pommons, & de faye,
4 De mains, de pieds, de flancs, de jambes & de bras,
    Qu'Amour les laisse en paix, & ne les navre pas,
    Et que luy pour son but, opiniatre, essaye
    De faire dans mon cœur toujours toujours la playe,
8 Sans que jamais il vise ou plus hault, ou plus bas !
    S'il estoit un enfant (comme on dit) aveuglé,
    Son coup ne seroit point si seur ne si reiglé :
11 Vrayment il ne l'est pas, car ses traits à tout-heure
    Ne se viendroient ficher au cœur en mesme lieu.
    Armerai-je le mien ? non, car des traitz d'un Dieu
14 Il me plaist bien mourir, puis qu'il fault que je meure.

VII

Marie [1], qui voudroit vostre beau nom tourner,
Il trouveroit Aimer : aimez-moi donq, Marie,
Faites cela vers moi dont vostre nom vous prie,
4 Vostre amour ne se peut en meilleur lieu donner :
    S'il vous plaist pour jamais un plaisir demener,
    Aimez-moi, nous prendrons les plaisirs de la vie,

Penduz l'un l'autre au col, & jamais nulle envie
8 D'aimer en autre lieu ne nous pourra mener.
   Si faut il bien aimer au monde quelque chose :
Cellui qui n'aime point, cellui-là se propose
11 Une vie d'un Scyte [2], & ses jours veut passer
   Sans gouster la douceur des douceurs la meilleure.
É, qu'est-il rien de doux sans Venus ? las ! à l'heure
14 Que je n'aimeray point puissai-je trépasser !

VIII

Marie, vous passez en taille, & en visage,
En grace, en ris, en yeus, en sein, & en teton,
Votre moienne seur, d'autant que le bouton
4 D'un rosier franc surpasse une rose sauvage.
   Je ne dy pas pourtant qu'un rosier de bocage
Ne soit plaisant à l'œil, & qu'il ne sente bon :
Aussi je ne dy pas que vostre seur Thoinon
8 Ne soit belle, mais quoy ? vous l'estes davantage.
   Je scay bien qu'apres vous elle a le premier pris
De ce bourg [1], en beauté, et qu'on seroit espris
11 D'elle facilement, si vous estiez absente :
   Mais quand vous aprochez, lors sa beauté s'enfuit,
Ou morne elle devient par la vostre presente,
14 Comme les astres font quand la Lune reluit.

IX

Marie, à tous les coups vous me venez reprendre
Que je suis trop leger, & me dites tousjours
Quand je vous veus baiser, que j'aille à ma Cassandre,
4 Et tousjours m'apellez inconstant en amours.
   Je le veus estre aussi, les hommes sont bien lours
Qui n'osent en cent lieus neuve amour entreprendre.
Cétui-là qui ne veut qu'à une seule entendre,
8 N'est pas digne qu'Amour lui face de bons tours.
   Celui qui n'ose faire une amitié nouvelle,
A faute de courage, ou faute de cervelle,
11 Se defiant de soi, qui [1] ne peut avoir mieus.
   Les hommes maladis, ou mattés de vieillesse,
Doivent estre constans : mais sotte est la jeunesse
14 Qui n'est point eveillée, & qui n'aime en cent lieus.

X

Marie, vous avés la joue aussi vermeille
Qu'une rose de Mai, vous avés les cheveus,
De couleur de chastaigne, entrefrisés de neus,
4   Gentement tortillés tout-au-tour de l'oreille.
    Quand vous estiés petite, une mignarde abeille
Dans vos levres forma son dous miel savoureus,
Amour laissa ses traits dans vos yeus rigoreus,
8   Pithon [1] vous feit la vois à nulle autre pareille.
    Vous avés les tetins comme deus mons de lait,
Caillé bien blanchement sus du jonc nouvelet
11 Qu'une jeune pucelle au mois de Juin façonne :
    De Junon sont vos bras, des Graces vostre sein,
Vous avés de l'Aurore & le front, & la main,
14 Mais vous avés le cœur d'une fiere [2] lionne.

XI

Je ne suis seulement amoureus de Marie,
Janne [1] me tient aussy dans les liens d'Amour,
Ore l'une me plaist, ore l'autre à son tour :
4   Ainsi Tibulle aimoit Nemesis, & Delie.
    On me dira tantost que c'est une folie
D'en aimer, inconstant, deux ou trois en un jour,
Voire, & qu'il faudroit bien un homme de sejour,
8   Pour, gaillard, satisfaire à une seule amie.
    Je respons à cela, que je suis amoureus,
Et non pas jouissant de ce bien doucereus,
11 Que tout amant souhaite avoir à sa commande :
    Quant à moi, seulement je leur baise la main,
Je devise, je ry, je leur taste le sein,
14 Et rien que ces biens là d'elles je ne demande.

XII

Amour estant marri [1] qu'il avoit ses saigettes
Tiré contre Marie, & ne l'avoit blessée,
Par depit dans un bois sa trousse avoit laissée,
4   Tant que plene elle fust d'un bel essaim d'avettes.
    Ja de leurs piquerons ces captives mouchettes
Pour avoir liberté la trousse avoient persée :

Et s'enfuyoient alors qu'Amour l'a renversée
8   Sur la face à Marie, & sus ses mammelettes.
        Soudain, apres qu'il eut son carquois dechargé,
Tout riant, sautela, pensant estre vangé
11   De celle, à qui son arc n'avoit sceu faire outrage,
        Mais il rioit en vain : car ces filles du ciel [2]
En lieu de la piquer, baisans son beau visage,
14   En amassoyent les fleurs, & en faisoyent du miel.

XIII

Je veuls, me souvenant de ma gentille amie,
Boire ce soir d'autant [1] : & pource, Corydon [2],
Fay remplir mes flacons, & verse à-l'abandon
4   Du vin, pour resjouir toute la compagnie.
        Soit que m'amie ait nom, ou Cassandre, ou Marie,
Je m'en vois boire autant que de lettre a son nom
Et toi, si de ta belle & jeune Madelon,
8   Belleau, l'amour te point, je te pry ne l'oublie.
        Qu'on m'ombrage le chef de vigne, & de l'hierre,
Les bras, & tout le col, qu'on enfleure la terre [3]
11   De roses, & de lis, & que dessus le jonc
        On me caille du lait rougi de mainte fraise :
É n'esse pas bien fait ? or sus, commençon donq,
14   Et chasson loin de nous tout soing & tout malaise.

XIV

Que me servent mes vers, & les sons de ma lyre,
Quand nuit & jour je change & de meurs & de peau,
Pour en aimer trop une ? hé, que l'homme est bien veau
4   Qui aux dames se fie, & pour elles souspire!
        Je pleure, je me deux, je cry, je me martire,
Je fais mile sonnetz, je me romps le cerveau,
Et si je suy haï : un amoureus nouveau
8   Gaigne tousjours ma place, & je ne l'ose dire.
        Ah! que ma Dame est fine : el' me tient à mépris,
Pource qu'elle voit bien que d'elle suis espris,
11   Et que je l'aime trop : avant que je l'aimasse,
        Elle n'aimoit que moi : mais or' que j'ai empris
De l'aimer, el' me laisse, & s'en court à la chasse
14   Pour en reprendre un autre ainsi qu'elle m'a pris.

XV

Ma plume sinon vous ne scait autre suget,
Mon pié sinon vers. vous ne scait autre voiage,
Ma langue sinon vous ne scait autre langaige,
4 Et mon œil sinon vous ne connoit autre objet.
    Si je souhaite rien, vous estes mon souhait,
Vous estes le doux gaing de mon plaisant dommage,
Vous estes le seul but où vise mon courage,
8 Et seulement en vous tout mon rond se parfait.
    Je ne suis point de ceus qui changent de fortune,
Comme un tas d'amoureus, aimans aujourd'huy l'une,
11 Et le lendemain l'autre : helas ! j'ayme trop mieus
    Cent fois que je ne dy, & plustost que de faire
Chose qui peut en rien nostre amytié defaire,
14 J'aimerois mieux mourir, tant j'aime vos beaus yeus [1].

XVI

Vous ne le voulez pas ? & bien, j'en suis contant,
Contre vostre rigueur Dieu me doint patience [1],
Devant qu'il soit vingt ans j'en auray la vengence,
4 Voiant ternir voz yeus qui me travaillent tant.
    On ne voit amoureus au monde si constant
Qui ne perdist le cœur, perdant sa recompense :
Quant à moi, si ne fust la longue experience,
8 Que j'ay, de soufrir mal, je mourrois à l'instant.
    Toutesfois quand je pense un peu dans mon courage
Que je ne suis tout seul des femmes abusé,
11 Et que de plus rusés en ont receu dommage,
    Je pardonne à moimesme, & m'ay pour excusé :
Car vous qui me trompés en estes coutumiere,
14 Et, qui pis est, sur toute en beauté la premiere.

XVII

Le vintiéme d'Avril [1] couché sur l'herbelette,
Je vy, ce me sembloit, en dormant un chevreuil [2],
Qui çà, puis là, marchoit où le menoit son vueil,
4 Foulant les belles fleurs de mainte gambelette.
    Une corne & une autre encore nouvelette
Enfloit son petit front, petit, mais plein d'orgueil :

Comme un Soleil luisoit par les prets son bel œil,
8 Et un carquan pendoit sus sa gorge douillette.
   Si tost que je le vy, je voulu courre aprés,
   Et lui qui m'avisa print sa course es forés,
11 Où, se moquant de moi, ne me voulut attendre.
   Mais en suivant son trac [3], je ne m'avisay pas
   D'un piege entre les fleurs, qui me lia mes pas,
14 Et voulant prendre autrui moimesme me fis prendre.

XVIII

Bien que vous surpassiés en grace & en richesse
Celles de ce païs, & de toute autre part,
Vous ne devés pourtant, & fussiés vous princesse,
4 Jamais vous repentir d'avoir aimé Ronsard.
   C'est lui, Dame, qui peut avecque son bel art
   Vous afranchir des ans, & vous faire Deesse :
   Prométre il peut cela, car rien de lui ne part
8 Qu'il ne soit immortel, & le ciel le confesse.
   Vous me responderés qu'il est un peu sourdaut,
   Et que c'est deplaisir en amour parler haut :
11 Vous dites verité, mais vous celés aprés,
   Que luy, pour vous ouir, s'aproche à vôtre oreille,
   Et qu'il baise à tous coups vôtre bouche vermeille
14 Au milieu des propos, d'autant qu'il en est prés [1].

XIX

Mais respons, meschant Loir, me rens-tu ce loier,
Pour avoir tant chanté ta gloire & ta louange ?
As-tu osé, barbare, au milieu de ta fange
4 Renversant mon bateau, sous tes eaus m'envoier ?
   Si ma plume eut daigné seulement emploier
   Six vers, à celebrer quelque autre fleuve estrange,
   Quiconque soit celui, fusse le Nil, ou Gange,
8 Comme toi n'eust voulu dans ses eaus me noier :
   D'autant que je t'aimoi, je me fiois en toi,
   Mais tu m'as bien montré que l'eau n'a point de foi
11 N'es-tu pas bien meschant ? pour rendre plus famé
   Ton cours, à tout jamais du los qui de moi part,
   Tu m'as voulu noier, afin d'estre nommé,
14 En lieu du Loir, le fleuve où se noya Ronsard.

XX

Amour, tu me fis voir, pour trois grandes merveilles,
Trois seurs, allant au soer [1] se pourmener sur l'eau,
Qui croissoient à l'envy, ainsi qu'au renouveau
4 Croissent dans un pommier trois pommettes pareilles.
    Toutes les trois estoient en beauté nompareilles,
Mais la plus jeune avoit le visage plus beau,
Et sembloit une fleur voisine d'un ruysseau,
8 Qui remire dans l'eau ses richesses vermeilles.
    Ores je souhaitois la plus vieille en mes vœus,
Et ores la moienne, & ores toutes deux,
11 Mais tousjours la petite estoit en ma pensée,
    Et priois le Soleil de n'enmener le jour :
Car ma veüe en trois ans n'eust pas esté lassée
14 De voir ces trois Soleilz qui m'enflamoient d'amour.

XXI [1]

Mon ami puisse aimer une femme de ville,
Belle, courtoise, honeste, & de doux entretien :
Mon haineux puisse aimer au village une fille,
4 Qui soit badine, sote, & qui ne sache rien.
    Tout ainsi qu'en amour le plus excellent bien
Est d'aimer une femme, & savante, & gentille,
Aussi le plus grand mal à ceuls qui aiment bien
8 C'est d'aimer une femme indocte, & mal-habille.
    Une gentille Dame entendra de nature
Quel plaisir c'est d'aimer, l'autre n'en aura cure,
11 Se peignant un honneur dedans son esprit sot :
    Vous l'aurez beau prescher, & dire qu'elle est belle,
Sans s'esmouvoir de rien, vous entendra pres d'elle
14 Parler un jour entier, & ne respondra mot.

XXII

Je crois que je mouroi' si ce n'estoit la Muse
Qui deçà & delà fidelle m'acompaigne
Sans se lasser, par chams, par bois, & par montaigne,
4 Et de ses beaus presens tous mes soucis abuse :
    Si je suis ennuyé, je n'ay point d'autre ruse

Pour me desennuyer que Clion [i] ma compaigne :
Si tost que je l'apelle, elle ne me dedaigne,
8 Et de me venir voir jamais el' ne s'excuse :
    Des presens des neuf Seurs soit en toute saison
Pleine toute ma chambre, & pleine ma maison,
11 Car la rouille jamais à leurs beaus dons ne touche.
    Le tin ne fleurit pas aus abeilles si dous
Comme leurs beaus presens me sont doux à la bouche,
14 Desquels les bons esprits ne furent jamais saouls.

XXIII

Mignongne, levés-vous, vous estes paresseuse,
Ja la gaye alouette au ciel a fredonné,
Et ja le rossignol frisquement jargonné,
4 Dessus l'espine assis, sa complainte amoureuse.
    Debout donq, allon voir l'herbelette perleuse,
Et vostre beau rosier de boutons couronné,
Et voz œillets aimés, ausquels avés donné
8 Hyer au soir de l'eau, d'une main si songneuse.
    Hyer en vous couchant, vous me fistes promesse
D'estre plus-tost que moi ce matin eveillée,
11 Mais le sommeil vous tient encor toute sillée :
    Ian [1], je vous punirai du peché de paresse,
Je vois baiser cent fois vostre œil, vostre tetin,
14 Afin de vous aprendre à vous lever matin.

XXIV[1]

Bayf, il semble à voir tes rymes langoreuses,
Que tu sois seul amant, en France, langoreus,
Et que tes compaignons ne sont point amoureus,
4 Mais font languir leurs vers desous feintes pleureuses.
    Tu te trompes, Bayf, les peines doloreuses
D'amour autant que toi nous rendent doloreus,
Sans nous feindre un tourment : mais tu es plus heureus
8 Que nous, à raconter tes peines amoureuses.
    Quant à moi, si j'estois ta Francine chantée,
Je ne serois jamais de ton vers enchantée,
11 Qui se faignant un dueil se fait palir lui-mesme.
    Non, celui n'aime point, ou bien il aime peu,
Qui peut donner par signe à cognoistre son feu,
14 Et qui peut raconter le quart de ce qu'il aime.

XXV

Je ne suis variable, & si ne veus apprendre
(Desja grison) à l'estre, aussi ce n'est qu'émoi :
Je ne dy pas si Jane estoit prise de moi,
4   Que tost je n'oubliasse & Marie & Cassandre.
    Je ne suis pas celui qui veus Paris reprendre
D'avoir manqué si tost à Pegasis de foy [1] :
Plutost que d'accuser ce jeune enfant de Roy
8   D'estre en amour leger, je voudrois le defendre.
    Il fist bien, il fist bien, de ravir cette Helene,
Cette Helene qui fut de beauté si tres-plene,
11   Que du grand Jupiter on la disoit anfant [2] :
    L'amant est bien guidé d'une heure malheureuse,
Quand il trouve son mieus, si son mieus il ne prent,
14   Sans languir tant es bras d'une vieille amoureuse.

XXVI

C'est grand cas que d'aimer ! Si je suis une année
Avecque ma maitresse à deviser toujours,
Et à lui raconter quelles sont mes amours,
4   L'an me semble plus court qu'une seule journée.
    S'une autre parle à moi, j'en ay l'ame gennée :
Ou je ne luy di mot, ou mes propos sont lours,
Au milieu du devis s'egarent mes discours,
8   Et tout ainsi que moi ma langue est estonnée.
    Mais quand je suis aupres de celle qui me tient
Le cœur dedans ses yeus, sans me forcer me vient
11   Un propos dessus l'autre, & jamais je ne cesse
    De baiser, de taster, de rire, & de parler :
Car pour estre cent ans aupres de ma maitresse
14   Cent ans me sont trop cours, & ne m'en puis aller.

XXVII

É, que me sert, Paschal [1], ceste belle verdure
Qui rit parmi les prés, & d'ouir les oiseaux,
D'ouir par le pendant des colines les eaus,
4 Et des vents du printems le gracieus murmure,
    Quand celle qui me blesse, & de mon mal n'a cure
Est absente de moi, & pour croistre mes maus

Me cache la clarté de ses astres jumeaus,
8 De ses yeus, dont mon cœur prenoit sa nourriture ?
      J'aimeroi beaucoup mieus qu'il fust hyver tousjours,
Car l'hyver n'est si propre à nourir les amours
11 Comme est le renouveau, qui d'aimer me convie,
      Ainçois de me hayr, puis que je n'ay pouvoir
En ce beau mois d'Avril entre mes bras d'avoir
14 Celle qui dans ses yeus tient ma mort & ma vie.

SONETZ EN VERS DE DIX A ONZE SYLLABES [1].

XXVIII

Je ne saurois aimer autre que vous,
Non, Dame, non, je ne saurois le faire :
Autre que vous ne me saurois complaire,
4   Et fust Venus descendue entre nous [2].
      Vos yeus me sont si gracieus & dous,
Que d'un seul clin ils me peuvent defaire [3],
D'un autre clin tout soudain me refaire,
8   Me faisant vivre ou mourir en deux cous.
      Quand je serois cinq cens mille ans en vie,
Autre que vous, ma mignonne m'amie,
11   Ne me feroit amoureus devenir.
      Il me faudroit refaire d'autres venes [4],
Les miennes sont de vostre amour si plenes,
14   Qu'un autre amour n'y sauroit plus tenir.

XXIX

Pour aimer trop une fiere beauté,
Je suis en peine, & si ne saurois dire
D'où, ni comment, me survint ce martyre,
4   Ni à quel jeu je perdi liberté.
      Si sçai-je bien que je suis arresté
Au lacs d'amour : & si ne m'en retire [1],
Ni ne voudrois, car plus mon mal empire
8   Et plus je veus y estre mal traicté.
      Je ne di pas, s'elle vouloit un jour
Entre ses bras me garir de l'amour,
11   Que son present bien à gré je ne prinse.

    É, Dieu du ciel, é qui ne le prendroit,
    Quand seulement de son baiser un Prince,
14   Voire un grand Roy, bien heureus se tiendroit.

XXX

    É, que je porte & de hayne & d'envie
    Au medecin qui vient soir & matin
    Sans nul propos tatonner le tetin,
4   Le sein, le ventre & les flans de m'amie.
    Las! il n'est pas si songneus de sa vie
    Comme elle pense : il est mechant & fin,
    Cent fois le jour ne la vient voir, qu'à fin
8   De voir son sein qui d'aimer le convie.
    Vous qui avés de sa fievre le soin,
    Je vous supli de me chasser bien loin
11   Ce medecin, amoureux de m'amie,
    Qui fait semblant de la venir penser :
    Que pleust à Dieu, pour l'en recompenser,
14   Qu'il eust ma peine, & qu'elle fust guarie.

XXXI

    Dites maitresse, é que vous ai-je fait ?
    É, pourquoy las! m'estes-vous si cruelle ?
    Ai-je failly de vous estre fidelle ?
4   Ai-je envers vous commis quelque forfait ?
    Dites maitresse, é que vous ai-je fait ?
    É, pourquoy las! m'estes vous si cruelle ?
    Ai-je failli de vous estre fidelle ?
8   Ai-je envers vous commis quelque forfait [1] ?
    Certes nenny : car plutost que de faire
    Chose qui deust, tant soit peu, vous déplaire,
11   J'aimerois mieus mille mors encourir.
    Mais je voi bien que vous avez envie
    De me tuer : faites-moy donq mourir,
14   Puis qu'il vous plaît, car à vous est ma vie.

XXXII

    Chacun qui voit ma couleur triste & noire
    Me dit, Ronsard, vous estes amoureus.

Mais cette-là qui me fait langoreus
4   Le sçait, le voit, & si ne le veut croire.
        É, que me sert que mon mal soit notoire
A un chacun, quand son cœur rigoreus,
Par ne sçai quel desastre malheureus [1],
8   Me fait la playe, & si la prend à gloire ?
        C'est un grand cas, que pour cent fois jurer,
Cent fois promettre, & cent fois asseurer
11   Qu'autre jamais n'aura sus moi puissance,
        Qu'elle s'esbat de me voir en langueur :
Et plus de moi je lui donne asseurance,
14   Moins me veut croire, & m'apelle un moqueur.

XXXIII [1]

Plus que jamais je veus aimer, maitresse,
Vôtre œil divin, qui me detient ravy
Mon cœur chez lui, du jour que je le vi,
4   Tel, qu'il sembloit celui d'une déesse.
        C'est ce bel œil qui me paist de liesse,
Liesse, non, mais d'un mal dont je vi,
Mal, mais un bien, qui m'a toujours suivy,
8   Me nourrissant de joye & de tristesse.
        Desja neuf ans evanouiz se sont
Que voz beaus yeus en me riant me font
11   La playe au cœur, & si ne me soucye
        Quand je mourois d'un mal si gracieus :
Car rien ne peut venir de voz beaus yeus
14   Qui ne me soit trop plus cher que la vie.

XXXIV

Quand ma maîtresse au monde print naissance,
Honneur, Vertu, Grace, Savoir, Beauté
Eurent debat avec la Chasteté
4   Qui plus auroit sus elle de puissance.
        L'une vouloit en avoir joüyssance,
L'autre vouloit l'avoir de son costé,
Et le debat immortel eust esté
8   Sans Jupiter, qui leur posa silence.
        Filles, dit-il, ce n'est pas la raison
Que l'une seule ait si belle maison,
11   Pour-ce je veus qu'apointement on face :

L'accord fut fait : & plus soudainement
Qu'il ne l'eut dit, toutes également
14   En son beau cors pour jamais prindrent place.

XXXV

Je vous envoye un bouquet de ma main
Que j'ai ourdy de ces fleurs epanies :
Qui ne les eust à ce vespre cuillies,
4   Flaques [1] à terre elles cherroient demain.
        Cela vous soit un exemple certain
Que voz beautés, bien qu'elles soient fleuries,
En peu de tems cherront toutes flétries,
8   Et periront, comme ces fleurs, soudain.
        Le tems s'en va, le tems s'en va, ma Dame :
Las! le tems non, mais nous nous en allons,
11   Et tost seront estendus sous la lame [2] :
        Et des amours desquelles nous parlons,
Quand serons morts n'en sera plus nouvelle :
14   Pour-ce aimés moi, ce pendant qu'estes belle.

XXXVI

Gentil barbier, enfant de Podalyre [1],
Je te supply, seigne bien ma maitresse,
Et qu'en ce mois, en seignant, elle laisse
4   Le sang gelé dont elle me martyre.
        Encore un peu dans la palette tire
De son sang froid, ains de sa glace épesse,
A celle fin qu'en sa place renaisse
8   Un sang plus chaut qui de m'aimer l'inspire.
        Ha! velelà [2], c'estoit ce sang si noir
Que je n'ay peu de mon chaud émouvoir
11   En soupirant pour elle mainte année.
        Ha c'est assez, cesse gentil barbier,
Ha je me pâme! & mon ame estonnée
14   S'evanouist, en voiant son meurtrier [3].

XXXVII [1]

J'aurai tousjours en une hayne extréme
Le soir, la chaire, & le lit odieus,

Où je fus pris, sans y penser, des yeus
4 Qui pour aimer me font hayr moi-mesme.
   J'aurai tousjours le front pensif & bléme
Quand je voirray ce bocage ennuieus,
Et ce jardin de mon aise envieus,
8 Où j'avisay cette beauté suprème.
   J'aurai toujours en haine plus que mort
Le mois de Mai, le lyerre, & le sort
11 Qu'elle écrivit sus une verte feille :
   J'auray tousjours cette lettre en horreur,
Dont pour adieu sa main tendre & vermeille
14 Me feit present pour me l'empreindre au cœur.

XXXVIII

É, Dieu du ciel, je n'eusse pas pensé
Qu'un seul depart eust causé tant de pene !
Je n'ai sur moi nerf, ni tendon, ni vene,
4 Faie [1], ni cœur qui n'en soit offensé.
   Helas ! je suis à-demi trespassé,
Ains du tout mort, las ! ma douce inhumaine
Avecques elle, en s'en allant, enmaine
8 Mon cœur captif de ses beaus yeus blessé.
   Que pleust à Dieu ne l'avoir jamais veue !
Son œil gentil ne m'eust la flamme esmeue,
11 Par qui me faut un tourment recevoir,
   Tel, que ma main m'occiroit à cette heure,
Sans un penser que j'ai de la revoir,
14 Et ce penser garde que je ne meure.

XXXIX

Ha, petit chien, que tu serois heureus
Si ton bon heur tu sçavois bien entendre,
D'ainsi coucher au giron de Cassandre,
4 Et de dormir en ses bras amoureux.
   Mais, las ! je vy chetif & langoreus,
Pour sçavoir trop mes miseres comprendre :
Las ! pour vouloir en ma jeunesse aprendre
8 Trop de sçavoir, je me fis malheureus.
   Mon Dieu, que n'ai-je au chef l'entendement
Aussi plombé qu'un qui journelement
11 Béche à la vigne, ou fagotte au bocage !

Je ne serois chetif comme je suis,
Le trop d'esprit ne me seroit domage,
14 Et ne pourrois comprendre mes ennuis.

SONETZ EN VERS HEROIQUES.

XL

D'une belle Marie en une autre Marie,
Belleau, je suis tombé, & si dire ne puis
De laquelle des deux plus l'amour je poursuis,
4 Car j'en aime bien l'une, & l'autre est bien m'amie [1].
    On dit qu'une amitié qui se depart demie
Ne dure pas long tems, & n'aporte qu'ennuis,
Mais ce n'est qu'un abus : car tant ferme je suis
8 Que, pour en aimer une, une autre je n'oublie.
    Tousjours une amitié plus est enracinée,
Plus long tems elle dure, & plus est ostinée
11 A soufrir de l'amour l'orage vehement :
    É, ne sçais-tu, Belleau, que deux ancres getées
Dans la mer, quand plus fort les eaus sont agitées,
14 Tiennent mieus une nef qu'une ancre seulement ?

XLI

Quand je serois un Turc, un Arabe, ou un Scythe,
Pauvre, captif, malade, & d'honneur devestu,
Laid, vieillard, impotent, encor' ne devrois-tu
4 Estre, comme tu es, envers moi si dépite :
    Je suis bien asseuré que mon cœur ne merite
D'aimer en si bon lieu, mais ta seule vertu
Me force de ce faire, & plus je suis batu
8 De ta fiere rigueur, plus ta beauté m'incite.
    Si tu penses trouver un serviteur qui soit
Digne de ta beauté, ton penser te deçoit,
11 Car un Dieu (tant s'en faut un homme) n'en est digne.
    Si tu veus donq aimer, il faut baisser ton cœur :
Ne sçais-tu que Venus (bien qu'elle fust divine)
14 Jadis pour son ami choisit bien un pasteur [1] ?

XLII

Dame, je ne vous puis ofrir à mon depart
Sinon mon pauvre cœur, prenés-le je vous prie :
Si vous ne le prenés, jamais une autre amie
4 (J'en jure par voz yeus) jamais n'y aura part.
   Je le sen déjà bien, comme joyeus il part
Hors de mon estomac [1], peu songneus de ma vie,
Pour s'en aller chés vous, & rien ne le convie
8 D'y aller (ce dit-il) que vôtre dous regard.
   Or si vous le chassés, je ne veus plus qu'il vienne
Vers moi, pour y r'avoir sa demeure ancienne,
11 Hayssant à la mort ce qui vous deplaira :
   Il m'aura beau conter sa peine & son malaise,
Comme il fut paravant plus mien il ne sera,
14 Car je ne veus rien voir chés moi, qui vous deplaise.

XLIII [1]

Rossignol mon mignon, qui dans cette saulaye
Vas seul de branche en branche à ton gré voletant,
Degoisant à l'envy de moi, qui vois chantant
4 Celle, qui faut tousjours que dans la bouche j'aie,
   Nous soupirons tous deux, ta douce vois s'essaie
De flechir celle-là, qui te va tourmentant,
Et moi, je suis aussi cette-là regrettant
8 Qui m'a fait dans le cœur une si aigre plaie.
   Toutesfois, Rossignol, nous differons d'un point.
C'est que tu es aimé, & je ne le suis point,
11 Bien que tous deux aions les musiques pareilles,
   Car tu flechis t'amie au dous bruit de tes sons,
Mais la mienne, qui prent à dépit mes chansons,
14 Pour ne les escouter se bouche les oreilles.

XLIV

Si vous pensés que Mai, & sa belle verdure
De vôtre fievre quarte effacent la langueur,
Vous vous trompés beaucoup, il faut premier mon cœur
4 Garir du mal qu'il sent, & si n'en avés cure.
   Il faut donque premier me garir la pointure [1]
Que voz yeus dans mon cœur me font par leur rigueur,

Et tout soudain apres vous reprendrés vigueur,
8 Quand vous l'aurés gary du tourment qu'il endure.
    Le mal que vous avés ne vient d'autre raison,
Sinon de moi, qui fis aus Dieus une oraison,
11 Pour me venger de vous, de vous faire malade.
    É, vraiment c'est bien dit : é, vous voulez garir,
Et si ne voulez pas vôtre amant secourir,
14 Que vous gaririez bien seulement d'une œillade.

XLV

J'ay cent fois désiré & cent encores d'estre
Un invisible esprit, afin de me cacher
Au fond de vôtre cœur, pour l'humeur rechercher
4 Qui vous fait contre moi si cruelle aparoistre.
    Si j'estois dedans vous, aumoins je serois maistre,
Maugré vous, de l'humeur qui ne fait qu'empescher
Amour, & si n'auriez nerf, ne poux [1] sous la chair
8 Que je ne recherchasse afin de vous cognoistre.
    Je sçaurois une à une & voz complexions,
Toutes voz voluntés, & voz conditions,
11 Et chasserois si bien la froideur de voz venes,
    Que les flammes d'Amour vous y allumeriez :
Puis quand je les voirrois de son feu toutes plenes,
14 Je redeviendrois homme, & lors vous m'aimeriez.

XLVI [1]

Pour-ce que tu sçais bien que je t'aime trop mieus,
Trop mieus dix mille fois que je ne fais ma vie,
Que je ne fais mon cœur, ma bouche, ni mes yeus,
4 Plus que le nom de mort tu fuis le nom d'amie.
    Si je faisois semblant de n'avoir point envie
D'estre ton serviteur, tu m'aimerois trop mieus,
Trop mieus dix mille fois que tu ne fais ta vie,
8 Que tu ne fais ton cœur, ta bouche, ni tes yeus.
    C'est d'amour la coustume, alors que plus on aime
D'estre tousjours hay : je le sçai par moi-même
11 Qui suis hay de toi, seulement quand tu m'ois
    Jurer que je suis tien : helas ! que doi-je faire ?
Tout ainsi qu'on garist un mal par son contraire,
14 Si je te haïssois, soudain tu m'aimerois.

XLVII [1]

Quand je vous dis adieu, Dame, mon seul apuy,
Je laissé dans voz yeus mon cœur pour sa demeure
En gaige de ma foi : & si ay, depuis l'heure
4 Que je le vous laissay, tousjours vescu d'ennuy.
　　Mais pour Dieu je vous pri me le rendre aujourd'huy
Que je suis retourné, de peur que je ne meure :
Car je mourois sans cœur, ou, que vôtre œil m'asseure
8 Que vous me donnerez le vôtre en lieu de lui.
　　Las ! donez-le-moi donq, & de l'œil faites signe
Que vôtre cœur est mien, & que vous n'avés rien
11 Qui ne soit fort joieus, vous laissant, de me suivre :
　　Ou bien, si vous voyés que je ne sois pas digne
D'avoir chés moi le vôtre, aumoins rendés le mien,
14 Car sans avoir un cœur je ne saurois plus vivre.

XLVIII

Tu as beau, Jupiter, l'air de flammes dissouldre,
Et faire galloper tes haux-tonnans chevaus,
Ronflans deçà delà dans le creux des nuaus [1],
4 Et en cent mille esclats tout d'un coup les descoudre,
　　Ce n'est pas moi qui crains tes esclairs, ni ta foudre
Comme les cœurs poureus des autres animaus :
Il y a trop lon tems que les foudres jumeaus
8 Des yeus de ma maitresse ont mis le mien en poudre.
Je n'ai plus ni tendons, ni arteres, ni nerfs.
Venes, muscles, ni poux : les feux que j'ai soufferts
11 Au cœur pour trop aimer me les ont mis en cendre.
　　Et je ne puis plus rien (ô estrange meschef)
Qu'un Terme qui ne peut voir, n'oüyr, ni entendre,
14 Tant la foudre d'amour est cheute sus mon chef.

XLIX

Donques pour trop aimer il fault que je trépasse,
La mort, de mon amour sera donq le loyer :
L'homme est bien malheureus qui se veut emploier
4 Par travail meriter d'une ingrate la grace :
　　Mais je te pri, di moi, que veus tu que je face ?

Quelle preuve veus-tu afin de te ployer
A pitié, las! veus-tu que je m'aille noyer,
8 Ou que de ma main propre à mort je me deface ?
    Es tu quelque Busire, ou Cacus inhumain [1],
Pour te souler ainsi du pauvre sang humain ?
11 É, di, ne crains-tu point Nemesis [2] la Déesse,
    Qui redemandera mon sang versé à tort ?
É, di, ne crains-tu point la troupe vengeresse
14 Des Sœurs [3], qui puniront ton crime apres la mort ?

L

Veus-tu sçavoir, Brués, en quel estat je suis [1] ?
Je te le conterai : d'un pauvre miserable
Il n'i a nul estat, tant soit il pitoiable
4 Que je n'aille passant d'un seul de mes ennuis.
    Je tien tout, je n'ay rien, je veus, & si ne puis,
Je revy, je remeurs, ma plaie est incurable.
Qui veut servir Amour, ce tyran execrable,
8 Pour toute recompense il reçoit de tels fruis.
    Pleurs, larmes, & souspirs acompagnent ma vie,
Langueur, douleur, regrets, soupçon, & jalousie,
11 Avecques un penser qui ne me laisse avoir
    Un moment de repos : & plus je ne sens vivre
L'esperance en mon cœur, mais le seul desespoir
14 Qui me guide à la mort, & je le veus bien suivre.

LI

Ne me di plus, Imbert [1], que je chante d'Amour,
Ce traistre, ce mechant : comment pouroi-je faire
Que mon esprit voulust loüer son adversaire,
4 Qui ne donne à sa peine un moment de sejour!
    Si m'avoit fait aumoins quelque petit bon tour,
Je l'en remercirois, mais il ne veut se plaire
Qu'à rengreger mon mal, & pour mieus me défaire
8 Me met devant les yeus ma Dame nuit & jour.
    Bien que Tantale soit miserable là-bas,
Je le passe en malheur : car si ne mange pas
11 Le fruit qui pend sur lui, toutesfois il le touche,
    Et le baise, & s'en joue : & moi, bien que je sois
Aupres de mon plaisir, seulement de la bouche
14 Ni des mains, tant soit peu, toucher ne l'oserois.

LII

Quiconque voudra suivre Amour ainsi que moi,
Celui se delibere en penible tristesse
Mourir ainsi que moi : il pleust à la Déesse
4 Qui tient Cypre en ses mains [1] de faire telle loi.
   Apres mainte misere & maint fascheus émoi
Il lui faudra mourir, & sa fiere maitresse,
Le voiant au tombeau, sautera de liesse
8 Sus le corps de l'amant, mort pour garder sa foy.
   Allez-donq maintenant faire service aus Dames,
Offrez-leur pour present & voz corps & voz ames,
11 Vous en receverés un salaire bien dous.
   Je croi que Dieu les feit afin de nuire à l'homme :
» Il les feit, Pardaillan [2], pour nostre malheur, comme
14 » Les tygres, les lyons, les serpens, & les lous.

LIII

J'avois cent fois juré de jamais ne revoir
(O serment d'amoureus) l'angelique visage
Qui depuis quinze mois en penible servage
4 Emprisonne mon cœur, & ne le puis ravoir.
   J'en avois fait serment : mais je n'ai le pouvoir
M'engarder d'y aller, car mon forcé courage,
Bien que soit maugré moi surmonté de l'usage
8 D'amour, tousjours m'y mene, abusé d'un espoir.
» Le destin, Pardaillan, est une forte chose !
» L'homme dedans son cœur ses affaires dispose
11 » Et le ciel fait tourner ses dessains au rebours.
   Je sçai bien que je fais ce que je ne doy faire,
Je sçai bien que je suis de trop folles amours :
14 Mais quoy, puis que le ciel delibere au contraire ?

LIV

Ne me sui point, Belleau, allant à la maison
De celle qui me tient en douleur nompareille :
É ne sçais-tu pas bien ce que dit la corneille
4 A Mopse [1], qui suivoit la trace de Jason ?
   Profete, dit l'oiseau, tu n'as point de raison
De suivre cet amant qui de voir s'apareille

Sa Dame : en autre part va, suy le & le conseile,
8 Mais ore de le suivre il n'est pas la saison.
     Pour ton profit, Belleau, je ne vueil que tu voye'
Celle qui par les yeus la plaie au cœur m'envoye,
11 De peur que tu ne prenne' un mal au mien pareil.
     Il suffist que sans toi je sois seul miserable :
Reste sain, je te pri, pour estre secourable
14 A ma douleur extréme, & m'y donner conseil.

LV

Si j'avois un hayneus qui me voulust la mort,
Pour me venger de luy je ne voudrois lui faire
Que regarder les yeus de ma douce contraire [1],
4 Qui si fiers contre moi me font si dur effort.
     Ceste punition, tant son regard est fort,
Luy seroit peine extréme, & se voudroit deffaire :
Ne lit, ne pain, ne vin ne luy sauroient complaire,
8 Et sans plus au trespas seroit son reconfort.
     Tout cela que lon dit d'une Meduse antique
Au prix d'elle n'est rien que fable poëtique :
11 Meduse seulement tournoit l'homme en rocher,
     Mais cette-cy en-roche, en-glace, en-eaue, en-foue [2]
Ceus qui ozent sans peur de ses yeus approcher :
14 Et si en les tuant vous diriez qu'el' se joue.

LVI

Amour se vint cacher dans les yeus de Cassandre,
Comme un tan, qui les bœufs fait mouscher [1] par les bois,
Puis il choisit un trait sur tous ceus du carquois,
4 Qui piquant sçait le mieus dedans les cœurs descendre.
     Il élongna ses mains, & feit son arc estendre
En croissant, qui se courbe aus premiers jours du mois [2],
Puis me lascha le trait, contre qui le harnois
8 D'Achille, ni d'Hector ne se pourroit defendre.
     Apres qu'il m'eust blessé, en riant s'en volla,
Et par l'air mon esprit avec lui s'en alla :
11 Mais toutesfois au cœur me demoura la playe,
     Laquelle pour neant cent fois le jour j'essaye
De la vouloir garir, mais tel est son efort
14 Que je voy bien qu'il faut que maugré moi je l'aye,
Et que pour la garir le remede est la mort [3].

LVII [1]

Dame, je meurs pour vous, je meurs pour vous, ma dame,
Dame, je meurs pour vous, & si ne vous en chaut :
Je sens pour vous au cœur un brasier si treschaut,
4 Que pour ne le sentir je veus bien rendre l'ame.
    Ce vous sera pour-tant un scandaleus diffame,
Si vous me meurdrissés sans vous faire un defaut :
É, que voulés vous dire ? Esse ainsi comme il faut
8 Par pitié refroidir de vôtre amant la flamme ?
    Non, vous ne me povés reprocher que je sois
Un effronté menteur, car mon teint, & ma voix,
11 Et mon chef ja grison vous servent d'asseurance,
    Et mes yeus trop cavés, & mon cœur plein d'esmoi :
É, que feroi-je plus, puis que nulle creance
14 Il ne vous plait donner aus tesmoins de ma foy ?

LVIII

Il ne sera jamais, soit que je vive en terre,
Soit qu'aus enfers je sois, ou là-haut dans les cieus,
Il ne sera jamais que je n'aime trop mieus
4 Que myrthe ou que laurier la feuille de lierre.
    Sus elle cette main qui tout le cœur me serre
Trassa premierement de ses doigts gracieus
Les lettres de l'amour que me portoient ses yeux,
8 Et son cœur qui me fait une si douce guerre.
    Jamais si belle fueille à la rive Cumée [1]
Ne fut par la Sibylle en lettres imprimée
11 Pour bailler par écrit aus hommes leur destin,
    Comme ma Dame a paint d'une espingle poignante
Mon sort sus le lierre : é Dieu, qu'amour est fin !
14 Est-il rien qu'en aimant une Dame n'invente ?

LIX

J'aurai toujours au cœur attachés les rameaus
Du lierre, où ma Dame oza premier écrire
(Doulce ruze d'amour) l'amour qu'el' n'osoit dire,
4 L'amour d'elle & de moy, la cause de noz maus :
    Sus toi jamais, sus toi orfrayes ny corbeaus
Ne se viennent brancher, jamais ne puisse nuire

Le fer à tes rameaus, & à toi soit l'empire
8 Pour jamais, dans les bois, de tous les arbrisseaus.
    Non pour autre raison (ce croi-je) que la mienne,
Bacchus orna de toi sa perruque Indienne,
11 Que pour recompenser le bien que tu lui fis,
    Quand sus les bords de Dic [1] Ariadne laissée
Luy feit sçavoir par toi ses amoureus ennuys,
14 Ecrivant dessus toi s'amour & sa pensée.

LX

Je mourois de plaisir voyant par ces bocages
Les arbres enlassés de lierres épars,
Et la lambruche errante en mille & mille pars
4 Es aubepins fleuris prés des roses sauvages.
    Je mourois de plaisir oyant les dous langages
Des hupes, & coqus, & des ramiers rouhars
Sur le haut d'un fouteau bec en bec fretillars,
8 Et des tourtres aussi voyant les mariages.
    Je mourois de plaisir voyant en ces beaus mois
Sortir de bon matin les chevreuilz hors des bois,
11 Et de voir fretiller dans le ciel l'alouëtte.
    Je mourois de plaisir, où je meurs de soucy,
Ne voyant point les yeus d'une que je souhette
14 Seule, une heure en mes bras en ce bocage icy.

LXI

A pas mornes & lents seulet je me promene,
Non-challant de moi-mesme [1] : & quelque part que j'aille
Un importun penser me livre la bataille,
4 Et ma fiere ennemie au devant me ramene :
    Penser, un peu de treve, & permets que ma pene
Se soulage un petit, & tousjours ne me baille
Argument de pleurer pour une qui travaille
8 Sans relasche mon cœur, tant elle est inhumaine.
    Ou si tu ne le fais, je te tromperay bien :
Je t'assure ma foy que tu perdras ta place
11 Bien-tost, car je mouray pour ruïner ton fort :
    Puis, quand je seray mort, plus ne sentiray rien
(Tu m'auras beau pincer) que ta rigueur me face,
14 Ma dame, ni amour : car rien ne sent un mort.

LXII

Pourtant [1] si ta maitresse est un petit putain [2],
Tu ne dois pour cela te courrousser contre elle
Voudrois-tu bien hayr ton ami plus fidelle [3]
4 Pour estre un peu jureur, ou trop haut à la main [4] ?
   Il ne faut prendre ainsi tous pechés à dedain [5],
Quand la faute en pechant n'est pas continuelle :
Puis il faut endurer d'une maitresse belle
8 Qui confesse sa faute, & s'en repent soudain.
   Tu me diras qu'honneste & gentille est t'amie,
Et je te respondrai qu'honneste fut Cynthie,
11 L'amie de Properce en vers ingenieus,
   Et si ne laissa pas de faire amour diverse.
Endure donc, Ami, car tu ne vaus pas mieus
14 Que Catulle valut, que Tibulle & Properce.

LXIII

Amour, voiant du ciel un pescheur sur la mer
Calla son aisle bas sur le bord du navire,
Puis il dit au pescheur : Je te pri que je tire
4 Ton ret, qu'au fond de l'eau le plomb fait abymer [1].
   Un daulphin, qui savoit le feu qui vient d'aimer,
Voiant Amour sur l'eau, à Tethis le va dire [2] :
Tethys, si quelque soing vous tient de vôtre empire,
8 Secourés-le, ou bien tost il est prest d'enflammer.
   Tethys laissa de peur sa caverne profonde,
Haussa le chef sur l'eau, & vit Amour sur l'onde
11 Qui peschoit à l'escart : las, dit el', mon nepveu [3],
   Oustés-vous, ne brulés mes ondes, je vous prie :
N'aiés peur, dit Amour, car je n'ay plus de feu,
14 Tout le feu que j'avois est aus yeus de Marie.

LXIV

Calliste mon amy [1], je croi que je me meurs,
Je sens de trop aimer la fievre continue,
Qui de chaud, qui de froid jamais ne diminue,
4 Ainçois de pis en pis rengrege mes douleurs :
   Plus je vueil refroidir mes bouillantes chaleurs,
Plus Amour les ralume : & plus je m'esvertue

De rechaufer mon froid, plus la froideur me tue,
8 Pour languir au meilleu de deux divers malheurs.
 Un ardent apetit de joüir de l'aimée
Tient tellement mon ame en pensers alumée,
11 Et ces pensers douteus me font réver si fort,
 Que diette, ne just, ni section de vene
Ne me sauroient garir, car de la seule mort
14 Depend, & non d'ailleurs, le secours de ma pene.

LXV

Je veus lire en trois jours l'Illiade d'Homere,
Et pour-ce, Corydon [1], ferme bien l'huis sur moi :
Si rien [2] me vient troubler, je t'asseure ma foi,
4 Tu sentiras combien pesante est ma colere.
 Je ne veus seulement [3] que nôtre chambriere
Vienne faire mon lit, ou m'apreste de quoi
Je menge, car je veus demeurer à requoi [4]
8 Trois jours, pour faire apres un an de bonne chere,
 Mais si quelqu'un venoit de la part de Cassandre,
Ouvre lui tost la porte, & ne le fais attendre :
11 Soudain entre en ma chambre, & me vien acoustrer [5],
 Je veux tanseulement [6] à lui seul me monstrer :
Au reste, si un Dieu vouloit pour moi descendre
14 Du ciel, ferme la porte, & ne le laisse entrer.

LXVI

J'ai l'ame pour un lit de regrets si touchée,
Que nul, & fusse un Roy, ne fera que j'aprouche
Jamais de la maison, encor moins de la couche
4 Où je vy ma maitresse, au mois de May couchée.
 Un somme languissant la tenoit mi-panchée
Dessus le coude droit, fermant sa belle bouche,
Et ses yeus, dans lesquels l'archer Amour se couche,
8 Ayant tousjours la fleche en la corde encochée.
 Sa teste en ce beau mois, sans plus, estoit couverte
D'un riche escofion [1] ouvré de soie verte,
11 Où les Graces venoient à l'envy se nicher,
 Et dedans ses cheveux choisyssoient leur demeure.
J'en ai tel souvenir que je voudrois qu'à l'heure
14 (Pour jamais n'y penser) son œil m'eust fait rocher [2].

LXVII

Douce, belle, gentille, & bien fleurente Rose,
Que tu es à bon droit à Venus consacrée,
Ta delicate odeur hommes & Dieus recrée,
4 Et bref, Rose, tu es belle sur toute chose.
        La Grace pour son chef un chapellet compose
De ta feuille, & tousjours sa gorge en est parée,
Et mille fois le jour la gaye Cytherée [1]
8 De ton eau, pour son fard, sa belle joue arrose.
        Hé Dieu, que je suis aise alors que je te voi
Esclorre au point du jour sur l'espine à requoy,
11 Dedans quelque jardin pres d'un bois solitere!
        De toi les Nymphes ont les coudes & le sein :
De toi l'Aurore emprunte & sa joue, & sa main,
14 Et son teint celle-là qui d'Amour est la mere.

LXVIII

R. Que dis-tu, que fais-tu, pensive tourterelle
Desus cest arbre sec ? T. Helas je me lamente.
R. Et pourquoi, di-le moi ? T. De ma compagne absente,
4 Plus chere que ma vie. R. En quelle part est-elle ?
        T. Un cruel oysselleur par glueuse cautelle
L'a prise, & l'a tuée : & nuit & jour je chante
Son trespas dans ces bois, nommant la mort méchante
8 Qu'elle ne m'a tuée aveques ma fidelle.
        R. Voudrois-tu bien mourir aveques ta compaigne ?
T. Oui, car aussi bien je languis de douleur,
11 Et toujours le regret de sa mort m'acompaigne.
        R. O gentils oysellets, que vous estes heureus
D'aimer si constamment, qu'heureus est vôtre cœur,
14 Qui, sans point varier, est tousjours amoureus !

LXIX

Le sang fut bien maudit de ceste horrible face [1]
Qui premier engendra les serpens venimeus :
Helene, tu devois quand tu marchas sus eus,
4 Non sans plus les arner [2], mais en perdre la race [3].
        Nous estions l'autre jour dans une verte place,
Cuillants, m'amie & moi, les fraiziers savoureux,

Un pot de cresme estoit au meillieu de nous deux,
8 Et sur le jonc du laict treluisant comme glace.
　　Quand un villain serpent, de venin tout couvert,
　　Par ne sçai quel malheur sortit d'un buisson vert
11 Contre le pied de celle à qui je fais service,
　　　Pour la blesser à mort de son venin infect :
　　　Et lors je m'écriay, pensant qu'il nous eut faict
14 Moi, un second Orphée, & elle, une Eurydice [4].

LXX

Marie, tout ainsi que vous m'avés tourné
Mon sens, & ma raison, par vôtre voix subtile,
Ainsi m'avés tourné mon grave premier stile,
4 Qui pour chanter si bas n'estoit point destiné [1] :
　　Aumoins si vous m'aviés, pour ma perte, donné
　　Congé de manier vôtre cuisse gentile,
　　Ou si à mes baisers vous n'estiés dificile,
8 Je n'eusse regretté mon stile abandonné.
　　Las, ce qui plus me deut, c'est que vous n'êtes pas
　　Contente de me voir ainsi parler si bas,
11 Qui soulois m'élever d'une muse hautaine :
　　　Mais, me rendant à vous, vous me manquez de foy,
　　　Et si me traités mal, & sans m'outer de peine
14 Tousjours vous me liés, & triomphés de moi.

NOUVELLE CONTINUATION
DES AMOURS
DE P. DE RONSARD, VANDOMOIS
[1556]

I

ELEGIE

Quand j'estois libre, ains que l'amour cruelle
Ne fust éprise encore en ma moüelle
3   Je vivois bien heureux :
De toutes partz cent mille jeunes filles
Se travailloient par leurs flames gentilles
6   De me rendre amoureux :

Mais tout ainsi qu'un beau poulain farouche,
Qui n'a masché le frein dedans sa bouche
9   Va seulet escarté,
N'ayant soucy, sinon d'un pied superbe
A mille bons fouler les fleurs & l'herbe
12   Vivant en liberté :

Ores il court le long d'un beau rivage,
Ores il erre au fond d'un boys sauvage,
15   Ou sur quelque mont hault :
De toutes partz les poutres hanissantes
Luy font l'amour, pour neant blandissantes,
18   A luy qui ne s'en chault.

Ainsi j'allois, dedaignant les pucelles,
Qu'on estimoit en beaulté les plus belles,
21   Sans respondre à leur vueil :
Lors je vivois amoureux de moymesme,
Content & gay, sans porter couleur blesme,
24   Ni les larmes à l'œil.

J'avois escrite au plus hault de la face
Avec la honte une agreable audace
27   Pleine d'un franc desir :
Avec le pied marchoit ma fantasie
Deçà, delà, sans peur ne jalousie
30   Vivant de mon plaisir.

Mais aussi tost que par mauvais desastre
Je vey ton sein blanchissant comme albastre,
33   Et tes yeux, deux soleilz,
Tes beaux cheveux espanchez par ondées,
Et les beaux lys de tes levres bordées
36   De cent œilletz vermeilz :

Incontinent j'appris que c'est service :
La liberté (de ma vie nourrice)
39   Fuit ton œil felon,
Comme la nue, en temps serein poussée
Fuit à grandz pas l'aleine courroucée
42   De l'Oursal Aquilon.

Et lors te mis mes deux mains à la chesne,
Mon col au cep, & mon cœur à la gesne,
45   N'ayant de moy pitié,
Non plus (helas) qu'un oultrageux corsere
(O fier destin) a pitié d'un forcere
48   A la chesne lié.

Tu mis apres en signe de conqueste
Maistralement tes deux piedz sur ma teste,
51   Et du front m'as osté
La jeune honte, & l'audace premiere,
Acouhardant mon ame prisonniere
54   Serve à ta volonté :

Vengeant d'un coup mille faultes commises,
Et les beaultez qu'à grand tort j'avois mises
57   Paravant à mespris,
Qui me prioyent, en lieu que je te prie :
Mais d'autant plus que mercy je te crie
60   Tu es sourde à mes cris,

Et ne responz non plus que la fonteine
Qui de Narcis mira la forme vaine,
63   Vengeant dessus son bord

Mille beaultez des Nymphes amoureuses,
Que cet enfant par mines dedaigneuses
66 Avoit mises à mort.

II

CHANSON [1]

Petite pucelle Angevine,
Qui m'as par un traitre souris
3 Tiré le cueur de la poictrine,
Puis, des l'heure que tu le pris,
Contre droict & contre raison,
6 Tu l'enfermas dans ta prison.
    Où de toy (sa rude joliere)
Il reçoit un tel traictement,
9 Qu'une tigresse la plus fiere
Auroit pitié de son torment,
Et amoliroit sa rigueur,
11 Aux miseres de sa langueur.
    Mais toy, plus fiere & plus cruelle
Qu'un roc pendu dessus la mer,
15 Tu deviens tous les jours plus belle
Du dueil qui le faict consommer,
Tirant ta beaulté de le veoir
18 Mourir soubz toy de desespoir.
    Et non sans plus, maitresse rude,
Tu fais mon cueur languir à tort,
21 Par une honneste ingratitude
Me donnant une lente mort,
Voyant pasmer en triste esmoy
24 Dans ta prison mon cueur & moy.
    Mais en lieu d'un sacré Poëte,
De moy, qui chantois ton honneur,
27 Tu as nouvelle amitié faicte
Avec je ne scay quel Seigneur,
Qui maintenant tout seul te tient,
30 Et plus de moy ne te souvient.
    Ha, fille trop sotte & trop nice,
Tu ne scais encore que c'est
33 De faire aus grandz seigneurs service,
Qui en amour n'ont point d'arrest,
Et qui suyvent sans loyaultez
36 En un jour dix mille beautez.

Si tost qu'ilz en ont une prise,
Ils la delaissent tout expres,
39   Afin qu'une autre soit conquise
Pour la laisser encore apres,
Et n'ont jamais aultre plaisir
42   Que de changer & de choisir.

    Celuy qui ores est ton maistre,
Et qui te tient comme veinqueur,
45   Te laissera demain, peult estre,
Et je le vouldrois de bon cœur !
Si le ciel de nous a soucy
48   Puisse arriver demain ainsi.

    Le ciel qui les vices contemple
Punist les traitres amoureux :
51   Anaxarete [2] en sert d'exemple,
Qui devint rocher malheureux,
Perdant sa vie, pour avoir
54   Osé son amy deçevoir.

III

CHANSON

Amour, dy moy de grace (ainsi des bas humains,
Et des dieux soit tousjours l'empire entre tes mains)
3   Qui te fournist de fleches,
Veu que tousjours armé en mile & mile lieux,
Tu perdz tes traitz es cueurs des hommes & des dieux
6   Empennez de flammeches ?

Mais je te pri' dy moy, est-ce point le dieu Mars,
Quand il revient chargé des armes des soudars
9   Occis à la bataille ?
Ou bien si c'est Vulcan qui dedans ses fourneaux
(Apres les tiens perduz) t'en refaict des nouveaux,
12   Et en don te les baille ?

Pauvret (respond Amour), & quoy ignores-tu,
(O jentil serviteur !) la puissante vertu
15   Des beaux yeux de t'amye ?
Plus je respens mes traitz sur hommes & sur Dieux,
Et plus en un moment m'en fournissent les yeux
18   De ta belle Marie.

IV

ODE

Bel aubepin verdissant,
Fleurissant
3 Le long de ce beau rivage,
Tu es vestu jusqu'au bas
Des longs bras
6 D'une lambrunche sauvage.

Deux camps drillantz de fourmis
Se sont mis
9 En garnison soubz ta souche :
Et dans ton tronc mi-mangé
Arangé
12 Les avettes ont leur couche.

Le gentil rossignolet
Nouvelet,
15 Avecque sa bien aymée,
Pour ses amours aleger
Vient loger
18 Tous les ans en ta ramée :

Dans laquelle il fait son ny
Bien garny
21 De laine & de fine soye,
Où ses petitz s'eclorront,
Qui seront
24 De mes mains la douce proye.

Or' vy gentil aubepin,
Vy sans fin,
27 Vy sans que jamais tonnerre,
Ou la congnée, ou les vens,
Ou les tems
30 Te puissent ruer par terre.

V

CHANSON

Mais voyez, mon cher esmoy,
Voyez combien de merveilles
Vous parfaites dedans moy
4   Par voz beautez nompareilles.
  De telle façon voz yeux,
Vostre ris, & vostre grace,
Vostre front, & voz cheveux
8   Et vostre angelique face,
  Me brulent depuis le jour
Que j'en eu la connoissance,
Desirant par grande amour
12   En avoir la jouissance.
  Que si ce n'estoient les pleurs
Dont ma vie est arrosée,
Long temps a que les chaleurs
16   D'Amour l'eussent embrasée.
  Au contraire, voz beaux yeux,
Vostre ris, & vostre grace,
Vostre front, & voz cheveux,
20   Et vostre angelique face
  Me gelent depuis le jour
Que j'en eu la connoissance,
Desirant par grande amour
24   En avoir la jouissance.
  Que, si ne fust les chaleurs
Dont mon âme est embrasée,
Long temps a que par mes pleurs
28   En eau se fut épuisée.
  Voyez donc, mon cher esmoy,
Voyez combien de merveilles
Vous parfaites dedans moy
32   Par voz beaultez nompareilles.

VI[1]

CHANSON

Pourquoy tournez vous voz yeux
Gratieux
3   De moy quand voulez m'occire ?
Comme si n'aviez pouvoir
Par me voir,
6   D'un seul regard me destruire.

Las ! vous le faites afin
Que ma fin
9   Ne me semblast bien heureuse,
Si j'allois en perissant
Joüissant
12   De vostre œillade amoureuse.

Mais quoy ? vous abusez fort :
Ceste mort,
15   Qui vous semble tant cruelle,
Me semble un gaing de bon heur
Pour l'honneur
18   De vous, qui estes si belle.

VII

CHANSON

Bon jour mon cueur, bon jour ma doulce vie.
Bon jour mon œil, bon jour ma chere amye,
Hé bon jour ma toute belle,
Ma mignardise, bon jour,
5   Mes delices, mon amour,
Mon dous printemps, ma doulce fleur nouvelle
Mon doulx plaisir, ma douce columbelle,
Mon passereau, ma gente tourterelle,
9   Bon jour, ma doulce rebelle.

Hé fauldra-t-il que quelcun me reproche
Que j'ay vers toy le cueur plus dur que roche
De t'avoir laissé, maitresse,
Pour aller suivre le Roy,

14   Mandiant je ne sçay quoy
Que le vulgaire appelle une largesse ?
Plustost perisse honneur, court, & richesse,
Que pour les biens jamais je te relaisse,
18   Ma doulce & belle deesse.

VIII

CHANSON

Belle & jeune fleur de quinze ans
Qui sens encore ton enfance,
3   Mais bien qui celes au dedans
Un cueur remply de desçevance,
Cachant soubz ombre d'amitié
6   Une jeunette mauvaitié,
      Ren moy (si tu as quelque honte)
Mon cueur, que tu m'as emmené,
9   Dont tu ne fais non plus de conte
Que d'un prisonnier enchesné,
Ou d'un valet, ou d'un forcere
12   Qui est esclave d'un corsere.
      Une autre moins belle que toy,
Mais d'une nature plus bonne,
15   Le veult par force avoir de moy,
Me priant que je le luy donne :
Elle l'aura puis qu'autrement
18   Il n'a de toy bon traitement.
      Mais non : j'ayme trop mieux qu'il meure
Que de l'oster hors de tes mains,
21   J'ayme trop mieux qu'il y demeure
Soufrant mille maux inhumains,
Qu'en te changeant jouyr de celle
24   Qui doucement à soy l'appelle.

IX

CHANSON

Le printemps n'a point tant de fleurs,
L'automne tant de raisins meurs,
L'esté tant de chaleurs halées,
4   L'yver n'a point tant de gelées

Ni la mer n'a tant de poissons,
Ni la Secile de moissons,
Ni l'Afrique n'a tant d'arenes,
8 Ni le mont d'Ide de fonteines,
Ni la nuict tant de clairs flambeaux,
Ni les forestz tant de rameaux,
Que je porte au cueur, ma maitresse,
12 Pour vous de peine & de tristesse.

X

CHANSON

Demandes tu, douce ennemye,
Quelle est pour toy ma pauvre vie ?
Helas certainement elle est
4 Telle qu'ordonner te la plest :
  Pauvre, chetive, langoureuse,
Dolente, triste, malheureuse,
Et si Amour a quelque esmoy
8 Plus facheux, il loge chez moy.
  Apres demandes tu, m'amie,
Quelle compagnie a ma vie ?
Certes acompagnée elle est
12 De telz compagnons qu'il te plest :
  Ennuy, travail, peine & tristesse,
Larmes, souspirs, sanglotz, detresse :
Et s'Amour a quelque soucy
16 Plus facheux, il est mien aussi.
  Voila comment pour toy, m'amye,
Je traine ma chetive vie,
Heureux du mal que je reçoy
20 Pour t'aymer cent fois plus que moy.

XI

CHANSON

Veu que tu es plus blanche que le lyz,
Qui t'a rougi ta levre vermeillette
D'un si beau teint ? qui est ce qui t'a mis
4 Sur ton beau sein ceste couleur rougette ?
  Qui t'a noircy les arcz de tes sourcis ?

Qui t'a bruny tes beaux yeux, ma maitresse !
O grand beaulté remplie de soucis,
8   O grand beaulté, pleine de grand liesse ?
     O douce, belle, honeste cruauté,
Qui doucement me contrains de te suivre :
O fiere, ingrate, & facheuse beauté,
12   Avecque toy je veulx mourir & vivre.

XII[1]

O toy qui n'es de rien en ton cueur amoureuse
Que d'honneur & vertu qui te font estimer,
Quoy ? en glace & en feu voiras tu consommer
4 Tousjours mon pauvre cueur sans luy estre piteuse ?
    Bien que tu sois vers moy ingrate, & dedaigneuse,
Fiere, dure, rebelle, & nonchallant' d'aymer,
Encor je ne me puis engarder de nommer
8 La terre où tu naquis sur toute bien heureuse.
    Je ne te puis häyr, quoi que tu me sois fiere,
Mais bien je hay celluy qui me mena de nuyct
11 Prendre de tes beaux yeulx l'acointance premiere :
    Celluy seul tout expres à la mort m'a conduit,
Celluy seul me tua ! hé mon Dieu n'esse pas
14 Tuer, que de conduire un homme à son trespas ?

XIII

S'il y a quelque fille en toute une contrée
Qui soit inexorable, inhumaine, & cruelle,
Tousjours ell' est de moy pour dame rencontrée,
4 Et tousjours le malheur me faict serviteur d'elle :
    Mais si quelcune est douce, honneste, amyable & belle,
La prise en est pour moy tousjours desesperée :
J'ay beau estre courtois, jeune, accord & fidelle,
8 Elle sera tousjours d'un sot enamourée.
    Souz tel astre malin je naquis en ce monde :
 » Voilà que c'est d'aymer : ceulx qui ont merité
11 » D'estre recompensez sont en douleur profonde,
   » Et le sot voluntiers est toujours bien traité.
O traitre & lasche Amour, que tu es malheureux[1] :
14 Malheureux est celluy qui devient amoureux.

XIV

Hé que voulez vous dire ? estes vous si cruelle
De ne vouloir aymer ? Voyez les passereaus
Qui demenent l'amour : voyez les colombeaux,
4 Regardez le ramier, voyez la tourterelle.
    Voyez deçà delà d'une fretillante æsle
Volleter par les boys les amoureux oiseaux,
Voyez la jeune vigne embrasser les ormeaux,
8 Et toute chose rire en la saison nouvelle :
    Ici, la bergerette en tournant son fuzeau
Degoise ses amours, & là, le pastoureau
11 Respond à sa chanson : icy toute chose ayme,
    Tout parle de l'amour, tout s'en veult enflammer :
Seulement vostre cœur froid d'une glace extreme
14 Demeure opiniatre, & ne veult point aymer.

XV

J'ayme la fleur de Mars [1], j'ayme la belle Rose,
L'une qui est sacrée à Venus la deesse,
L'autre qui a le nom de ma belle maitresse,
4 Pour qui ne nuict ne jour en paix je ne repose.
    J'ayme trois oiseletz, l'un qui sa plume arrose
De la pluye de May, & vers le ciel se dresse [2] :
L'autre qui veuf au boys lamente sa detresse [3] :
8 L'autre qui pour son filz mile mottez compose [4].
    J'ayme un pin elevé où Venus apendit
Ma jeune liberté, quand serf elle rendit
11 Mon cueur, que doucement un bel œil emprisonne.
    J'ayme un gentil laurier, de Phebus l'arbrisseau,
Dont ma belle maistresse en tortant un rameau
14 Lié de ses cheveux me fist une couronne.

XVI

Aultre (j'en jure Amour) [1] ne se scauroit vanter
D'avoir part en mon cueur, vous seule en estes dame [2],
Vous seule gouvernez les brides de mon ame [3],
4 Et seulz voz yeux me font ou pleurer ou chanter :
    Ils m'ont sceu tellement d'un regard enchanter

Que je ne puis ardoir d'autre nouvelle flame :
Quand j'aurois devant moy toute nue une femme,
8 Encores sa beauté ne me scauroit tenter :
   Si vous n'estes d'un lieu si noble que Cassandre
Je ne scaurois qu'y faire, Amour m'a fait descendre
11 Jusques à vous aymer, Amour qui n'a point d'yeus,
   Qui tous les jours transforme en cent sortes nouvelles,
Aigle, Cigne, Toreau, ce grand maistre des Dieux,
14 Pour le rendre amoureux de noz femmes mortelles [4].

XVII

Amour (comme lon dict) ne naist d'oysiveté,
S'il naissoit de repos il ne fust plus mon maistre :
Je cours, je vays, je viens, & si ne me depestre
4 De son lien qui tient serve ma liberté.
   Je ne suis point oisif, & ne l'ay point esté,
Tousjours la hacquebute, ou la paume champestre,
Ou l'escrime qui rend une jeunesse adextre
8 Me tient en doux travail tout le jour arresté :
   Ores le chien couchant, ores la grande chasse,
Ores un groz balon bondissant en la place,
11 Ores nager, lutter, voltiger & courir
   M'amusent sans repos : mais plus je m'exercite,
Plus Amour naist dans moy, & plus je sentz nourrir
14 Son feu, qu'un seul regard au cueur me ressuscite.

XVIII

Les villes & les bourgs me sont si odieux
Que je meurs, si je voy quelque tracette humaine :
Seulet dedans les boys pensif je me promeine,
4 Et rien ne m'est plaisant que les sauvages lieux.
   Il n'y a dans ces bois sangliers si furieux,
Ni roc si endurcy, ny ruisseau, ny fonteine,
Ny arbre tant soit sourd, qui ne sache ma peine,
8 Et qui ne soit marry de mon mal ennuyeus.
   Ung penser, qui renaist d'un aultre, m'acompagne
Avec un pleur amer qui tout le sein me baigne,
11 Reschauffé de souspirs qui renfrongner me font :
   Si bien que si quelcun me trouvoit au bocage
Voyant mon poil rebours, & l'horreur de mon front,
14 Homme ne me diroit, mais un monstre sauvage.

XIX[1]

Las! pour vous trop aymer je ne vous puis aymer,
Car il fault en aimant avoir discretion :
Helas! je ne l'ay pas : car trop d'affection
4   Me vient trop folement tout le cueur enflammer.
    D'un feu desesperé vous faictes consommer
Mon cueur, qui va brulant sans intermission,
Et si bien la fureur nourrit ma passion
8   Que la raison me fault, dont je me deusse armer.
    Ah! guerissez moy donc de ma fureur extreme,
Afin qu'avec raison honorer je vous puisse,
11   Ou pardonnez au moins mes faultes à vous mesme,
    Et le peché commis en tatant vostre cuisse :
Car je n'eusse touché en lieu si deffendu,
14   Si pour trop vous aymer mon sens ne fust perdu.

XX

ODE

Un enfant dedans un bocage
Tendoit finement ses gluaux,
A fin de prendre des oyseaux
4   Pour les emprisonner en cage.
    Quand il veit, par cas d'adventure,
Pres un buys Amour emplumé,
Qui voloit par le boys ramé
8   Comme oyseau de mauvais augure.
    Son plumage luisoit plus beau
Que n'est du paon la queue estrange,
Et sa face sembloit un Ange
12   Qu'on voit portrait en un tableau.
    Cet enfant, qui ne scavoit pas
Que c'estoit, fut si plein de joye
Que pour prendre une si grand' proye
16   Tendit sa glus & tous ses lats.
    Mais quand il veid qu'il ne pouvoit
(Pour quelques gluaus qu'il peut tendre)
Ce cauteleux oyseau surprendre,
22   Qui voletant le decevoit,
    Lors il se print à mutiner.
Et gettant sa glux de colere,
Vint trouver une vieille mere

24   Qui se mesloit de deviner.
            Il luy va le fait expliquer,
        Et sur le hault d'un buys lui monstre
        L'oyseau de mauvaise rencontre,
28   Qui ne faisoit que s'en moquer.
            La vieille, en branlant ses cheveux
        Qui ja grisonnoient de vieillesse,
        Luy dit : Cesse, mon enfant, cesse,
32   Si bien tost mourir tu ne veux,
            De prendre ce fier animal :
        Cet oyseau, c'est Amour qui vole,
        Qui tousjours les hommes affole
36   Et jamais ne fait que du mal.
            O que tu seras bien heureux
        Si tu le fuys toute ta vie,
        Et si jamais tu n'as envye
40   D'estre au rolle des amoureux.
            Mais j'ay grand doubte qu'à l'instant
        Que d'homme parfait auras l'age,
        Ce malheureux oyseau volage
44   Qui par ces arbres te fuyt tant,
            Sans y penser te surprendra
        Comme une jeune & tendre queste,
        Et foullant de ses piedz ta teste,
48   Que c'est que d'aimer t'aprendra.

XXI

CHANSON

        Quand je te veux raconter mes douleurs
        Et de quel feu en te servant je meurs
        Et quel venin desseche ma moüelle,
4   Ma voix tremblote, & ma langue chancelle,
        Mon cueur tressault, & mon sang au dedans
        Est tout troublé de gros souspirs ardens.
        Sur mes genoulz se sied une gelée,
8   Jusqu'aux talons une sueur salée
        De tout mon corps comme un fleuve se suit,
        Et sur mes yeux nage une obscure nuict :
        Tanseulement mes larmes abondantes
12   Sont les tesmoings de mes flames ardentes,
        De mon amour, & de ma foy aussi,
        Qui sans parler te demandent mercy.

XXII

CHANSON

Il m'advint hyer de jurer
Qu'on voirroit mon amour durer
3 Apres la mort, ma chere amye,
Et afin de t'asseurer mieux
Je feis le serment par mes yeux,
4 Et par mon cueur, & par ma vie.
    Quoy ? dis-tu, cela est à moy,
Bien ! je le veulx qu'il soit à toy,
9 Mais las ! ma langueur miserable,
Et mes pleurs sont miens pour le moins,
Qui te serviront de tesmoings
12 Que ma parole est veritable.
    Alors, belle, tu me baisas,
Et doucement desatizas
15 Le feu de ma gentille rage :
Puis tu feis signe de ton œil,
Que tu recevois bien mon dueil,
18 Et ma langueur pour tesmoignage.

XXIII

CHANSON

Je suis tellement langoureux
Qu'au vray raconter je ne puis
Ni où je suis, ne qui je suis :
4 » Chetif quiconque est amoureux.
    J'ay pour mon hoste nuict & jour
Dedans le cueur un fier esmoy,
Qui va exerceant dessus moy
8 Toutes les cruaultez d'Amour :
    Et ne puis me desenflamer
De celle qui m'occist à tort :
Car plus el' me donne la mort,
18 Plus je suis contraint de l'aymer [1].

XXIV [1]

CHANSON

Je te hay bien (croy moy) maitresse,
Je te hay bien, je le confesse.
Mais toy que je debvrois plus fort
4   Hayr mile fois que la mort,
Il faut que maugré moy je t'ayme
Dix mille fois plus que moymesme :
Car plus ta fiere cruaulté
8   M'espovante, plus ta beaulté
(Pour mourir & vivre avec elle)
À ton service me r'appelle.

XXV

CHANSON

Si le ciel est ton pays & ton pere,
Si l'Ambrosie est ton vin savoureux,
Si Venus est ta delicate mere,
4   Si tu te pais de Nectar bienheureux,
     Que viens tu faire (ô cruel) en la terre ?
Pourquoy viens tu habiter dans mon sein ?
Pourquoy fais tu contre mes ôs la guerre ?
8   Pourquoi boys tu mon pauvre sang humain ?
     Pourquoy prendz tu de mon cueur nourriture ?
O filz d'un tygre, ô cruel animal :
Hé que tu es de meschante nature !
12   Je suis à toy, pourquoy me fais tu mal ?

XXVI

Si tost que tu as beu quelque peu de rosée,
Soit de nuict, soit de jour, caché dans un buisson,
Pendant les æsles bas, tu dis une chanson
4 D'une notte rustique à ton gré composée.
     Si tost que j'ay ma vie un petit arrousée
Des larmes de mes yeux, en la mesme façon
Couché dedans ce boys j'espen un triste son,
8 Selon qu'à larmoyer mon ame est disposée.

    Si te passé je bien, d'autant que tu ne pleures
Sinon trois moys de l'an, & moy à toutes heures,
11 Navré d'une beauté qui me tient en servage.
    Mais helas, Rousignol, ou bien à mes chansons
(Si quelque amour te poing) accorde tes doux sons,
14 Ou laisse moy tout seul pleurer en ce bocage.

XXVII

J'ay cent mile tormentz, & n'en voudrois moins d'un,
Tant ils me sont plaisantz, pour vous belle maitresse :
Et qui par montz & vaulx comme esclave menez
4 De vostre blanche main ma prisonniere vie.
    Hé quantesfoys le jour me prend il une envie
De rompre voz prisons, mais plus vous me donnez
Espoir de liberté, plus vous m'emprisonnez
8 L'ame, qui languiroit sans vous estre asservie.
    Ha je vous ayme tant que je suis fol pour vous,
J'ay perdu ma raison, & ma langue debile
11 Au milieu des propos vous nomme à tous les coups,
    Vous, comme son subject, sa parolle, & son stile,
Et qui parlant ne fait qu'interpreter, sinon
14 Mon esprit qui ne pense en rien qu'en vostre nom.

XXVIII

Mars fut vostre parein quand naquistes, Marie,
La Mer vostre mareine : un Dieu cruel & fier,
L'autre, element auquel on ne se doit fier,
4 Car tost son onde est douce, & tost elle est marrie.
    Soubz un tiltre d'honneur ce guerrier nous convie
De hanter les combatz, puis est nostre meurtrier :
La Mer quand ell' est douce en flatant vient prier
8 Qu'on aille en son giron, puis nous oste la vie.
    Vous tenez de ce Dieu, mais trop plus de la Mer,
Qui feistes vos beaux yeux serenement calmer,
11 Vostre front, vostre bouche, & tout vostre visage,
    Affin de m'atirer, puis quand me veistes pris,
Vous feistes sur mon chef deborder un orage,
14 Pour me noyer aux flotz de la douce Cypris.

XXIX

Belle, gentille, honneste, humble, & douce Marie,
Qui mon cueur dans voz yeux prisonnier détenez,
Et qui par montz & vaulx comme esclave menez
4 De vostre blanche main ma prisonniere vie.
  Hé quantesfoys le jour me prend il une envie
De rompre voz prisons, mais plus vous me donnez
Espoir de liberté, plus vous m'emprisonnez
8 L'ame, qui languiroit sans vous estre asservie.
  Ha je vous ayme tant que je suis fol pour vous,
J'ay perdu ma raison, & ma langue debile
11 Au milieu des propos vous nomme à tous les coups,
  Vous, comme son subject, sa parolle, & son stile,
Et qui parlant ne fait qu'interpreter, sinon
14 Mon esprit qui ne pense en rien qu'en vostre nom.

XXX

Mes souspirs, mes amys [1], vous m'estes agreables
D'autant que vous sortez pour un lieu qui le vault [2] :
Je porte dans le cueur des flames incurables,
4 Le feu pourtant m'agrée, & du mal ne me chault :
  Autant me plaist sentir le froid comme le chault,
Plaisir & desplaisir me sont biens incroiables,
Bien heureux je m'estime aymant en lieu si hault,
8 Et si veulx estre mis au rang des miserables.
  Des miserables, non, mais au rang des heureux,
Car un homme ne peult (sans se veoir amoureux)
11 Sentir en doux torment que vallent les liesses :
  Non, je ne voudrois pas pour l'or de l'univers
N'avoir souffert les maux qu'en aymant j'ay souffertz,
14 Pour l'attente d'un bien qui vault mille tristesses.

XXXI

Comment au departir l'adieu pourroy je dire,
Duquel le souvenir tanseulement me pasme :
Adieu donc chere vie, adieu donc ma chere ame,
4 Adieu mon cher soucy, par qui seul je souspire.
  Adieu le bel object de mon plaisant martire,
Adieu bel œil divin qui m'englace & m'enflame,

Adieu ma doulce glace, adieu ma doulce flame,
8 Adieu par qui je vis, & par qui je respire :
    Adieu belle, humble, honeste, & gentille maistresse,
    Adieu les doulx liens où vous m'avez tenu
11 Maintenant en travail, maintenant en liesse :
    Il est temps de partir, le jour en est venu :
    Mais avant que partir je vous supplie, en lieu
14 De moy, prendre mon cueur, tenez je le vous laisse,
    Voy le là, baisez moy, maistresse, & puis adieu [1].

XXXII

Quand je vous voy, ma gentille maistresse,
Je deviens fol, sourd, muet, & sans ame,
Dedans mon sein mon pauvre cueur se pasme,
4 Entre-surpris de joye & de tristesse.
    Par tout mon chef le poil rebours se dresse,
De glace froide une fiebvre m'enflamme
Venes & nerfz : en tel estat, ma dame,
8 Je suis pour vous, quand à vous je m'adresse.
    Mon œil creint plus les vostres qu'un enfant
Ne creint la verge, ou la fille sa mere,
11 Et toutesfois vous ne m'estes severe
    Sinon au point que l'honneur vous deffend :
Mais c'est assez, puisque de ma misere
14 La garison d'autre part ne despend.

XXXIII

Si quelque amoureux passe en Anjou par Bourgueil,
Voye un pin elevé par desus le village,
Et là tout au plus hault de son pointu fueillage
4 Voyra ma liberté, qu'un favorable acueil
    À pendu pour trophée aus graces d'un bel œil,
Qui depuis quinze mois me detient en servage :
Mais servage si doux que la fleur de mon age
8 Est heureuse d'avoir le bien d'un si beau dueil.
    Amour n'eust sceu trouver un arbre plus aymé
Pour pendre ma despouille, en qui fut transformé
11 Jadis le bel Atys, sur la montaigne Idée :
    Mais entre Atys & moy il y a difference,
C'est qu'il fut amoureux d'une vieille ridée,
14 Et moy d'une beauté qui ne sort que d'enfance.

XXXIV

CHANSON

Ma maistresse est toute angelette,
Toute belle fleur nouvellette,
Toute mon gratieux acueil,
Toute ma petite brunette,
Toute ma doulce mignonnette,
Toute mon cueur, toute mon œil.
   Toute ma grace & ma Charite,
Toute belle perle d'eslite,
Toute doux parfun Indien,
Toute douce odeur d'Assirie,
Toute ma douce tromperie,
Toute mon mal, toute mon bien.
   Toute miel, toute reguelyce,
Toute ma petite malice,
Toute ma joye, & ma langueur,
Toute ma petite Angevine,
Ma toute simple, & toute fine,
Toute mon âme, & tout mon cœur.
   Encore un envieux me nie
Que je ne doibs aymer m'amye :
Mais quoy ? si ce bel envieux
Disoit que mes yeux je n'aymasse,
Penseriez-vous que je laissasse,
Pour son dire, à n'aymer mes yeux ?

XXXV

CHANSON

Je ne veulx plus que chanter de tristesse,
Car autrement chanter je ne pourrois,
Veu que je suis absent de ma maistresse :
Si je chantois autrement, je mourrois.
   Pour ne mourir il fault donc que je chante
En chantz piteux ma plaintive langueur,
Pour le despart de ma maistresse absente,
Qui de mon sein me déroba le cueur.
   Déjà l'Esté, & Cerez la bledtiere,
Ayant son front enceint de son present,

A ramené sa moisson nourriciere
12   Depuis le temps que mort je suis absent
     De ses beaux yeux, dont la lumiere belle
Seule pourroit garison me donner,
Et si j'estois là bas en la nacelle [1]
16   Me pourroit faire en vie retourner.
     Mais ma raison est si bien corrompue
Par une faulce imagination
Que nuict & jour je la porte en la veue,
20   Et sans la voir j'en ay la vision.
     Comme celuy qui contemple les nues
Pense adviser mile formes là sus
D'hommes, d'oyseaux, de chimeres cornues,
24   Et ne voit rien, car ses yeux sont deceuz :
     Et comme cil qui d'une aleine forte,
En haute mer, à puissance de bras
Tire la rame, il pense qu'ell' soit torte
28   Rompue en l'eau, toutesfois ne l'est pas :
     Ainsi je voy d'une veüe trompée
Celle qui m'a tout le sens depravé,
Qui dans mes yeux, & dans l'âme frappée
32   Par force m'a son portrait engravé,
     Et soit que j'erre au plus hault des montaignes,
Ou dans un boys, loing de gens & de bruit,
Soit dans des prez, ou parmi les campagnes,
36   Tousjours à l'œil ce beau portrait me suit.
     Si j'apperçoy quelque champ qui blondoie
D'espicz frisez au travers des sillons,
Je pense veoir ses beaux cheveux de soye
40   Refrisotez en mile crespillons.
     Si j'apperçoy quelque table carrée
D'yvoire, ou jaspe applany proprement,
Je pense veoir la voulte mesurée
44   De son beau front egallé plenement.
     Si le Croissant au premier moys j'advise,
Je pense veoir son sourcy ressemblant
A l'arc d'un Turc, qui la sagette a mise
48   Dedans la coche, & menace le blanc.
     Quand à mes yeux les estoilles drillantes
Viennent la nuict en temps calme s'offrir,
Je pense veoir ses prunelles ardentes,
52   Que je ne puis ny füyr ny souffrir.
     Quand j'apperçoy la rose sur l'espine,
Je pense veoir de ses levres le tainct,
Mais la beauté de l'une au soir decline,

56   L'autre beauté jamais ne se destainct.
        Quand j'apperçoy des fleurs dans une prée
     S'épanouir au lever du Soleil,
     Je pense veoir de sa joüe pourprée
60   Et de son sein le beau lustre vermeil.
        Si j'apperçoy quelque chesne sauvage
     Qui jusqu'au ciel esleve ses rameaux,
     Je pense veoir en luy son beau corsage [2],
64   Ses piedz, sa greve, & ses coudes jumeaux.
        Si j'entendz bruire une fontaine clere,
     Je pense ouyr sa voix dessus le bord,
     Qui, se plaignant de ma triste misere,
68   M'apelle à soy pour me donner confort.
        Voilà comment pour estre fantastique
     En cent façons ses beaultez j'apperçoy,
     Et m'esjouys d'estre melancolique
72   Pour recevoir tant de formes en moy.
        Amour vrayement est une maladie,
     Les medecins la scavent bien juger,
     L'appellant mal, fureur de fantasie,
76   Qui ne se peult pas herbes soulager.
        J'aymerois mieux la fiebvre dans mes venes,
     Ou quelque peste, ou quelqu'autre douleur,
     Que de souffrir tant d'amoureuses peines,
80   Qui sans tüer me consomment le cueur.
        Or' va, chanson, dans les mains de ma sainte,
     Mon angelette, & luy racompte aussi
     Que ce n'est point tromperie ny fainte
84   De tout cela que j'ay descrit icy.

XXXVI

CHANSON

     Comme la cire peu à peu,
     Quand pres du foüyer on l'approche,
3   Se fond à la chaleur du feu :
     Ou comme au feste d'une roche,
     La nege, encores non foulée,
6   Au soleil se perd escoulée :
        Quand tu tournes tes yeux ardens
     Sur moy, d'une œillade sutille,
9   Je sens tout mon cueur au dedans
     Qui se consomme, & se distile,

Et ma pauvre ame n'a partie
12   Qui ne soit en feu convertie :
        Comme une rose qu'un amant
    Cache au sein de quelque pucelle,
15   Qu'ell' est tout le jour enfermant
    Pres de son tetin qui pommelle,
    Puis chet fanie sur la place
18   Au soir quand elle se delace :
        Et comme un lys par trop lavé
    De quelque pluye printaniere
21   Penche à bas son chef agravé [1]
    Dessus la terre nourriciere,
    Sans que jamais il se releve
24   Tant l'humeur pesante le greve :
        Ainsi mon chef à mes genoux
    Me tombe, & mes genoux à terre,
27   Sur moy ne bat vene ni poux,
    Tant la douleur le cueur me serre :
    Je ne puis parler, & mon ame
30   Engourdie en mon corps se pasme.
        Lors ainsi pasmé je mourrois,
    Si d'un seul baiser de ta bouche
33   Mon ame tu ne secourois
    Et mon corps froid comme une souche,
    Me resouflant en chaque vene
36   La vie par ta douce alene :
        Afin d'estre plus tormenté,
    Et que plus souvent je remeure,
39   Comme le cueur de Promethé
    Qui renaist cent fois en une heure,
    Pour servir d'apast miserable
42   A son vautour insatiable.

XXXVII

CHANSON

Hyer au soir que je pris maugré toy
Un doux baiser assis de sur ta couche,
Sans y penser, je laissay dans ta bouche
4   Mon âme, las ! qui s'enfuit de moy.
        Me voyant prest sur l'heure de mourir,
    Et que mon ame amuzée à te suivre
    Ne revenoit mon corps faire revivre,

8   Je t'envoiay mon cœur pour la querir.
         Mais mon cœur pris de ton œil blandissant
     Ayma trop mieux estre chez toy, ma dame,
     Que retourner : & non plus qu'à mon ame
12   Ne luy chaloit de mon corps perissant.
         Et si je n'eusse en te baisant ravy
     Du feu d'Amour quelque chaleur ardente,
     Qui depuis seule (en lieu de l'ame absente
16   Et de mon cœur) de vie m'a servy,
         Voulant hyer mon torment apaiser,
     Par qui sans ame & sans cœur je demeure,
     Je fusse mort entre tes bras, à l'heure
20   Que maugré toy je te pris un baiser.

XXXVIII [1]

CHANSON

     Plus tu cognois que je brusle pour toy,
     Plus tu me hais, cruelle :
     Plus tu cognois que je vis en esmoy,
4   Et plus tu m'es rebelle.

         Mais c'est tout un, car las! je suis tant tien
     Que je beniray l'heure
     De mon trespas : au moins s'il te plaist bien
8   Qu'en te servant je meure.

XXXIX

L'ALOUETTE

     Hé Dieu, que je porte d'envie
     Aux felicitez de ta vie,
     Alouette, qui de l'amour
4   Caquettes des le poinct du jour,
     Lors que des aisles tu secoues
     La rousée quand tu te joues.
         Davant que Phebus soit levé,
8   Tu enleves ton corps lavé
     Pour l'essuier pres de la nüe,
     Tremoussant d'une aisle menüe,
     Et te sourdant à petis bons

12   Tu dis en l'air de si doux sons
      Composez de ta tirelire ¹,
      Qu'il n'est amant qui ne desire
      Comme toy devenir oyseau,
16   Pour degoiser un chant si beau :
      Puis quand tu t'es bien eslevée,
      Tu tombes comme une fusée
      Qu'une jeune pucelle au soir
20   De sa quenouille laisse choir,
      Quand au foüyer elle sommeille,
      Penchant à front baissé l'oreille :
      Ou bien, quand en filant le jour,
24   Voit celuy qui luy fait l'amour
      Venir pres d'elle à l'impourveüe,
      De honte elle abaisse la veüe,
      Et son tors fuseau delié,
28   Loing de sa main tombe à son pié.
      Ainsi tu fonds, mon Alouette,
      Ma doucelette mignonnette,
      Alouette que j'aime mieux
32   Que tous oyseaux qui sont aux Cieux.
         Tu vis sans offenser personne,
      Car ton bec jamais ne moissonne
      Le forment, comme ces oiseaux
36   Qui font aux hommes mile maux,
      Soit que le bled rongent en herbe,
      Ou soit qu'ils l'egrennent en gerbe :
      Mais tu vis par les sillons vers,
40   De petis fourmis & de vers :
      Ou d'une mouche, ou d'une achée
      Tu portes aus tiens la bechée,
      Ou d'une chenille qui sort
44   Des fueilles quand l'hyver est mort.
         Et pource à grand tort les poëtes
      Ont mal faint que vous, Alouettes,
      Avez vostre pere haÿ
48   Jadis jusqu'à l'avoir trahy,
      Couppant de sa teste royalle
      La blonde perruque fatalle,
      Dans laquelle un crin d'or portoit
52   En qui toute sa force estoit.
      Mais quoy ? Vous n'estes pas seulettes
      A qui les mensongers poëtes
      Ont fait grand tort : dedans le boys
56   Le Rossignol à haulte voix,

Caché dessoubz quelque verdure,
Se plainct d'eulx, & leur dict injure :
Si fait bien l'Arondelle aussi,
60 Quand elle chante son cossi.
Ne laissez pas pourtant de dire
Mieux que devant la tirelire,
Et faites crever par despit
64 Ces menteurs de ce qu'ils ont dit.
      Ne laissez pour cela de vivre
Joyeusement, & de poursuivre
A chaque retour du printemps
68 Vos accoustumez passetemps.
Ainsi jamais la main pillarde
D'une pastourelle mignarde,
Parmy les seillons espiant
72 Vostre nouveau nic pepiant,
Quand vous chantez ne le derobbe
Dedans les replis de sa robbe,
Et ne l'emporte en sa maison
76 Pour l'enfermer dans la prison
Que ses mains de branches tortisses
Ont faitte & de jong & d'esclisses.

XL

LE GAY [1]

Te tairas tu, Gay babillard,
Tu entreromps le chant mignard
3 De ce Linot qui se degoise,
Qui fait l'amour dans ce buisson,
Et d'une plaisante chanson
6 Sa jeune femelle apprivoise.
      Tu cries encore, vilain,
Va-ten : tu as le gousier plein
9 D'un chant qui predit les orages :
Que ne vient icy l'Esprevier !
On t'orroit bien plus hault crier
12 Le jargon de mille langages.
      Va-ten donc tes petits couver,
Ou bien afin de leur trouver
15 Je ne sçay quoy pour leur bechée :
Pendant que tu m'es importun,
Puisse arriver icy quelqu'un
18 Qui te derobbe ta nichée.

XLI

O ma belle maitresse, à tout le moins prenez
De moi vostre servant ce Roussignol en cage.
Il est mon prisonnier, & je vis en servage
4 De vous, qui sans mercy en prison me tenez :
   Allez donq, Roussignol, en sa chambre, & sonnez
Mon dueil à son oreille avec vostre ramage,
Et s'il vous est possible émouvez le courage
8 De ma dame à pitié, puis vous en revenez :
   Non, ne revenez point! que feriez vous chez moi ?
Sans aucun reconfort, vous languiriez d'esmoy :
11 » Un prisonnier ne peut un autre secourir.
   Dittes luy que je n'ay sur vostre bien envie,
Et que tant seulement je me pleins de ma vie
14 Qui languist en prison, & si n'y peut mourir.

XLII

CHANSON

Je suis un demidieu quand assis vis à vis
De toy, mon cher soucy, j'escoute les devis,
3 Devis entrerompus d'un gracieux soubrire,
Soubris qui me detient le cœur emprisonné,
Car en voyant tes yeux je me pasme estonné,
6 Et de mes pauvres flancz un seul mot je ne tire.
   Ma langue s'engourdist, un petit feu me court
Honteux de sous la peau, je suis muet et sourd,
9 Et une obscure nuit de sur mes yeux demeure,
Mon sang devient glacé, l'esprit fuit de mon corps,
Je tremble tout de crainte, & peut s'en faut alors
12 Qu'à tes pieds estendu languissant je ne meure.

XLIII

CHANSON

Si je t'assaus, Amour, Dieu qui m'est trop cognu!
En vain je te feray dans ton camp des alarmes,
Tu es un vieil routier, & bien apris aus armes,
4 Et moy jeune guerrier, mal apris & tout nu [1].

Si je fuis devant toy, je ne sçaurois aller
En lieu que je ne sois devancé de ton aisle.
Si je veux me cacher, l'amoureuse estincelle
8 Qui reluist en mon cœur me viendra déceler.
    Si je veux m'embarquer, tu es fils de la mer,
Si je m'enleve au ciel, ton pouvoir y commande,
Si je tombe aux enfers, ta puissance y est grande.
12 Ainsi maistre de tout, force m'est de t'aymer.
    Or' je t'aymeray donq, bien qu'envis de mon cœur ²,
Si c'est quelque amitié que d'aymer par contrainte.
Toutesfois (comme on dit) on voit souvent la creinte
16 » S'accompaigner d'amour, & l'amour de la peur.

XLIV

A SON LIVRE

Mon fils, si tu sçavois que lon dira de toy,
Tu ne voudrois jamais déloger de chez moy,
Enclos en mon poulpitre : & ne voudrois te faire
4 User ny fueilleter aux mains du populaire :
Quand tu seras party, sans jamais retourner,
Il te faudra bien loing de mes yeux sejourner,
Car ainsi que le vent sans retourner s'en vole,
8 » Sans espoir de retour s'echappe la parole.
    Ma parole c'est toy, à qui de nuict & jour
J'ay conté les propos que m'a tenus Amour,
Pour les mettre en ces vers qu'en lumiere tu portes,
12 Crochettant, maugré moy, de mon escrin les portes,
Pauvret ! qui ne sçais pas que les petis enfans
De la France ont le nez plus subtil qu'Elephans ¹.
Donc, avant que tenter le hazard du naufrage,
16 Voy du port la tempeste, & demeure au rivage :
» On se repent trop tard quand on est embarqué.
Tu seras assez tost des medisans moqué
D'yeux & de haussebecs, & d'un branler de teste :
20 » Sage est celuy qui croit à qui bien l'admonneste.
    Tu sçais (mon cher enfant) que je ne te voudrois
Ny tromper ny moquer, grandement je faudrois,
Et serois engendré d'une ingrate nature,
24 Si je voulois trahir ma propre geniture,
Car ainsi que tu es nagueres je te fis,
Et je ne t'ayme moins qu'un pere ayme son fils.
    Quoy ? tu veux donc partir, & tant plus je te cuide

28 Retenir au logis plus tu hausses la bride.
   Va donc, puis qu'il te plaist : mais je te suppliray
   De respondre à chacun ce que je te diray,
   Afin que toi (mon fils) gardes bien, en l'absence,
32 De moy le pere tien l'honneur & l'innocence.
       Si quelque dame honneste & gentille de cœur
   (Qui aura l'inconstance & le change en horreur)
   Me vient, en te lisant, d'un gros sourcy reprendre
36 Dequoy je ne devois abandonner Cassandre,
   Qui la premiere au cœur le trait d'Amour me meist,
   Et que le bon Petrarque un tel peché ne feist,
   Qui fut trente & un an amoureux de sa dame,
40 Sans qu'une autre jamais luy peust eschaufer l'ame :
   Responds luy, je te pry, que Petrarque sur moy
   N'avoit authorité pour me donner sa loy,
   Ny à ceux qui viendroient apres luy, pour les faire
44 Si long temps amoureux sans s'en pouvoir deffaire :
   Luy mesme ne fut tel : car à voir son escrit
   Il estoit esveillé d'un trop gentil esprit
   Pour estre sot trente ans, abusant sa jeunesse,
48 Et sa Muse, au giron d'une seule maitresse :
   Ou bien il jouissoit de sa Laurette, ou bien
   Il estoit un grand fat d'aymer sans avoir rien,
   Ce que je ne puis croire, aussi n'est-il croiable :
52 Non, il en jouissoit, puis l'a faitte admirable,
   » Chaste, divine, sainte : aussi tout amant doit
   » Loüer celle de qui jouissance il reçoit :
   » Car celuy qui la blasme apres la jouissance
56 » N'est homme, mais d'un Tygre il a prins sa naissance.
       Quand quelque jeune fille est au commencement
   Cruelle, dure, fiere à son premier amant,
   Et bien! il faut attendre, il peut estre qu'un' heure
60 Viendra, sans y penser, qui la rendra meilleure :
   Mais quand elle devient de pis en pis tousjours,
   Plus dure, & plus cruelle, & plus rude en amours,
   Il la faut laisser là, sans se rompre la teste
64 De vouloir adoucir une si sotte beste :
   Je suis de tel advis, me blasme de ce cas
   Ou loue qui voudra, je ne m'en soucy pas.
   Les femmes bien souvent sont causes que nous sommes
68 Inconstans & legers, amadouant les hommes
   D'un pouvoir enchanteur, les tenant quelques fois,
   Par une douce ruse un an, ou deux, ou trois
   Dans les liens d'Amour, sans aucune alegence :
72 Cependant un valet en aura jouissance,

Ou quelque autre mignon, dont on ne se doubt'ra,
Sa faux en la moisson segrettement mettra :
Et si ne laisseront, je parle des rusées
76 Qui ont au train d'amour leurs jeunesses usées
(C'est bien le plus grand mal qu'un homme puisse avoir
De servir quelque vieille apte à bien decevoir),
D'enjoindre des labeurs qui sont insuportables,
80 Des services cruels, des tâches miserables :
Car sans avoir esgard à la simple amitié,
Aux prieres, aux cœurs, cruelles, n'ont pitié
De leurs pauvres servans, tant elles font les braves,
84 Qu'un Turc a de pitié de ses pauvres esclaves.
Il faut vendre son bien, il faut faire presens
De chaisnes, de carquans, de diamans luisans,
Il faut donner la perle, & l'habit magnifique,
88 Il faut entretenir la table, & la musique,
Il faut prendre querelle, il faut les suporter :
Certes j'aymerois mieux de sur le dos porter
La hotte, pour curer les estables d'Augée ²,
92 Que d'estre serviteur d'une dame rusée.
      « La mer est bien à craindre, aussi est bien le feu,
   « Et le ciel quand il est de tonnerres esmeu,
   « Mais trop plus est à craindre une femme clairgesse ³
96 « D'esprit subtil & prompt, quand elle est tromperesse :
   « Par mille inventions mille maux elle fait,
   « Et d'autant qu'elle est femme, & d'autant qu'elle sçait.
Quiconque fut le Dieu qui la meist en lumiere
100 Vrayment il fut autheur d'une grande misere :
Il failloit par presens consacrez aux autels
Achetter noz enfans des grands Dieux immortels
Et non user sa vie avec ce soing aymable,
104 « Les femmes, passion de l'homme miserable,
   « Miserable & chetif, d'autant qu'il est vassal,
   « Vingt ou trente ans qu'il vit, d'un si fier animal.
      Mais, je vous pry, voyez comment par fines ruses
108 Elles sçavent trouver mille faintes excuses
Apres qu'el' ont peché! voyez Helene aprés
Qu'Ilion fut brulé de la flame des Grecs,
Comme elle amadoüa d'une douce blandice
112 Son badin de mary qui pardonna son vice,
Et qui plus que devant de ses yeux fut espris,
Qui scintilloient encor les amours de Paris.
Ulys qui fut si caut, bien qu'il sceust qu'une troppe
116 De jeunes poursuivans baizassent Penelope,
Devorans tout son bien, si esse qu'il bruloit

D'embrasser son espouse, & jamais ne vouloit
Devenir immortel avec Circe la belle,
120 Pour ne revoir jamais Penelope, laquelle
Pleurant luy rescrivoit de son facheus sejour,
Pendant que, luy absent, elle faisoit l'amour
(Si bien que le Dieu Pan de ses jeus print naissance,
124 D'elle & de ses muguets la commune semence),
Envoyant tout exprés pour sa commodité
Son fils chercher Ulysse en Sparte la cité.
« Vélà comment la femme avec ses ruses donte
128 « L'homme, de qui l'esprit toutes bestes surmonte.
      Quand un jeune homme peut heureusement choisir
Une belle maitresse esleüe à son plaisir,
Soit de haut ou bas lieu, pourveu qu'elle soit fille
132 Humble, courtoise, honeste, amoureuse & gentille,
Sans fard, sans tromperie, & qui sans mauvaistié
Garde de tout son cœur une simple amitié,
Aymant trop mieux cent fois à la mort estre mise
136 Que de rompre sa foy quand elle l'a promise,
Il la faut bien aymer tant qu'on sera vivant
Comme une chose rare arrivant peu souvent.
      Celuy certainement merite sur la teste
140 Le feu le plus ardent d'une horrible tempeste
Qui trompe une pucelle, & mesmement alors
Qu'elle se donne à nous & de cœur & de corps.
N'esse pas un grand bien quand on fait un voiage
144 De rencontrer quelcun qui d'un pareil courage
Veut nous acompagner, & comme nous passer
Les chemins tant soient-ils facheux à traverser ?
Aussi n'esse un grand bien de trouver une amye
148 Qui nous ayde à passer cette chetive vie,
Qui, sans estre fardée, ou pleine de rigueur
Traitte fidelement de son amy le cœur ?
      Dy leur, si de fortune une belle Cassandre
152 Vers moy se fust monstrée un peu courtoise & tendre,
Un peu douce & traitable, & songneuse à garir
Le mal dont ses beaux yeux dix ans m'ont fait mourir,
Non seulement du corps, mais sans plus d'une œillade
156 Eust voulu soulager mon pauvre cœur malade,
Je ne l'eusse laissée, & m'en soit à tesmoing
Ce jeune enfant aislé qui des amours a soing.
Mais voiant que tousjours el' devenoit plus fiere,
160 Je delyé du tout mon amitié premiere
Pour en aymer une autre en ce païs d'Anjou,
Où maintenant Amour me detient sous le jou :

Laquelle tout soudain je quitteray, si elle
164 M'est, comme fut Cassandre, orgueilleuse & rebelle,
Pour en chercher une autre, afin de voir un jour
De pareille amitié recompenser m'amour,
Sentant l'affection d'un autre dans moymesme,
168 « Car un homme est bien sot d'aymer si on ne l'ayme.
    Or', si quelqu'un aprés me vient blasmer de quoy
Je ne suis plus si grave en mes vers que j'estoy
A mon commencement, quand l'humeur Pindarique
172 Enfloit empoulément ma bouche magnifique,
Dy luy que les amours ne se souspirent pas
D'un vers hautement grave, ains d'un beau stille bas,
Populaire & plaisant, ainsi qu'a fait Tibulle,
176 L'ingenieux Ovide, & le docte Catulle :
Le fils de Venus hait ces ostentations :
Il sufist qu'on luy chante au vray ses passions,
Sans enfleure ny fard, d'un mignard & dous stille,
180 Coulant d'un petit bruit comme une eau qui distille.
Ceus qui font autrement ils font un mauvais tour
A la simple Venus, & à son fils Amour.
    S'il advient quelque jour que d'une voix hardie
184 J'anime l'eschaufaut par une tragedie
Sententieuse & grave, alors je feray voir
Combien peuvent les nerfs de mon petit sçavoir :
Et si quelque Furie en mes vers je rencontre,
188 Hardi, j'opposeray mes Muses alencontre,
Et feray resonner d'un haut & grave son
(Pour avoir part au bouc [4]) la tragique tansson :
Mais ores que d'Amour les passions je pousse,
192 Humble je veux user d'une Muse plus douce.
Non, non, je ne veux pas que pour ce livre icy
On me lise au poulpitre, dans l'escole aussi
D'un Regent sourcilleux : il suffist si m'amye
196 Le touche de la main dont elle tient ma vie :
Car je suis satisfait, si elle prend à gré
Ce labeur, que je voue à ses pieds consacré,
Et à celles qui sont de nature amiables,
200 Et qui jusqu'à la mort ne sont point variables [5].

PIÈCES AJOUTÉES AUX *AMOURS*
(LIVRE II) EN 1560

I

Docte Buttet [1], qui as montré la voye
Aux tiens de suivre Apollon & son Chœur,
Qui le premier t'espoinçonnant le cœur,
4   Te fist chanter sur les mons de Savoye,
    Puis que l'amour à la mort me convoye,
De sur ma tombe (apres que la douleur
M'aura tué) engrave mon malheur
8   De ces sept vers qu'adeullez je t'envoye :
CELUY QUI GIST SOUS CETTE TOMBE ICY
AIMA PREMIERE UNE BELLE CASSANDRE,
    AIMA SECONDE UNE MARIE AUSSY,
12   TANT EN AMOUR IL FUT FACILE A PRENDRE.
    DE LA PREMIERE IL EUT LE CŒUR TRANSY
  DE LA SECONDE IL EUT LE CŒUR EN CENDRE,
15   ET SI DES DEUX IL N'EUT ONCQUES MERCY.

II

AU SEIGNEUR L'HUILLIER [1]

L'Huillier (à qui Phœbus, comme au seul de nostre age,
A donné ses beaux vers & son Lut en partage),
En ta faveur icy je chante les amours
4 Que Perrot & Thoinet soupirerent à Tours,
L'un espris de Francine, & l'autre de Marie.
  Ce Thoinet est Baïf, qui doctement manie
Les mestiers d'Apollon : ce Perrot est Ronsard,
8 Que la Muse n'a fait le dernier en son art.
  Si ce grand duc de Guyse, honneur de nostre France,

N'amuse point ta plume en chose d'importance,
Prestes moi ton aureille, & t'en viens lire icy
12 L'amour de ces pasteurs, & leur voyage aussi.

LE VOIAGE DE TOURS,
OU LES AMOUREUX THOINET ET PERROT [2].

C'estoit en la saison que l'amoureuse Flore
Faisoit pour son amy les fleurettes esclore,
Par les prés bigarés d'autant d'aimail de fleurs
16 Que le grand arc du ciel s'emaille de couleurs :
Lors que les papillons & les blondes avettes,
Les uns chargez au bec, les autres aus cuissettes,
Errent par les jardins, & les petits oyseaus,
20 Volletans par les bois de rameaus en rameaus,
Amassent la bechée, & parmy la verdure
Ont souci comme nous de leur race future.
Thoinet, en ce beau tems, passant par Vendomois,
24 Me mena voir à Tours Marion, que j'aimois,
Qui aus nopces estoit d'une sienne cousine,
Et ce Thoinet aussi alloit voir sa Francine,
Que la grande Venus, d'un trait plein de rigueur,
28 Luy avoit sans mercy écrite dans le cœur.
Nous partismes tous deus du hameau de Coustures.
Nous passames Gastine & ses hautes verdures :
Nous passames Marré [3] & vismes à mi-jour
32 Du pasteur Phelipot s'eslever la grand tour
Qui de Beaumont la Ronce honore le village,
Comme un pin fait honneur aus feuilles d'un bocage.
Ce pasteur, qu'on nommoit Phelipot le gaillard,
36 Courtois, nous festoya jusques au soir bien tard.
De là vinsmes coucher au gué de Lengenrie [4],
Sous des saules plantés le long d'une praerie :
Puis, des le poinct du jour redoublant le marcher,
40 Nous vismes dans un bois s'eslever le clocher
De Sainct-Cosme, pres Tours, où la nopce gentile
Dans un pré se faisoit au beau milieu de l'isle.
Là Francine dançoit, de Thoinet le souci,
44 Là Marion balloit, qui fut le mien aussi.
Puis, nous mettans tous deus en l'ordre de la dance,
Thoinet tout le premier ceste pleinte commence :
Ma Francine, mon cœur, qu'oublier je ne puis,
48 Bien que pour ton amour oublié je me suis,
Quand dure en cruauté tu passerois les Ourses

Et les torrens d'yver desbordez de leurs courses,
Et quand tu porterois en lieu d'humaine chair,
52 Au fond de l'estomac, pour un cœur un rocher,
Quand tu aurois sucé le laict d'une Lyonne,
Quand tu serois autant qu'un Tigre felonne,
Ton cœur seroit encor de mes pleurs adouci,
56 Et ce pauvre Thoinet tu prendrois à merci.
      Je suis, s'il t'en souvient, Thoinet qui, des jeunesse,
Te voyant sur le Clain 5, t'appella sa maitresse,
Qui musette & flageol à ses levres usa
60 Pour te donner plaisir : mais cela m'abusa,
Car, te pensant flechir comme une femme humaine,
Je trouvay ta poitrine & ton aureille pleine
Helas! qui l'eust pensé, de cent mille glaçons,
64 Lesquelz ne t'ont permis d'escouter mes chansons :
Et toutesfois le tems, qui les pretz de leurs herbes
Despouille d'an en an, & les champs de leurs gerbes,
Ne m'a point despouillé le souvenir du jour
68 Ny du mois où je mis en tes yeux mon amour,
Ny ne fera jamais, voire eussai-je avallée
L'onde qui court là bas sous l'obscure valée.
      C'estoit au mois d'Avril, Francine, il m'en souvient,
72 Quand tout arbre florist, quand la terre devient
De vieillesse en jouvence, & l'estrange arondelle
Fait contre un soliveau sa maison naturelle,
Quand la lymace, au dos qui porte sa maison,
76 Laisse un trac sur les fleurs, quand la blonde toison
Va couvrant la chenille, & quand parmy les prées
Vollent les papillons aux aesles diaprées,
Lorsque fol je te vy, & depuis je n'ay peu
80 Rien voir apres tes yeux que tout ne m'ait dépleu.
      Il y a bien six ans, & si dedans l'oreille
J'entends encor' le son de ta vois nompareille,
Qui me gaigna le cœur, & me souvient encor
84 De ta vermeille bouche & de tes cheveus d'or,
De ta main, de tes yeus : & si le tems qui passe
A depuis dérobé quelque peu de leur grace,
Si est-ce que de toi je ne suis moins ravy
88 Que je fus sur le Clain le jour que je te vy
Surpasser en beauté toutes les pastourelles
Que les jeunes pasteurs estimoient les plus belles.
Car je n'ay pas égard à cela que tu es,
92 Mais à ce que tu fus, tant les amoureus traits
Te graverent dans moy, voire de telle sorte
Que telle que tu fus telle au cœur je te porte.

Des l'heure que le cœur des yeus tu me persas,
96 Pour en scavoir la fin je fis tourner le sas
Par une Janetton [6], qui au bourg de Crotelles [7],
Soit du bien, soit du mal, disoit toutes nouvelles
Apres qu'elle eut trois fois craché dedans son sein,
100 Trois fois esternué, elle prist du levain,
Le rettate en ses dois, & en fist une image
Qui te sembloit de port, de taille & de visage :
Puis tournoyant trois fois & trois fois [8] marmonnant,
104 De sa gertiere alla tout mon col entournant,
Et me dist, Je ne tiens si fort de ma gertiere
Ton col, que ta vie est tenue prisonniere
Par les mains de Francine, & seulement la mort
108 Dénoura le lien qui te serre si fort :
Et n'espere jamais de vouloir entreprendre
D'échauffer un glaçon qui te doit mettre en cendre.
Las! je ne la creu pas, & pour vouloir adoncq
112 En estre plus certain, je fis couper le joncq
La veille de Sainct Jehan : mais je vis sur la place
Le mien, signe d'Amour, croistre plus d'une brasse,
Le tien demeurer court, signe que tu n'avois
116 Souci de ma langueur, & que tu ne m'aimois,
Et que ton amitié, qui n'est point assurée,
Ainsi que le jonc court est courte demeurée.
Je mis pour t'essaier encores d'avant-hier
120 Dans le creux de ma main des feuilles de coudrier :
Mais en tappant dessus nul son ne me rendirent,
Et flaques sans sonner sur la main me fanirent,
Vray signe que je suis en ton amour mocqué,
124 Puis qu'en frapant dessus elles n'ont point craqué,
Pour monstrer par effait que ton cœur ne craquette,
Ainsi que fait le mien, d'une flame segrette.
O ma belle Francine! ô ma fiere! & pourquoy,
128 En dançant, de tes dois ne me prens tu le doy ?
Pourquoy, lasse du bal, entre ces fleurs couchée,
N'ai je sur ton giron ou la teste panchée,
Ou la main sous ta cotte, ou la levre dessus
132 Ton tetin, par lequel ton prisonnier je fus ?
Te semblai je trop vieil ? encor la barbe tendre
Ne fait que commencer sur ma joue à s'estendre,
Et ta bouche qui passe en beauté le coural,
136 S'elle veult me baiser, ne se fera point mal :
Mais, ainsi qu'un lizard se cache sous l'herbette,
Sous ma blonde toison cacheras ta languette,
Puis, en la retirant, tu tireras à toy

140 Mon cœur, pour te baiser qui sortira de moy.
      Helas prens donc mon cœur, avecques ceste paire
   De ramiers que je t'offre, ils sont venus de l'aire
   De ce gentil ramier dont je t'avois parlé.
144 Margot m'en a tenu plus d'une heure acollé,
   Les pensant emporter pour les mettre en sa cage,
   Mais ce n'est pas pour elle : & demain davantage
   Je t'en raporteray, avecques un pinson
148 Qui desja scait par cœur une belle chanson,
   Que je fis l'autre jour desous une aubespine,
   Dont le commencement est Thoinet & Francine.
   Ha cruelle, demeure, & tes yeus amoureus
152 Ne détourne de moy. Ha je suis malheureus,
   Car je cognois mon mal, & si ay cognoissance
   D'Amour & de sa mere, & quelle est leur puissance :
   Leur puissance est cruelle, & n'ont point d'autre jeu
156 Sinon que de bruler nos cœurs à petit feu,
   Ou de les englacer, comme aiant pris leur estre
   D'une glace ou d'un feu qu'on ne sçauroit cognoistre.
   Ha ! que ne suis-je abeille ou papillon ! j'irois
160 Maugré toy te baiser, & puis je m'assirois
   Sur tes tetins, à fin de sucer de ma bouche
   Cette humeur qui te fait contre moy si farouche.
      O belle au dous regard, Francine au beau sourci,
164 Baise moy, je te prie, & m'embrasses ainsi
   Qu'un arbre est embrassé d'une vigne bien forte :
   » Souvent un vain baiser quelque plaisir aporte.
      Je meurs ! tu me feras despecer ce bouquet
168 Que j'ai cueilli pour toi, de thin & de muguet,
   Et de la rouge fleur qu'on nomme Cassandrette,
   Et de la blanche fleur qu'on appelle Olivette,
   A qui Bellot donna & la vie & le nom,
172 Et de celle qui prent de ton nom son surnom.
      Las ! où fuis tu de moi ? Ha ma fiere ennemie,
   Je m'en vois despouiller jaquette & souquenie [9],
   Et m'en courray tout nud au haut de ce rocher
176 Où tu vois ce garçon à la ligne pescher,
   Afin de me lancer à corps perdu dans Loyre
   Pour laver mon souci, ou à fin de tant boyre
   D'escumes & de flots, que la flamme d'aimer,
180 Par l'eau contraire au feu, se puisse consumer.
      Ainsi disoit Thoinet, qui se pasma sur l'herbe,
   Presques transi de voir sa dame si superbe,
   Qui rioit de son mal, sans daigner seulement
184 D'un seul petit clin d'œil apaiser son tourment.

J'ouvrois desja la levre apres Thoinet pour dire
De combien Marion m'estoit encores pire,
Quand j'avisé sa mere en haste gagner l'eau,
188 Et sa fille emmener avecq elle au bateau,
Qui se jouant sur l'onde attendoit cette charge,
Lié contre le tronc d'un saule au feste large.
Ja les rames tiroient le bateau bien panssu,
192 Et la voile en enflant son grand repli bossu,
Emportoit le plaisir lequel me tient en peine,
Quand je m'assis au bord, estendu sur l'arene,
Et voiant le bateau qui s'en fuioit de moy,
196 Parlant à Marion, je chanté ce convoy :
      Bateau qui par les flots ma chere vie emportes,
Des vents, en ta faveur, les haleines soient mortes,
Et le ban perilleus, qui se treuve parmy
200 Les eaux, ne t'envelope en son sable endormy :
Que l'air, le vent, & l'eau favorisent ma dame,
Et que nul flot bossu ne rencontre sa rame :
En guise d'un estang, sans vagues paresseus
204 Aille le cours de Loyre, & son limon crasseus
Pour ce jourd'huy se change en gravelle menue,
Pleine de meint rubi & meinte perle esleue.
      Que les bords soient semez de mille belles fleurs
208 Representant sur l'eau mille belles couleurs,
Et le tropeau gaillard des gentiles Nayades
Alentour du vaisseau face mille gambades,
Les unes balloyant des paumes de leurs mains
212 Les flots devant la barque, & les autres leurs seins
Descouvrant à fleur d'eau, & d'une main ouvriere
Conduisant le bateau du long de la riviere.
      L'azuré martinet puisse voler d'avant
216 Avecques la mouette, & le plongeon, suivant
Son malheureus destin, pour le jourd'huy ne songe
En sa belle Esperie, et dans l'eau ne se plonge :
Et le heron cryard, qui la tempeste fuit,
220 Haut pendu dedans l'air, ne face point de bruit :
Ains tout gentil oiseau qui va charcheant sa proye
Par les flots poissonneus, bien-heureux te convoye,
A seurement venir avecq'ta charge au port,
224 Où Marion voirra, peut estre, sur le bord
Un orme, des longs bras d'une vigne enlassée,
Et la voyant ainsi doucement embrassée,
De son pauvre Perrot se pourra souvenir,
228 Et voudra sur le bord embrassé le tenir.
      On dit au temps passé que quelques uns changerent

En riviere leur forme, & eus mesmes nagerent
En l'eau qui de leur sang & de leurs yeux sailloit,
232 Quand leur corps ondoyant peu à peu defailloit :
Que ne puis-je muer ma resamblance humaine
En la forme de l'eau qui cette barque emmeine !
J'irois en murmurant sous le fond du vaisseau,
236 J'irois tout alentour, & mon amoureuse eau
Bais'roit ore sa main, ore sa bouche franche,
La suivant jusqu'au port de la Chapelle blanche :
Puis, forçant mon canal pour ensuivre mon vueil,
240 Par le trac de ses pas j'yrois jusqu'à Bourgueil,
Et là, dessous un pin, sous la belle verdure,
Je voudrois retenir ma premiere figure.

N'y a-t-il point quelque herbe en ce rivage icy
244 Qui ait le gous si fort qu'elle me puisse ainsi
Muer comme fit Glauque en aquatique monstre,
Qui, homme ny poisson, homme & poisson se montre ?
Je voudrois estre Glauque, & avoir dans mon sein
248 Les pommes qu'Ippomane [10] eslançoit de sa main
Pour gaigner Atalante : afin de te surprendre,
Je les rurois sur l'eau, & te ferois aprendre
Que l'or n'a seulement sur la terre pouvoir,
252 Mais qu'il peult de sur l'eau les femmes decevoir.

Or cela ne peult estre, & ce qui se peult faire
Je le veus achever afin de te complaire :
Je veus soigneusement ce coudrier arroser,
256 Et des chapeaus de fleurs sur ses fueilles poser :
Et avecque un poinçon je veus de sur l'escorce
Engraver de ton nom les six lettres à force,
Afin que les passans, en lisant Marion,
260 Facent honneur à l'arbre entaillé de ton nom.

Je veus faire un beau lit d'une verte jonchée,
De parvanche fueillue encontre bas couchée,
De thin qui fleure bon & d'aspic porte-epy [11],
264 D'odorant poliot [12] contre terre tapy,
De neufard [13] tousjours verd qui les tables immite,
Et de jonc qui les bords des rivieres habite.

Je veus jusques au coude avoir l'herbe, & si veus
268 De roses & de lis coronner mes cheveus.
Je veus qu'on me defonce une pipe angevine,
Et en me souvenant de ma toute divine,
De toy mon dous souci, espuiser jusqu'au fond
272 Mille fois ce jourd'huy mon gobelet profond,
Et ne partir d'icy jusqu'à tant qu'à la lye
De ce bon vin d'Anjou la liqueur soit faillie.

Melchior champenois, et Guillaume manceau,
276 L'un d'un petit rebec, l'autre d'un chalumeau,
Me chanteront comment j'eu l'ame dépourveue
De sens & de raison si tost que je t'eu veue,
Puis chanteront comment, pour flechir ta rigueur,
280 Je t'appellay ma vie, & te nommay mon cœur,
Mon œil, mon sang, mon tout : mais ta haute pensée
N'a voulu regarder chose tant abaissée,
Ains en me desdaignant tu aimas autre part
284 Un, qui son amitié chichement te départ :
Voila comme il te prent pour mespriser ma peine,
Et le rusticque son de mon tuyau d'avaine.

Ils diront que mon teint, au paravant vermeil,
288 De creinte en te voyant se blanchit, tout pareil
A la neige d'Auvergne, ou des monts Pyrenées,
Qui se conserve blanche en despit des années,
Et que, depuis le tems que l'amour me fist tien,
292 De jour en jour plus triste & plus vieil je devien.

Puis ils diront comment les garçons du village
Disent que ta beauté touche desjà sur l'age,
Et qu'au matin le coq des la pointe du jour
296 Ne voirra plus sortir ceus qui te font l'amour :
Bien fol est qui se fie en sa belle jeunesse,
Qui si tost se dérobbe, & si tost nous delaisse.
La rose à la parfin devient un grate-cu [14],
300 Et tout, avecq' le tems, par le tems est vaincu.

Quel passetems prens tu d'habiter la valée
De Bourgueil, où jamais la Muse n'est allée ?
Quitte-moy ton Anjou, & vien en Vendomois.
304 Là s'eslevent au ciel le sommet de nos bois,
Là sont mille taillis & mille belles pleines,
Là gargouillent les eaus de cent mille fonteines,
Là sont mille rochers, où Echon alentour
308 En resonnant mes vers ne parle que d'Amour.

Ou bien, si tu ne veus, il me plaist de me rendre
Angevin, pour te voir, & ton langage aprendre,
Et là, pour te flechir, les hauts vers que j'avois
312 En ma langue traduit du Pindare Gregeois,
Humble je rediray en un chant plus facile
Sur le dous chalumeau du pasteur de Sicile.

Là, parmy tes sablons, Angevin devenu
316 Je veus vivre sans nom comme un pauvre incognu,
Et des l'aube du jour avecq' toy mener paistre
Aupres du port Guiet, nostre tropeau champestre :
Puis sur l'ardant midi je veus en ton giron

320 Me coucher sous un chesne, où l'herbe à l'environ
    Un beau lit nous fera de mainte fleur diverse,
    Où nous serons tournés tous deus à la renverse.
    Puis au soleil couchant nous menerons nos bœufs
324 Boire sur le sommet des ruisselets herbeus,
    Et les remenerons au son de la musette,
    Puis nous endormirons de sur l'herbe molette.
        Là sans ambition de plus grans biens avoir,
328 Contenté seulement de t'aimer & te voir,
    Je passerois mon age, & sur ma sepulture
    Les Angevins mettroient ceste breve écriture :
    Celuy qui gist icy, touché de l'aiguillon
332 Qu'Amour nous laisse au cœur, garda comme Apollon
    Les trouppeaus de sa dame [15], & en cette prerie
    Mourut en bien aimant une belle Marie :
    Et elle apres sa mort mourut aussi d'ennuy,
336 Et sous ce vert tombeau repose avecques luy.
        A peine avois-je dit quand Thoinet se depame,
    Et à soy revenu alloit apres sa dame :
    Mais je le retiray, le menant d'autrepart
340 Pour chercher à loger, car il estoit bien tard.
        Nous avions jà passé la sablonneuse rive,
    Et le flot qui bruiant contre le pont arrive,
    Et jà de sur le pont nous estions parvenus,
344 Et nous apparoissoit le tombeau de Turnus [16],
    Quand le pasteur Janot [17] tout gaillard nous emmaine
    Dedans son toict couvert de javelles d'avaine.

III

    A Phœbus, mon Grevin [1], tu es du tout semblable
    De face & de cheveus, & d'art & de scavoir.
    A tous deus dans le cœur Amour a fait avoir
 4 Pour une belle dame une playe incurable.
        Ny herbe, ny unguent, ne t'est point secourable,
    Car rien ne peut forcer de Venus le pouvoir :
    Seulement tu peus bien par tes vers reçevoir
 8 A ta playe amoureuse un secours profitable.
        En chantant, mon Grevin, on charme le souci,
    Le Cyclope [2] Ætnean se garissoit ainsi,
11 Chantant sur son flageol sa belle Galatée [3].
        La peine découverte allege nostre cœur :
    Ainsi moindre devient la plaisante langueur
14 Qui vient de trop aimer, quand elle est bien chantée.

IV

ELEGIE A MARIE

Marie, à celle fin que le siecle advenir
De nos jeunes amours se puisse souvenir,
Et que vostre beauté que j'ay long tems aimée
4 Ne se perde au tumbeau par les ans consumée,
Sans laisser quelque merque apres elle de soi,
Je vous consacre icy le plus gaillard de moi,
L'esprit de mon esprit, qui vous fera revivre
8 Ou long tems, ou jamais, par l'aage de ce livre.
    Ceus qui liront les vers que j'ay chantez pour vous
D'un stile varié entre l'aigre & le dous,
Selon les passions que vous m'avez données
12 Vous tiendront pour deesse : & tant plus les années
En vollant s'en fuiront, & plus vostre beauté
Contre l'aage croistra, vielle en sa nouveauté.
    O ma belle angevine, ô ma douce Marie,
16 Mon œil, mon cœur, mon sang, mon esprit & ma vie,
Dont la vertu me monstre un beau chemin aus cieus :
Je reçoy tant de bien quand je baise vos yeus,
Quand je languis dessus, & quand je les regarde,
20 Que, sans une frayeur qui la main me retarde,
Je me serois occis de dueil, que je ne peux
Vous monstrer par effaict le bien que je vous veus.
    Or cela que je puis, pour vous je le veus faire :
24 Je veus en vous chantant vos louanges parfaire,
Et ne sentir jamais mon labeur engourdi
Que tout l'ouvrage entier pour vous ne soit ourdi.
    Si j'estois un grand Roy, pour eternel exemple
28 De fidelle amitié, je bastirois un temple
De sur le bord de Loire, & ce temple auroit nom
Le temple de Ronsard et de sa Marion.
De marbre parien seroit vostre effigie,
32 Vostre robbe seroit à plain fons elargie
De plis recamez d'or, & vos cheveus tressez
Seroient de filetz d'or par ondes enlassez.
D'un crespe canellé seroit la couverture
36 De vostre chef divin, & la rare ouverture
D'un ret de soye & d'or, fait de l'ouvriere main
D'Arachne ou de Pallas, couvriroit vostre sain :
Vostre bouche seroit de roses toute plaine,
40 Respandant par le temple une amoureuse aleine :

Vous auriez d'une Hebé [1] le maintien gracieus,
Et un essain d'amours sortiroit de vos yeus
Vous tiendriez le haut bout de ce temple honorable,
44 Droicte sur le sommet d'un pillier venerable.
   Et moi d'autre costé, assiz au plus bas lien,
Je serois remerquable en la forme d'un Dieu :
J'aurois en me courbant dedans la main senestre
48 Un arc demi vouté, tel que lon void renaistre,
Aus premiers jours du mois, le repli d'un croissant,
Et j'aurois sur la corde un beau trait menassant,
Non le serpent Python [2], mais ce sot de jeune homme
52 Qui maintenant sa vie & son ame vous nomme,
Et qui seul me fraudant est roy de vostre cœur,
Qu'en fin en vostre amour vous trouverez mocqueur.
   Quiconque soit celui, qu'en vivant il languisse,
56 Et de chascun hay lui mesme se haysse,
Qu'il se ronge le cœur, & voye ses dessains
Tousjours lui eschapper comme vent de ses mains,
Soupçonneux, & resveur, arrogant, solitaire,
60 Et lui mesme se puisse à lui mesme desplaire.
   J'aurois de sur le chef un rameau de laurier,
J'aurois de sur le flanc un beau pongnard guerrier,
La lame seroit d'or, & la belle pongnée
64 Ressembleroit à l'or de ma tresse peignée,
J'aurois un cystre d'or, & j'aurois tout aupres
Un carquois tout chargé de flammes & de traits.
   Ce temple, frequenté de festes solennelles,
68 Passeroit en honneur celuy des immortelles,
Et par vœux nous serions invocquez tous les jours
Comme les nouveaux dieus des fidelles amours.
   D'age en age suivant, au retour de l'année,
72 Nous aurions pres le temple une feste ordonnée,
Non pour faire courir comme les anciens
Des chariots couplez aus jeus olympiens,
Pour saulter, pour luitter, ou de jambe venteuse
76 Franchir en haletant la carriere poudreuse :
Mais tous les jouvenceaux en païs d'alentour,
Touchez au fond du cœur de la fleche d'Amour,
Aiant d'un gentil feu les ames allumées,
80 S'assembleroient au temple avecques leurs aimées,
Et là, celui qui mieus la bouche poseroit
Sur la bouche amoureuse, & qui mieus baiseroit,
Ou soit d'un baiser sec, ou d'un baiser humide,
84 D'un baiser court ou long, ou d'un baiser qui guide
L'ame de sur la levre, & laisse trespasser

Le baiseur, qui ne vit sinon que du penser,
Ou d'un baiser donné comme les colombelles,
88 Lors qu'ils se font l'amour de la bouche & des aisles.
Celui qui mieus seroit en ses baisers apris
Sur tous les jouvenceaus emporteroit le pris,
Seroit dit le veinqueur des baisers de Cythere
92 Et tout chargé de fleurs s'en iroit à sa mere.
    O ma belle maitresse, & que je voudrois bien
Qu'Amour nous eust conjoinct d'un semblable lien,
Et qu'apres nos trespas dans nos fosses ombreuses
96 Nous fussions la chanson des bouches amoureuses,
Que ceux de Vandomois disent tous d'un accord,
Visitant le tombeau auquel je serois mort :
Nostre Ronsard, quittant cette terre voisine,
100 Fut jadis amoureus d'une belle Angevine,
Et que ceus là d'Anjou disent tous d'une voix :
Nostre belle Marie aima un Vandomois,
Tous les deus n'estoient qu'un, & l'amour mutuelle,
104 Qu'on ne voit plus ici, leur fut perpetuelle.
Leur siecle estoit vraiment un siecle bien heureus,
Où tousjours se voyoit contraimé l'amoureus.
Puisse arriver, apres l'espace d'un long age,
108 Qu'un esprit vienne à bas, sous l'amoureus ombrage
Des Myrthes [3], me conter que les ages n'ont peu
Effacer la clarté qui luist de nostre feu,
Mais que de voix en voix, de parolle en parolle,
114 Nostre gentile amour par la jeunesse volle,
Et qu'on aprent par cœur les vers & les chansons
Que j'ay tissu pour vous en diverses façons,
Et qu'on pense amoureus celui qui rememore
116 Vostre nom & le mien, & nos tumbes honore.
    Or les Dieus en feront cela qu'il leur plaira,
Si est-ce que ce livre apres mille ans dira
Aux hommes, & aus tems, & à la renommée
120 Que je vous ay six ans plus que mon cœur aimée.

PIÈCE AJOUTÉE AUX *AMOURS* (1567)

LIVRE II

ELEGIE A AMADIS JAMIN [1]

Fameux Ulysse, honneur de tous les Grecs,
De nostre bord aproche toy plus pres,
Ne single point sans prester les oreilles
A noz chansons, & tu oyrras merveilles :
5 Nul estranger de passer a soucy
Par cette mer sans aborder icy,
Et sans contraindre un petit son voyage
Pour prendre part à nostre beau rivage :
Puis tout joyeux les ondes va tranchant,
10 S'en retournant ravy de nostre chant,
Ayant apris de nous cent mille choses
Que nous portons en l'estomach encloses :
Nous sçavons bien tout cela qui s'est fait
Quand Ilyon par les Grecs fut défait :
15 Nous n'ignorons une si longue guerre
Ny tout cela qui se fait sur la terre.
Doncques retien ton voyage entrepris,
Tu aprendras, tant sois tu bien apris.
    Ainsi disoit le chant de la Serene,
20 Pour arrester Ulysse sur l'arene,
Qui attaché au mast ne voulut pas
Se laisser prendre à si friands apas,
Mais en fuiant la voix voluptueuse
Hasta son cours sur l'onde poissonneuse,
25 Sans par l'oreille humer cette poison,
Qui des plus grands offence la raison.
    Ainsi, Jamin, pour sauver ta jeunesse,

Suy le chemin du fin soldat de Grece :
N'aborde point au rivage d'Amour,
30 Pour y vieillir sans espoir de retour.
   » L'Amour n'est rien qu'ardente frenaisie,
   » Qui de fumée emplist la fantaisie
   » D'erreur, de vent & d'un songe importun,
   » Car le songer & l'Amour ce n'est qu'un.

LES AMOURS
SECONDE PARTIE
SUR LA MORT
DE MARIE [1]

Properce,
Trajicit et fati littora magnus amor [2].

I

    Je songeois sous l'obscur de la nuict endormie,
    Qu'un sepulchre entre-ouvert s'apparoissoit à moy :
    La Mort gisoit dedans toute palle d'effroy,
4 Dessus estoit escrit Le tombeau de Marie.
    Espovanté du songe en sursault je m'escrie,
    Amour est donc sujet à nostre humaine loy :
    Il a perdu son regne, et le meilleur de soy,
8 Puis que par une mort sa puissance est perie.
    Je n'avois achevé, qu'au poinct du jour, voicy
    Un Passant à ma porte, adeulé de soucy,
11 Qui de la triste mort m'annonça la nouvelle.
    Pren courage, mon ame, il fault suivre sa fin :
    Je l'entens dans le ciel comme elle nous appelle :
14 Mes pieds avec les siens ont fait mesme chemin.

II

STANCES

    Je lamente sans reconfort,
    Me souvenant de ceste mort
    Qui desroba ma douce vie :
    Pensant en ces yeux qui souloient
    Faire de moy ce qu'ils vouloient,
6   De vivre je n'ay plus d'envie.

Amour, tu n'as point de pouvoir :
A mon dam tu m'as fait sçavoir
Que ton arc partout ne commande.
Si tu avois quelque vertu,
La Mort ne t'eust pas dévestu
12 De ta richesse la plus grande.

Tout seul tu n'as perdu ton bien :
Comme toy j'ay perdu le mien,
Ceste beauté que je desire,
Qui fut mon thresor le plus cher :
Tous deux contre un mesme rocher
18 Avons froissé nostre navire.

Souspirs, eschaufez son tombeau :
Larmes, lavez-le de vostre eau :
Ma voix si doucement se plaigne,
Qu'à la Mort vous faciez pitié,
Ou qu'elle rende ma moitié,
24 Ou que ma moitié j'accompaigne.

Fol qui au monde met son cœur :
Fol qui croit en l'espoir mocqueur,
Et en la beauté tromperesse.
Je me suis tout seul offensé,
Comme celuy qui n'eust pensé
30 Que morte fust une Deesse.

Quand son ame au corps s'attachoit,
Rien, tant fust dur, ne me faschoit,
Ny destin, ny rude influance :
Menaces, embusches, dangers,
Villes, & peuples estrangers
36 M'estoient doux pour sa souvenance.

En quelque part que je vivois,
Tousjours en mes yeux je l'avois,
Transformé du tout en la belle.
Si bien Amour à coups de trait
Au cœur m'engrava son portrait,
42 Que mon tout n'estoit sinon qu'elle.

Esperant luy conter un jour
L'impatience de l'Amour
Qui m'a fait des peines sans nombre,
La mort soudaine m'a deceu :
Pour le vray le faux j'ay receu,
48 Et pour le corps seulement l'ombre.

Ciel, que tu es malicieux!
Qui eust pensé que ces beaux yeux
Qui me faisoient si douce guerre,

Ces mains, ceste bouche, & ce front
Qui prindrent mon cœur, & qui l'ont,
54   Ne fussent maintenant que terre ?
Hélas ! où est ce doux parler,
Ce voir, cest ouyr, cest aller,
Ce ris qui me faisoit apprendre
Que c'est qu'aimer ? hà, doux refus
Hà ! doux desdains, vous n'estes plus,
60   Vous n'estes plus qu'un peu de cendre.
Hélas, où est ceste beauté,
Ce Printemps, ceste nouveauté,
Qui n'aura jamais de seconde ?
Du ciel tous les dons elle avoit :
Aussi parfaite ne devoit
66   Long temps demeurer en ce monde.
Je n'ay regret en son trespas,
Comme prest de suivre ses pas.
Du chef les astres elle touche :
Et je vy ? et je n'ay sinon
Pour reconfort que son beau nom,
72   Qui si doux me sonne en la bouche.
Amour, qui pleures avec moy,
Tu sçais que vray est mon esmoy,
Et que mes larmes ne sont feintes :
S'il te plaist renforce ma vois,
Et de pitié rochers & bois
78   Je feray rompre sous mes plaintes.
Mon feu s'accroist plus vehement,
Quand plus luy manque l'argument
Et la matiere de se paistre :
Car son œil qui m'estoit fatal,
La seule cause de mon mal,
84   Est terre qui ne peult renaistre.
Toutefois en moy je le sens
Encore l'objet de mes sens,
Comme à l'heure qu'elle estoit vive :
Ny mort ne me peult retarder,
Ny tombeau ne me peult garder,
90   Que par penser je ne la suive.
Si je n'eusse eu l'esprit chargé
De vaine erreur, prenant congé
De sa belle & vive figure,
Oyant sa voix, qui sonnoit mieux
Que de coustume, & ses beaux yeux
96   Qui reluisoient outre mesure,

Et son souspir qui m'embrasoit,
J'eusse bien veu qu'ell' me disoit :
Or' soule toy de mon visage,
Si jamais tu en euz soucy :
Tu ne me voirras plus icy,
Je m'en vay faire un long voyage.

J'eusse amassé de ses regars
Un magazin de toutes pars,
Pour nourrir mon ame estonnée,
Et paistre long temps ma douleur :
Mais onques mon cruel malheur
Ne sceut prevoir ma destinée.

Depuis j'ay vescu de soucy,
Et de regret qui m'a transy,
Comblé de passions estranges.
Je ne desguise mes ennuis :
Tu vois l'estat auquel je suis,
Du ciel assise entre les anges.

Ha! belle ame, tu es là hault
Aupres du bien qui point ne fault,
De rien du monde desireuse,
En liberté, moy en prison :
Encore n'est-ce pas raison
Que seule tu sois bien-heureuse.

» Le sort doit tousjours estre égal,
Si j'ay pour toy souffert du mal,
Tu me dois part de ta lumière.
Mais franche du mortel lien,
Tu as seul emporté le bien,
Ne me laissant que la misere.

En ton âge le plus gaillard
Tu as seul laissé ton Ronsard,
Dans le ciel trop tost retournée,
Perdant beauté, grace, & couleur,
Tout ainsi qu'une belle fleur
Qui ne vit qu'une matinée.

En mourant tu m'as sceu fermer
Si bien tout argument d'aimer,
Et toute nouvelle entreprise,
Que rien à mon gré je ne voy,
Et tout cela qui n'est pas toy,
Me desplaist, & je le mesprise.

Si tu veux, Amour, que je sois
Encore un coup dessous tes lois,
M'ordonnant un nouveau service,

Il te fault sous la terre aller
Flatter Pluton, & r'appeller
144   En lumiere mon Eurydice :
     Ou bien va-t'en là hault crier
A la Nature, & la prier
D'en faire une aussi admirable.
Mais j'ay grand peur qu'elle rompit
Le moule, alors qu'elle la fit,
150   Pour n'en tracer plus de semblable.
     Refay moi voir deux yeux pareils
Aux siens, qui m'estoient deux soleils,
Et m'ardoient d'une flame extréme,
Où tu soulois tendre tes laqs,
Tes hamesons, & tes apas,
156   Où s'engluoit la raison mesme.
     Ren moy ce voir & cest ouyr :
De ce parler fay moy jouyr,
Si douteux à rendre responce.
Ren moy l'objet de mes ennuis :
Si faire cela tu ne puis,
162   Va-t'en ailleurs, je te renonce.
     A la Mort j'auray mon recours :
La Mort me sera mon secours,
Comme le but que je desire,
Dessus la Mort tu ne peux rien,
Puisqu'elle a desrobé ton bien,
168   Qui fut l'honneur de ton empire.
     Soit que tu vives pres de Dieu,
Ou aux champs Elisez, adieu,
Adieu cent fois, adieu Marie :
Jamais Ronsard ne t'oublira,
Jamais la Mort ne deslira
174   Le nœud dont ta beauté me lie.

III

Terre, ouvre moy ton sein, & me laisse reprendre
Mon thresor, que la Parque a caché dessous toy :
Ou bien si tu ne peux, ô terre, cache moy
4 Sous mesme sepulture avec sa belle cendre.
    Le traict qui la tua, devoit faire descendre
Mon corps aupres du sien pour finir mon esmoy :
Aussi bien, veu le mal qu'en sa mort je reçoy,
8 Je ne sçaurois plus vivre, & me fasche d'attendre.

Quand ses yeux m'esclairoient, & qu'en terre j'avois
Le bon-heur de les voir, à l'heure je vivois,
11 Ayant de leurs rayons mon ame gouvernée.
     Maintenant je suis mort : la Mort qui s'en alla
Loger dedans ses yeux, en partant m'appella,
14 Et me fit de ses pieds accomplir ma journée [1].

IV

Alors que plus Amour nourrissoit mon ardeur,
M'asseurant de jouyr de ma longue esperance :
A l'heure que j'avois en luy plus d'asseurance,
4 La Mort a moissonné mon bien en sa verdeur.
     J'esperois par souspirs, par peine, & par langueur
Adoucir son orgueil : las ! je meurs quand j'y pense.
Mais en lieu d'en jouyr, pour toute recompense
8 Un cercueil tient enclos mon espoir & mon cœur.
     Je suis bien malheureux, puis qu'elle vive & morte
Ne me donne repos, & que de jour en jour
11 Je sens par son trespas une douleur plus forte.
     Comme elle je devrois reposer à mon tour :
Toutesfois je ne voy par quel chemin je sorte,
14 Tant la Mort me r'empaistre au labyrinth d'Amour.

V

Comme on voit sur la branche au mois de May la rose
En sa belle jeunesse, en sa premiere fleur
Rendre le ciel jaloux de sa vive couleur,
4 Quand l'Aube de ses pleurs au poinct du jour l'arrose :
     La grace dans sa fueille, & l'amour se repose,
Embasmant les jardins et les arbres d'odeur :
Mais batue ou de pluye, ou d'excessive ardeur,
8 Languissante elle meurt fueille à fueille déclose :
     Ainsi en ta premiere & jeune nouveauté,
Quand la terre & le ciel honoroient ta beauté,
11 La Parque t'a tuée, & cendre tu reposes.
     Pour obseques reçoy mes larmes & mes pleurs,
Ce vase plein de laict, ce panier plein de fleurs,
14 Afin que vif, & mort, ton corps ne soit que roses.

VI

DIALOGUE. LE PASSANT ET LE GÉNIE.

Passant

Veu que ce marbre enserre un corps qui fut plus beau
Que celuy de Narcisse, ou celuy de Clitie [1],
Je suis esmerveillé qu'une fleur n'est sortie,
4 Comme elle feit d'Ajax, du creux de ce tombeau.

Genie

L'ardeur qui reste encore, & vit en ce flambeau,
Ard la terre d'amour, qui si bien a sentie
La flame, qu'en brazier elle s'est convertie,
8 Et seiche ne peult rien produire de nouveau.
    Mais si Ronsard vouloit sur sa Marie espandre
Des pleurs pour l'arrouser, soudain l'humide cendre
11 Une fleur du sepulchre enfanteroit au jour.

Passant

A la cendre on cognoist combien vive estoit forte
La beauté de ce corps, quand mesmes estant morte
14 Elle enflamme la terre, & sa tombe d'amour.

VII

CHANSON.

Helas! je n'ay pour mon objet
Qu'un regret, qu'une souvenance :
La terre embrasse le sujet,
En qui vivoit mon esperance.
5 Cruel tombeau, je n'ay plus rien,
Tu as desrobé tout mon bien,
    Ma mort, & ma vie
    L'amant & l'amie,
    Plaints, soupirs, & pleurs,
10   Douleurs sus douleurs.

Que ne voy-je, pour languir mieux,
Et pour vivre en plus longue peine,

Mon cœur en souspirs, & mes yeux
Se changer en une fonteine,
15   Mon corps en voix se transformer,
Pour souspirer, pleurer, nommer
      Ma mort, & ma vie,
      L'amant & l'amie,
      Plaints, souspirs, & pleurs,
20   Douleurs sus douleurs.

    Ou je voudrois estre un rocher,
Et avoir le cœur insensible,
Ou esprit, afin de cercher
Sous la terre mon impossible :
25   J'irois sans crainte du trespas
Redemander aux Dieux d'embas
      Ma mort, & ma vie.

    Mais ce ne sont que fictions :
Il me fault trouver autres plaintes.
30   Mes veritables passions
Ne se peuvent servir de feintes.
Le meilleur remede en cecy,
C'est mon torment & mon soucy,
      Ma mort, & ma vie.

35   Au pris de moy les amoureux
Voyant les beaux yeux de leur dame,
Cheveux & bouche, sont heureux
De bruler d'une vive flame.
En bien servant ils ont espoir :
40   Je suis sans espoir de revoir
      Ma mort, & ma vie.

    Ils aiment un sujet qui vit :
La beauté vive les vient prendre,
L'œil qui voit, la bouche qui dit :
45   Et moy je n'aime qu'une cendre.
Le froid silence du tombeau
Enferme mon bien, & mon beau,
      Ma mort, & ma vie.

    Ils ont le toucher & l'ouyr,
50   Avant-courriers de la victoire :
Et je ne puis jamais jouyr
Sinon d'une triste memoire,

D'un souvenir, & d'un regret,
Qui tousjours lamenter me fait
    Ma mort, & ma vie.

    L'homme peult gaigner par effort
Mainte bataille, & mainte ville :
Mais de pouvoir vaincre la Mort
C'est une chose difficile.
Le ciel qui n'a point de pitié,
Cache sous terre ma moitié,
    Ma mort, & ma vie.

    Apres sa mort, je ne devois,
Tué de douleur, la survivre :
Autant que vive je l'aimois,
Aussi tost je la devois suivre :
Et aux siens assemblant mes os,
Un mesme cercueil eust enclos
    Ma mort, & ma vie.

    Je mettrois fin à mon malheur,
Qui hors de raison me transporte,
Si ce n'estoit que ma douleur
D'un double bien me reconforte.
La penser Deesse, et songer
En elle, me fait allonger
    Ma mort, & ma vie.

    En songe la nuict je la voy
Au ciel une estoille nouvelle
S'apparoistre en esprit à moy
Aussi vivante, & aussi belle
Comme elle estoit le premier jour
Qu'en ses beaux yeux je veis Amour,
    Ma mort, & ma vie.

    Sur mon lict je la sens voler,
Et deviser de mille choses :
Me permet le voir, le parler,
Et luy baiser ses mains de roses :
Torche mes larmes de sa main,
Et presse mon cœur en son sein,
    Ma mort, & ma vie.

La mesme beauté qu'elle avoit,
La mesme Venus, & la grace,
Le mesme Amour qui la suivoit,
En terre apparoist en sa face,
95   Fors que ses yeux sont plus ardans,
Où plus à clair je voy dedans
          Ma mort, & ma vie.

Elle a les mesmes beaux cheveux,
Et le mesme trait de la bouche,
100   Dont le doux ris, & les doux nœuds
Eussent lié le plus farouche :
Le mesme parler, qui souloit
Mettre en doute, quand il vouloit
          Ma mort, & ma vie.

105   Puis d'un beau jour qui point ne faut,
Dont sa belle ame est allumée,
Je la voy retourner là haut
Dedans sa place accoustumée,
Et semble aux anges deviser
110   De ma peine, & favoriser
          Ma mort, & ma vie.

Chanson, mais complainte d'amour,
Qui rends de mon mal tesmoignage,
Fuy la court, le monde, & le jour :
Va-t'en dans quelque bois sauvage,
115   Et là de ta dolente vois
Annonce aux rochers, & aux bois
          Ma mort, & ma vie,
          L'amant & l'amie,
          Plaints, souspirs, & pleurs,
120   Douleurs sus douleurs.

VIII

Ha Mort, en quel estat maintenant tu me changes !
Pour enrichir le ciel, tu m'as seul apauvry,
Me ravissant les yeux desquels j'estois nourry,
4   Qui nourrissent là hault les esprits & les anges.
    Entre pleurs & souspirs, entre pensers estranges,
Entre le desespoir tout confus & marry,
Du monde & de moymesme & d'Amour je me ry,

8 N'ayant autre plaisir qu'à chanter tes louanges.
 Helas! tu n'es pas morte, hé♭ c'est moy qui le suis.
 L'homme est bien trespassé, qui ne vit que d'ennuis,
11 Et des maux qui me font une eternelle guerre.
 Le partage est mal fait : tu possedes les cieux,
 Et je n'ay, mal-heureux, pour ma part que la terre,
14 Les souspirs en la bouche, & les larmes aux yeux.

IX

 Quand je pense à ce jour, où je la vey si belle
 Toute flamber d'amour, d'honneur & de vertu,
 Le regret, comme un trait mortellement pointu,
4 Me traverse le cœur d'une playe eternelle.
 Alors que j'esperois la bonne grace d'elle,
 L'Amour a mon espoir par la Mort combattu :
 La Mort a mon espoir d'un cercueil revestu,
8 Dont j'esperois la paix de ma longue querelle [1].
 Amour, tu es enfant inconstant & leger :
 Monde, tu es trompeur, pipeur & mensonger,
11 Decevant d'un chacun l'attente & le courage.
 Malheureux qui se fie en l'Amour & en toy :
 Tous deux comme la Mer vous n'avez point de foy,
14 L'un fin, l'autre parjure, & l'autre oiseau volage.

X

 Homme ne peult mourir par la douleur transi.
 Si quelc'un trespassoit d'une extreme tristesse,
 Je fusse desja mort pour suivre ma maistresse :
4 Mais en lieu de mourir je vy par le souci.
 Le penser, le regret, & la memoire aussi
 D'une telle beauté, qui pour les cieux nous laisse,
 Me fait vivre, croyant qu'elle est ores Deesse,
8 Et que du ciel là hault elle me voit ici.
 Elle se sou-riant du regret qui m'affole,
 En vision la nuict sur mon lict je la voy,
11 Qui mes larmes essuye, & ma peine console :
 Et semble qu'elle a soin des maux que je reçoy.
 Dormant ne me deçoit : car je la recognoy
14 A la main, à la bouche, aux yeux, à la parole.

XI

Deux puissans ennemis me combattoient alors
Que ma dame vivoit : l'un dans le ciel se serre,
De Laurier triomphant : l'autre dessous la terre
4 Un Soleil d'Occident reluist entre les morts.

C'estoit la chasteté, qui rompoit les efforts
D'Amour, & de son arc, qui tout bon cœur enferre,
Et la douce beauté qui me faisoit la guerre,
8 De l'œil par le dedans, du ris par le dehors.

La Parque maintenant ceste guerre a desfaite :
La terre aime le corps, & de l'ame parfaite
11 Les Anges de là sus se vantent bien-heureux.

Amour d'autre lien ne sçauroit me reprendre,
Ma flame est un sepulchre, & mon cœur une cendre,
14 Et par la mort je suis de la mort amoureux.

XII

Elegie.

Le jour que la beauté du monde la plus belle
Laissa dans le cercueil sa despouille mortelle
Pour s'en-voler parfaite entre les plus parfaits,
4 Ce jour Amour perdit ses flames & ses traits,
Esteignit son flambeau, rompit toutes ses armes,
Les jetta sur la tombe, & l'arrousa de larmes :
Nature la pleura, le Ciel en fut fasché
8 Et la Parque, d'avoir un si beau fil trenché.

Depuis le jour couchant jusqu'à l'Aube vermeille
Phenix en sa beauté ne trouvoit sa pareille,
Tant de graces au front & d'attraits elle avoit :
12 Ou si je me trompois, Amour me decevoit.

Si tost que je la vey, sa beauté fut enclose
Si avant en mon cœur, que depuis nulle chose
Je n'ay veu qui m'ait pleu, & si fort elle y est,
16 Que toute autre beauté encores me desplaist.

Dans mon sang elle fut si avant imprimée,
Que tousjours en tous lieux de sa figure aimée
Me suivoit le portrait, & telle impression
20 D'une perpetuelle imagination
M'avoit tant desrobé l'esprit & la cervelle,
Qu'autre bien je n'avois que de penser en elle,

En sa bouche, en son ris, en sa main, en son œil,
24 Qu'au cœur je sens tousjours, bien qu'ils soient au
                                        [cercueil.
　　J'avois au-paravant, veincu de la jeunesse,
Autres dames aimé (ma faute je confesse) :
Mais la playe m'avoit profondement saigné,
28 Et le cuir seulement n'estoit qu'esgratigné,
Quand Amour, qui les Dieux & les hommes menace,
Voyant que son brandon n'eschauffoit point ma glace,
Comme rusé guerrier ne me voulant faillir,
32 La print pour son escorte, & me vint assaillir.
　　Encor, ce me dit-il, que de maint beau trofée
D'Horace, de Pindare, Hesiode & d'Orfée,
Et d'Homere qui eut une si forte vois,
36 Tu as orné la langue & l'honneur des François,
Voy ceste dame icy : ton cœur, tant soit il brave,
Ira sous son empire, & sera son esclave.
　　Ainsi dit, & son arc m'enfonçant de roideur,
40 Ensemble dame & traict m'envoya dans le cœur.
　　Lors ma pauvre raison, des rayons esblouye
D'une telle beauté, se perd esvanouye,
Laissant le gouvernail aux sens & au desir,
44 Qui depuis ont conduit la barque à leur plaisir.
　　Raison, pardonne moy : un plus caut en finesse
S'y fust bien englué, tant une douce presse
De graces & d'amours la suivoient tout ainsi
48 Que les fleurs le Printemps, quand il retourne ici.
　　De moy, par un destin sa beauté fut cognue :
Son divin se vestoit d'une mortelle nue,
Qui mesprisoit le monde, & personne n'osoit
52 Luy regarder les yeux, tant leur flame luisoit.
Son ris, & son regard, & sa parole pleine
De merveilles, n'estoient d'une nature humaine :
Son front ny ses cheveux, son aller ny sa main.
56 C'estoit une Deesse en un habit humain,
Qui visitoit la terre, aussi tost enlevée
Au ciel, comme elle fut en ce monde arrivée.
Du monde elle partit aux mois de son printemps,
60 Aussi toute excellence ici ne vit long temps.
　　Bien qu'elle eust pris naissance en petite bourgade,
Non de riches parens, ny d'honneurs, ny de grade,
Il ne l'en fault blasmer : la mesme Deité
64 Ne desdaigna de naistre en trespauvre cité :
Et souvent sous l'habit d'une simple personne
Se cache tout le mieux que le destin nous donne.

Vous qui veistes son corps, l'honorant comme moy,
68 Vous sçavez si je ments, & si triste je doy
Regretter à bon droict si belle creature,
Le miracle du Ciel, le mirouer de Nature.

O beaux yeux, qui m'estiez si cruels & si doux,
72 Je ne me puis lasser de repenser en vous,
Qui fustes le flambeau de ma lumiere unique,
Les vrais outils d'Amour, la forge, & la boutique.
Vous m'ostastes du cœur tout vulgaire penser,
76 Et l'esprit jusqu'au ciel vous me fistes hausser.

J'apprins à vostre eschole à resver sans mot dire,
A discourir tout seul, à cacher mon martire,
A ne dormir la nuict, en pleurs me consumer :
80 Et bref, en vous servant, j'apprins que c'est qu'aimer.
Car depuis le matin que l'Aurore s'esveille
Jusqu'au soir que le jour dedans la mer sommeille,
Et durant que la nuict par les Poles tournoit,
84 Tousjours pensant en vous, de vous me souvenoit.

Vous seule estiez mon bien, ma toute, & ma premiere,
Et le serez tousjours : tant la vive lumiere
De voz yeux, bien que morts, me poursuit, dont je voy
88 Tousjours leur simulachre errer autour de moy.

Puis Amour que je sens par mes veines s'espandre,
Passe dessous la terre, & r'attize la cendre
Qui froide languissoit dessous vostre tombeau,
92 Pour r'allumer plus vif en mon cœur son flambeau,
Afin que vous soyez ma flame morte & vive,
Et que par le penser en tous lieux je vous suive.

Pourroy-je raconter le mal que je senty,
96 Oyant vostre trespas ? mon cœur fut converty
En rocher insensible, & mes yeux en fonteines :
Et si bien le regret s'escoula par mes veines,
Que pasmé je me fis la proye du torment,
100 N'ayant que vostre nom pour confort seulement.

Bien que je resistasse, il ne me fut possible
Que mon cœur, de nature à la peine invincible,
Peust cacher sa douleur : car plus il la celoit,
104 Et plus dessus le front son mal estinceloit,
En fin voyant mon ame extremement attainte,
Je desliay ma bouche, et feis telle complainte :

Ah, faux Monde trompeur, que tu m'as bien deceu !
108 Amour, tu es enfant : par toy j'avois receu
La divine beauté qui surmontoit l'envie,
Que maugré toy la Mort en ton regne a ravie.
Je desplais à moymesme, & veux quitter le jour,

112 Puis que je voy la Mort triompher de l'Amour,
Et luy ravir son mieux, sans faire resistance.
Malheureux qui le suit, et vit sous son enfance !
    Et toy Ciel, qui te dis le pere des humains,
116 Tu ne devois tracer un tel corps de tes mains
Pour si tost le reprendre : et toy mere Nature,
Pour mettre si soudain ton œuvre en sepulture.
    Maintenant à mon dam je cognois pour certain,
120 Que tout cela qui vit sous ce globe mondain,
N'est que songe et fumée, et qu'une vaine pompe,
Qui doucement nous rit, et doucement nous trompe.
    Ha, bien-heureux esprit fait citoyen des cieux,
124 Tu es assis au rang des Anges precieux
En repos eternel, loing de soin & de guerres :
Tu vois dessous tes pieds les hommes & les terres,
Et je ne voy qu'ennuis, que soucis, & qu'esmoy,
128 Comme ayant emporté tout mon bien avec toy.
Je ne te trompe point : du ciel tu vois mes peines,
Si tu as soin là hault des affaires humaines.
    Que doy-je faire, Amour ? que me conseilles-tu ?
132 J'irois comme un Sauvage en noir habit vestu
Volontiers par les bois, & mes douleurs non feintes
Je dirois aux rochers : mais ils sçavent mes plaintes.
    Il vaut mieux d'un grand temple honorer son tombeau,
136 Et dedans eslever d'artifice nouveau
Cent autels dediez à la memoire d'elle,
Esclairez jour & nuict d'une lampe eternelle,
Et devant le portail, comme les anciens
140 Celebroient les combats aux jeux Olympiens,
Sacrer en son honneur au retour de l'année
Une feste choumable à la jouste ordonnée.
    Là tous les jouvenceaux au combat mieux appris
144 Le funeste Cyprez emporteront pour pris,
Et seront appellez long temps apres ma vie,
Les jeux que feist Ronsard pour sa belle Marie.
    Puis quand l'une des Sœurs aura le fil coupé,
148 Qui retient en mon corps l'esprit envelopé,
J'ordonne que mes oz pour toute couverture
Reposent pres des siens sous mesme sepulture :
Que des larmes du ciel le tombeau soit lavé,
152 Et tout à l'environ de ces vers engravé :
    Passant, de cest amant, enten l'histoire vraye.
De deux traicts differents il receut double playe :
L'une que feit Amour, ne versa qu'amitié :
156 L'autre que feit la Mort, ne versa que pitié.

Ainsi mourut navré d'une double tristesse,
Et tout pour aimer trop une jeune maistresse.

XIII

De ceste belle, douce, honneste chasteté
Naissoit un froid glaçon, ains une chaude flame,
Qu'encores [1] aujourd'huy esteinte sous la lame
4 Me reschauffe, en pensant qu'elle fut sa clarté.
Le traict que je receu, n'eut le fer espointé :
Il fut des plus aiguz qu'Amour nous tire en l'ame,
Qui d'un trespas armé par le penser m'entame,
8 Et sans jamais tomber se tient à mon costé.
Narcisse fut heureux, mourant sur la fontaine,
Abusé du mirouër de sa figure vaine :
11 Au moins il regardoit je ne sçay quoy de beau.
L'erreur le contentoit, voyant la face aimée :
Et la beauté que j'aime, est terre consumée.
14 Il mourut pour une ombre, & moy pour un tombeau.

XIV

Je voy tousjours le traict de ceste belle face
Dont le corps est en terre, & l'esprit est aux cieux :
Soit que je veille ou dorme, Amour ingenieux
4 En cent mille façons devant moy le repasse.
Elle qui n'a soucy de ceste terre basse,
Et qui boit du Nectar assise entre les Dieux,
Daigne pourtant revoir mon estat soucieux,
8 Et en songe appaiser la Mort qui me menace.
Je songe que la nuict elle me prend la main :
Se faschant de me voir si long temps la survivre,
11 Me tire, & fait semblant que de mon voile humain
Veult rompre le fardeau pour estre plus delivre.
Mais partant de mon lict, son vol est si soudain
14 Et si prompt vers le ciel, que je ne la puis suivre.

XV

Aussi tost que Marie en terre fut venue,
Le Ciel en fut marry, & la voulut ravoir :
A peine nostre siecle eut loisir de la voir,

4 Qu'elle s'esvanouyt comme un feu dans la nue.
   Des presens de Nature elle vint si pourveuë,
Et sa belle jeunesse avoit tant de pouvoir,
Qu'elle eust peu d'un regard les rochers esmouvoir,
8 Tant elle avoit d'attraits & d'amours en la veuë.
   Ores la Mort jouyt des beaux yeux que j'aimois,
La boutique, & la forge, Amour, où tu t'armois.
11 Maintenant de ton camp cassé je me retire :
   Je veux desormais vivre en franchise & tout mien.
Puis que tu m'as gardé l'honneur de ton empire,
14 Ta force n'est pas grande, & je le cognois bien.

EPITAPHE DE MARIE

   Cy reposent les oz de toy, belle Marie,
Qui me fis pour Anjou quitter le Vandomois,
Qui m'eschauffas le sang au plus verd de mes mois,
4 Qui fus toute mon cœur, mon sang, & mon envie.
   En la tombe repose honneur & courtoisie,
La vertu, la beauté, qu'en l'ame je sentois,
La grace & les amours qu'aux regards tu portois,
8 Tels qu'ils eussent d'un mort resuscité la vie.
   Tu es belle Marie un bel astre des cieux :
Les Anges tous ravis se paissent de tes yeux,
11 La terre te regrette. O beauté sans seconde!
   Maintenant tu es vive, & je suis mort d'ennuy.
Ha, siecle malheureux! malheureux est celuy
14 Qui s'abuse d'Amour, & qui se fie au Monde.

SONETS ET MADRIGALS

POUR ASTREE [1]

I

Dois-je voler emplumé d'esperance,
Ou si je dois, forcé du desespoir,
Du haut du Ciel en terre laisser choir
4 Mon jeune amour avorté de naissance ?
　Non, j'aime mieux, leger d'outrecuidance,
Tomber d'enhaut, & fol me decevoir,
Que voler bas, deussé-je recevoir
8 Pour mon tombeau toute une large France.
　Icare fit de sa cheute nommer,
Pour trop oser, les ondes de la mer :
11 Et moy je veux honorer ma contree
　De mon sepulchre & dessus engraver,
RONSARD [2] VOULANT AUX ASTRES S'ESLEVER,
14 FUT FOUDROYÉ PAR UNE BELLE ASTREE.

II

Le premier jour que j'avisay la belle
Ainsi qu'un Astre esclairer à mes yeux,
Je discourois en esprit, si les Dieux
4 Au Ciel là haut estoient aussi beaux qu'elle.
　De son regard mainte vive estincelle
Sortoit menu comme flame des Cieux :
Si qu'esblouy du feu victorieux,
8 Je fus veincu de clarté si nouvelle.
　Depuis ce jour mon cœur qui s'alluma,

D'aller au Ciel sottement presuma,
En imitant des Geans le courage.
   Cesse, mon cœur, la force te defaut :
Bellorophon te devroit faire sage [1] :
Pour un mortel le voyage est trop haut.

11

14

III

Belle Erigone, Icarienne race [1],
Qui luis au Ciel, & qui viens en la terre
Faire à mon cœur une si douce guerre,
De ma raison ayant gaigné la place :
   Je suis veincu, que veux-tu que je face
Sinon prier cest Archer qui m'enferre,
Que doucement mon lien il desserre,
Trouvant un jour pitié devant ta face ?
   Puis que ma nef au danger du naufrage
Pend amoureuse au milieu de l'orage,
De mast, de voile assez mal accoustree,
   Vueilles du Ciel en ma faveur reluire :
Il appartient aux Astres, mon Astree,
Luire, sauver, fortuner & conduire [2].

4

8

11

14

IV

MADRIGAL [1]

L'homme est bien sot, qui aime sans cognoistre.
J'aime, & jamais je ne vy ce que j'aime :
D'un faux penser je me deçoy moy-mesme,
Je suis esclave, & ne cognois mon maistre.
   L'imaginer seulement me fait estre
Comme je suis en une peine extrême.
L'œil peult faillir, l'aureille fait de mesme,
Mais nul des sens mon amour n'a fait naistre.
   Je n'ay ny veu, ny ouy, ny touché :
Ce qui m'offense à mes yeux est caché :
La playe au cœur à credit m'est venue.
Ou noz esprits se cognoissoient aux Cieux
Ains que d'avoir nostre terre vestue,
Qui vont gardant la mesme affection
   Dedans leurs corps, qu'au Ciel ils avoient euë,
    Ou je suis fol : encores vaut-il mieux

4

8

11

15

Aimer en l'air une chose incognue
Que n'aimer rien, imitant Ixion
19 Qui pour Junon embrassoit une nue [2].

V

Douce Françoise, ainçois douce framboise,
Fruict savoureux, mais à moy trop amer,
Tousjours ton nom, helas! pour trop aimer
4 Loge en mon cœur, quelque part que je voise [1].
Ma douce paix, mes tréves & ma noise
Belle qui peux mes Muses animer,
Ton nom si franc devroit t'accoutumer
8 Mettre les cœurs en franchise Françoise.
Mais tu ne veux redonner liberté
Au mien captif, que tu tiens arresté,
11 Pris en ta chesne estroitement serree.
Laisse la force : Amour le retiendra,
Ou bien, Maistresse, autrement il faudra
14 Que pour Françoise on t'appelle ferree.

VI

MADRIGAL

Dequoy te sert mainte Agathe gravee,
Maint beau Ruby, maint riche Diamant ?
Ta beauté seule est ton seul ornement,
4 Beauté qu'Amour en son sein a couvee.
Cache ta perle en l'Orient trouvee,
Tes graces soient tes bagues seulement :
De tes joyaux en toy parfaitement
8 Est la splendeur & la force esprouvee.
Dedans tes yeux reluisent leurs beautez,
Leurs vertuz sont en toy de tous costez :
11 Tu fais sur moy tes miracles, ma dame.
Sans eux je sens que peult ta Deité :
Tantost glaçon, & tantost une flame,
14 De jalousie & d'amour agité,
Palle, pensif, sans raison & sans ame,
Ravy, transy, mort & ressuscité.

VII

Au mois d'Avril, quand l'an se renouvelle,
L'Aube ne sort si belle de la mer,
Ny hors des flots la Deesse d'aimer
4   Ne vient à Cypre en sa conque si belle,
      Comme je vy la beauté que j'appelle
Mon Astre sainct, au matin s'esveiller,
Rire le Ciel, la terre s'esmailler,
8   Et les Amours voler à l'entour d'elle.
      Beauté, jeunesse, & les Graces qui sont
Filles du Ciel, luy pendoient sur le front.
11   Mais ce qui plus redoubla mon service,
      C'est qu'elle avoit un visage sans art.
La femme laide est belle d'artifice,
14   La femme belle est belle sans du fard.

VIII

MADRIGAL

Depuis le jour que je te vey, Maistresse,
Tu as passé deux fois aupres de moy,
L'une muette & d'un visage coy,
4   Sans daigner voir quelle estoit ma tristesse,
      L'autre, pompeuse en habit de Deesse,
Belle pour plaire aux delices d'un Roy,
Tirant des yeux tout à l'entour de toy
8   Dessous ton voile une amoureuse presse [1].
      Je pensois voir Europe sur la mer,
Et tous les vents de son voile enfermer [2],
11   Tremblant de peur en te voyant si belle,
      Que quelque Dieu ne te ravist aux cieux,
Et ne te fist une essence immortelle.
14   Si tu m'en crois, fuy l'or ambicieux :
      Ne porte au chef une coiffure telle.
Le simple habit, ma dame, te sied mieux.

IX

L'Astre divin, qui d'aimer me convie,
Tenoit du Ciel la plus haute maison,

Le jour qu'Amour me mit en sa prison,
4   Et que je vy ma liberté ravie.
    Depuis ce temps j'ay perdu toute envie
De me ravoir, & veux que la poison [1]
Qui corrompit mes sens & ma raison,
8   Soit desormais maistresse de ma vie.
    Je veux pleurer, sanglotter & gemir,
Passer les jours & les nuicts sans dormir,
11   Hayr moymesme, & de tous me distraire [2],
    Et devenir un sauvage animal.
Que me vaudroit de faire le contraire,
14   Puis que mon Astre est cause de mon mal ?

X

    Le premier jour que l'heureuse aventure
Conduit [1] vers toy mon esprit & mes pas,
Tu me donnas pour mon premier repas
4   Mainte dragee & mainte confiture.
    Jalouse apres de si douce pasture,
En mauvais goust tu changeas tes appas,
Et pour du sucre, ô cruelle, tu m'as
8   Donné du fiel, qui corrompt ma nature.
    Le sucre doit pour sa douceur nourrir :
Le tien m'a fait cent mille fois mourir,
11   Tant il se tourne en fascheuse amertume.
    Ce ne fut toy, ce fut ce Dieu d'aimer
Qui me deceut, en suivant sa coustume
14   D'entre-mesler le doux avec l'amer.

XI

    Adieu cheveux, liens ambitieux,
Dont l'or frizé me retint en service,
Cheveux plus beaux que ceux que Berenice
4   Loin de son chef envoya dans les cieux [1].
    Adieu mirouër, qui fais seul glorieux
Son cœur trop fier d'amoureuse malice :
Amour m'a dit qu'autre chemin j'apprisse,
8   Et pource adieu, belle bouche & beaux yeux.
    Trois mois entiers d'un desir volontaire
Je vous servy, & non comme forsaire [2],
11   Qui par contrainte est sujet d'obeyr.

Comme je vins, je m'en revais, maistresse :
Et toutefois je ne te puis hayr.
14   Le cœur est bon, mais la fureur [3] me laisse.

XII

Quand tu portois l'autre jour sur ta teste
Un verd Laurier, estoit-ce pour monstrer
Qu'amant si fort ne se peut rencontrer
4   Dont la victoire en tes mains ne soit preste ?
Ou pour monstrer ton heureuse conqueste
De m'avoir fait en tes liens entrer ?
Dont je te pri' me vouloir despestrer.
8   » Peu sert le bien que par force on acqueste [1].
Soit le Laurier de ton front le sejour :
Le Rosmarin [2], helas ! que l'autre jour
11   Tu me donnas, me devoit faire sage.
C'estoit congé [3] que je pren maugré moy :
Car de vouloir resister contre toy,
14   Astre divin, c'est estre sacrilege.

XIII

Je haïssois & ma vie & mes ans,
Triste j'estois de moymesme homicide :
Mon cœur en feu, mon œil estoit humide,
4   Les Cieux m'estoient obscurs & desplaisans.
Alors qu'Amour, dont les traicts sont cuisans,
Me dit, Ronsard, pour avoir un bon guide
De l'Astre sainct qui maistre te preside,
8   Peins le portrait au milieu de tes gans :
Sans contredit à mon Dieu j'obey.
J'ay bien cognu qu'il ne m'avoit trahy :
11   Car dés le jour que je feis la peinture,
Heureux je vey prosperer mes desseins.
Comment n'auray-je une bonne aventure,
14   Quand j'ay tousjours mon Astre entre les mains ?

XIV

Plus que mes yeux j'aime tes beaux cheveux,
Liens d'Amour que l'or mesme accompaigne,

Et suis jaloux du bon-heur de ton peigne,
4 Qui au matin desmesle leurs beaux neuds.
   En te peignant il se fait riche d'eux,
Il les desrobe : & l'Amour qui m'enseigne
D'estre larron, commande que je prenne
8 Part au butin assez grand pour tous deux.
Mais je ne puis : car le peigne fidelle
Garde sa proye, & puis ta damoiselle
11 Serre le reste, & me l'oste des doigts.
   O cruautez! ô beautez trop iniques!
Le pelerin touche bien aux reliques
14 Par le travers d'une vitre, ou d'un bois.

XV

   Pour retenir un amant en servage,
Il faut aimer, & non dissimuler,
De mesme flame amoureuse brusler,
4 Et que le cœur soit pareil au langage :
   Tousjours un ris, tousjours un bon visage,
Tousjours s'escrire & s'entre-consoler :
Ou qui ne peut escrire ny parler,
8 A tout le moins s'entre-voir par message.
   Il faut avoir de l'amy le portraict,
Cent fois le jour en rebaiser le traict :
11 Que d'un plaisir deux ames soient guidees.
   Deux corps en un rejoincts en leur moitié.
Voyla les poincts qui gardent l'amitié,
14 Et non pas vous qui n'aimez qu'en idees.

XVI

   Mon ame vit en servage arrestee :
Il adviendra, Dame ce qu'il pourra :
Le cœur vivra te servant, & mourra :
4 Ce m'est tout un, la chance en est jettee.
   Je suis joyeux dequoy tu m'as ostee
La liberté, & mon esprit sera
D'autant heureux, que sert il se verra
8 De ta beauté, des Astres empruntee.
   Il est bien vray que de nuict & de jour
Je me complains des embusches d'Amour,
11 Qui d'un penser un autre fait renaistre.
   C'est mon seigneur, je ne le puis hayr :

Vueille ou non vueille, il faut luy obeyr.
14   Le serviteur est moindre que le maistre.

XVII

ELEGIE DU PRINTEMPS [1]
à la sœur d'Astree.

Printemps, fils du Soleil, que la terre arrousee
De la fertile humeur d'une douce rousee,
Au milieu des œillets & des roses conceut,
4 Quand Flore entre ses bras nourrice vous receut,
Naissez, croissez Printemps, laissez vous apparoistre :
En voyant Isabeau, vous pourrez vous cognoistre :
Elle est vostre mirouer, & deux liz assemblez
8 Ne se ressemblent tant que vous entre-semblez :
Tous les deux n'estes qu'un, c'est une mesme chose.
La Rose que voicy, ressemble à ceste Rose,
Le Diamant à l'autre, & la fleur à la fleur :
12 Le Printemps est le frere, Isabeau est la sœur.
      On dit que le Printemps pompeux de sa richesse,
Orgueilleux de ses fleurs, enflé de sa jeunesse,
Logé comme un grand Prince en ses vertes maisons,
16 Se vantoit le plus beau de toutes les saisons,
Et se glorifiant le contoit à Zephire.
Le Ciel en fut marry, qui soudain le vint dire
A la mere Nature. Elle pour r'abaisser
20 L'orgueil de cest enfant, va par tout r'amasser
Les biens qu'elle espargnoit de mainte & mainte annee.
      Quand elle eut son espargne en son moule donnee,
La fist fondre : & versant ce qu'elle avoit de beau,
24 Miracle nous fist naistre une belle Isabeau,
Belle Isabeau de nom, mais plus belle de face,
De corps belle & d'esprit, des trois Graces la grace.
      Le Printemps estonné, qui si belle la voit,
28 De vergongne la fiévre en son cœur il avoit :
Tout le sang luy bouillonne au plus creux de ses veines :
Il fist de ses deux yeux saillir mille fonteines,
Souspirs dessus souspirs comme feu luy sortoient,
32 Ses muscles & ses nerfs en son corps luy battoient :
Il devint en jaunisse, & d'une obscure nue
La face se voila pour n'estre plus cognue.
      Et quoy ? disoit ce Dieu, de honte furieux,
36 Ayant la honte au front, & les larmes aux yeux,
Je ne sers plus de rien, & ma beauté premiere

D'autre beauté veincue a perdu sa lumiere :
Une autre tient ma place, & ses yeux en tout temps
40 Font aux hommes sans moy tous les jours un Printemps :
Et mesme le Soleil plus longuement retarde
Ses chevaux sur la terre, afin qu'il la regarde :
Il ne veut qu'à grand peine entrer dedans la mer,
44 Et se faisant plus beau, fait semblant de l'aimer.
Elle m'a desrobé mes graces les plus belles,
Mes œillets & mes liz & mes roses nouvelles,
Ma jeunesse, mon teint, mon fard, ma nouveauté,
48 Et diriez en voyant une telle beauté,
Que tout son corps ressemble une belle prairie
De cent mille couleurs au mois d'Avril fleurie.
Bref, elle est toute belle, & rien je n'apperçoy
52 Qui la puisse egaler, seule semblable à soy.
Le beau trait de son œil seulement ne me touche :
Je n'aime seulement ses cheveux & sa bouche,
Sa main qui peut d'un coup & blecer & guarir :
56 Sur toutes ses beautez son sein me fait mourir.
Cent fois ravy je pense, & si ne sçaurois dire
De quelle veine fut emprunté le porphire,
Et le marbre poly dont Amour l'a basty,
60 Ny de quels beaux jardins cest œillet est sorty,
Qui donna la couleur à sa jeune mammelle,
Dont le bouton ressemble une fraize nouvelle,
Verdelet, pommelé, des Graces le sejour.
64 Venus & ses enfans volent tout à l'entour,
La douce mignardise & les douces blandices,
Et tout cela qu'Amour inventa de delices.
Je m'en vay furieux, sans raison ny conseil :
68 Je ne sçaurois souffrir au monde mon pareil.
    Ainsi disoit ce Dieu tout remply de vergongne.
Voila pourquoy de nous si long temps il s'eslongne
Craignant vostre beauté, dont il est surpassé :
72 Ayant quitté la place à l'Hyver tout glacé,
Il n'ose retourner. Retourne, je te prie,
Printemps pere des fleurs : il faut qu'on te marie
A la belle Isabeau : car vous apparier,
76 C'est aux mesmes beautez les beautez marier,
Les fleurs avec les fleurs : de si belle alliance
Naistra de siecle en siecle un Printemps en la France.
    Pour douaire certain tous deux vous promettez
80 De vous entre-donner voz fleurs & voz beautez,
Afin que voz beaux ans en despit de vieillesse
Ainsi qu'un renoueau soient toujours en jeunesse.

LE PREMIER LIVRE
DES SONETS POUR HELENE

I

Ce premier jour de May, Helene [1], je vous jure
Par Castor, par Pollux, vos deux freres jumeaux,
Par la vigne enlassee à l'entour des ormeaux,
4 Par les prez, par les bois herissez de verdure,
   Par le Printemps sacré, fils aisné de Nature,
Par le sablon qui roule au giron des ruisseaux,
Par tous les rossignols, merveille des oiseaux,
8 Qu'autre part je ne veux chercher autre avanture.
   Vous seule me plaisez : j'ay par election,
Et non à la volee aimé vostre jeunesse :
11 Aussi je prins en gré toute ma passion.
   Je suis de ma fortune autheur, je le confesse :
La vertu m'a conduit en telle affection :
14 Si la vertu me trompe, adieu belle Maistresse.

II

Quand à longs traits je boy l'amoureuse estincelle
Qui sort de tes beaux yeux, les miens sont esblouys :
D'esprit ny de raison, troublé, je ne jouys,
4 Et comme yvre d'amour, tout le corps me chancelle.
   Le cœur me bat au sein, ma chaleur naturelle
Se refroidit de peur : mes sens esvanouys
Se perdent dedans l'air, tant tu te resjouys
8 D'acquerir par ma mort le surnom de cruelle.
   Tes regards foudroyans me percent de leurs rais
Tout le corps, tout le cœur, comme poinctes de trais
11 Que je sens dedans l'ame : & quand je me veux plaindre,
   Ou demander mercy du mal que je reçois,

Si bien ta cruauté me resserre la vois,
14 Que je n'ose parler, tant tes yeux me font craindre.

III

Ma douce Helene, non, mais bien ma douce haleine
Qui froide rafraischis la chaleur de mon cœur,
Je prens de ta vertu cognoissance & vigueur,
4 Et ton œil, comme il veut, à son plaisir me meine.
Heureux celuy qui souffre une amoureuse peine
Pour un nom si fatal [1] : heureuse la douleur,
Bien-heureux le torment, qui vient pour la valeur
8 Des yeux, non pas des yeux, mais des flames d'Helene.
Nom, malheur des Troyens, sujet de mon souci,
Ma sage Penelope, & mon Helene aussi,
11 Qui d'un soin amoureux tout le cœur m'envelope :
Nom, qui m'a jusqu'au ciel de la terre enlevé,
Qui eust jamais pensé que j'eusse retrouvé
14 En une mesme Helene une autre Penelope ?

IV

Tout ce qui est de sainct, d'honneur & de vertu,
Tout le bien qu'aux mortels la Nature peut faire,
Tout ce que l'artifice icy peut contrefaire [1],
4 Ma maistresse, en naissant, dans l'esprit l'avoit eu.
Du juste & de l'honneste à l'envy debatu
Aux escoles des Grecs : de ce qui peut attraire
A l'amour du vray bien, à fuyr le contraire,
8 Ainsi que d'un habit son corps fut revestu.
La chasteté, qui est des beautez ennemie
(Comme l'or fait la Perle) honore son Printemps,
11 Un respect de l'honneur, une peur d'infamie,
Un œil qui fait les Dieux & les hommes contens.
La voyant si parfaite, il faut que je m'escrie,
14 Bien-heureux qui l'adore, & qui vit de son temps !

V

Helene sceut charmer avecque son Nepenthe [1]
Les pleurs de Telemaque. Helene, je voudroy
Que tu peusses charmer les maux que je reçoy

4 Depuis deux ans passez, sans que je m'en repente.
   Naisse de noz amours une nouvelle plante,
Qui retienne noz noms pour eternelle foy,
Qu'obligé je me suis de servitude à toy [2],
8 Et qu'à nostre contract la terre soit presente.
   O terre, de noz oz en ton sein chaleureux
Naisse une herbe au Printemps propice aux amoureux,
11 Qui sur noz tombeaux croisse en un lieu solitaire.
   O desir fantastiq, duquel je me deçoy,
Mon souhait n'adviendra, puis qu'en vivant je voy
14 Que mon amour me trompe, & qu'il n'a point de frere [3].

VI

   Dedans les flots d'Amour je n'ai point de support :
Je ne voy point de Phare, & si je ne desire
(O desir trop hardy!) sinon que ma Navire
4 Apres tant de perils puisse gaigner le port.
   Las! devant que payer mes vœuz dessus le bort,
Naufrage je mourray [1] : car je ne voy reluire
Qu'une flame sur moy, qu'une Helene qui tire
8 Entre mille rochers ma Navire à la mort.
   Je suis seul, me voyant, de ma vie homicide,
Choisissant un enfant, un aveugle pour guide,
11 Dont il me faut de honte & pleurer & rougir.
   Je ne crain point la mort : mon cœur n'est point si
Je suis trop genereux [2] : seulement je me fasche   [lasche :
14 De voir un si beau port, & n'y pouvoir surgir.

CHANSON

   Quand je devise assis aupres de vous,
      Tout le cœur me tressaut :
   Je tremble tout de nerfs & de genous,
      Et le pouls me defaut.
   Je n'ay ny sang ny esprit ny haleine,
   Qui ne se trouble en voyant mon Heleine,
7   Ma chere & douce peine.

   Je devien fol, je perds toute raison :
      Cognoistre je ne puis
   Si je suis libre, ou captif en prison :
      Plus en moy je ne suis.

En vous voyant, mon œil perd cognoissance :
Le vostre altere & change mon essence,
14   Tant il a de puissance.

Vostre beauté me fait en mesme temps
        Souffrir cent passions :
Et toutesfois tous mes sens sont contents,
        Divers d'affections.
L'œil vous regarde, & d'autre part l'oreille
Oyt vostre voix, qui n'a point de pareille,
21   Du monde la merveille.

Voyla comment vous m'avez enchanté,
        Heureux de mon malheur :
De mon travail [1] je me sens contenté,
        Tant j'aime ma douleur :
Et veux tousjours que le torment me tienne,
Et que de vous tousjours il me souvienne,
28   Vous donnant l'ame mienne.

Donc ne cherchez de parler au Devin,
        Qui sçavez tout charmer :
Vous seule auriez un esprit tout divin,
        Si vous pouviez aimer.
Que pleust à Dieu, ma moitié bien-aimee
Qu'Amour vous eust d'une fleche enflammee
35   Autant que moy charmee.

En se jouant il m'a de part en part
        Le cœur outrepercé :
A vous s'amie il n'a monstré le dart
        Duquel il m'a blessé.
De telle mort heureux je me confesse,
Et ne veux point que le soucy me laisse
42   Pour vous [2], belle Maistresse.

Dessus ma tombe escrivez mon soucy
        En lettres grossement :
Le Vendomois, lequel repose icy,
        Mourut en bien aimant.
Comme Pâris, là bas faut que je voise [3],
Non pour l'amour d'une Helene Gregeoise,
49   Mais d'une Saintongeoise.

VII

Amour abandonnant les vergers de Cytheres,
D'Amathonte & d'Eryce [1], en la France passa :
Et me monstrant son arc, comme Dieu, me tança,
4 Que j'oubliois, ingrat, ses loix & ses mysteres.
    Il me frappa trois fois de ses ailes legeres :
Un traict le plus aigu dans les yeux m'eslança.
La playe vint au cœur, qui chaude me laissa
8 Une ardeur de chanter les honneurs de Surgeres.
    Chante (me dist Amour) sa grace & sa beauté,
Sa bouche, ses beaux yeux, sa douceur, sa bonté :
11 Je la garde pour toy le sujet de ta plume.
    Un sujet si divin ma Muse ne poursuit.
Je te feray l'esprit meilleur que de coustume :
14 » L'homme ne peut faillir, quand un Dieu le conduit.

VIII

Tu ne dois en ton cœur superbe devenir
Pour me tenir captif : cela vient de Fortune.
A tout homme mortel la misere est commune :
4 Tel eschappe souvent, qu'on pense bien tenir.
    Tousjours de Nemesis il te faut souvenir,
Qui fait nostre avanture ore blanche, ore brune [1].
Aux Tigres, aux Lions est propre la rancune :
8 Comme ton serf conquis tu me dois maintenir.
    Les Guerres & l'Amour sont une mesme chose,
Où le veincu souvent le veinqueur a batu,
11 Qui honteux de son mal fuyoit à bouche close.
    Soit que je sois captif sans force ny vertu,
Un superbe trophee au cœur je me propose,
14 D'avoir contre tes yeux si long temps combatu.

IX

L'autre jour que j'estois sur le haut d'un degré,
Passant tu m'advisas, & me tournant la veuë,
Tu m'esblouys les yeux, tant j'avois l'ame esmeuë
4 De me voir en sursaut de tes yeux rencontré.
    Ton regard dans le cœur, dans le sang m'est entré
Comme un esclat de foudre alors qu'il fend [1] la nue :

J'euz de froid & de chaut la fiévre continue,
8 D'un si poignant regard mortellement outré.
　　Et si ta belle main passant ne m'eust fait signe,
Main blanche, qui se vante estre fille d'un Cygne,
11 Je fusse mort, Helene, aux rayons de tes yeux :
　　Mais ton signe retint l'ame presque ravie,
Ton œil se contenta d'estre victorieux,
14 La main se resjouyt de me donner la vie.

X

　　Ce siecle, où tu nasquis, ne te cognoist, Heleine.
S'il sçavoit tes vertus, tu aurois en la main
Un sceptre à commander dessus le genre humain,
4 Et de ta majesté la terre seroit pleine.
　　Mais luy tout embourbé d'avarice vilaine,
Qui met comme ignorant les vertus à desdain,
Ne te cognut jamais : je te cognu soudain
8 A ta voix, qui n'estoit d'une personne humaine.
　　Ton esprit, en parlant, à moy se descouvrit,
Et ce-pendant Amour l'entendement m'ouvrit
11 Pour te faire à mes yeux un miracle apparoistre.
　　Je tien, je le sens bien, de la divinité,
Puisque seul j'ay cognu que peut ta Deité,
14 Et qu'un autre avant moy ne l'avoit peu cognoistre.

XI

　　Le Soleil l'autre jour se mit entre nous deux,
Ardent de regarder tes yeux par la verriere :
Mais luy, comme esblouy de ta vive lumiere,
4 Ne pouvant la souffrir, s'en-alla tout honteux.
　　Je te regarday ferme, & devins glorieux
D'avoir veincu ce Dieu qui se tournoit arriere,
Quand regardant vers moy tu me dis, ma guerriere,
8 Ce Soleil est fascheux, je t'aime beaucoup mieux.
　　Une joye en mon cœur incroyable s'en-volle
Pour ma victoire acquise, & pour telle parolle :
11 Mais longuement cest aise en moy ne trouva lieu.
　　Arrivant un mortel de plus fresche jeunesse
(Sans esgard que j'avois triomphé d'un grand Dieu)
14 Tu me laissas tout seul pour luy faire caresse.

XII

Deux Venus en Avril (puissante Deité)
Nasquirent, l'une en Cypre, & l'autre en la Saintonge :
La Venus Cyprienne est des Grecs la mensonge [1],
4 La chaste Saintongeoise est une verité.
　L'Avril se resjouyst de telle nouveauté,
Et moy qui jour ny nuict d'autre Dame ne songe,
Qui le fil amoureux de mon destin allonge,
8 Ou l'accourcist, ainsi qu'il plaist à sa beauté,
Je suis trois fois un Dieu, d'estre nay de son âge.
Sitost que je la vy, je fus mis en servage
11 De ses yeux, que j'estime un sujet plus qu'humain.
　Ma Raison, sans combattre, abandonna la place,
Et mon cœur se vit pris comme un poisson à l'hain :
14 Si j'ay failly, ma faute est bien digne de grace.

XIII

Soit que je sois hay de toy, ma Pasithee [1],
Soit que j'en sois aimé, je veux suivre mon cours :
J'ay joué comme aux detz mon cœur & mes amours :
4 Arrive bien ou mal, la chance en est jettee.
　Si mon ame de glace & de feu tormentee
Peut deviner son mal, je voy que sans secours,
Passionné d'amour, je doy finir mes jours,
8 Et que devant mon soir se clorra ma nuictee.
Je suis du camp d'Amour pratique [2] Chevalier :
Pour avoir trop souffert, le mal m'est familier :
11 Comme un habillement j'ay vestu le martire.
　Donques je te desfie, & toute ta rigueur :
Tu m'as desja tué, tu ne sçaurois m'occire
14 Pour la seconde fois : car je n'ay plus de cœur.

XIV

Trois ans sont ja passez que ton œil me tient pris.
Je ne suis pas marry de me voir en servage :
Seulement je me deuls des ailes de mon âge,
4 Qui me laissent le chef semé de cheveux gris.
　Si tu me vois ou palle, ou de fiévre surpris,
Quelquefois solitaire, ou triste de visage,

Tu ne dois imputer ta faute à mon dommage :
8 L'Aurore ne met point son Thiton à mespris [1].
    Si tu es de mon mal seule cause premiere,
Il faut que de mon mal tu sentes les effects :
11 C'est une sympathie aux hommes coustumiere.
    Je suis (j'en jure Amour) tout tel que tu me fais :
Tu es mon cœur, mon sang, ma vie & ma lumiere :
14 Seule je te choisy, seule aussi tu me plais.

XV

De voz yeux tout-divins, dont un Dieu se paistroit,
(Si un Dieu se paissoit de quelque chose en terre)
Je me paissois hier, & Amour qui m'enferre,
4 Ce-pendant sur mon cœur ses fleches racoustroit.
    Mon œil dedans le vostre esbahy rencontroit
Cent beautez, qui me font une si douce guerre,
Et la mesme vertu, qui toute se reserre
8 En vous, d'aller au Ciel le chemin me monstroit.
    Je n'avois ny esprit ny penser ny oreille,
Qui ne fussent ravis de crainte & de merveille,
11 Tant d'aise transportez mes sens estoient contens.
    J'estois Dieu, si mon œil vous eust veu davantage :
Mais le soir qui survint, cacha vostre visage,
14 Jaloux que les mortels le vissent si long temps.

XVI

Te regardant assise aupres de ta cousine,
Belle comme une Aurore, & toy comme un Soleil,
Je pensay voir deux fleurs d'un mesme teint pareil,
4 Croissantes en beauté sur la rive voisine.
    La chaste, saincte, belle & unique Angevine,
Viste comme un esclair, sur moy jetta son œil :
Toy comme paresseuse, & pleine de sommeil,
8 D'un seul petit regard tu ne m'estimas digne.
    Tu t'entretenois seule au visage abaissé,
Pensive toute à toy, n'aimant rien que toymesme,
11 Desdaignant un chacun d'un sourcil ramassé,   [l'aime.
    Comme une qui ne veut qu'on la cherche ou qu'on
J'euz peur de ton silence, & m'en allay tout blesme,
14 Craignant que mon salut n'eust ton œil offensé.

XVII

De toy, ma belle Grecque, ainçois belle Espagnole,
Qui tire tes ayeuls du sang Iberien,
Je suis tant serviteur, qu'icy je ne voy rien
4 Qui me plaise, sinon tes yeux & ta parole.
    Comme un mirouer ardent, ton visage m'affole
Me perçant de ses raiz, & tant je sens de bien
En t'oyant deviser, que je ne suis plus mien,
8 Et mon ame fuitive à la tienne s'en-vole.
    Puis contemplant ton œil du mien victorieux,
Je voy tant de vertuz, que je n'en sçay le conte,
11 Esparses sur ton front comme estoiles aux Cieux.
    Je voudrois estre Argus [1] : mais je rougis de honte
Pour voir tant de beautez, que je n'ay que deux yeux,
14 Et que tousjours le fort le plus foible surmonte [2].

XVIII

Je fuy les pas frayez du meschant populaire,
Et les villes où sont les peuples amassez :
Les rochers, les forests desja sçavent assez
4 Quelle trampe a ma vie estrange & solitaire.
    Si ne suis-je si seul, qu'Amour mon secretaire
N'accompagne mes pieds debiles & cassez [1] :
Qu'il ne conte mes maux & presens & passez
8 A ceste voix sans corps [2], qui rien ne sçauroit taire.
    Souvent plein de discours, pour flatter mon esmoy,
Je m'arreste & je dy, Se pourroit-il bien faire
11 Qu'elle pensast, parlast, ou se souvint de moy ?
    Qu'à sa pitié mon mal commençast à desplaire ?
Encore que je me trompe, abusé du contraire,
14 Pour me faire plaisir, Helene, je le croy.

XIX

Chef [1], escole des arts, le sejour de science,
Où vit un intellect, qui foy du Ciel nous fait,
Une heureuse memoire, un jugement parfait,
4 D'où Pallas reprendroit sa seconde naissance [2] :
    Chef, le logis d'honneur, de vertu, de prudence,
Ennemy capital du vice contrefait :

Chef, petit Univers, qui monstres par effait
8 Que tu as du grand Tout parfaite cognoissance :
    Et toy divin esprit, qui du Ciel es venu,
En ce chef comme au Ciel sainctement retenu,
11 Simple, sans passions, comme icy bas nous sommes,
    Mais tout prompt & subtil, tout rond & tout en toy,
Puisque tu es divin, ayes pitié de moy :
14 Il appartient aux Dieux d'avoir pitié des hommes.

XX

Si j'estois seulement en vostre bonne grace
Par l'erre d'un baiser doucement amoureux,
Mon cœur au departir ne seroit langoureux,
4 En espoir d'eschaufer quelque jour vostre glace.
    Si j'avois le portrait de vostre belle face,
Las! je demande trop! ou bien de voz cheveux,
Content de mon malheur je serois bienheureux,
8 Et ne voudrois changer aux celestes de place.
    Mais je n'ay rien de vous que je puisse emporter,
Qui soit cher à mes yeux pour me reconforter,
11 Ne qui me touche au cœur d'une douce memoire.
    Vous dites que l'Amour entretient ses accords
Par l'esprit seulement : hé! je ne le puis croire :
14 Car l'esprit ne sent rien que par l'ayde du corps.

XXI

De voz yeux, le mirouer du Ciel & de Nature,
La retraite d'Amour, la forge de ses dards,
D'où pleut une douceur, que versent voz regards
4 Au cœur, quand un rayon y survient d'aventure,
    Je tire pour ma vie une douce pasture,
Une joye, un plaisir, que les plus grands Cesars
Au milieu du triomphe, entre un camp de soudars,
8 Ne sentirent jamais : mais courte elle me dure.
    Je la sens distiller goutte à goutte en mon cœur,
Pure, saincte, parfaite, angelique liqueur,
11 Qui m'eschaufe le sang d'une chaleur extrême.
    Mon ame la reçoit avec un tel plaisir,
Que tout esvanouy, je n'ay pas le loisir
14 Ny de gouster mon bien, ny penser à moymesme.

XXII

L'arbre qui met à croistre, a la plante asseuree :
Celuy qui croist bien tost, ne dure pas long temps :
Il n'endure des vents les souflets inconstans,
4 Ainsi l'amour tardive est de longue duree.
   Ma foy du premier jour ne vous fut pas donnee :
L'Amour et la Raison, comme deux combatans,
Se sont escarmouchez l'espace de quatre ans :
8 A la fin j'ay perdu, veincu par destinee.
   Il estoit destiné par sentence des cieux,
Que je devois servir, mais adorer voz yeux :
11 J'ay comme les Geans, au ciel fait resistance [1].
   Aussi je suis comme eux maintenant foudroyé,
Pour resister au bien qu'ils m'avoient ottroyé,
14 Je meurs, & si ma mort m'est trop de recompense.

XXIII

Ostez vostre beauté, ostez vostre jeunesse,
Ostez ces rares dons que vous tenez des cieux,
Ostez ce bel esprit, ostez moy ces beaux yeux,
4 Cest aller, ce parler digne d'une Deesse :
   Je ne vous seray plus d'une importune presse
Fascheux comme je suis : voz dons si precieux
Me font, en les voyant, devenir furieux,
8 Et par le desespoir l'ame prend hardiesse.
   Pource si quelquefois je vous touche la main,
Par courroux vostre teint n'en doit devenir blesme :
11 Je suis fol, ma raison n'obeyt plus au frein,
   Tant je suis agité d'une fureur extrême.
Ne prenez, s'il vous plaist, mon offense à desdain,
14 Mais, douce, pardonnez mes fautes à vous-mesme.

XXIV

De vostre belle, vive, angelique lumiere,
Le beau logis d'Amour, de douceur, de rigueur,
S'eslance un doux regard, qui me navrant le cœur,
4 Desrobe loin de moy mon ame prisonniere.
   Je ne sçay ny moyen, remede ny maniere
De sortir de voz rets, où je vis en langueur :

Et si l'extreme ennuy traine plus en longueur,
8 Vous aurez de ce corps la despouille derniere.
    Yeux qui m'avez blessé, yeux mon mal & mon bien,
Guarissez vostre playe. Achille le peut bien [1].
11 Vous estes tout-divins, il n'estoit que pur homme.
    Voyez, parlant à vous, comme le cœur me faut [2]!
Helas! je ne me deuls du mal qui me consomme :
14 Le mal dont je me deuls, c'est qu'il ne vous en chaut.

XXV

    Nous promenant tous seuls, vous me distes, Maistresse,
Qu'un chant vous desplaisoit, s'il estoit doucereux :
Que vous aimiez les plaints des chetifs amoureux,
4 Toute voix lamentable, & pleine de tristesse.
    Et pource (disiez vous) quand je suis loin de presse [1],
Je choisis voz Sonets qui sont plus douloureux :
Puis d'un chant qui est propre au sujet langoureux,
8 Ma nature & Amour veulent que je me paisse.
    Voz propos sont trompeurs. Si vous aviez soucy
De ceux qui ont un cœur larmoyant & transy,
11 Je vous ferois pitié par une sympathie :
    Mais vostre œil cauteleux [2], trop finement subtil,
Pleure en chantant mes vers, comme le Crocodil,
14 Pour mieux me desrober par feintise la vie.

XXVI

    Cent & cent fois le jour l'Orange je rebaise,
Et le palle Citron qui viennent de ta main,
Doux present amoureux, que je loge en mon sein,
4 Pour leur faire sentir combien je sens de braise.
    Quand ils sont demy-cuits, leur chaleur je r'appaise
Versant des pleurs dessus, dont triste je suis plein :
Et de ta mauvaistié avec eux je me plain,
8 Qui cruelle te ris de me voir à mal-aise.
    Oranges & Citrons sont symboles d'Amour :
Ce sont signes muets, que je puis quelque jour
11 T'arrester, comme fit Hippomene Atalante [1].
    Mais je ne le puis croire : Amour ne le veut pas,
Qui m'attache du plomb pour retarder mes pas,
14 Et te donne à fuyr des ailes à la plante [2].

XXVII

Tousjours pour mon sujet il faut que je vous aye :
Je meurs sans regarder [1] voz deux Astres jumeaux,
Voz yeux, mes deux Soleils, qui m'esclairent si beaux,
4 Qu'à trouver autre jour autre part je n'essaye.
    Le chant du Rossignol m'est le chant d'une Orfraye,
Roses me sont Chardons, de l'ancre les ruisseaux,
La Vigne mariee à l'entour des Ormeaux,
8 Et le Printemps sans vous m'est une dure playe.
    Mon plaisir en ce mois c'est de voir les Coloms
S'emboucher bec à bec de baisers doux & longs,
11 Dés l'aube jusqu'au soir que le Soleil se plonge.
    O bienheureux Pigeons, vray germe Cyprien [2],
Vous avez par nature & par effect le bien
14 Que je n'ose esperer tant seulement en songe.

XXVIII

Vous me distes, Maistresse, estant à la fenestre,
Regardant vers Mont-martre & les champs d'alentour :
La solitaire vie, & le desert sejour
4 Valent mieux que la Cour, je voudrois bien y estre.
    A l'heure mon esprit de mes sens seroit maistre,
En jeusne & oraisons je passerois le jour :
Je desfirois les traicts & les flames d'Amour :
8 Ce cruel de mon sang ne pourroit se repaistre.
    Quand je vous respondy, Vous trompez de penser
Qu'un feu ne soit pas feu, pour se couvrir de cendre :
11 Sur les cloistres sacrez la flame on voit passer :
    Amour dans les deserts comme aux villes s'engendre.
Contre un Dieu si puissant, qui les Dieux peut forcer,
14 Jeusnes ny oraisons ne se peuvent defendre.

XXIX

Voicy le mois d'Avril, où nasquit la merveille,
Qui fait en terre foy de la beauté des cieux,
Le mirouer de vertu, le Soleil de mes yeux,
4 Qui vit comme un Phenix au monde sans pareille.
    Les Œillets & les Liz & la Rose vermeille
Servirent de berceau : la Nature & les Dieux

La regarderent naistre en ce mois gracieux :
8 Puis Amour la nourrit des douceurs d'une Abeille.
    Les Muses, Apollon, & les Graces estoient
Assises tout autour, qui à l'envy jettoient
11 Des fleurs sur l'Angelette. Ah! ce mois me convie
    D'eslever un autel, & suppliant Amour
Sanctifier d'Avril le neufiesme jour,
14 Qui m'est cent fois plus cher que celuy de ma vie.

XXX

D'autre torche mon cœur ne pouvoit s'allumer
Sinon de tes beaux yeux, où l'amour me convie :
J'avois desja passé le meilleur de ma vie,
4 Tout franc de passion, fuyant le nom d'aimer.
    Je soulois maintenant ceste Dame estimer,
Et maintenant cest'autre, où me portoit l'envie,
Sans rendre ma franchise à quelqu'une asservie :
8 Rusé je ne voulois dans les retz m'enfermer.
    Maintenant je suis pris, & si je prens à gloire
D'avoir perdu le camp, frustré de la victoire :
11 Ton œil vaut un combat de dix ans d'Ilion.
    Amour, comme estant Dieu, n'aime pas les superbes.
Sois douce à qui te prie, imitant le Lion [1] :
14 La foudre abat les monts, non les petites herbes.

XXXI

Agathe [1], où du Soleil le signe est imprimé
(L'escrevisse marchant, comme il fait, en arriere [2]),
Cher present que je donne à toy chere guerriere,
4 Mon don pour le Soleil est digne d'estre aimé.
Le soleil va toujours de flames allumé,
Je porte au cœur le feu de ta belle lumiere :
Il est l'ame du monde, & ma force premiere
8 Depend de ta vertu, dont je suis animé.
    O douce, belle, vive, angelique Sereine [3],
Ma toute Pasithee [4], essence sur-humaine,
11 Merveille de Nature, exemple sans pareil,
    D'honneur & de beauté l'ornement & le signe,
Puisque rien icy bas de ta vertu n'est digne,
14 Que te puis-je donner, sinon que le Soleil ?

XXXII

Puisque tu sçais, helas! qu'affamé je me pais
Du regard de tes yeux, dont larron je retire
Des rayons, pour nourrir ma douleur qui s'empire,
4 Pourquoy me caches-tu l'œil, par qui tu me plais ?
    Tu es deux fois venue à Paris, & tu fais
Semblant de n'y venir, afin que mon martire
Ne s'allege, en voyant ton œil que je desire,
8 Ton œil qui me nourrit par l'objet de ses rais.
    Tu vas bien à Hercueil avecque ta cousine
Voir les prez, les jardins, & la source voisine
11 De l'Antre, où j'ay chanté tant de divers accords.
    Tu devois m'appeller, oublieuse Maistresse :
Dans ton coche porté je n'eusse fait grand presse :
14 Car je ne suis plus rien qu'un fantaume sans corps.

XXXIII

Cest amoureux desdain, ce nenny gracieux,
Qui refusant mon bien, me reschaufent l'envie
Par leur fiere douceur d'assujettir ma vie,
4 Où sont desja sujets mes pensers & mes yeux,
    Me font transir le cœur, quand trop impetueux
A baiser vostre main le desir me convie,
Et vous, la retirant, feignez d'estre marrie,
8 Et m'appellez, honteuse, amant presomptueux.
    Mais sur tout je me plains de voz douces menaces,
De voz lettres qui sont toutes pleines d'audaces,
11 De moymesme, d'Amour, de vous & de vostre art,
    Qui si doucement farde & sucre sa harangue,
Qu'escrivant & parlant vous n'avez traict de langue,
14 Qui ne me soit au cœur la poincte d'un poignart.

XXXIV

J'avois, en regardant tes beaux yeux, enduré
Tant de flames au cœur, qu'une aspre seicheresse
Avoit cuitte ma langue en extreme destresse,
4 Ayant de trop parler tout le corps alteré.
    Lors tu fis apporter en ton vase doré
De l'eau froide d'un puits : & la soif qui me presse,

Me fit boire à l'endroit où tu bois, ma Maistresse,
8 Quand ton vaisseau se voit de ta lévre honoré.
   Mais le vase, amoureux de ta bouche qu'il baise,
En reschaufant ses bords du feu qu'il a receu,
11 Le garde en sa rondeur comme en une fournaise.
   Seulement au toucher je l'ay bien apperceu.
Comme pourroy-je vivre un quart d'heure à mon aise,
14 Quand je sens contre moy l'eau se tourner en feu ?

XXXV

   Comme une belle fleur assise entre les fleurs,
Mainte herbe vous cueillez en la saison plus tendre
Pour me les envoyer, & pour soigneuse apprendre
4 Leurs noms & qualitez, especes & valeurs.
   Estoit-ce point afin de guarir mes douleurs,
Ou de faire ma playe amoureuse reprendre ?
Ou bien, s'il vous plaisoit par charmes entreprendre
8 D'ensorceler mon mal, mes flames & mes pleurs ?
   Certes je croy que non : nulle herbe n'est maistresse
Contre le coup d'Amour envieilly par le temps.
11 C'estoit pour m'enseigner qu'il faut dés la jeunesse,
   Comme d'un usufruit, prendre son passe-temps :
Que pas à pas nous suit l'importune vieillesse,
14 Et qu'Amour & les fleurs ne durent qu'un Printemps.

XXXVI

   Doux desdains, douce amour d'artifice cachee,
Doux courroux enfantin, qui ne garde son cœur,
Doux d'endurer passer un long temps en longueur,
4 Sans me voir, sans m'escrire, & faire la faschee :
   Douce amitié souvent perdue & recerchee,
Doux de tenir d'entree une douce rigueur,
Et sans me saluer, me tuer de langueur,
8 Et feindre qu'autre part on est bien empeschee :
   Doux entre le despit & entre l'amitié,
Dissimulant beaucoup, ne parler qu'à moitié.
11 Mais m'appeler volage & prompt de fantasie,
   Craindre ma conscience, & douter de ma foy,
M'est un reproche amer, qu'à grand tort je reçoy :
14 Car douter de ma foy c'est crime d'heresie.

XXXVII

Pour voir d'autres beautez mon desir ne s'appaise,
Tant du premier assaut voz yeux m'ont surmonté :
Tousjours à l'entour d'eux vole ma volonté,
4 Yeux qui versent en l'ame une si chaude braise.
  Mais vous embellissez de me voir à mal-aise,
Tigre, roche de mer, la mesme cruauté,
Comme ayant le desdain si joint à la beauté,
8 Que de plaire à quelcun semble qu'il vous desplaise.
  Desja par longue usance aimer je ne sçaurois
Sinon vous, qui sans pair à soymesme ressemble.
11 Si je changeois d'amour, de douleur je mourrois.
  Seulement quand je pense au changement, je tremble :
Car tant dedans mon cœur toute je vous reçois,
14 Que d'aimer autre part c'est hayr, ce me semble.

XXXVIII

Coche cent fois heureux, où ma belle Maistresse
Et moy nous promenons raisonnans de l'amour :
Jardin cent fois heureux, des Nymphes le sejour,
4 Qui l'adorent de loin ainsi que leur Deesse.
  Bienheureuse l'Eglise, où je pris hardiesse
De contempler ses yeux, qui des miens sont le jour,
Qui ont chauds les regards, qui ont tout à l'entour
8 Un petit camp d'amours, qui jamais ne les laisse.
  Heureuse la Magie, & les cheveux bruslez,
Le murmure, l'encens, & les vins escoulez
11 Sur l'image de cire : ô bienheureux servage !
  O moy sur tous amans le plus avantureux,
D'avoir osé choisir la vertu de nostre âge,
14 Dont la terre est jalouse, & le ciel amoureux.

XXXIX

Ton extreme beauté par ses rais me retarde
Que je n'ose mes yeux sur les tiens asseurer :
Debile je ne puis leurs regards endurer.
4 Plus le Soleil esclaire, & moins on le regarde.
  Helas ! tu es trop belle, & tu dois prendre garde
Qu'un Dieu si grand thresor ne puisse desirer,

Qu'il ne t'en-vole au ciel pour la terre empirer.
8 La chose precieuse est de mauvaise garde.
    Les Dragons sans dormir, tous pleins de cruauté,
    Gardoient les pommes d'or pour leur seule beauté [1] :
11 Le visage trop beau n'est pas chose trop bonne.
    Danaë le sceut bien, dont l'or se fit trompeur [2].
    Mais l'or qui domte tout, davant tes yeux s'estonne,
14 Tant ta chaste vertu le fait trembler de peur.

XL

    D'un solitaire pas je ne marche en nul lieu,
    Qu'Amour bon artisan ne m'imprime l'image
    Au profond du penser de ton gentil visage,
4 Et des mots gracieux de ton dernier Adieu.
    Plus fermes qu'un rocher, engravez au milieu
    De mon cœur je les porte : & s'il n'y a rivage,
    Fleur, antre ny rocher, ny forest ny bocage,
8 A qui je ne les conte, à Nymphe, ny à Dieu.
    D'une si rare & douce ambrosine viande
    Mon esperance vit, qui n'a voulu depuis
11 Se paistre d'autre apast, tant elle en est friande.
    Ce jour de mille jours m'effaça les ennuis :
    Car tant opiniastre en ce plaisir je suis,
14 Que mon ame pour vivre autre bien ne demande.

XLI

    Bien que l'esprit humain s'enfle par la doctrine
    De Platon, qui le chante influxion des cieux,
    Si est-ce sans le corps qu'il seroit ocieux,
4 Et auroit beau vanter sa celeste origine.
    Par les sens l'ame voit, ell'oyt, ell'imagine,
    Ell'a ses actions du corps officieux :
    L'esprit incorporé devient ingenieux,
8 La matiere le rend plus parfait & plus digne.
    Or' vous aimez l'esprit, & sans discretion
    Vous dites que des corps les amours sont pollues.
11 Tel dire n'est sinon qu'imagination,
    Qui embrasse le faux pour les choses cognues :
    Et c'est renouveller la fable d'Ixion [1],
14 Qui se paissoit de vent, & n'aimoit que des nues.

XLII

En choisissant l'esprit vous estes mal-apprise,
Qui refusez le corps, à mon gré le meilleur :
De l'un en l'esprouvant on cognoist la valeur,
4 L'autre n'est rien que vent, que songe & que feintise.
   Vous aimez l'intellect, & moins je vous en prise :
Vous volez, comme Icare, en l'air d'un beau malheur :
Vous aimez les tableaux qui n'ont point de couleur.
8 Aimer l'esprit, Madame, est aimer la sottise.
   Entre les courtisans, afin de les braver,
Il faut en disputant Trimegiste approuver [1],
11 Et de ce grand Platon n'estre point ignorante.
   Mais moy qui suis bercé de telle vanité [2],
Un discours fantastiq' ma raison ne contante :
14 Je n'aime point le faux, j'aime la verité.

XLIII

Amour a tellement ses fleches enfermees
En mon ame, & ses coups y sont si bien enclos,
Qu'Helene est tout mon cœur, mon sang & mes propos,
4 Tant j'ay dedans l'esprit ses beautez imprimees.
   Si les François avoient les ames allumees
D'amour, ainsi que moy, nous serions à repos :
Les champs de Montcontour n'eussent pourry noz os,
8 Ny Dreux ny Jazeneuf n'eussent veu noz armees [1].
   Venus, va mignarder les moustaches de Mars :
Conjure ton guerrier de tes benins regars,
11 Qu'il nous donne la paix, & de tes bras l'enserre.
   Pren pitié des François, race de tes Troyens,
Afin que nous facions en paix la mesme guerre
14 Qu'Anchise te faisoit sur les monts Idéens.

XLIV

Dessus l'autel d'Amour planté sur vostre table
Vous me fistes serment & je le fis aussi,
Que d'un cœur mutuel à s'aimer endurcy
4 Nostre amitié promise iroit inviolable.
   Je vous juray ma foy, vous feistes le semblable.
Mais vostre cruauté, qui des Dieux n'a soucy,

Me promettoit de bouche, & me trompoit ainsi :
8 Ce-pendant vostre esprit demeuroit immuable.
 O jurement fardé sous l'espece d'un Bien !
O perjurable autel ! ta Deité n'est rien.
11 O parole d'amour non jamais asseuree !
 J'ay pratiqué par vous le Proverbe des vieux :
Jamais des amoureux la parole juree
14 N'entra (pour les punir) aux oreilles des Dieux [1].

XLV

J'errois à la volee, & sans respect des lois
Ma chair dure à donter me combatoit à force,
Quand tes sages propos despouillerent l'escorce
4 De tant d'opinions que frivoles j'avois.
 En t'oyant discourir d'une si saincte vois,
Qui donne aux voluptez une mortelle entorce,
Ta parole me fist par une douce amorce
8 Contempler le vray bien duquel je m'esgarois.
 Tes mœurs & ta vertu, ta prudence & ta vie
Tesmoignent que l'esprit tient de la Deité :
11 Tes raisons de Platon, & ta Philosophie,
 Que le vieil Promethee est une verité,
Et qu'en ayant la flame à Jupiter ravie,
14 Il maria la Terre à la Divinité [1].

XLVI

Maistresse, quand je pense aux traverses d'Amour,
Qu'ores chaude, ores froide, en aimant tu me donnes,
Comme sans passion mon cœur tu passionnes,
4 Qui n'a contre son mal ny tréve ny sejour :
 Je souspire la nuict, je me complains le jour
Contre toy, ma Raison, qui mon fort abandonnes,
Et pleine de discours, confuse, tu t'estonnes [1]
8 Dés le premier assaut, sans defendre ma tour.
 Non : si forts ennemis n'assaillent nostre Place,
Qu'ils ne fussent veincuz, si tu tournois la face,
11 Encores que mon cœur trahist ce qui est sien.
 Une œillade, une main, un petit ris me tue :
De trois foibles soudars ta force est combatue :
14 Qui te dira divine, il ne dira pas bien.

XLVII

Bienheureux fut le jour, où mon ame sujette
Rendit obeyssance à ta douce rigueur,
Quand d'un traict de ton œil tu me perças le cœur,
4 Qui ne veult endurer qu'un autre luy en jette.
  La Raison pour neant au chef fit sa retraite,
Et se mit au dongeon, comme au lieu le plus seur :
D'esperance assaillie, & prise de douceur,
8 Rendit ma liberté, qu'en vain je re-souhaite.
  Le Ciel le veult ainsi, qui pour mieux offenser
Mon cœur, le baille en garde à la foy du Penser :
11 Lequel trahit mon camp, desloyal sentinelle,
  Ouvrant l'huis du rempart aux soudars des Amours.
J'auray tousjours en l'ame une guerre eternelle :
14 Mes pensers, & mon cœur me trahissent tousjours.

CHANSON

1

Plus estroit que la Vigne à l'Ormeau se marie
    De bras souplement-forts,
Du lien de tes mains, Maistresse, je te prie,
4   Enlasse moy le corps.

2

Et feignant de dormir, d'une mignarde face
    Sur mon front panche toy :
Inspire, en me baisant, ton haleine & ta grace
8   Et ton cœur dedans moy.

3

Puis appuyant ton sein sur le mien qui se pâme,
    Pour mon mal appaiser,
Serre plus fort mon col, & me redonne l'ame
12   Par l'esprit d'un baiser.

4

Si tu me fais ce bien, par tes yeux je te jure,
    Serment qui m'est si cher,
Que de tes bras aimez jamais nulle aventure
16   Ne pourra m'arracher.

5

Mais souffrant doucement le joug de ton empire,
    Tant soit-il rigoureux,
Dans les champs Elisez une mesme navire
20   Nous passera tous deux [1].

6

Là morts de trop aimer, sous les branches Myrtines [2]
    Nous voirrons tous les jours
Les Heros pres de nous avec les Heroïnes
24   Ne parler que d'amours.

7

Tantost nous danserons par les fleurs des rivages
    Sous les accords divers,
Tantost lassez du bal, irons sous les ombrages
28   Des lauriers tousjours verds :

8

Où le mollet Zephyre en haletant secouë
    De souspirs printaniers
Ores les Orangers, ores mignard se jouë
32   Parmy les Citronniers.

9

Là du plaisant Avril la saison immortelle
    Sans eschange se suit :
La terre sans labeur de sa grasse mammelle
36   Toute chose y produit.

10

D'embas la troupe saincte, autrefois amoureuse,
    Nous honorant sur tous,
Viendra nous saluer, s'estimant bien-heureuse
40   De s'accointer de nous.

11

Et nous faisant asseoir dessus l'herbe fleurie
    De toutes au milieu,
Nulle, & fust-ce Procris [3], ne sera point marrie
44   De nous quitter son lieu.

12

Non celles qui s'en vont toutes seules ensemble,
  Artemise [4] & Didon :
Non ceste belle Grecque, à qui ta beauté semble
48 Comme tu fais de nous.

XLVIII

Helas ! voicy le jour que mon maistre on enterre :
Muses, accompagnez son funeste convoy.
Je voy son effigie, & au dessus je voy
4 La Mort, qui de ses yeux la lumiere luy serre [1].
  Voila comme Atropos [2] les Majestez atterre
Sans respect de jeunesse, ou d'empire, ou de foy.
Charles qui fleurissoit nagueres un grand Roy,
8 Est maintenant vestu d'une robbe de terre.
  Hé ! tu me fais languir par cruauté d'amour :
Je suis ton Promethée, & tu es mon Vautour.
11 La vengeance du Ciel n'oublira tes malices.
  Un mal au mien pareil puisse un jour t'avenir,
Quand tu voudras mourir, que mourir tu ne puisses.
14 Si justes sont les Dieux, je t'en verray punir.

XLIX

Je sens de veine en veine une chaleur nouvelle,
Qui me trouble le sang & m'augmente le soing.
Adieu ma liberté, j'en appelle à tesmoing
4 Ce mois, qui du beau nom d'Aphrodite s'appelle [1].
  Comme les jours d'Avril mon mal se renouvelle.
Amour, qui tient mon Astre & ma vie en son poing,
M'a tant seduit l'esprit, que de pres & de loing
8 Tousjours à mon secours en vain je vous appelle.
  Je veux rendre la place, en jurant vostre nom,
Que le premier article, avant que je la rende,
11 C'est qu'un cœur amoureux ne veult de compaignon.
  L'amant non plus qu'un Roy, de rival ne demande.
Vous aurez en mes vers un immortel renom :
14 Pour n'avoir rien de vous la recompense est grande.

MADRIGAL

Si c'est aimer, Madame, & de jour & de nuict
Resver, songer, penser le moyen de vous plaire,
Oublier toute chose, & ne vouloir rien faire
4 Qu'adorer & servir la beauté qui me nuit :
    Si c'est aimer de suivre un bon-heur qui me fuit,
De me perdre moymesme, & d'estre solitaire,
Souffrir beaucoup de mal, beaucoup craindre, & me taire
8 Pleurer, crier mercy, & m'en voir esconduit :
    Si c'est aimer de vivre en vous plus qu'en moymesme,
Cacher d'un front joyeux une langueur extrême,
11 Sentir au fond de l'ame un combat inegal,
Chaud, froid, comme la fiévre amoureuse me traitte :
Honteux, parlant à vous, de confesser mon mal !
    Si cela c'est aimer, furieux je vous aime :
Je vous aime, & sçay bien que mon mal est fatal :
16 Le cœur le dit assez, mais la langue est muette.

L

Amour est sans milieu, c'est une chose extrême,
Qui ne veult (je le sçay) de tiers ny de moitié :
Il ne faut point trencher en deux une amitié.
4 » Un est nombre parfait [1], imparfait le deuxiéme [2].
    J'aime de tout mon cœur, je veux aussi qu'on m'aime.
Le desir au desir d'un nœud ferme lié,
Par le temps ne s'oublie, & n'est point oublié :
8 Il est toujours son tout, contenté de soymesme.
    Mon ombre me fait peur, & jaloux je ne puis
Avoir un compaignon, tant amoureux je suis,
11 Et tant je m'essentie en la personne aimee [3].
    L'autre amitié ressemble à quelque vent qui court :
Et vrayment c'est aimer comme on fait à la Court,
14 Où le feu contrefait ne rend qu'une fumee.

LI

Ma fievre croist tousjours, la vostre diminue :
Vous le voyez, Helene, & si ne vous en chaut.
Vous retenez le froid, & me laissez le chaut :
4 La vostre est à plaisir, la mienne est continue.
    Vous avez telle peste en mon cœur respandue,

Que mon sang s'est gasté, & douloir il me faut
Que ma foible Raison dés le premier assaut,
8 Pour craindre trop voz yeux, ne s'est point defendue.
    Je n'en blasme qu'Amour, seul autheur de mon mal,
Qui me voyant tout nud, comme archer desloyal,
11 De mainte & mainte playe a mon ame entamée,
    Gravant à coups de fleche en moy vostre portraict :
Et à vous, qui estiez contre nous deux armée,
14 N'a monstré seulement la poincte de son traict.

LII

    Je sens une douceur à conter impossible,
Dont ravy je jouys par le bien du penser,
Qu'homme ne peut escrire, ou langue prononcer,
4 Quand je baise ta main contre Amour invincible.
    Contemplant tes beaux rais, ma pauvre ame possible
En se pasmant se perd : lors je sens amasser
Un sang froid sur mon cœur, qui garde de passer
8 Mes esprits, & je reste une image insensible.
    Voila que peut ta main & ton œil, où les trais
D'Amour sont si ferrez, si chauds & si espais
11 Au regard Medusin, qui en rocher me mue [1].
    Mais bien que mon malheur procede de les voir,
Je voudrois mille mains, & autant d'yeux avoir,
14 Pour voir & pour toucher leur beauté qui me tue.

LIII

    Ne romps point au mestier par le milieu la trame,
Qu'Amour en ton honneur m'a commandé d'ourdir :
Ne laisses au travail mes poulces [1] engourdir
4 Maintenant que l'ardeur à l'ouvrage m'enflame :
    Ne verse point de l'eau sur ma bouillante flame,
Il faut par ta douceur mes Muses enhardir :
Ne souffre de mon sang le bouillon refroidir,
8 Et tousjours de tes yeux aiguillonne moy l'ame.
    Dés le premier berceau n'estoufe point ton nom.
Pour bien le faire croistre, il ne le faut sinon
11 Nourrir d'un doux espoir pour toute sa pasture :
    Tu le verras au Ciel de petit s'eslever.
Courage, ma Maistresse, il n'est chose si dure,
14 Que par longueur de temps on ne puisse achever.

LIV

J'attachay des bouquets de cent mille couleurs,
De mes pleurs arrosez harsoir [1] dessus ta porte :
Les larmes sont les fruicts que l'Amour nous apporte,
4 Les souspirs en la bouche, & au cœur les douleurs.
    Les pendant [2], je leur dy, Ne perdez point voz fleurs
Que jusques à demain que la cruelle sorte :
Quand elle passera, tombez de telle sorte
8 Que son chef soit mouillé de l'humeur de mes pleurs.
    Je reviendray demain. Mais si la nuict, qui ronge
Mon cœur, me la donnoit par songe entre mes bras,
11 Embrassant pour le vray l'idole du mensonge [3],
    Soulé d'un faux plaisir je ne reviendrois pas.
Voyez combien ma vie est pleine de trespas,
14 Quand tout mon reconfort ne depend que du songe.

LV

Madame se levoit un beau matin d'Esté,
Quand le Soleil attache à ses chevaux la bride :
Amour estoit present avec sa trousse vuide,
4 Venu pour la remplir des traicts de sa clarté.
    J'entre-vy dans son sein deux pommes de beauté,
Telles qu'on ne voit point au verger Hesperide :
Telles ne porte point la Deesse de Gnide [1],
8 Ny celle qui a Mars des siennes allaité [2].
    Telle enflure d'yvoire en sa voute arrondie,
Tel relief de Porphyre, ouvrage de Phidie [3],
11 Eut Andromede alors que Persee passa,
    Quand il la vit liee à des roches marines,
Et quand la peur de mort tout le corps luy glassa,
14 Transformant ses tetins en deux boules marbrines [4].

LVI

Je ne veux point la mort de celle qui arreste
Mon cœur en sa prison : mais, Amour, pour venger
Mes larmes de six ans, fay ses cheveux changer,
4 Et seme bien espais des neiges sur sa teste.
    Si tu veux, la vengeance est desja toute preste :
Tu accourcis les ans, tu les peux allonger :

Ne souffres en ton camp ton soudart outrager :
8 Que vieille elle devienne, ottroyant ma requeste.
   Elle se glorifie en ses cheveux frisez,
En sa verde jeunesse, en ses yeux aiguisez,
11 Qui tirent dans les cœurs mille poinctes encloses.
   Pourquoy te braves-tu de cela qui n'est rien ?
La beauté n'est que vent, la beauté n'est pas bien :
14 Les beautez en un jour s'en-vont comme les Roses.

LVII

Si j'ay bien ou mal dit en ces Sonets, Madame,
Et du bien & du mal vous estes cause aussy :
Comme je le sentoix, j'ay chanté mon soucy,
4 Taschant à soulager les peines de mon ame.
   Hà qu'il est mal-aisé, quand le fer nous entame,
S'engarder de se plaindre, & de crier mercy !
Tousjours l'esprit joyeux porte haut le sourcy,
8 Et le melancholique en soymesme se pâme.
   J'ay suivant vostre amour le plaisir poursuivy,
Non le soin, non le dueil, non l'espoir d'une attente.
11 S'il vous plaist, ostez moy tout argument d'ennuy :
   Et lors j'auray la voix plus gaillarde & plaisante.
Je ressemble au mirouer, qui tousjours represente
14 Tout cela qu'on luy monstre, & qu'on fait devant luy.

LE SECOND LIVRE
DES SONETS POUR HELENE

I

Soit qu'un sage amoureux, ou soit qu'un sot me lise,
Il ne doit s'esbahir, voyant mon chef grison,
Si je chante d'amour : volontiers le tison
4 Cache un germe de feu sous une cendre grise.

Le bois verd à grand peine en le souflant s'attise,
Le sec sans le soufler brusle en toute saison.
La Lune se gaigna d'une blanche toison [1],
8 Et son vieillard Thiton l'Aurore ne mesprise [2].

Lecteur, je ne veux estre escolier de Platon,
Qui la vertu nous presche, & ne fait pas de mesme :
11 Ny volontaire Icare, ou lourdaut Phaëton,

Perduz pour attenter une sottise estrême :
Mais sans me contrefaire ou Voleur, ou Charton [3],
14 De mon gré je me noye, & me brusle moymesme [4].

II

Afin qu'à tout jamais de siecle en siecle vive
La parfaite amitié que Ronsard vous portoit,
Comme vostre beauté la raison luy ostoit,
4 Comme vous enlassez sa liberté captive :

Afin que d'âge en âge à noz neveux [1] arrive,
Que toute dans mon sang vostre figure estoit,
Et que rien sinon vous mon cœur ne souhaitoit,
8 Je vous fais un present de ceste Sempervive [2].

Elle vit longuement en sa jeune verdeur.
Long temps apres la mort je vous feray revivre,
11 Tant peut le docte soin d'un gentil serviteur,

Qui veut, en vous servant, toutes vertus ensuivre.

Vous vivrez (croyez moy) comme Laure en grandeur,
14 Au moins tant que vivront les plumes & le livre.

III

Amour, qui as ton regne en ce monde si ample,
Voy ta gloire & la mienne errer en ce jardin :
Voy comme son bel œil, mon bel astre divin,
4 Reluist comme une lampe ardente dans un temple :
Voy son corps, des beautez le portrait & l'exemple,
Qui ressemble une Aurore au plus beau d'un matin :
Voy son esprit, seigneur du Sort & du Destin,
8 Qui passe la Nature, en qui Dieu se contemple.
Regarde la marcher toute pensive à soy,
T'emprisonner de fleurs, & triompher de toy,
11 Pressant dessous ses pas les herbes bienheureuses.
Voy sortir un Printemps des rayons de ses yeux :
Et voy comme à l'envy ses flames amoureuses
14 Embellissent la terre, & serenent les Cieux.

IV

Tandis que vous dansez & ballez à vostre aise,
Et masquez vostre face ainsi que vostre cœur,
Passionné d'amour, je me plains en langueur,
4 Ores froid comme neige, ores chaut comme braise.
Le Carnaval vous plaist : je n'ay rien qui me plaise
Sinon de souspirer contre vostre rigueur,
Vous appeller ingrate, & blasmer la longueur
8 Du temps que je vous sers sans que mon mal s'appaise.
Maistresse, croyez moy, je ne fais que pleurer,
Lamenter, souspirer, & me desesperer :
11 Je desire la mort, & rien ne me console.
Si mon front, si mes yeux ne vous en sont tesmoins,
Ma plainte vous en serve, & permettez au moins
14 Qu'aussi bien que le cœur je perde la parole.

V

N'oubliez, mon Helene, aujourdhuy qu'il faut prendre
Des cendres sur le front, qu'il n'en faut point chercher
Autre part qu'en mon cœur, que vous faites seicher,

 4 Vous riant du plaisir de le tourner en cendre.
    Quel pardon pensez vous des Celestes attendre ?
Le meurtre de voz yeux ne se sçauroit cacher :
Leurs rayons m'ont tué, ne pouvant estancher
 8 La playe qu'en mon sang leur beauté fait descendre.
    La douleur me consomme : ayez de moy pitié.
Vous n'aurez de ma mort ny profit ny louange :
11 Cinq ans meritent bien quelque peu d'amitié.
    Vostre volonté passe, & la mienne ne change.
Amour, qui voit mon cœur, voit vostre mauvaistié :
14 Il tient l'arc en la main, gardez qu'il ne se vange.

VI

ANAGRAMME

    Tu es seule mon cœur, mon sang, & ma Deesse,
Ton œil est le filé & le RÉ bienheureux,
Qui prend tant seulement les hommes genereux,
 4 Et se prendre des sots jamais il ne se laisse.
    Aussi honneur, vertu, prevoyance & sagesse
Logent en ton esprit, lequel rend amoureux
Tous ceux, qui de nature ont un cœur desireux
 8 D'honorer les beautez d'une docte Maistresse.
    Les noms (ce dit Platon) ont tresgrande vertu :
Je le sens par le tien, lequel m'a combatu
11 Par armes, qui ne sont communes ny legeres.
    Sa Deité causa mon amoureux soucy.
Voila comme de nom, d'effect tu es aussi
14 LE RÉ DES GENEREUX, Elene de Surgeres.

VII

    Hà, que ta Loy fut bonne, & digne d'estre apprise,
Grand Moise, grand Prophete, & grand Minos de Dieu [1],
Qui sage commandas au vague [2] peuple Hebrieu,
 4 Que la liberté fust apres sept ans remise [3] !
    Je voudrois, grand Guerrier, que celle que j'ay prise
Pour Dame, & qui s'assied de mon cœur au milieu,
Voulust qu'en mon endroit ton ordonnance eust lieu,
 8 Et qu'au bout de sept ans m'eust remis en franchise.
    Sept ans sont ja passez qu'en servage je suis :
Servir encore sept ans de bon cœur je la puis,

11 Pourveu qu'au bout du temps de son corps je jouysse.
      Mais ceste Grecque Helene, ayant peu de soucy
      Des statuts des Hebrieux, d'un courage endurcy
14 Contre les Loix de Dieu n'affranchit mon service.

VIII

      Je plante en ta faveur cest arbre de Cybelle,
      Ce Pin, où tes honneurs se liront tous les jours :
      J'ay gravé sur le tronc noz noms & noz amours,
4   Qui croistront à l'envy de l'escorce nouvelle.
      Faunes, qui habitez ma terre paternelle,
      Qui menez sur le Loir voz danses & voz tours,
      Favorisez la plante, & luy donnez secours,
8   Que l'Esté ne la brusle, & l'Hyver ne la gelle.
      Pasteur, qui conduiras en ce lieu ton troupeau,
      Flageolant une Eclogue en ton tuyau d'aveine,
11 Attache tous les ans à cest arbre un Tableau,
      Qui tesmoigne aux passans mes amours & ma peine :
      Puis l'arrosant de laict & du sang d'un agneau,
14 Dy, Ce Pin est sacré, c'est la plante d'Heleine.

IX

      Ny la douce pitié, ny le pleur lamentable
      Ne t'ont baillé ton nom : Helene vient d'oster,
      De ravir, de tuer, de piller, d'emporter
4   Mon esprit & mon cœur, ta proye miserable.
      Homere, en se jouant, de toy fist une fable,
      Et moy l'histoire au vray. Amour, pour te flatter,
      Comme tu feis à Troye, au cœur me vient jetter
8   Ton feu, qui de mes oz se paist insatiable.
      La voix, que tu feignois à l'entour du Cheval
      Pour decevoir les Grecs, me devoit faire sage :
11 Mais l'homme de nature est aveugle à son mal,
      Qui ne peut se garder, ny prevoir son dommage.
      Au pis-aller, je meurs pour ce beau nom fatal,
14 Qui mit toute l'Asie & l'Europe en pillage.

X

      Adieu belle Cassandre, & vous belle Marie,
      Pour qui je fu trois ans en servage à Bourgueil :

L'une vit, l'autre est morte, & ores de son œil
4 Le ciel se resjouyst, dont la terre est marrie.
    Sur mon premier Avril, d'une amoureuse envie
J'adoray voz beautez : mais vostre fier orgueil
Ne s'amollit jamais pour larmes ny pour dueil,
8 Tant d'une gauche main [1] la Parque ourdit ma vie.
    Maintenant en Automne encore malheureux,
Je vy comme au Printemps de nature amoureux,
11 Afin que tout mon âge aille au gré de la peine :
    Et ores que je deusse estre exempt du harnois,
Mon Colonnel m'envoye à grands coups de carquois
14 R'assieger Ilion pour conquerir Heleine.

XI

A l'aller, au parler, au flamber de tes yeux,
Je sens bien, je voy bien que tu es immortelle :
La race des humains en essence n'est telle :
4 Tu es quelque Demon, ou quelque Ange des cieux.
    Dieu, pour favoriser ce monde vicieux,
Te feit tomber en terre, & dessus la plus belle
Et plus parfaite idee il traça la modelle
8 De ton corps, dont il fut luymesmes envieux.
    Quand il fist ton esprit, il se pilla soymesme :
Il print le plus beau feu du ciel le plus suprême
11 Pour animer ta masse, ainçois ton beau printemps.
    Hommes, qui la voyez de tant d'honneur pourveuë,
Tandis qu'elle est çà bas, soulez-en vostre veuë.
14 Tout ce qui est parfait ne dure pas long temps.

XII

Je ne veux comparer tes beautez à la Lune :
La Lune est inconstante, & ton vouloir n'est qu'un.
Encor moins au Soleil : le Soleil est commun,
4 Commune est sa lumiere, & tu n'es pas commune.
    Tu forces par vertu l'envie & la rancune.
Je ne suis, te louant, un flateur importun.
Tu sembles à toymesme, & n'as portrait aucun :
8 Tu es toute ton Dieu, ton Astre, & ta Fortune.
    Ceux qui font de leur Dame à toy comparaison,
Sont ou presumptueux, ou perclus de raison :
11 D'esprit & de sçavoir de bien loin tu les passes :

Ou bien quelque Demon de ton corps s'est vestu,
Ou bien tu es portrait de la mesme Vertu,
14 Ou bien tu es Pallas, ou bien l'une des Graces.

XIII

Si voz yeux cognoissoient leur divine puissance,
Et s'ils se pouvoient voir, ainsi que je les voy,
Ils ne s'estonneroient, se cognoissans, dequoy
4 Divins ils ont veincu une mortelle essence.
   Mais par faute d'avoir d'euxmesmes cognoissance
Ils ne peuvent juger du mal que je reçoy :
Seulement mon visage en tesmoigne pour moy.
8 Le voyant si desfait, ils voyent leur puissance.
   Yeux, où devroit loger une bonne amitié,
Comme vous regardez tout le ciel & la terre,
11 Que ne penetrez-vous mon cœur par la moitié ?
   Ainsi que de ses raiz le Soleil fait le verre,
Si vous le pouviez voir, vous en auriez pitié,
14 Et aux cendres d'un mort vous ne feriez la guerre.

XIV

Si de voz doux regards je ne vais me repaistre
A toute heure, & tousjours en tous lieux vous chercher,
Helas! pardonnez moy : j'ay peur de vous fascher,
4 Comme un serviteur craint de fascher à son maistre.
   Puis je crain tant voz yeux, que je ne sçaurois estre
Une heure en les voyant, sans le cœur m'arracher,
Sans me troubler le sang : pource il faut me cacher,
8 Afin de ne mourir pour tant de fois renaistre.
   J'avois cent fois juré de ne les voir jamais,
Me parjurant autant qu'autant je le promets :
11 Car soudain je retourne à r'engluer mon aile.
   Ne m'appellez donq plus dissimulé ne feint.
Aimer ce qui fait mal, & revoir ce qu'on craint,
14 Est le gage certain d'un service fidele.

XV

Je voyois, me couchant, s'esteindre une chandelle,
Et je disois au lict bassement à-par-moy,

Pleust à Dieu que le soin, que la peine & l'esmoy,
4 Qu'Amour m'engrave au cœur, s'esteignissent comme
   Un mastin enragé, qui de sa dent cruelle   [elle.
Mord un homme, il luy laisse un image de soy
Qu'il voit tousjours en l'eau [1] : Ainsi tousjours je voy,
8 Soit veillant ou dormant, le portrait de ma belle.
   Mon sang chaut en est cause. Or comme on voit sou-
L'Esté moins bouillonner que l'Automne suivant,   [vent
11 Mon Septembre est plus chaut que mon Juin de fortune.
   Helas! pour vivre trop, j'ay trop d'impression.
Tu es mort une fois, bien-heureux Ixion [2],
14 Et je meurs mille fois pour n'en mourir pas-une.

XVI

   Helene fut occasion que Troye
Se vit brusler d'un feu victorieux :
Vous me bruslez du foudre de vos yeux,
4 Et aux Amours, vous me donnez en proye.
   En vous servant vous me monstrez la voye
Par voz vertus de m'en-aller aux cieux,
Ravy du nom, qu'Amour malicieux
8 Me tire au cœur, quelque part que je soye.
   Nom tant de fois par Homere chanté,
Seul tout le sang vous m'avez enchanté.
11 O beau visage engendré d'un beau Cygne [1].
   De mes pensers la fin & le milieu!
Pour vous aimer mortel je ne suis digne :
14 A la Deesse il appartient un Dieu.

XVII

   Amour, qui tiens tout seul de mes pensers la clef,
Qui ouvres de mon cœur les portes & les serres,
Qui d'une mesme main me guaris & m'enferres,
4 Qui me fais trespasser, & vivre derechef :
   Tu consommes ma vie en si pauvre meschef,
Qu'herbes, drogues ny just, ny puissance de pierres
Ne pourroient m'alleger : tant d'amoureuses guerres
8 Sans tréves tu me fais, du pied jusques au chef.
   Oiseau, comme tu es, fay moy naistre des ailes,
Afin de m'en-voler pour jamais ne la voir :
11 En volant je perdray les chaudes estincelles,

Que ses yeux sans pitié me firent concevoir.
» Dieu nous vend cherement les choses qui sont belles,
14 » Puis qu'il faut tant de fois mourir pour les avoir.

XVIII

Une seule vertu, tant soit parfaite & belle,
Ne pourroit jamais rendre un homme vertueux :
Il faut le nombre entier, en rien defectueux :
4 Le Printemps ne se fait d'une seule arondelle.
Toute vertu divine acquise & naturelle
Se loge en ton esprit. La Nature & les Cieux
Ont versé dessus toy leurs dons à qui mieux mieux :
8 Puis pour n'en faire plus ont rompu le modelle.
Icy à ta beauté se joint la Chasteté,
Icy l'honneur de Dieu, ici la Pieté,
11 La crainte de mal-faire, & la peur d'infamie :
Icy un cœur constant, qu'on ne peut esbranler.
Pource en lieu de mon cœur, d'Helene, & de ma vie,
14 Je te veux desormais ma Pandore appeller.

XIX

Bon jour, ma douce vie, autant remply de joye,
Que triste je vous dis au departir adieu :
En vostre bonne grace, hé, dites moy quel lieu
4 Tient mon cœur, que captif devers vous je r'envoye :
Ou bien si la longueur du temps & de la voye
Et l'absence des lieux ont amorty le feu
Qui commençoit en vous à se monstrer un peu :
8 Au moins, s'il n'est ainsi, trompé je le pensoye.
Par espreuve je sens que les amoureux traits
Blessent plus fort de loing qu'à l'heure qu'ils sont pres,
11 Et que l'absence engendre au double le servage.
Je suis content de vivre en l'estat où je suis.
De passer plus avant je ne dois ny ne puis :
14 Je deviendrois tout fol, où je veux estre sage.

XX

Yeux, qui versez en l'ame, ainsi que deux Planettes,
Un esprit qui pourroit ressusciter les morts,

Je sçay dequoy sont faits tous les membres du corps,
4 Mais je ne puis sçavoir quelle chose vous estes.
   Vous n'estes sang ny chair, & toutefois vous faites
Des miracles en moy par voz regards si forts,
Si bien qu'en foudroyant les miens par le dehors,
8 Dedans vous me tuez de cent mille sagettes.
   Yeux, la forge d'Amour, Amour n'a point de trais
Que les poignans esclairs qui sortent de voz rais,
11 Dont le moindre à l'instant toute l'ame me sonde.
   Je suis, quand je les sens, de merveille ravy :
Quand je ne les sens plus en mon corps, je ne vy,
14 Ayant en moy l'effect qu'a le Soleil au monde.

XXI

   Comme un vieil combatant, qui ne veut plus s'armer,
Ayant le corps chargé de coups & de vieillesse,
Regarde, en s'esbatant, l'Olympique jeunesse
4 Pleine d'un sang bouillant aux joustes escrimer :
   Ainsi je regardois du jeune Dieu d'aimer,
Dieu qui combat tousjours par ruse & par finesse,
Les gaillards champions, qui d'une chaude presse
8 Se veulent dans le camp amoureux enfermer.
   Quand tu as reverdy mon escorce ridee
De l'esclair de tes yeux, ainsi que fit Medee
11 Par herbes & par jus le pere de Jason [1],
   Je n'ay contre ton charme opposé ma defense :
Toutefois je me deuls de r'entrer en enfance,
14 Pour perdre tant de fois l'esprit & la raison.

XXII

   Laisse de Pharaon la terre Egyptienne,
Terre de servitude, & vien sur le Jourdain :
Laisse moy ceste Cour, & tout ce fard mondain,
4 Ta Circe, ta Sirene, & ta Magicienne.
   Demeure en ta maison pour vivre toute tienne,
Contente toy de peu : l'âge s'enfuit soudain.
Pour trouver ton repos, n'atten point à demain :
8 N'atten point que l'hyver sur les cheveux te vienne.
   Tu ne vois à ta Cour que feintes & soupçons :
Tu vois tourner une heure en cent mille façons :
11 Tu vois la vertu fausse, & vraye la malice.

Laisse ces honneurs pleins d'un soing ambitieux,
Tu ne verras aux champs que Nymphes & que Dieux,
14 Je seray ton Orphee, & toy mon Eurydice.

XXIII

Ces longues nuicts d'hyver, où la Lune ocieuse
Tourne si lentement son char tout à l'entour,
Où le Coq si tardif nous annonce le jour,
4 Où la nuict semble un an à l'ame soucieuse :
Je fusse mort d'ennuy sans ta forme douteuse,
Qui vient par une feinte alleger mon amour,
Et faisant, toute nue, entre mes bras sejour,
8 Me pipe doucement d'une joye menteuse.
Vraye tu es farouche, & fiere en cruauté :
De toy fausse on jouyst en toute privauté.
11 Pres ton mort je m'endors, pres de luy je repose :
Rien ne m'est refusé. Le bon sommeil ainsi
Abuse par le faux mon amoureux souci.
14 S'abuser en amour n'est pas mauvaise chose.

XXIV

Quand vous serez bien vieille, au soir à la chandelle,
Assise aupres du feu, devidant & filant,
Direz, chantant mes vers, en vous esmerveillant,
4 Ronsard me celebroit du temps que j'estois belle.
Lors vous n'aurez servante oyant telle nouvelle,
Desja sous le labeur à demy sommeillant,
Qui au bruit de Ronsard ne s'aille resveillant,
8 Benissant vostre nom de louange immortelle.
Je seray sous la terre, & fantaume sans os
Par les ombres Myrtheux je prendray mon repos.
11 Vous serez au fouyer une vieille accroupie,
Regrettant mon amour, & vostre fier desdain.
Vivez, si m'en croyez, n'attendez à demain :
14 Cueillez dés aujourdhuy les roses de la vie.

XXV

Cest honneur, ceste loy sont noms pleins d'imposture,
Que vous alleguez tant, faussement inventez

De noz peres resveurs, par lesquels vous ostez
4 Et forcez les presens les meilleurs de Nature.
    Vous trompez vostre sexe, & luy faites injure :
La coustume vous pipe, & du faux vous domtez
Voz plaisirs, voz desirs, vous & vos voluptez,
8 Sous l'ombre d'une sotte & vaine couverture.
    Cest honneur, ceste loy, sont bons pour un lourdaut,
Qui ne cognoist soymesme, & des plaisirs qu'il faut
11 Pour vivre heureusement, dont Nature s'esgaye.
    Vostre esprit est trop bon pour ne le sçavoir pas :
Vous prendrez, s'il vous plaist, les sots à tels apas :
14 Je ne veux pour le faux tromper la chose vraye.

XXVI

    Celle, de qui l'amour veinquit la fantasie,
    Que Jupiter conceut sous un Cygne emprunté :
    Ceste sœur des Jumeaux, qui fist par sa beauté
4 Opposer toute Europe aux forces de l'Asie,
    Disoit à son mirouër, quand elle vit saisie
    Sa face de vieillesse & de hideuseté,
    Que mes premiers maris insensez ont esté
8 De s'armer, pour jouyr d'une chair si moisie !
    Dieux, vous estes cruels, jaloux de nostre temps !
    Des Dames sans retour s'en-vole le printemps :
11 Aux serpens tous les ans vous ostez la vieillesse.
    Ainsi disoit Helene en remirant son teint.
    Cest exemple est pour vous : cueillez vostre jeunesse.
14 Quand on perd son Avril, en Octobre on s'en plaint.

XXVII

    Heureux le Chevalier, que la Mort nous desrobe,
    Qui premier me fit voir de ta Grace l'attrait [1] :
    Je la vy de si loin, que la poincte du trait
4 Sans force demoura dans les plis de ma robe.
    Mais ayant de plus pres entendu ta parole,
    Et veu ton œil ardent, qui de moy m'a distrait,
    Au cœur entra la fléche avecque ton portrait,
8 Heureux d'estre l'autel de ce Dieu qui m'affole.
    Esblouy de ta veuë, où l'Amour fait son ny,
    Claire comme un Soleil en flames infiny,
11 Je n'osois t'aborder, craignant de plus ne vivre.

Je fu trois mois retif : mais l'Archer qui me vit,
Si bien à coups de traits ma crainte poursuivit,
14 Que veincu de son arc m'a forcé de te suivre.

XXVIII

Lettre, je te reçoy, que ma Deesse en terre
M'envoye pour me faire ou joyeux, ou transi,
Ou tous les deux ensemble : ô Lettre, tout ainsi
4 Que tu m'apportes seule ou la paix, ou la guerre,
Amour, en te lisant, de mille traits m'enferre :
Touche mon sein, à fin qu'en retournant d'ici
Tu contes à ma dame en quel piteux souci
8 Je vy pour sa beauté, tant j'ay le cœur en serre !
Touche mon estomac pour sentir mes chaleurs,
Approche de mes yeux pour recevoir mes pleurs,
11 Que torrent sur torrent ce faux Amour m'assemble :
Puis voyant les effects d'un si contraire esmoy,
Dy que Deucalion & Phaëton chez moy,
14 L'un au cœur, l'autre aux yeux, se sont logez ensemble [1].

XXIX

Lettre, de mon ardeur veritable interprete,
Qui parles sans parler les passions du cœur,
Poste des amoureux, va conter ma langueur
4 A ma dame, & comment sa cruauté me traite.
Comme une messagere & accorte & secrete,
Contemple en la voyant, sa face & sa couleur,
Si elle devient gaye, ou palle de douleur,
8 Ou d'un petit souspir si elle me regrete.
Fais office de langue : aussi bien je ne puis
Devant elle parler, tant vergongneux je suis,
11 Tant je crains l'offenser : & faut que le visage
Tout seul de ma douleur luy rende tesmoignage.
Tu pourras en trois mots luy dire mes ennuis :
14 Le silence parlant vaut un mauvais langage.

XXX

Le soir qu'Amour vous fist en la salle descendre
Pour danser d'artifice un beau ballet d'Amour,

Voz yeux, bien qu'il fust nuict, ramenerent le jour,
4 Tant ils sceurent d'esclairs par la place respandre.
   Le ballet fut divin, qui se souloit reprendre,
Se rompre, se refaire, & tour dessus retour
Se mesler, s'escarter, se tourner à l'entour,
8 Contre-imitant le cours du fleuve de Meandre.
   Ores il estoit rond, ores long, or' estroit,
Or' en poincte, en triangle, en la façon qu'on voit
11 L'escadron de la Gruë evitant la froidure.
   Je faux, tu ne dansois, mais ton pied voletoit
Sur le haut de la terre : aussi ton corps s'estoit
14 Transformé pour ce soir en divine nature.

XXXI

Je voy mille beautez, & si n'en voy pas-une
Qui contente mes yeux : seule vous me plaisez :
Seule quand je vous voy, mes sens vous appaisez :
4 Vous estes mon Destin, mon Ciel, & ma Fortune,
   Ma Venus, mon Amour, ma Charite, ma brune,
Qui tous bas pensemens de l'esprit me rasez
Et des belles vertus l'estomac [1] m'embrasez,
8 Me soulevant de terre au cercle de la Lune.
   Mon œil de voz regards goulument se repaist :
Tout ce qui n'est pas vous, luy fasche & luy desplaist,
11 Tant il a par usance accoustumé de vivre
   De vostre unique, douce, agreable beauté.
S'il peche contre vous, affamé de vous suivre,
14 Ce n'est de son bon gré, c'est par necessité.

XXXII

Ces cheveux, ces liens, dont mon cœur tu enlasses,
Gresles, primes [1], subtils, qui coulent aux talons,
Entre noirs & chastains, bruns, deliez & longs,
4 Tels que Venus les porte, & ses trois belles Graces,
   Me tiennent si estrains, Amour, que tu me passes
Au cœur, en les voyant, cent poinctes d'aiguillons,
Dont le moindre des nœuds pourroit des plus felons
8 En leur plus grand courroux arrester les menaces.
   Cheveux non achetez, empruntez ny fardez,
Qui vostre naturel sans feintise gardez,
11 Que vous me semblez beaux! Permettez que j'en porte

Un lien à mon col, à fin que sa beauté,
Le voyant prisonnier lié de telle sorte,
14 Se puisse tesmoigner quelle est sa cruauté.

XXXIII

Voulant tuer le feu, dont la chaleur me cuit
Les muscles & les nerfs, les tendons & les veines,
Et cherchant de trouver une fin à mes peines,
4 Je vy bien à tes yeux que j'estois esconduit.
D'un refus asseuré tu me payas le fruit
Que j'esperois avoir : ô esperances vaines!
O fondemens assis sur debiles arenes [1]!
8 Malheureux qui l'amour d'une Dame poursuit.
O beauté sans mercy, ta fraude est descouverte!
J'aime mieux estre sage apres quatre ans de perte,
11 Que plus long temps ma vie en langueur desseicher.
Je ne veux point blasmer ta beauté que j'honore :
Je ne suis mesdisant comme fut Stesichore [2],
14 Mais je veux de mon col les liens destacher.

XXXIV

Je suis esmerveillé que mes pensers ne sont
Laz de penser en vous, y pensant à toute heure :
Me souvenant de vous, or' je chante, or' je pleure,
4 Et d'un penser passé cent nouveaux se refont.
Puis legers comme oiseaux ils volent, & s'en-vont,
M'abandonnant tout seul, devers vostre demeure :
Et s'ils sçavoient parler, souvent vous seriez seure
8 Du mal que mon cœur cache, & qu'on lit sur mon front.
Or sus venez, Pensers, pensons encor en elle,
De tant y repenser je ne me puis lasser :
11 Pensons en ses beaux yeux, & combien elle est belle.
Elle pourra vers nous les siens faire passer.
Venus non seulement nourrit de sa mammelle
14 Amour son fils aisné, mais aussi le Penser [1].

XXXV

Belle gorge d'albastre, & vous chaste poictrine,
Qui les Muses cachez en un rond verdelet :

Tertres d'Agathe blanc, petits gazons de laict [1],
4 Des Graces le sejour, d'Amour & de Cyprine :
   Sein de couleur de liz & de couleur rosine,
De Veines marqueté, je vous vy par souhait
Lever l'autre matin, comme l'Aurore fait
8 Quand vermeille elle sort de sa chambre marine.
   Je vy de tous costez le Plaisir & le Jeu,
Les deux freres d'Amour, armez d'un petit feu,
11 Voler ainsi qu'enfans, par ces coustaux d'yvoire,
   M'esblouyr, me surprendre, & me lier bien fort :
Je vy tant de beautez, que je ne les veux croire.
14 Un homme ne doit croire aux tesmoins de sa mort.

XXXVI

Lors que le Ciel te fist, il rompit la modelle
Des Vertuz, comme un peintre efface son tableau,
Et quand il veut refaire une image du Beau,
4 Il te va retracer pour en faire une telle.
   Tu apportas d'enhaut la forme la plus belle,
Pour paroistre en ce monde un miracle nouveau,
Que couleur, ny outil, ny plume, ny cerveau
8 Ne sçauroient egaler, tant tu es immortelle.
   Un bon-heur te defaut : c'est qu'en venant ça bas
Couverte de ton voile ombragé du trespas,
11 Ton excellence fut à ce monde incognue,
   Qui n'osa regarder les rayons de tes yeux.
Seul, je les adoray comme un thresor des cieux,
14 Te voyant en essence, & les autres en nue [1].

XXXVII

Je te voulois nommer pour Helene, Ortygie [1],
Renouvellant en toy d'Ortyge le renom.
Le tien est plus fatal : Helene est un beau nom,
4 Helene, honneur des Grecs, la terreur de Phrygie.
   Si pour sujet fertil Homere t'a choisie,
Je puis, suivant son train qui va sans compagnon,
Te chantant, m'honorer, & non pas toy, sinon
8 Qu'il te plaise estimer ma rude Poësie.
   Tu passes en vertuz les Dames de ce temps
Aussi loin que l'Hyver est passé du Printemps,
11 Digne d'avoir autels, digne d'avoir Empire.

    Laure ne te veincroit de renom ny d'honneur
Sans le Ciel qui luy donne un plus digne sonneur,
14 Et le mauvais destin te fait present du pire.

XXXVIII

    J'errois en mon jardin, quand au bout d'une allee
Je vy contre l'Hyver boutonner un Soucy.
Ceste herbe & mon amour fleurissent tout ainsi :
4 La neige est sur ma teste, & la sienne est gelee.
    O bien-heureuse amour en mon ame escoulee
Par celle qui n'a point de parangon icy,
Qui m'a de ses rayons tout l'esprit esclarcy,
8 Qui devroit des François Minerve estre appellee :
    En prudence Minerve, une Grace en beauté,
Junon en gravité, Diane en chasteté,   [d'exemple.
11 Qui sert aux mesmes Dieux, comme aux hommes,
    Si tu fusses venue au temps que la Vertu
S'honoroit des humains, tes vertuz eussent eu
14 Vœuz, encens & autels, sacrifices & temple.

XXXIX

    De Myrthe & de Laurier fueille à fueille enserrez
Helene entrelassant une belle Couronne,
M'appella par mon nom : Voyla que je vous donne,
4 De moy seule, Ronsard, l'escrivain vous serez.
    Amour qui l'escoutoit, de ses traicts acerez
Me pousse Helene au cœur, & son Chantre m'ordonne :
Qu'un sujet si fertil vostre plume n'estonne :
8 Plus l'argument est grand, plus Cygne vous mourrez.
    Ainsi me dist Amour, me frappant de ses ailes :
Son arc fist un grand bruit, les fueilles eternelles
11 Du Myrthe je senty sur mon chef tressaillir.
    Adieu, Muses, adieu, vostre faveur me laisse :
Helene est mon Parnasse : ayant telle Maistresse,
14 Le Laurier est à moy, je ne sçaurois faillir.

XL

    Seule sans compagnie en une grande salle
Tu logeois l'autre jour, pleine de majesté,

Cœur vrayment genereux, dont la brave beauté
4 Sans pareille, ne treuve une autre qui l'égalle.
    Ainsi seul en son ciel le Soleil se devalle,
Sans autre compagnie en son char emporté :
Et loin des autres Dieux en son Palais vouté
8 Jupiter a choisy sa demeure royale.
    Une ame vertueuse a tousjours un bon cœur :
Le Liévre fuyt tousjours, la Biche a tousjours peur,
11 Le Lyon de soymesme asseuré se hazarde.
    Cela qu'au peuple fait la crainte de la Loy,
La naïfve Vertu, sans peur, le fait en toy.
14 La Loy ne sert de rien, quand la Vertu nous garde.

                            XLI

    Qu'il me soit arraché des tetins de sa mere
Ce jeune enfant Amour, & qu'il me soit vendu :
Il ne faut plus qu'il croisse, il m'a desja perdu :
4 Vienne quelque marchand, je le mets à l'enchere.
    D'un si mauvais garçon la vente n'est pas chere,
J'en feray bon marché. Ah! j'ay trop attendu.
Mais voyez comme il pleure : il m'a bien entendu.
8 Appaise toy, mignon, j'ay passé ma cholere,
    Je ne te vendray point : au contraire je veux
Pour Page t'envoyer à ma maistresse Heleine,
11 Qui toute te ressemble & d'yeux & de cheveux,
    Aussi fine que toy, de malice aussi pleine.
Comme enfans vous croistrez, & vous jou'rez tous deux :
14 Quand tu seras plus grand, tu me payras ma peine.

                            XLII

    Passant dessus la tombe, où ta moitié repose,
Tu versas dessus elle une moisson de fleurs :
L'eschaufant de souspirs, & l'arrosant de pleurs,
4 Tu monstras qu'une mort tenoit ta vie enclose.
    Si tu aimes le corps dont la terre dispose,
Imagine ta force, & conçoy tes rigueurs :
Tu me verras, cruelle, entre mille langueurs
8 Mourir, puis que la mort te plaist sur toute chose.
    C'est acte de pitié d'honorer un cercueil :
Mespriser les vivans est un signe d'orgueil.
11 Puis que ton naturel les fantaumes embrasse,

Et que rien n'est de toy, s'il n'est mort, estimé,
Sans languir tant de fois, esconduit de ta grace,
14 Je veux du tout mourir, pour estre mieux aimé.

XLIII

Je ne serois marry, si tu comptois ma peine,
De compter tes degrez recomptez tant de fois :
Tu loges au sommet du Palais de noz Rois :
4 Olympe n'avoit pas la cyme si hauteine.
    Je perds à chaque marche & le pouls & l'haleine :
J'ay la sueur au front, j'ai l'estomac penthois,
Pour ouyr un nenny, un refus, une vois,
8 De desdain, de froideur & d'orgueil toute pleine,
    Tu es vrayment Deesse, assise en si haut lieu.
Or pour monter si haut, je ne suis pas un Dieu.
11 Je feray des degrez ma plainte coustumiere,
    T'envoyant jusqu'en haut mon cœur devotieux.
Ainsi les hommes font à Jupiter priere :
14 Les hommes sont en terre, & Jupiter aux cieux.

XLIV

Mon ame mille fois m'a predit mon dommage :
Mais la sotte qu'elle est, apres l'avoir predit,
Maintenant s'en repent, maintenant s'en desdit,
4 En voyant ma Maistresse, elle aime davantage.
    Si l'ame, si l'esprit qui sont de Dieu l'ouvrage,
Deviennent amoureux, à grand tort on mesdit
Du corps qui suit les sens, non brutal, comme on dit,
8 S'il se trouve esblouy des raiz d'un beau visage.
    Le corps ne languiroit d'un amoureux souci,
Si l'ame, si l'esprit ne le vouloient ainsi.
11 Mais du premier assaut l'ame se tient rendue,
    Conseillant, comme Royne, au corps d'en faire autant.
Ainsi le Citoyen trahy du combattant,
14 Se rend aux ennemis, quand la ville est perdue.

XLV

Il ne faut s'esbahir, disoient ces bons vieillars
Dessus le mur Troyen, voyans passer Heleine,

Si pour telle beauté nous souffrons tant de peine,
4 Nostre mal ne vaut pas un seul de ses regars.
　　Toutefois il vaut mieux, pour n'irriter point Mars,
La rendre à son espoux afin qu'il la r'emmeine,
Que voir de tant de sang nostre campagne pleine,
8 Nostre havre gaigné, l'assaut à noz rempars.
　　Peres, il ne falloit (à qui la force tremble)
Par un mauvais conseil les jeunes retarder :
11 Mais & jeunes & vieux vous deviez tous ensemble
Et le corps & les biens pour elle hazarder.
Menelas fut bien sage, & Pâris, ce me semble,
14 L'un de la demander, l'autre de la garder.

XLVI

Ah, belle liberté, qui me servois d'escorte,
Quand le pied me portoit où libre je voulois!
Ah, que je te regrette! helas, combien de fois
4 Ay-je rompu le joug, que malgré moy je porte!
　　Puis je l'ay r'attaché, estant nay de la sorte
Que sans aimer je suis & du plomb & du bois :
Quand je suis amoureux, j'ay l'esprit & la vois,
8 L'invention meilleure, & la Muse plus forte.
　　Il me faut donc aimer pour avoir bon esprit,
Afin de concevoir des enfans par escrit,
11 Pour allonger mon nom aux despens de ma peine.
　　Quel sujet plus fertil sçauroy-je mieux choisir
Que le sujet qui fut d'Homere le plaisir,
14 Ceste toute divine & vertueuse Heleine ?

XLVII

Tes freres les Jumeaux, qui ce mois verdureux
Maistrisent, & qui sont tous deux liez ensemble,
Te devroient enseigner, au moins comme il me semble,
4 A te joindre ainsi qu'eux d'un lien amoureux.
　　Mais ton corps nonchalant, revesche & rigoureux,
Qui jamais nulle flame amoureuse n'assemble,
En ce beau mois de May malgré tes ans ressemble,
8 O perte de jeunesse! à l'Hyver froidureux.
　　Tu n'es digne d'avoir les deux Jumeaux pour freres :
A leur gentille humeur les tiennes sont contraires,
11 Venus t'est desplaisante, & son fils odieux.

Au contraire, par eux la terre est toute pleine
De Graces & d'Amour : change ce nom d'Heleine :
14 Un autre plus cruel te convient beaucoup mieux.

XLVIII

Ny ta simplicité, ny ta bonne nature,
Ny mesme ta vertu ne t'ont peu garentir,
Que la Cour ta nourrice, escole de mentir,
4 N'ait degravé tes mœurs d'une fausse imposture.
Le Proverbe dit vray, Souvent la nourriture [1]
Corrompt le naturel : tu me l'as fait sentir,
Qui fraudant ton serment, m'avois au departir
8 Promis de m'honorer de ta belle figure [2].
Menteuse contre Amour, qui vengeur te poursuit,
Tu as levé ton camp pour t'enfuyr de nuict,
11 Accompaignant ta Royne (ô vaine couverture!)
Trompant pour la faveur ta promesse & ta foy.
Comment pourroy-je avoir quelque faveur de toy.
14 Quand tu ne veux souffrir que je t'aime en peinture ?

XLIX

Ceste fleur de Vertu, pour qui cent mille larmes
Je verse nuict & jour sans m'en pouvoir souler,
Peut bien sa destinee à ce Grec egaler,
4 A ce fils de Thetis, à l'autre fleur des armes.
Le Ciel malin borna ses jours de peu de termes :
Il eut courte la vie ailee à s'en aller [1] :
Mais son nom, qui a fait tant de bouches parler,
8 Luy sert contre la Mort de pilliers & de termes [2].
Il eut pour sa prouësse un excellent sonneur [3] :
Tu as pour tes vertuz en mes vers un honneur,
11 Qui malgré le tombeau suivra ta renommee.
Les Dames de ce temps n'envient ta beauté,
Mais ton nom tant de fois par les Muses chanté,
14 Qui languiroit d'oubly, si je ne t'eusse aimee.

L

Afin que ton honneur coule parmy la plaine
Autant qu'il monte au Ciel engravé dans un Pin,

Invoquant tous les Dieux, & respandant du vin,
4 Je consacre à ton nom ceste belle Fontaine [1].
    Pasteurs, que voz troupeaux frisez de blanche laine
Ne paissent à ces bords : y fleurisse le Thin,
Et la fleur, dont le maistre eut si mauvais destin,
8 Et soit dite à jamais la Fontaine d'Heleine.
    Le Passant en Esté s'y puisse reposer,
Et assis dessus l'herbe à l'ombre composer
11 Mille chansons d'Heleine, & de moy luy souvienne.
    Quiconques en boira, qu'amoureux il devienne :
Et puisse en la humant, une flame puiser
14 Aussi chaude, qu'au cœur je sens chaude la mienne.

STANCES DE LA FONTAINE D'HELENE,
pour chanter ou reciter à trois personnes.

Le premier.

Ainsi que ceste eau coule & s'enfuyt parmy l'herbe,
Ainsi puisse couler en ceste eau le soucy,
Que ma belle Maistresse, à mon mal trop superbe,
4 Engrave dans mon cœur sans en avoir mercy.

Le second.

Ainsi que dans ceste eau de l'eau mesme je verse,
Ainsi de veine en veine Amour, qui m'a blessé,
Et qui tout à la fois son carquois me renverse,
8 Un bruvage amoureux dans le cœur m'a versé.

I

Je voulois de ma peine esteindre la memoire :
Mais Amour, qui avoit en la fontaine beu,
Y laissa son brandon, si bien qu'au lieu de boire
12 De l'eau pour l'estancher, je n'ay beu que du feu.

II

Tantost ceste fontaine est froide comme glace,
Et tantost elle jette une ardente liqueur.
Deux contraires effects je sens, quand elle passe,
16 Froide dedans la bouche, & chaude dans mon cœur.

I

Vous qui refraischissez ces belles fleurs vermeilles,
Petits freres ailez, Favones [1] & Zephirs,
Portez de ma maistresse aux ingrates oreilles,
20 En volant parmy l'air, quelcun de mes souspirs.

II

Vous enfans de l'Aurore, allez baiser ma Dame :
Dites luy que je meurs, contez luy ma douleur,
Et qu'Amour me transforme en un rocher sans ame,
24 Non comme il fit Narcisse en une belle fleur.

I

Grenouilles qui jasez quand l'an se renouvelle,
Vous Gressets [2] qui servez aux charmes, comme on dit,
Criez en autre part vostre antique querelle [3] :
28 Ce lieu sacré vous soit à jamais interdit.

II

Philomele [4] en Avril ses plaintes y jargonne,
Et tes bords sans chansons ne se puissent trouver :
L'Arondelle l'Esté, le Ramier en Automne,
32 Le Pinson en tout temps, la Gadille [5] en Hyver.

I

Cesse tes pleurs, Hercule, & laisse ta Mysie [6],
Tes pieds de trop courir sont ja foibles & las :
Icy les Nymphes ont leur demeure choisie,
36 Icy sont tes Amours, icy est ton Hylas.

II

Que ne suis-je ravy comme l'enfant Argive [7] ?
Pour revencher ma mort, je ne voudrois sinon
Que le bord, le gravois, les herbes & la rive
40 Fussent tousjours nommez d'Helene, & de mon nom !

I

Dryades, qui vivez sous les escorces sainctes,
Venez, & tesmoignez combien de fois le jour
Ay-je troublé voz bois par le cry de mes plaintes,
44 N'ayant autre plaisir qu'à souspirer d'Amour ?

II

Echo, fille de l'Air, hostesse solitaire
Des rochers, où souvent tu me vois retirer,
Dy quantes fois le jour lamentant ma misere,
48 T'ay-je fait souspirer, en m'oyant souspirer ?

I

Ny Cannes ny Roseaux ne bordent ton rivage,
Mais le gay Poliot, des bergeres amy.
Tousjours au chant du jour le Dieu de ce bocage,
52 Appuyé sur sa fleute, y puisse estre endormy.

II

Fontaine, à tout jamais ta source soit pavee,
Non de menus gravois, de mousses ny d'herbis,
Mais bien de mainte Perle à bouillons enlevee,
56 De Diamans, Saphirs, Turquoises & Rubis.

I

Le Pasteur en tes eaux nulle branche ne jette,
Le Bouc de son ergot ne te puisse fouler :
Ains comme un beau Crystal, tousjours tranquille & nette,
60 Puisses tu par les fleurs eternelle couler.

II

Les Nymphes de ces eaux & les Hamadryades,
Que l'amoureux Satyre entre les bois poursuit,
Se tenans main à main, de sauts & de gambades,
64 Aux rayons du Croissant y dansent toute nuit.

I

Si j'estois un grand Prince, un superbe edifice
Je voudrois te bastir, où je ferois fumer
Tous les ans à ta feste autels & sacrifice,
68 Te nommant pour jamais la Fontaine d'aimer.

II

Il ne faut plus aller en la forest d'Ardeine
Chercher l'eau, dont Regnaut estoit tant desireux [8] :
Celuy qui boit à jeun trois fois ceste fonteine,
72 Soit passant, ou voisin, il devient amoureux.

I

Lune qui as ta robbe en rayons estoillee,
Garde ceste fontaine aux jours les plus ardans :
Defen la pour jamais de chaut & de gelee,
76 Remply la de rosee, & te mire dedans.

II

Advienne apres mille ans, qu'un Pastoureau desgoise
Mes amours, & qu'il conte aux Nymphes d'icy pres,
Qu'un Vandomois mourut pour une Saintongeoise,
80 Et qu'encore son esprit erre entre ces forests.

Le tiers.

Garsons, ne chantez plus : ja Vesper nous commande
De serrez noz troupeaux : les Loups sont ja dehors.
Demain à la frescheur avec une autre bande
84 Nous reviendrons danser à l'entour de tes bords.
Fontaine ce-pendant de ceste tasse pleine
Reçoy ce vin sacré que je verse dans toy :
Sois dite pour jamais la Fontaine d'Heleine,
88 Et conserve en tes eaux mes amours & ma foy.

LI

Il ne suffit de boire en l'eau que j'ay sacree
A ceste belle Helene, afin d'estre amoureux :
Il faut aussi dormir dedans un antre ombreux,
4 Qui a joignant sa rive en un mont son entree.
Il faut d'un pied dispos danser dessus la pree,
Et tourner par neuf fois autour d'un saule creux :
Il faut passer la planche, il faut faire des vœux
8 Au bon pere Germain qui garde la contree.
Cela fait, quand un cœur seroit un froid glaçon,
Il sentira le feu d'une estrange façon
11 Enflamer sa froideur. Croyez ceste escriture.
Amour du rouge sang des Geans tout souillé [1],
Essuyant en ceste eau son beau corps despouillé,
14 Y laissa pour jamais ses feux & sa teinture.

LII

Adieu, cruelle, adieu, je te suis ennuyeux :
C'est trop chanté d'Amour sans nulle recompense.
Te serve qui voudra, je m'en vay, & je pense
4 Qu'un autre serviteur ne te servira mieux.

Amour en quinze jours m'a fait ingenieux,
Me jettant au cerveau de ces vers la semence :
La Raison maintenant me r'appelle, & me tense :
8 Je ne veux si long temps devenir furieux.

Il ne faut plus nourrir cest Enfant qui me ronge,
Qui les credules prend comme un poisson à l'hain,
11 Une plaisante farce, une belle mensonge,

Un plaisir pour cent maux, qui s'en-vole soudain :
Mais il se faut resoudre & tenir pour certain
14 Que l'homme est malheureux, qui se repaist d'un songe.

LIII

Je m'enfuy du combat, ma bataille est desfaite,
J'ay perdu contre Amour la force & la raison :
Ja dix lustres passez, & ja mon poil grison
4 M'appellent au logis, & sonnent la retraite.

Si, comme je voulois, ta gloire n'est parfaite,
N'en blasme point l'esprit, mais blasme la saison :
Je ne suis ny Pâris, ny desloyal Jason :
8 J'obeïs à la loy que la Nature a faite.

Entre l'aigre & le doux, l'esperance & la peur,
Amour dedans ma forge a poly cest ouvrage.
11 Je ne me plains du mal, du temps ny du labeur,

Je me plains de moymesme & de ton fier courage.
Tu t'en repentiras, si tu as un bon cœur,
14 Mais le tard repentir ne guarist le dommage.

LIV

Je chantois ces Sonets, amoureux d'une Heleine,
En ce funeste mois que mon Prince mourut :
Son sceptre, tant fust grand, Charles ne secourut,
4 Qu'il ne payast sa debte à la Nature humaine.

La Mort fut d'une part, & l'Amour qui me meine,
Estoit de l'autre part, dont le traict me ferut,
Et si bien la poison par les veines courut,

8 Que j'oubliay mon maistre, attaint d'une autre peine.
     Je senty dans le cœur deux diverses douleurs,
  La rigueur de ma Dame, & la tristesse enclose
11 Du Roy, que j'adorois pour ses rares valeurs.
     La vivante & le mort tout malheur me propose :
  L'une aime les regrets, & l'autre aime les pleurs :
14 Car l'Amour & la Mort n'est qu'une mesme chose.

PIECE AJOUTEE AU SECOND LIVRE
DES *SONETS POUR HELENE* (1584)

ELEGIE

Six ans estoient coulez, & la septiesme annee [1]
Estoit presques entiere en ses pas retournee,
Quand loin d'affection, de desir & d'amour,
4 En pure liberté je passois tout le jour,
Et franc de tout soucy qui les ames devore,
Je dormois dès le soir jusqu'au point de l'aurore.
Car seul maistre de moy j'allois plein de loisir,
8 Où le pied me portoit, conduit de mon desir,
Ayant tousjours és mains pour me servir de guide
Aristote ou Platon, ou le docte Euripide
Mes bons hostes muets, qui ne faschent jamais :
12 Ainsi que je les prens, ainsi je les remais.
O douce compagnie & utile & honneste!
Un autre en caquetant m'estourdiroit la teste.
   Puis du livre ennuyé, je regardois les fleurs,
16 Feuilles tiges rameaux especes & couleurs,
Et l'entrecoupement de leurs formes diverses,
Peintes de cent façons, jaunes rouges & perses,
Ne me pouvant saouler, ainsi qu'en un tableau,
20 D'admirer la Nature, & ce qu'elle a de beau :
Et de dire en parlant aux fleurettes escloses
« Celuy est presque Dieu qui cognoist toutes choses,
Esloigné du vulgaire, & loin des courtizans,
24 De fraude & de malice impudens artizans.
   Tantost j'errois seulet par les forests sauvages
Sur les bords enjonchez des peinturez rivages,
Tantost par les rochers reculez & deserts,
28 Tantost par les taillis, verte maison des cerfs.
   J'aimois le cours suivy d'une longue riviere,
Et voir onde sur onde allonger sa carriere,

Et flot à l'autre flot en roulant s'attacher,
32   Et pendu sur le bord me plaisoit d'y pescher.
Estant plus resjouy d'une chasse muette
Troubler des escaillez la demeure secrette,
Tirer avecq' la ligne en tremblant emporté
36   Le credule poisson prins à l'haim apasté,
Qu'un grand Prince n'est aise ayant prins à la chasse
Un cerf qu'en haletant tout un jour il pourchasse.
Heureux, si vous eussiez d'un mutuel esmoy
40   Prins l'apast amoureux aussi bien comme moy,
Que tout seul j'avallay, quand par trop desireuse
Mon ame en vos yeux beut la poison amoureuse.
     Puis alors que Vesper vient embrunir nos yeux,
44   Attaché dans le ciel je contemple les cieux,
En qui Dieu nous escrit en notes non obscures
Les sorts & les destins de toutes creatures.
Car luy, en desdaignant (comme font les humains)
48   D'avoir encre & papier & plume entre les mains,
Par les astres du ciel qui sont ses characteres,
Les choses nous predit & bonnes & contraires :
Mais les hommes chargez de terre & du trespas
52   Mesprisent tel escrit, & ne le lisent pas.
Or le plus de mon bien pour decevoir ma peine,
C'est de boire à longs traits les eaux de la fontaine
Qui de vostre beau nom se brave, & en courant
56   Par les prez vos honneurs va tousjours murmurant,
Et la Royne se dit des eaux de la contree :
Tant vault le gentil soin d'une Muse sacree,
Qui peult vaincre la mort, & les sorts inconstans,
60   Sinon pour tout jamais, au moins pour un long temps.
Là couché dessus l'herbe en mes discours je pense
Que pour aimer beaucoup j'ay peu de recompense,
Et que mettre son cœur aux Dames si avant,
64   C'est vouloir peindre en l'onde, et arrester le vent :
M'asseurant toutefois qu'alors que le vieil âge
Aura comme un sorcier changé vostre visage,
Et lors que vos cheveux deviendront argentez,
68   Et que vos yeux, d'amour ne seront plus hantez,
Que tousjours vous aurez, si quelque soin vous touche,
En l'esprit mes escrits, mon nom en vostre bouche.
     Maintenant que voicy l'an septiéme venir,
72   Ne pensez plus Helene en vos laqs me tenir,
La raison m'en delivre, & vostre rigueur dure,
Puis il fault que mon age obeysse à nature.

PIECES AJOUTEES AU SECOND LIVRE
DES *SONETS POUR HELENE* (1587)

I

Vous ruisseaux, vous rochers, vous antres solitaires,
Vous chesnes, heritiers du silence des bois,
Entendez les souspirs de ma derniere vois,
4 Et de mon testament soyez presents notaires.
Soyez de mon mal-heur fideles secretaires,
Gravez le en vostre escorce, afin que tous les mois
Il croisse comme vous [1] : ce pendant je m'en vois
8 Là bas privé de sens, de veines, & d'arteres.
Je meurs pour la rigueur d'une fiere beauté,
Qui vit sans foy, sans loy, amour ne loyauté,
11 Qui me succe le sang comme un Tygre sauvage.
Adieu forests adieu! adieu le verd sejour
De vos arbres, heureux pour ne cognoistre Amour
14 Ny sa mere qui tourne en fureur le plus sage.

II

DIALOGUE DE L'AUTHEUR
ET DU MONDAIN

Est-ce tant que la Mort : est-ce si grand mal'heur
Que le vulgaire croit ? Comme l'heure premiere
Nous faict naistre sans peine, ainsi l'heure derniere
4 Qui acheve la trame, arrive sans douleur.
Mais tu ne seras plus ? Et puis : quand la paleur
Qui blesmit nostre corps sans chaleur ne lumiere
Nous perd le sentiment! quand la main filandiere [1]
8 Nous oste le desir perdans nostre chaleur!
Tu ne mangeras plus ? Je n'auray plus envie

De boire ne manger, c'est le corps qui sa vie
11 Par la viande allonge, & par refection :
     L'esprit n'en a besoin. Venus qui nous appelle
     Aux plaisirs te fuira ? Je n'auray soucy d'elle.
14 » Qui ne désire plus, n'a plus d'affection.

LES AMOURS DIVERSES

Sonets

I

Quiconque a peint Amour, il fut ingenieux,
Non le faisant enfant chargé de traicts & d'ailes,
Non luy chargeant les mains de flames eternelles,
4 Mais bien d'un double crespe enveloppant ses yeux.
Amour hait la clarté, le jour m'est odieux :
J'ay, qui me sert de jour, mes propres estincelles,
Sans qu'un Soleil jaloux de ses flames nouvelles
8 S'amuse si long temps à tourner dans les cieux.
Argus regne en Esté, qui d'une œillade espesse
Espie l'amoureux parlant à sa maistresse.
11 Le jour est de l'Amour ennemy dangereux.
Soleil, tu me desplais : la nuict m'est bien meilleure :
Pren pitié de mon mal, cache toy de bonne heure :
14 Tu fus, comme je suis, autrefois amoureux [1].

II

Jamais Hector aux guerres n'estoit lâche :
Lors qu'il alloit combattre les Gregeois :
Tousjours sa femme attachoit son harnois,
4 Et sur l'armet luy plantoit son pennache.
Il ne craignoit la Pelienne hache
Du grand Achille [1], ayant deux ou trois fois
Baisé sa femme, & tenant en ses dois
8 Quelque faveur de sa belle Andromache.
Heureux cent fois toy Chevalier errant,
Que ma Deesse alloit hier parant

11 Et qu'en armant baisoit, comme je pense.
    De sa vertu procede ton honneur :
    Que pleust à Dieu, pour avoir ce bon-heur,
14 Avoir changé mes plumes à ta lance.

III

    Il ne falloit, Maistresse, autres tablettes
    Pour vous graver, que celles de mon cœur,
    Où de sa main Amour nostre veinqueur
4   Vous a gravee, & voz graces parfaites.
    Là voz vertuz au vif y sont portraites,
    Et voz beautez causes de ma langueur,
    L'honnesteté, la douceur, la rigueur,
8   Et tous les biens & maux que vous me faites.
    Là voz cheveux, vostre œil & vostre teint,
    Et vostre front s'y monstre si bien peint,
11 Et vostre face y est si bien enclose,
    Que tout est plein : il n'y a plus d'endroit
    Qui ne soit vostre : & quand Amour voudroit
14 Il ne pourroit y graver autre chose.

IV

    Ce Chasteau-neuf, ce nouvel edifice
    Tout enrichy de marbre & de porphire,
    Qu'Amour bastit chasteau de son empire,
4   Où tout le Ciel a mis son artifice
    Est un rempart, un fort contre le vice,
    Où la Vertu maistresse se retire,
    Que l'œil regarde, & que l'esprit admire,
8   Forçant les cœurs à luy faire service.
    C'est un Chasteau feé de telle sorte,
    Que nul ne peut approcher de la porte,
11 Si des grands Rois il n'a tiré sa race,
    Victorieux, vaillant & amoureux.
    Nul Chevalier, tant soit aventureux,
14 Sans estre tel ne peut gaigner la place.

V

    Si mon grand Roy n'eust veincu mainte armee,
    Son nom n'iroit, comme il fait, dans les cieux :

Les ennemis l'ont fait victorieux,
4 Et des veincuz il prend sa renommee.
   Si de plusieurs je te voy bien-aimee,
C'est mon trophee, & n'en suis envieux :
D'un tel honneur je deviens glorieux,
8 Ayant choisy chose tant estimee.
   Ma jalousie est ma gloire de voir
Mesmes Amour soumis à ton pouvoir.
11 Mais s'il advient que de luy je me vange,
   Vous honorant d'un service constant,
Jamais mon Roy par trois fois combatant
14 N'eut tant d'honneur, que j'auray de louange.

VI

   A mon retour (hé, je m'en desespere !)
Tu m'as receu d'un baiser tout glacé,
Froid, sans saveur, baiser d'un trespassé,
4 Tel que Diane en donnoit à son frere [1],
   Tel qu'une fille en donne à sa grand'mere,
La fiancée en donne au fiancé,
Ny savoureux, ny moiteux, ny pressé.
8 Et quoy, ma lévre est-elle si amere ?
   Ha, tu devrois imiter les pigeons
Qui bec en bec de baisers doux & longs
11 Se font l'amour sur le haut d'une souche.
   Je te suppli', Maistresse, desormais
Ou baise moy la saveur en la bouche,
14 Ou bien du tout ne me baise jamais.

VII

A Phœbus

   Sois medecin, Phœbus, de la Maistresse
Qui tient mon Prince en servage si doux :
Vole à son lict, & luy taste le poux :
4 Il faut qu'un Dieu guarisse une Deesse.
   Mets en effect ton mestier, & ne cesse
De la panser, & luy donner secours,
Ou autrement le regne des amours
8 Sera perdu, si le mal ne la laisse.
   Ne souffre point, qu'une blesme langueur

De son beau teint efface la vigueur,
11   Ny de ses yeux où l'Amour se repose.
   Exauce moy, ô Phœbus : si tu veux,
D'un mesme coup tu en guariras deux :
14   Elle & mon Duc n'est qu'une mesme chose.

VIII

Amour, tu es trop fort, trop foible est ma Raison
Pour soustenir le camp d'un si rude adversaire.
Va, badine Raison, tu te laisses desfaire :
4 Dez le premier assaut on te meine en prison.
   Je veux, pour secourir mon chef demy-grison
Non la Philosophie ou les Loix : au contraire
Je veux ce deuxfois-nay, ce Thebain, ce Bon-pere,
8 Lequel me servira d'une contrepoison.
   Il ne faut qu'un mortel un immortel assaille.
Mais si je prens un jour cest Indien pour moy [1],
11 Amour, tant sois tu fort, tu perdras la bataille,
   Ayant ensemble un homme & un Dieu contre toy.
La Raison contre Amour ne peut chose qui vaille :
14 Il faut contre un grand Prince opposer un grand Roy.

IX

Cusin, monstre à double aile, au mufle Elephantin [1],
Canal à tirer sang, qui voletant en presse
Sifles d'un son aigu, ne picque ma Maistresse,
4 Et la laisse dormir du soir jusqu'au matin.
   Si ton corps d'un atome, & ton nez de mastin
Cherche tant à picquer la peau d'une Deesse,
En lieu d'elle, Cusin, la mienne je te laisse :
8 Succe la, que mon sang te soit comme un butin.
   Cusin, je m'en desdy : hume moy de la belle
Le sang, & m'en apporte une goutte nouvelle
11 Pour gouster quel il est. Ha, que le sort fatal
   Ne permet à mon corps de prendre ton essence!
Repicquant ses beaux yeux, elle auroit cognoissance
14 Qu'un rien qu'on ne voit point, fait souvent un grand mal.

X

Genévres herissez, & vous Houx espineux,
L'un hoste des deserts, & l'autre d'un bocage :
Lhierre, le tapis d'un bel antre sauvage,
4 Sources qui bouillonnez d'un surgeon sablonneux,
Pigeons qui vous baisez d'un baiser savoureux,
Tourtres qui lamentez d'un eternel vefvage,
Rossignols ramagers, qui d'un plaisant langage
8 Nuict & jour rechantez voz versets amoureux :
Vous à la gorge rouge estrangere Arondelle,
Si vous voyez aller ma Nymphe en ce Printemps
11 Pour cueillir des bouquets par ceste herbe nouvelle,
Dites luy, pour-neant que sa grace j'attens [1],
Et que pour ne souffrir le mal que j'ay pour elle
14 J'ay mieux aimé mourir que languir si long temps.

XI

Cruelle, il suffisoit de m'avoir pouldroyé,
Outragé, terrassé, sans m'oster l'esperance.
Tousjours du malheureux l'espoir est l'asseurance :
4 L'amant sans esperance est du tout fouldroyé.
L'espoir va soulageant l'homme demy-noyé :
L'espoir au prisonnier annonce delivrance :
Le pauvre par l'espoir allege sa souffrance :
8 Rien meilleur que l'espoir du Ciel n'est envoyé.
Ny d'yeux ny de semblant vous ne m'estes cruelle :
Mais par l'art cauteleux d'une voix qui me gelle,
11 Vous m'ostez l'esperance, & desrobez mon jour.
O belle cruauté, des beautez la premiere,
Qu'est-ce parler d'amour, sans point faire l'amour,
14 Sinon voir le Soleil sans aimer sa lumiere ?

XII

Tant de fois s'appointer, tant de fois se fascher,
Tant de fois rompre ensemble, & puis se renouër,
Tantost blasmer Amour, & tantost le louër,
4 Tant de fois se fuyr, tant de fois se chercher,
Tant de fois se monstrer, tant de fois se cacher,
Tantost se mettre au joug, tantost le secouër,

Advouër sa promesse, & la desadvouër,
8 Sont signes que l'Amour de pres nous vient toucher.
　　L'inconstance amoureuse est marque d'amitié.
　Si donc tout à la fois avoir haine & pitié,
11 Jurer, se parjurer, sermens faicts & desfaicts,
　　Esperer sans espoir, confort sans reconfort,
　Sont vrais signes d'amour, nous entr'aimons bien fort :
14 Car nous avons tousjours ou la guerre, ou la paix.

XIII

　Quoy ? me donner congé d'embrasser chaque femme,
　Mon feu des-attizer au premier corps venu,
　Ainsi qu'un vagabond, sans estre retenu
4 Abandonner la bride au vouloir de ma flame :
　　Non, ce n'est pas aimer. L'Archer ne vous entame
　Qu'un peu le haut du cœur d'un traict foible & menu.
　Si d'un coup bien profond il vous estoit cognu,
8 Ce ne seroit que soulfre & braise de vostre ame.
　　En soupçon de vostre ombre en tous lieux vous seriez :
　A toute heure, en tous temps, jalouse me suivriez,
11 D'ardeur & de fureur & de crainte allumee.
　　Amour au petit pas, non au gallop vous court,
　Et vostre amitié n'est qu'une flame de Court,
14 Où peu de feu se trouve, & beaucoup de fumee.

XIV

　Je t'avois despitee, & ja trois mois passez
　Se perdoient, Temps ingrat, que je ne t'avois veuë,
　Quand destournant sur moy les esclairs de ta veuë,
4 Je senty la vertu de tes yeux offensez.
　　Puis tout aussi soudain que les feux eslancez,
　Qui par le ciel obscur s'esclattent de la nue,
　Rasserenant l'ardeur de ta cholere esmeuë,
8 Sou-riant tu rendis mes pechez effacez.
　　J'estois vrayment un sot de te prier, Maistresse :
　Des Dames je ne crains l'orage vengeresse.
11 En liberté tu vis, en liberté je vy.
　　Dieu peut avec raison mettre son œuvre en pouldre,
　Mais je ne suis ton œuvre, ou sujet de ta fouldre :
14 Tu m'as tres-mal payé pour avoir bien servy.

XV

Puis qu'elle est tout hyver, toute la mesme glace,
Toute neige, & son cœur tout armé de glaçons,
Qui ne m'aime sinon pour avoir mes chansons,
4 Pourquoy suis-je si fol que je ne m'en delace ?
     Dequoy me sert son nom, sa grandeur & sa race,
Que d'honneste servage, & de belles prisons,
Maistresse, je n'ay pas les cheveux si grisons,
8 Qu'une autre de bon cœur ne prenne vostre place.
     Amour, qui est enfant, ne cele verité.
Vous n'estes si superbe, ou si riche en beauté,
11 Qu'il faille desdaigner un bon cœur qui vous aime.
     R'entrer en mon Avril desormais je ne puis :
Aimez moy, s'il vous plaist, grison comme je suis,
14 Et je vous aimeray quand vous serez de mesme.

XVI

Sommeillant sur ta face, où l'honneur se repose,
Tout ravy je humois & tirois à longs traicts
De ton estomac sainct [1] un millier de secrets,
4 Par qui le Ciel en moy ses mysteres expose.
     J'appris en tes vertus n'avoir la bouche close :
J'appris tous les secrets des Latins & des Grecs :
Tu me fis un Oracle : & m'esveillant apres
8 Je devins un Demon [2] sçavant en toute chose.
     J'appris que c'est l'Amour, du Ciel le fils aisné.
O bon Endymion, je ne suis estonné,
11 Si dormant sur la Lune en un sommeil extrême
     La Lune te fist Dieu! Tu es un froid amy.
Si j'avois pres ma Dame un quart d'heure dormy,
14 Je serois non pas Dieu : je serois les Dieux mesme.

XVII

Je liay d'un filet de soye cramoisie
Vostre bras l'autre jour, parlant avecques vous :
Mais le bras seulement fut captif de mes nouds,
4 Sans vous pouvoir lier ny cœur ny fantaisie.
     Beauté, que pour maistresse unique j'ay choisie,
Le sort est inegal : vous triomphez de nous.

Vous me tenez esclave esprit, bras, & genous,
8 Et Amour ne vous tient ny prinse ny saisie.
  Je veux parler, Maistresse, à quelque vieil sorcier,
A fin qu'il puisse au mien vostre vouloir lier,
11 Et qu'une mesme playe à noz cœurs soit semblable.
  Je faux : l'amour qu'on charme est de peu de sejour.
  Estre beau, jeune, riche, eloquent, agreable,
14 Non les vers enchantez, sont les sorciers d'Amour.

XVIII

  D'un profond pensement j'avois si fort troublee
L'imagination, qui toute en vous estoit,
Que mon ame à tous coups de mes lévres sortoit,
4 Pour estre, en me laissant, à la vostre assemblee.
  J'ay cent fois la fuitive à l'hostel r'appellee
Qu'Amour me desbauchoit : ores elle escoutoit
Et ores sans m'ouyr le frein elle emportoit,
8 Comme un jeune Poulain qui court à la vollee.
  La tançant, je disois, Tu te vas decevant.
  Si elle nous aimoit, nous aurions plus souvent
11 Course, poste, message, & lettre accoustumee.
  Elle a de noz chansons, & non de nous soucy.
  Mon ame, sois plus fine : il nous faut tout ainsi
14 Qu'elle nous paist de vent, la paistre de fumee.

XIX

  Aller en marchandise aux Indes precieuses,
Sans acheter ny or ny parfum ny joyaux :
Hanter, sans avoir soif, les sources & les eaux :
4 Frequenter sans bouquets les fleurs delicieuses,
  Courtiser & chercher les Dames amoureuses,
Estre toujours assise au milieu des plus beaux,
Et ne sentir d'Amour ny fleches ny flambeaux,
8 Ma Dame, croyez moy, sont choses monstreuses.
  C'est se tromper soymesme : aussi tousjours j'ay creu
Qu'on pouvoit s'eschaufer en s'approchant du feu,
11 Et qu'en prenant la glace & la neige on se gelle.
  Puis il est impossible, estant si jeune & belle,
Que vostre cœur gentil d'Amour ne soit esmeu,
14 Sinon d'un grand brasier, au moins d'une estincelle.

XX

Comme je regardois ces yeux (mais ceste fouldre)
Dont l'esclat amoureux ne part jamais en vain,
Sa blanche, charitable & delicate main
4 Me parfuma le chef & la barbe de pouldre.

Pouldre, l'honneur de Cypre, actuelle à resouldre [1]
L'ulcere qui s'encharne au plus creux de mon sein,
Depuis telle faveur j'ay senty mon cœur sain,
8 Ma playe se reprendre, & mon mal se dissouldre.

Pouldre, Atomes sacrez qui sur moy voletoient,
Où toute Cypre, l'Inde, & leurs parfums estoient,
11 Je vous sens dedans l'ame. O Pouldre souhaitee
En parfumant mon chef vous avez combatu
Ma douleur & mon cœur : je faux, c'est la vertu
14 De ceste belle main qui vous avoit jettee.

XXI

Le mois d'Augst [1] bouillonnoit d'une chaleur esprise,
Quand j'allay voir ma Dame assise aupres du feu :
Son habit estoit gris, duquel je me despleu,
4 La voyant toute palle en une robbe grise.

Que plaignez vous, disoy-je, en une chaire assise ?
Je tremble, & la chaleur reschaufer ne m'a peu :
Tout le corps me fait mal, & vivre je n'ay peu
8 Saine depuis six ans, tant l'ennuy me tient prise.

Si l'Esté, la jeunesse, & le chaut n'ont pouvoir
D'eschaufer vostre sang, comment pourroy-je voir
11 Sortir un feu d'une ame en glace convertie ?

Mais, Corps, ayant soucy de me voir en esmoy,
Serois-tu point malade en langueur comme moy,
14 Tirant à toy mon mal par une sympathie ?

XXII

Ma Dame beut à moy : puis me baillant sa tasse,
Buvez, dit-ell', ce reste où mon cœur j'ay versé :
Et alors le vaisseau [1] des lévres je pressay,
4 Qui comme un Batelier son cœur dans le mien passe.

Mon sang renouvellé tant de forces amasse
Par la vertu du vin qu'elle m'avoit laissé,

Que trop chargé d'esprits & de cœurs, je pensay
8 Mourir dessous le fais, tant mon ame estoit lasse.
    Ah, Dieux, qui pourroit vivre avec telle beauté,
Qui tient tousjours Amour en son vase arresté!
11 Je ne devois en boire, & m'en donne le blâme.
    Ce vase me lia tous les Sens dés le jour
Que je beu de son vin, mais plus tost une flame,
14 Mais plus tost un venin qui m'en-yvra d'amour.

XXIII

    J'avois esté saigné : ma Dame me vint voir
Lors que je languissois d'une humeur froide & lente.
Se tournant vers mon sang, comme toute riante,
4 Me dist en se jouant, Que vostre sang est noir!
    Le trop penser en vous a peu si bien mouvoir
L'imagination, que l'ame obeyssante
A laissé la chaleur naturelle impuissante
8 De cuire, de nourrir, de faire son devoir.
    Ne soyez plus si belle, & devenez Medee [1] :
Colorez d'un bon sang ma face ja ridee,
11 Et d'un nouveau printemps faites moy r'animer.
    Æson vit rajeunir son escorce ancienne.
Nul charme ne sçauroit renouveller la mienne :
14 Si je veux rajeunir, il ne faut plus aimer.

XXIV

    Si la beauté se perd, fais-en part de bonne heure,
Tandis qu'en son printemps tu la vois fleuronner :
Si elle ne se perd, ne crain point de donner
4 A tes amis le bien qui tousjours te demeure.
    Venus, tu devrois estre en mon endroit meilleure,
Et non dedans ton camp ainsi m'abandonner :
Tu me laisses toymesme esclave emprisonner
8 Es mains d'une cruelle, où il faut que je meure.
    Tu as changé mon aise & mon doux en amer.
Que devoy-je esperer de toy, germe de mer [1],
11 Sinon toute tempeste ? & de toy, qui es femme
    De Vulcan, que du feu ? de toy, garse de Mars,
Que couteaux, qui sans cesse environnent mon ame
14 D'orages amoureux, de flames & de dars ?

XXV

Amour, seul artisan de mes propres malheurs,
Contre qui sans repos au combat je m'essaye,
M'a fait dedans le cœur une mauvaise playe,
4 Laquelle en lieu de sang ne verse que des pleurs.
    Le meschant m'a fait pis, choisissant les meilleurs
De ses traits ja trempez aux veines de mon faye [1] :
La langue m'a navree, à fin que je begaye
8 En lieu de raconter à chacun mes douleurs.
    Phœbus, qui sur Parnasse aux Muses sers de guide,
Pren l'arc, revenge moy contre cest homicide :
11 J'ay la langue & le cœur percez de part en part.
    Voy comme l'un & l'autre en sanglotant me saigne.
Phœbus, dés le berceau j'ay suivy ton enseigne [2] :
14 Le Capitaine doit defendre son soudart.

XXVI

Cythere entreoit au bain, & te voyant pres d'elle,
Son ceste [1] elle te baille à fin de le garder.
Ceinte de tant d'amours, tu me vins regarder
4 Me tirant de tes yeux une fleche cruelle.
    Muses, je suis navré : ou ma playe mortelle
Guarissez, ou cessez de plus me commander.
Je ne suy vostre escole, à fin de demander
8 Qui fait la Lune vieille, ou qui la fait nouvelle.
    Je ne vous fais la Cour, comme un homme ocieux,
Pour apprendre de vous le mouvement des cieux,
11 Que peut la grande Eclipse, ou que peut la petite,
    Ou si Fortune ou Dieu ont fait cest Univers :
Si je ne puis flatter ma Dame par mes vers,
14 Cherchez autre escolier, Deesses, je vous quitte.

XXVII

J'ay honte de ma honte, il est temps de me taire,
Sans faire l'amoureux en un chef si grison :
Il vaut mieux obeyr aux loix de la Raison,
4 Qu'estre plus desormais en l'amour volontaire.
    Je l'ay juré cent fois : mais je ne le puis faire.
Les Roses pour l'Hyver ne sont plus de saison :

Voicy le cinquiesme an de ma longue prison,
8 Esclave entre les mains d'une belle Corsaire.
 Maintenant je veux estre importun amoureux
Du bon pere Aristote, & d'un soin genereux [1]
11 Courtiser & servir la beauté de sa fille [2].
 Il est temps que je sois de l'Amour deslié :
Il vole comme un Dieu : homme je vais à pié.
14 Il est jeune, il est fort : je suis gris & debile.

XXVIII

 Maintenant que l'Hyver de vagues empoullees
Orgueillist les Torrens, & que le vent qui fuit
Fait ores esclatter les rives d'un grand bruit,
4 Et ores des forests les testes éfeuillees :
 Je voudrois voir d'Amour les deux ailes gelees,
Voir ses traicts tous gelez, desquels il me poursuit,
Et son brandon gelé, dont la chaleur me cuit
8 Les veines, que sa flame a tant de fois bruslees.
 L'Hyver est tousjours fait d'un gros air espessy
Pour le Soleil absent, ny chaut ny esclaircy :
11 Et mon ardeur se fait des rayons d'une face,
 Laquelle me nourrit d'imagination.
Tousjours dedans le sang j'en ay l'impression,
14 Qui force de l'Hyver les neiges & la glace.

XXIX

 Chacun me dit, Ronsard, ta maistresse n'est telle
Comme tu la descris. Certes je n'en sçay rien :
Je suis devenu fol, mon esprit n'est plus mien,
4 Je ne puis discerner la laide de la belle.
 Ceux qui ont en amour & prudence & cervelle,
Poursuivans les beautez, ne peuvent aimer bien.
Le vray amant est fol, & ne peut estre sien,
8 S'il est vray que l'amour une fureur s'appelle.
 Souhaiter la beauté, que chacun veult avoir,
Ce n'est humeur de sot, mais l'homme de sçavoir,
11 Qui prudent & rusé cherche la belle chose.
 Je ne sçaurois juger, tant la fureur me suit :
Je suis aveugle & fol : un jour m'est une nuict,
14 Et la fleur d'un Chardon m'est une belle Rose.

XXX

    Au milieu de la guerre, en un siecle sans foy,
Entre mille procez, est-ce pas grand folie
D'escrire de l'Amour ? De manotes on lie
4 Des fols, qui ne sont pas si furieux que moy.
    Grison, & maladif r'entrer dessous la loy
D'Amour, ô quelle erreur! Dieux, mercy je vous crie.
Tu ne m'es plus Amour, tu m'es une Furie,
8 Qui me rends fol, enfant, & sans yeux comme toy :
    Voir perdre mon pays, proye des adversaires,
Voir en noz estendars les fleurs de liz contraires,
11 Voir une Thebaïde [1], & faire l'amoureux.
    Je m'en vais au Palais [2] : adieu vieilles Sorcieres.
Muses, je prens mon sac, je seray plus heureux
14 En gaignant mes procez, qu'en suivant voz rivieres.

XXXI

    Le Juge m'a trompé : ma maistresse m'enserre
Si fort en sa prison, que j'en suis tout transi :
La guerre est à mon huis. Pour charmer mon souci,
4 Page, verse sans fin du vin dedans mon verre.
    Au vent aille l'Amour, le procez & la guerre,
Et la melancholie au sang froid & noirci :
Adieu rides, adieu, je ne vy plus ainsi :
8 Vivre sans volupté c'est vivre sous la terre.
    La Nature nous donne assez d'autres malheurs
Sans nous en acquerir. Nud je vins en ce monde,
11 Et nud je m'en iray. Que me servent les pleurs,
    Sinon de m'attrister d'une angoisse profonde ?
Chasson avec le vin le soin & les malheurs :
14 Je combats les soucis, quand le vin me seconde.

ELEGIE

    Un long voyage ou un courroux, ma Dame,
Ou le temps seul pourront m'oster de l'ame
La sotte ardeur qui vient de vostre feu,
4 Puis qu'autrement mes amis ne l'ont peu,
M'admonestant d'un conseil salutaire,
Que je cognois, & que je ne puis faire.

Car tant je suis par mes sens empesché,
8 Qu'en m'excusant j'approuve mon peché,
Et si quelqu'un de mes parens m'accuse
Incontinent d'une subtile ruse
Par long propos je desguise le tort,
12 Pour pardonner à l'autheur de ma mort,
Voulant menteur aux autres faire croire
Que mon diffame est cause de ma gloire.
Bien que l'esprit resiste à mon vouloir,
16 Tout bon conseil je mets à nonchaloir,
Par le penser m'encharnant un ulcere
Au fond du cœur : que plus je delibere
Guarir, ou rendre autrement adoucy,
20 Plus son aigreur se paist de mon soucy.
   Quand de despit à-par-moy je souspire,
Cent fois le jour ma raison me vient dire
Que d'un discours sagement balancé
24 Je remedie au coup qui m'a blessé.
   Heureux celuy qui ses peines oublie !
Va-t'en trois ans courir par l'Italie :
Ainsi pourras de ton col deslier
28 Ce meschant mal qui te tient prisonnier.
Autres citez, autres villes & fleuves,
Autres desseins, autres volontez neuves,
Autre contree, autre air & autres cieux
32 D'un seul regard t'esblouyront les yeux,
Et te feront sortir de la pensee
Plutost que vent, celle qui t'a blessee.
Car comme un clou par l'autre est repoussé,
36 L'amour par l'autre est soudain effacé.
Tu es semblable à ceux qui dans un Antre
Ont leur maison, où point le Soleil n'entre.
Eux regardans en si obscur sejour
40 Tant seulement un seul moment de jour,
Pensent qu'une heure est le Soleil, & croyent
Que tout le jour est ceste heure qu'ils voyent.
Incontinent que leur cœur genereux
44 Les fait sortir hors du sejour ombreux,
En contemplant du Soleil la lumiere,
Ils ont horreur de leur prison premiere.
   Le bon Orphee en l'antique saison
48 Alla sur mer bien loin de sa maison
Pour effacer le regret de sa femme,
Et son chemin aneantit sa flame.
   Quand le Soleil s'abaissoit & levoit,

52 Tousjours pleurant & criant le trouvoit
   Dessous un roc, couché contre la terre,
   Où ses pensers luy faisoient une guerre :
   Et ressembloit non un corps animé,
56 Ains un rocher en homme transformé.
   Mais aussi tost qu'il laissa sa contree
   Autre amour neuve en son cœur est entree,
   Et se guarit en changeant de pays.
60 Pour Eurydice [1] il aima Calais [2],
   Empoisonnant tout son cœur de la peste
   De cest enfant : je me tairay du reste.
   De membre à membre il en fut detranché [3] :
64 » Sans chastiment ne s'enfuit le peché.

XXXII

   Trois jours sont ja passez, que je suis affamé
   De vostre doux regard, & qu'à l'enfant je semble
   Que sa nourrice laisse, & qui crie & qui tremble
4 De faim en son berceau, dont il est consommé [1].
   Puisque mon œil ne voit le vostre tant aimé,
   Qui ma vie & ma mort en un regard assemble,
   Vous deviez pour le moins m'escrire, ce me semble :
8 Mais vous avez le cœur d'un rocher enfermé.
   Fiere, ingrate beauté trop hautement superbe,
   Vostre courage dur [2] n'a pitié de l'amour,
11 Ny de mon palle teint ja flestry comme une herbe,
   Si je suis, sans vous voir, deux heures à sejour [3],
   Par espreuve je sens ce qu'on dit en proverbe,
14 L'amoureux qui attend, se vieillist en un jour.

XXXIII

   Prenant congé de vous, dont les yeux m'ont donté,
   Vous me distes un soir comme passionnee,
   Je vous aime, Ronsard, par seule destinee,
4 Le Ciel à vous aimer force ma volonté.
   Ce n'est vostre sçavoir, ce n'est vostre beauté
   Ny vostre âge qui fuit vers l'Automne inclinee :
   Ce n'est ny vostre corps, ny vostre ame bien-nee,
8 C'est seulement du Ciel l'injuste cruauté.
   Vous voyant, ma Raison ne s'est pas defenduë.
   Vous puisse-je oublier comme chose perduë.

11 Helas! je ne sçaurois, & si le voudrois bien.
      Le voulant, je rencontre une force au contraire.
    Puisqu'on dit que le Ciel est cause de tout bien,
14 Je n'y veux resister, il le faut laisser faire.

XXXIV

    Quand je pense à ce jour, où pres d'une fonteine
    Dans le jardin royal savourant ta douceur,
    Amour te descouvrit les segrets de mon cœur,
4   Et de combien de maux j'avois mon ame pleine :
      Je me pasme de joye, & sens de veine en veine
    Couler ce souvenir, qui me donne vigueur,
    M'aguise le penser, me chasse la langueur,
8   Pour esperer un jour une fin à ma peine.
      Mes sens de toutes parts se trouverent contens,
    Mes yeux en regardant la fleur de ton Printems,
11 L'oreille en t'escoutant : & sans ceste compagne,
      Qui tousjours noz propos tranchoit par le milieu,
    D'aise au ciel je volois, & me faisois un Dieu :
14 Mais tousjours le plaisir de douleur s'accompagne.

XXXV

    Quand l'Esté dans ton lict tu te couches malade,
    Couverte d'un linseul de roses tout semé,
    Amour d'arc & de trousse & de fleches armé,
4   Caché sous ton chevet, se tient en embuscade.
      Personne ne te voit, qui d'une couleur fade
    Ne retourne au logis ou malade ou pâmé,
    Qu'il ne sente d'amour tout son cœur entamé,
8   Ou ne soit esblouy des rais de ton œillade.
      C'est un plaisir de voir tes cheveux arrangez
    Sous un scofion [1] peint d'une soye diverse :
11 Voir deçà, voir delà tes membres allongez,
      Et ta main, qui le lict nonchalante traverse,
    Et ta voix qui me charme, & ma raison renverse
14 Si fort, que tous mes sens en deviennent changez.

XXXVI

    D'autant que l'arrogance est pire que l'humblesse,
    Que les pompes & fards sont tousjours desplaisans,

Que les riches habits d'artifice pesans
4 Ne sont jamais si beaux que la pure simplesse :
   D'autant que l'innocente & peu caute jeunesse
D'une vierge vaut mieux en la fleur de ses ans,
Qu'une Dame espousee abondante en enfans :
8 D'autant j'aime ma vierge, humble & jeune maistresse.
   J'aime un bouton vermeil entre-esclos au matin,
Non la rose du soir, qui au Soleil se lâche :
11 J'aime un corps de jeunesse en son printemps fleury :
   J'aime une jeune bouche, un baiser enfantin
Encore non souillé d'une rude moustache,
14 Et qui n'a point senty le poil blanc d'un mary.

XXXVII

Ma peine me contente, & prens en patience
La douleur que je sens, puis qu'il vous plaist ainsi,
Et que daignez avoir souci de mon souci,
4 Et prendre par mon mal du vostre experiance.
   Je nourriray mon feu d'une douce esperance,
Puis que vostre desdain vers moy s'est adouci.
Pour resister au mal mon cœur s'est endurci,
8 Tant la force d'amour me donne d'asseurance.
   Aussi quand je voudrois, je ne pourrois celer
Le feu, dont voz beaux yeux me forcent de brusler.
11 Je suis soulfre & salpestre, & vous n'estes que glace.
   De parole & d'escrit je monstre ma langueur :
La passion du cœur m'apparoist sur la face.
14 La face ne ment point : c'est le mirouër du cœur.

XXXVIII

Vous triomphez de moy, & pource je vous donne
Ce lhierre, qui coule & se glisse à l'entour
Des arbres & des murs, lesquels tour dessus tour,
4 Plis dessus plis il serre, embrasse & environne.
   A vous de ce lhierre appartient la Couronne.
Je voudrois, comme il fait, & de nuict & de jour
Me plier contre vous, & languissant d'amour,
8 D'un nœud ferme enlasser vostre belle colonne.
   Ne viendra point le temps, que dessous les rameaux,
Au matin où l'Aurore esveille toutes choses,
11 En un ciel bien tranquille, au caquet des oiseaux

Je vous puisse baiser à lévres demy-closes,
Et vous conter mon mal, & de mes bras jumeaux
14 Embrasser à souhait vostre yvoire & vos roses ?

XXXIX

Voyez comme tout change (hé, qui l'eust esperé !)
Vous me souliez donner, maintenant je vous donne
Des bouquets & des fleurs : amour vous abandonne,
4 Qui seul dedans mon cœur est ferme demeuré.
Des Dames le vouloir n'est jamais mesuré,
Qui d'une extrême ardeur tantost se passionne,
Tantost une froideur extrême l'environne,
8 Sans avoir un milieu longuement asseuré.
Voila comme Fortune en se jouant m'abaisse,
Vostre plus grande gloire un temps fut de m'aimer :
11 Maintenant je vous aime, & languis de tristesse,
Et me voy sans raison de douleur consumer.
Dieu pour punir l'orgueil commet une Deesse :
14 Vous la cognoissez bien, je n'ose la nommer [1].

XL

Je suis pour voṣtre amour diversement malade,
Maintenant plein de froid, maintenant de chaleur :
Dedans le cœur pour vous autant j'ay de douleur,
4 Comme il y a de grains dedans ceste Grenade.
Yeux qui fistes sur moy la premiere embuscade,
Des-attisez ma flame, & desseichez mes pleurs :
Je faux, vous ne pourriez : car le mal, dont je meurs,
8 Est si grand, qu'il ne peut se guarir d'une œillade.
Ma Dame, croyez moy, je trespasse pour vous :
Je n'ay artere, nerf, tendon, veine ny pous,
11 Qui ne sente d'Amour la fiévre continue.
L'Amour à la Grenade en symbole estoit joint :
Ses grains en ont encor la force retenue,
14 Que de signe & d'effect vous ne cognoissez point.

XLI

Ma Dame, je me meurs abandonné d'espoir :
La playe est jusqu'à l'oz : je ne suis celuy mesme

Que j'estois l'autre jour, tant la douleur extrême,
4 Forçant la patience, a dessus moy pouvoir.
    Je ne puis ny toucher, gouster, n'ouyr ny voir :
J'ay perdu tous mes sens, je suis une ombre blesme :
Mon corps n'est qu'un tombeau. Malheureux est qui
8 Malheureux qui se laisse à l'Amour decevoir!   [aime,
    Devenez un Achille aux playes qu'avez faites,
Un Telefe je suis, lequel s'en va perir [1] :
11 Monstrez moy par pitié voz puissances parfaites,
    Et d'un remede prompt daignez moy secourir.
Si vostre serviteur, cruelle, vous desfaites,
14 Vous n'aurez le Laurier pour l'avoir fait mourir.

XLII

    Voyant par les soudars ma maison saccagee,
Et tout mon pays estre image de la mort,
Pensant en ta beauté, tu estois mon support,
4 Et soudain ma tristesse en joye estoit changee.
    Resolu je disois, Fortune s'est vangee,
Elle emporte mon bien, & non mon reconfort.
Hà, que je suis trompé! tu me fais plus de tort
8 Que n'eust fait une armee en bataille rangee.
    Les soudars m'ont pillé, tu as ravy mon cœur :
Tu es plus grand voleur, j'en demande justice :
11 Tu es plus digne qu'eux de cruelle rigueur.
    Tu saccages ma vie en te faisant service :
Encores te mocquant tu braves ma langueur,
14 Qui me fait plus de mal, que ne fait ta malice.

XLIII

    Vous estes le bouquet de vostre bouquet mesme,
Et la fleur de sa fleur, sa grace & sa verdeur.
De vostre douce haleine il a pris son odeur :
4 Il est, comme je suis, de vostre amour tout blême.
    Ma Dame, voyez donc, puis qu'un bouquet vous aime,
Indigne de juger que peut vostre valeur,
Combien doy-je sentir en l'ame de douleur,
8 Qui sers par jugement votre excellence extrême ?
    Mais ainsi qu'un bouquet se flestrit en un jour,
J'ay peur qu'un mesme jour flestrisse vostre amour.
11 » Toute amitié de femme est soudain effacee.

Advienne le destin comme il pourra venir,
Il ne peut de voz yeux m'oster le souvenir :
14 Il faudroit m'arracher le cœur & la pensee.

XLIV

Amour, je ne me plains de l'orgueil endurcy,
Ny de la cruauté de ma jeune Lucresse,
Ny comme sans secours languir elle me laisse :
4 Je me plains de sa main & de son godmicy [1].
    C'est un gros instrument qui se fait pres d'icy,
Dont chaste elle corrompt toute nuict sa jeunesse :
Voila contre l'Amour sa prudente finesse,
8 Voila comme elle trompe un amoureux soucy.
    Aussi pour recompense une haleine puante,
Une glaire espessie entre les draps gluante,
11 Un œil have & battu, un teint palle & desfait,
    Monstrent qu'un faux plaisir toute nuict la possede.
Il vaut mieux estre Phryne & Laïs tout à fait,
14 Que se feindre Portie [2] avec un tel remede.

XLV

Amour, je pren congé de ta menteuse escole
Où j'ay perdu l'esprit, la raison & le sens,
Où je me suis trompé, où j'ay gasté mes ans,
4 Où j'ay mal employé ma jeunesse trop folle.
    Malheureux qui se fie en un enfant qui volle,
Qui a l'esprit soudain, les effects inconstans,
Qui moissonne noz fleurs avant nostre printens,
8 Qui nous paist de creance & d'un songe frivole.
    Jeunesse l'alaicta, le sang chaut le nourrit,
Cuider l'ensorcela, paresse le pourrit,
11 Tout enflé de desseins, de vents & de fumees.
    Cassandre me ravit, Marie me tint pris :
Ja grison à la Cour d'une autre je m'espris.
14 Si elles m'ont aimé, je les ay bien aimees.

XLVI

Doux cheveux, doux present de ma douce Maistresse,
Dous liens qui liez ma douce liberté,

Doux filets, où je suis doucement arresté,
4 Qui pourriez adoucir d'un Scythe la rudesse :
   Cheveux, vous ressemblez à ceux de la Princesse,
   Qui eurent pour leur grace un Astre merité [1] :
   Cheveux dignes d'un Temple & d'immortalité,
8 Et d'estre consacrez à Venus la Deesse.
   Je ne cesse, cheveux, pour mon mal appaiser,
   De vous voir & toucher, baiser & rebaiser,
11 Vous perfumer de musc, d'ambre gris & de bâme,
   Et de voz nœuds crespez tout le col m'enserrer,
   Afin que prisonnier je vous puisse asseurer
14 Que les liens du col sont les liens de l'ame.

XLVII

Je vous donne des œufs. L'œuf en sa forme ronde
Semble au Ciel, qui peut tout en ses bras enfermer,
Le feu, l'air & la terre, & l'humeur de la mer,
4 Et sans estre comprins comprend tout en ce monde.
   La taye semble à l'air, & la glere feconde
   Semble à la mer qui fait toutes choses germer :
   L'aubin ressemble au feu qui peut tout animer,
8 La coque en pesanteur comme la terre abonde,
   Et le Ciel & les œufs de blancheur sont couvers.
   Je vous donne (en donnant un œuf) tout l'Univers :
11 Divin est le present, s'il vous est agreable.
   Mais bien qu'il soit parfait, il ne peut egaler
   Vostre perfection qui n'a point de semblable,
14 Dont les Dieux seulement sont dignes de parler.

XLVIII

Est-ce le bien que tu me rends, d'avoir
Prins dessous moy ta docte nourriture,
Ingrat disciple, & d'estrange nature ?
Pour mon loyer me viens-tu decevoir ?
4   Tu me devois garder à ton pouvoir
De n'avaller l'amoureuse pasture,
Et tu m'as fait souz douce couverture
8 Dedans le cœur la poison recevoir.
   Tu me parlas le premier de ma Dame :
   Tu mis premier le soulfre dans ma flame,
11 Et le premier en prison tu m'as mis.

Je suis veincu, que veux-tu que je face,
Puis que celuy qui doit garder la place
14 Du premier coup la rend aux ennemis ?

XLIX

VŒU A VENUS
pour garder Cypre de l'armée du Turc.

Belle Déesse, amoureuse Cyprine,
Mere du Jeu, des Graces & d'Amour,
Qui fais sortir tout ce qui vit, au jour,
4 Comme du Tout le germe & la racine :
Idalienne, Amathonte, Erycine,
Garde du ciel Cypre ton beau sejour :
Baise ton Mars, & tes bras à l'entour
8 De son col plie, & serre sa poitrine.
Ne permets point qu'un barbare Seigneur
Perde ton isle & souille ton honneur :
11 De ton berceau chasse autre-part la guerre.
Tu le feras, car d'un trait de tes yeux
Tu peux flechir les hommes & les Dieux,
14 Le Ciel, la Mer, les Enfers & la Terre.

L

Je faisois ces Sonets en l'antre Pieride [1],
Quand on vit les François sous les armes suer,
Quand on vit tout le peuple en fureur se ruer,
4 Quand Belonne sanglante alloit devant pour guide :
Quand en lieu de la Loy le vice, l'homicide,
L'impudence, le meurtre, & se sçavoir muer
En Glauque & en Prothee, & l'Estat remuer,
8 Estoient tiltres d'honneur, nouvelle Thebaide [2].
Pour tromper les soucis d'un temps si vicieux,
J'escrivois en ces vers ma complainte inutile.
11 Mars aussi bien qu'Amour de larmes est joyeux.
L'autre guerre est cruelle, & la mienne est gentille :
La mienne finiroit par un combat de deux,
14 Et l'autre ne pourroit par un camp de cent mille.

I

A TRES-VERTUEUX SEIGNEUR
N. DE NEUFVILLE
SEIGNEUR DE VILLEROY

Secretaire d'Estat de sa Majesté.

Ja du prochain hyver je prevoy la tempeste,
Ja cinquante & six ans ont neigé sur ma teste,
Il est temps de laisser les vers & les amours,
4 Et de prendre congé du plus beau de mes jours.
J'ay vescu (Villeroy) si bien que nulle envie
En partant je ne porte aux plaisirs de la vie,
Je les ay tous goutez, & me les suis permis
8 Autant que la raison me les rendoit amis,
Sur l'eschaffaut mondain joüant mon personnage
D'un habit convenable au temps & à mon âge.
     J'ay veu lever le jour, j'ay veu coucher le soir,
12 J'ay veu greller, tonner, esclairer & pluvoir,
J'ay veu peuples & Rois, & depuis vingt annees
J'ay veu presque la France au bout de ses journees,
J'ay veu guerres, debats, tantost tréves & paix,
16 Tantost accords promis, redefais & refais,
Puis defais & refais. J'ay veu que sous la Lune
Tout n'estoit que hazard, & pendoit de fortune.
Pour neant la prudence est guide des humains :
20 L'invincible destin luy enchesne les mains,
La tenant prisonniere, & tout ce qu'on propose
Sagement la fortune autrement en dispose.
     Je m'en vais soul du monde ainsi qu'un convié
24 S'en va soul du banquet de quelque marié,

Ou du festin d'un Roy sans renfrongner la face [1].
Si un autre apres luy se met dedans sa place.
    J'ay couru mon flambeau sans me donner esmoy,
28 Le brillant à quelqu'un s'il recourt apres moy :
Il ne fault s'en fascher, c'est la Loy de nature,
Où s'engage en naissant chacune créature.
    Mais avant que partir je me veux transformer,
32 Et mon corps fantastiq' de plumes enfermer,
Un œil sous chaque plume, & veux avoir en bouche
Cent langues en parlant : puis d'où le jour se couche,
Et d'où l'Aurore naist Deesse aux belles mains,
36 Devenu Renomee, annoncer aux humains,
Que l'honneur de ce siecle aux Astres ne s'envolle,
Pour avoir veu sous luy la navire Espagnolle
Descouvrir l'Amerique, & fait voir en ce temps
40 Des hommes dont les cœurs à la peine constans,
Ont veu l'autre Neptune inconneu de nos volles,
Et son pole marqué de quatre grands estoiles [2] :
Ont veu diverses gens, & par mille dangers
44 Sont retournez chargez de lingots estrangers.
    Mais de t'avoir veu naistre, ame noble & divine,
Qui d'un cœur genereux loges en ta poitrine
Les errantes vertus, que tu veux soulager
48 En cet âge où chacun refuse à les loger :
En ceste saison dis-je en vices monstreuse,
Où la mer des malheurs d'une onde impetueuse
Sur nous s'est débordee, où vivans avons veu
52 Le mal que nos ayeux n'eussent pensé ny creu.
    En ce temps la Comete en l'air est ordinaire [3],
En ce temps on a veu le double luminaire
Du ciel en un mesme an s'eclipser par deux fois :
56 Nous avons veu mourir en jeunesse nos Rois,
Et la peste infectee en nos murs enfermee
Le peuple moissonner d'une main affamee [4].
    Qui pis est, ces Devins qui contemplent les tours
60 Des Astres, & du Ciel l'inflance & le cours,
Predisent qu'en quatre ans (Saturne estant le guide)
Nous voirrons tout ce monde une campaigne vuide :
Le peuple carnassier la Noblesse tuer,
64 Et des Princes l'estat s'alterer & muer :
Comme si Dieu vouloit punir en son ire,
Faire un autre Chaos, & son œuvre destruire
Par le fer, par la peste, & embrazer le sein
68 De l'air, pour étouffer le pauvre genre humain.
    Toutefois en cet âge, en ce siecle de boüe,

Où de toutes vertus la Fortune se joüe,
Sa divine clemence ayant de nous soucy,
72 T'a fait ô Villeroy, naistre en ce monde icy
Entre les vanitez, la paresse & le vice,
Et les seditions qui n'ont soin de justice,
Entre les nouveautez, entre les courtizans
76 De fraude & de mensonge impudens artizans,
Entre le cry du peuple & ses plaintes funebres,
Afin que ta splendeur esclairast aux tenebres,
Et ta vertu parust par ce siecle eshonté,
80 Comme un Soleil sans nue au plus clair de l'Esté.
    Je diray d'avantage à la tourbe amassee,
Que tu as ta jeunesse au service passee
Des Rois, qui t'ont choisi, ayant eu ce bon-heur
84 D'estre employé par eux aux affaires d'honneur,
Soit pour flechir le peuple, ou soit pour faire entendre
Aux Princes qu'il ne faut à ton maistre se prendre,
Par ta peine illustrant ta maison & ton nom.
88   Ainsi qu'au camp des Grecs le grand Agamemnon
Envoyoit par honneur en Ambassade Ulysse,
Qui faisant à son Prince & au peuple service,
Soymesme s'honoroit & les rendoit contens,
92 Estimé le plus sage & facond de son temps.
    Il fut, comme tu es, amoureux de sa charge,
(Dont le Roy se despouille & sur toy se descharge) :
Car tu n'as point en l'ame un plus ardent desir
96 Que faire ton estat, seul but de ton plaisir,
Te tuant pour ta charge en la fleur de ton âge,
Tant la vertu active eschauffe ton courage.
    Je diray sans mentir, encores que tu sois
100 Hautement eslevé par les honneurs François,
Tu ne dedaignes point d'un haussebec de teste,
Ny d'un sourcy hagard des petits la requeste,
Reverant sagement la fortune, qui peult
104 Nous hausser & baisser tout ainsi qu'elle veut.
Mais comme departant ta faveur & ta peine
A tous egalement, tu sembles la fonteine,
Qu'un riche citoyen par la soif irrité
108 Faict à larges canaux venir en sa cité,
Laquelle verse apres sans difference aucune
A grands & à petits ses eaux pour la commune.
    Puis je veux devaller soubs la terre là bas
112 Où commande Pluton, la Nuict & le trespas :
Et là me pourmenant soubs les ombres Myrtines,
Chercher ton Morviller & tes deux Ausbespines [5],

Deux morts en leur vieillesse, & l'autre à qui la main
116 De la Parque trop tost trancha le fil humain,
Tous trois grands ornemens de nostre Republique.
    Puis ayant salué ceste bande Heroïque,
Dont les fronts sont tousjours de Lauriers revestus,
120 Je leur diray comment tu ensuis leurs vertus,
Et comme apres leur mort ton ame genereuse
Ne voulut endurer que leur tumbe poudreuse
Demeurast sans honneur, faisant faire à tous trois
124 Des Epitaphes Grecs & Latins & François,
Gage de ton amour : à fin que la memoire
De ces trois demy-dieux à jamais fust notoire,
Et que le temps subtil à couler & passer,
128 Par siecles infinis ne la peust effacer.
    Ces trois nobles esprits oyans telle nouvelle,
Danseront un Pean dessus l'herbe nouvelle,
Et en frappant des mains feront un joyeux bruit,
132 Dequoy sans fourvoyer, Villeroy les ensuit.
    Or comme un endebté, de qui proche est le terme
De payer à son maistre ou l'usure, ou la ferme,
Et n'ayant ny argent ny biens pour secourir
136 Sa misere au besoin, desire de mourir :
Ainsi ton obligé ne pouvant satisfaire
Aux biens que je te doibs, le jour ne me peult plaire :
Presque à regret je vy & à regret je voy
140 Les rayons du Soleil s'estendre dessus moy.
Pource je porte en l'ame une amere tristesse,
Dequoy mon pied s'avance aux faubourgs de vieillesse,
Et voy (quelque moyen que je puisse essayer)
144 Qu'il faut que je déloge avant que te payer,
S'il ne te plaist d'ouvrir le ressort de mon coffre,
Et prendre ce papier que pour acquit je t'offre,
Et ma plume qui peut, escrivant verité,
148 Tesmoigner ta louange à la posterité.
    Reçoy donc mon present, s'il te plaist, & le garde
En ta belle maison de Conflant, qui regarde
Paris, sejour des Rois, dont le front spacieux
152 Ne voit rien de pareil sous la voûte des Cieux :
Attendant qu'Apollon m'eschauffe le courage
De chanter tes jardins, ton clos, & ton bocage,
Ton bel air, ta riviere & les champs d'alentour
156 Qui sont toute l'année eschauffez d'un beau jour,
Ta forest d'orangers, dont la perruque verte
De cheveux eternels en tout temps est couverte,
Et tousjours son fruit d'or de ses fueilles defend,

160 Comme une mere fait de ses bras son enfant.
    Prens ce Livre pour gage, & luy fais, je te prie,
Ouvrir en ma faveur ta belle Librairie,
Où logent sans parler tant d'hostes estrangers :
161 Car il sent aussi bon que font tes orangers.

II

Encor que vous soyez tout seul vostre lumiere,
Je vous donne du feu, non pas feu proprement,
Mais matiere qui peut s'allumer promptement,
4 La Cire, des liqueurs en clairté la premiere.
    Secondant tous les soirs vostre charge ordinaire,
Elle sera tesmoin que delicatement
Vous ne passez les nuicts, mais que soigneusement
8 Vous veillez jusqu'au poinct que le jour vous esclaire.
    Circe tenoit tousjours des Cedres allumez
Pour ses flambeaux de nuict : vos yeux accoutumez
11 A veiller, pour du Cedre auront ceste Bougie.
    Recevez, Villeroy, de bon cœur ce present,
Qui ja se resjouist, & bien-heureux se sent
14 De perdre, en vous servant, sa matiere & sa vie.

APPENDICE

Pièces parues dans des recueils divers et rangées ulté-
rieurement dans les deux livres des *Amours*.

I

ELEGIE A M. A. DE MURET

Non Muret, non, ce n'est pas dujourdui
Que l'Archerot, qui cause nôtre ennui,
Cause l'erreur qui retronpe les hommes :
Non Muret, non, les premiers nous ne sommes,
5   A qui son arc, d'un petit trait veincueur,
Si grande plaie a dardé sous le cœur.
Tous animaus, tous ceus-là des canpagnes,
Tous ceus des bois, & tous ceus des montagnes
Sentent sa force, & son feu dousamer
10   Sentent sous l'eau les monstres de la mer.
Et qu'est-il rien que ce garson ne brule ?
Ce porteciel, ce tugeant [1] Hercule
Le sentit bien, je di ce fort Thebain
Qui le Sangler étrangla de sa main [2],
15   Qui tua Nesse [3], & qui de sa massüe
Mors abatit les enfans de la nüe [4],
Qui de son arc toute Lerne étonna [5],
Qui des enfers le chien enprisonna [6],
Qui sur le bord de l'eau Thermodontée
20   Prit le baudrier de la vierge dontée [7],
Qui tua l'Ourque [8], & qui par plusieurs-fois
Se remoqua des feintes d'Achelois [9],
Qui fit mourir la pucelle de Phorce [10],
Qui le Lion démachoira par force [11],
25   Qui dans ses bras Anthée acravanta [12],
Et qui deus mons pour ses merques planta [13].
Bref ce Heros qui demonstra la terre [14],
Ce cœur sans peur, ce foudre de la guerre,

Sentit amour, & sa gelante ardeur
30   Le matta plus que son Roi commandeur [15].
Non pas épris, comme on nous voit éprendre,
Toi de ta Janne, ou moi de ma Cassandre,
Mais de tel Tan amour l'aiguillonnoit,
Que tout son cœur, sans raison, bouillonnoit
35   Au soufre ardent, qui lui cuisoit les venes :
Du feu d'amour elles furent si plenes,
Si plains ses ôs, ses moeles & ses ners,
Que dans Hercul, qui donta l'univers,
Ne reste rien sinon une amour fole
40   Que lui versoient les deus beaus yeus d'Iöle [16].
Toujours d'Iöle il aimoit les beaus yeus,
Fût que le char qui donne jour aus cieus
Sortît de l'eau, ou fût que devalée
Tournât sa roüe en la pleine salée [17],
45   De tous humains acoisant les travaus,
Mais non d'Hercul les miserables maus.
Tanseulement il n'avoit de sa dame
Les yeus colés au plus profond de l'ame,
Mais son parler, sa grace & sa douceur
50   Toujours colés s'atachoient à son cœur.
D'autre que d'elle en son cœur il ne pense,
Toujours absente il la voit en presence.
Et de fortune, Alcid, si tu la vois
Dans ton gousier begue reste ta vois,
55   Glacé de peur voiant la face aimée :
Ore une fievre ardemment alumée
Ronge ton âme, & ores un glaçon
Te fait tranbler d'amoureuse frisson,
Bas à tes piés ta meurdriere massüe
60   Gît sans honneur, & bas la peau velüe,
Qui sur ton dôs roide se herissoit,
Quand ta grand main les monstres punissoit.
Plus ton sourci contre eus ne se renfrongne
Comme il souloit. O honteuse vergongne,
65   O deshonneur, Hercule estant donté
(Aprés avoir le monde surmonté)
Non d'Eurysthée, ou de Junon cruëlle,
Mais de la main d'une sinple pucelle.
Voiés pour Dieu quelle force a l'Amour !
70   Quand une fois elle a gaingné la tour
De la raison, el' ne laisse partie
Qui ne soit toute en fureur convertie.
Ce n'est pas tout, seulement pour aimer

Il n'oublia la façon de s'armer [18],
75 Ou d'anpougner sa masse hazardeuse [19],
Ou d'achever quelque enprise douteuse :
Mais lent & vain, abatardant son cœur,
Et son esprit qui l'avoit fait veincueur
De tout le monde, o plus lache difame,
80 Il s'abilla des habis d'une femme,
Et d'un Heros devenu damoiseau
Guidoit l'aiguille, ou tournoit le fuzeau
Et vers le soir, comme une chambriere
Rendoit sa tache à sa douce joliere,
85 Qui le tenoit en ses laz plus serré
Qu'un prisonnier dans un cep enferré [20].
Vraiment Junon, tu es assés vengée
De voir ainsi sa vie estre changée,
De voir ainsi devenu filandier
90 Ce grand Alcid de tant de rois meurdrier,
Sans ajouter à ton ire indontée
Les mandemens de son frere Eurysthée [21].
Que veus-tu plus ? Iole le contraint
D'estre une femme, il la doute, il la craint.
95 Il craint ses mains, plus qu'un valet-esclave
Ne craint les cous de quelque maistre brave.
Et ce pendant qu'il ne fait que penser
A s'atifer, à s'oindre, à s'agencer,
A dorloter sa barbe bien rougnée,
100 A mignoter sa teste bien paignée,
Impuniment les monstres ont loisir
D'asujetir la terre à leur plaisir,
Sans plus cuider qu'Hercule soit au monde :
Aussi n'est-il, car la poison profonde
105 Qui dans son cœur s'aloit trop dérivant
L'avoit tué dedans un cors vivant.
Nous donq, Muret, à qui la même rage
Peu cautement afole le courage,
S'il est possible éviton le lien
110 Que nous ordît l'anfant Cytherien :
Et rabaisson le vouloir qui domine
Desous le joug de la raison divine,
Raison qui deût au vrai bien nous guider,
Et de nos sens maistresse presider.
115 Mais si l'amour las ! las ! trop miserable
A desja fait nôtre plaie incurable,
Tant que le mal peu sujét au conseil
De la raison dedaigne l'apareil,

Veincus par lui, faison place à l'envie,
120 Et sus Alcid deguison nôtre vie :
Encependant que les riddes ne font
    Créper encor le cham de nôtre front
Et que la neige avant l'age venüe
Ne fait encor nôtre teste chenüe,
125 Qu'un jour ne coule entre nous pour neant
Sans suivre amour, car il n'est mal seant
Pour quelquefois au sinple populaire
Des grans seigneurs imiter l'exemplaire[22].

II

SONET A CASSANDRE

Prenés mon cœur, dame, prenés mon cœur,
Prenés mon cœur, je vous l'offre, madame;
Car il est vôtre, & ne peut d'autre fame,
4 Tant vôtre il est, devenir serviteur.
    Donque si vôtre, il meurt vôtre en langueur,
Vôtre à jamais, vôtre en sera le blâme,
Et si là bas voirés punir vôtre âme,
8 Pour ce malfait, d'une juste rigueur.
    Quand vous seriés quelque fille d'un Scythe,
Encor l'amour qui les Tygres incite
11 Vous forceroit de mon mal secourir :
    Mais vous trop plus, qu'une Tygresse, fiere,
De mon cœur vôtre helas estes meurtriere,
14 Et ne vivés que de le voir mourir.

PIECES DU *BOCAGE* (1554)

I

Amour, quiconque ait dit que le ciel fut ton pere,
    Et que Venus la douce en ses flancs te porta,
    Il mentit lachement : une ourse en avorta
4   S'une ourse d'un tel fils se veut dire la mere.
Des chams Massyliens [1] la plus cruelle fere
    Entre ses lionneaus sus un roc t'alaitta,
    Et, t'ouvrant ses tetins, par son lait te jetta
8   Tout à l'entour du cœur sa rage la plus fiere.
Rien ne te plaist, cruel, que sanglos & que pleurs,
    Que dechirer nos cœurs d'épineuses douleurs,
11   Que tirer tout d'un coup mile mors de ta trousse.
Un si mechant que toi du ciel n'est point venu.
    Si Venus t'eust conceu, tu eusses retenu
14   Quelque peu de douceur d'une mere si douce.

II

Beauté dont la douceur pourroit vaincre les Rois,
    Mon cœur que vous tenés dans vos yeus en servage,
    Helas, pour Dieu rendés le! ou me baillés en gage
4   Le vôtre, car sans cœur vivre je ne pourrois.
Quand mort en vous servant sans mon cœur je serois,
    Plus que vous ne pensés, ce vous seroit dommage
    De perdre un tel ami, à moi grand avantage,
8   Grand honneur & plaisir quand pour vous je mourrois.
Ainsi nous ne pouvons encourir de ma mort
    Vous, madame, qu'un blâme, & moi qu'un reconfort,
11   Pourveu que mon trepas vous plaise en quelque chose :
Et veus que sur ma lame Amour aille ecrivant :

Celui qui gît ici sans cœur estoit vivant,
14   Et trespassa sans cœur, & sans cœur il repose.

III

Amour, qui si long tans en peine m'as tenu,
    S'il te plaist d'amolir la fierté de la belle
    Qui se montre en ma plaie à grand tort si cruelle,
4   Tant que par ton moyen mon travail soit connu,
Sur un Terme doré [1] je te peindrai tout nu,
    En l'air un pié levé, à chaque flanc une ælle,
    L'arc courbé dans la main, le carquois sous l'esselle,
8   Le corps gras & douillet, le poil crespe & menu.
Tu sais, Amour, combien mon cœur soufre de peine :
    Mais las ! plus humble il est, plus d'audace elle est pleine
11   Et mesprise tes dards, comme si tout son cœur
Etoit environné de quelque roche dure :
    Que d'un trait elle sente à tout le moins, Seigneur,
14   Qu'un mortel ne doit point aus Dieus faire d'injure.

IV

Je puisse donc mourir si encores j'arreste
    Une heure en cette vile, où par le vueil des Dieus
    Sur mon vint et un an le feu de deus beaus yeus
4   (Souvenir trop amer) me fouldroia la teste.
Le Grec qui a senti la meurdriere tempeste
    Des rochers Cafarés [1], n'aborde plus tels lieus,
    Et s'il les voit de loin, ils lui sont odieus,
8   Et pour les eviter tient sa navire preste.
A Dieu donc, vile, à Dieu, puis qu'en toi je ne fais
    Que toujours ressemer le mal dont je me pais
11   Et toujours refraichir mon ancienne plaie :
Je ne suis plus si sot de souhetter la mort,
    C'est trop souffert de peine, il est tans que j'essaie
14   Apres mile perils, de rencontrer le port.

V

Ah, que malheureus est cestui là qui s'empestre
    Dans les liens d'amour, sa peine est plus cruelle.
    Que si tournoit là bas la rou' continuelle [1],

4   Ou s'il bailloit son cœur aux aigles à repaistre [2].
Maugré lui dans son âme à toute heure il sent naitre
    Un joïeus deplaisir qui douteus l'épointelle,
    Quoi l'épointelle! ainçois le genne & le martelle,
8   Sa raison est veinquë, & l'apetit est maistre.
Il ressemble à l'oiseau, qui tant plus se remüe
    Captif dans les gluaus, & tant plus se r'englüe,
11   Se debatant en vain d'échapper l'oiseleur :
Ainsi tant plus l'amant les rets d'amour secoüe,
    Plus à l'entour du col son destin les renoüe,
14   Pour jamais n'échaper d'un si plaisant malheur.

VI

Bien que ton œil me face une dure escarmouche,
    Moi restant le veincu, & lui toujours veinqueur,
    Bien que depuis set ans sa cruelle rigueur
4   Me tienne prisonnier de ta beauté farouche,
Si est ce que jamais (veu la foi qui me touche)
    Je ne veus echaper de si douce langueur,
    Ne vivre sans avoir ton image en mon cœur,
8   Tes mains dedans ma plaie, & ton nom en ma bouche.
Si tu veus me tuer, tu' moi, je le veus bien,
    Ma mort te sera perte, à moi un tresgrand bien,
11   Et l'œuvre qu'à ton lôs je veus mettre en lumiere
Finera par ma mort, finissant mon emoi :
    Ainsi, mort je serai libre de peine, & toi
14   Cruelle, de ton nom tu seras la meurtriere.

VII

Que ne sui-je insensible ? ou que n'est mon visage
    De rides labouré ? ou que ne pui-je espendre
    Sans trepasser le sang qui, chaut, subtil & tendre,
4   Bouillonnant dans mon cœur me trouble le courage ?
Ou bien, en mon erreur que ne sui-je plus sage ?
    Ou, pourquoi la raison qui me devroit reprendre
    Ne commande à ma chair, sans paresseuse atendre
8   Qu'un tel commandement me soit enjoint par l'age ?
Mais que pourroi-je faire, & puis que ma maistresse,
    Mes sens, mes ans, amour & ma raison traitresse
11   Ont juré contre moi, las! quand mon chef seroit
De vieillesse aussi blanc que la vieille Cumée [1],

Si est ce qu'en mon cœur le tans n'efaceroit
14   La douleur qui jamais ne sera consumée.

VIII

Morfée, s'il te plaist de me representer
    Cette nuit ma Cassandre aussi belle & gentille
    Que je la vi le soir quand sa vive scintile
4   Par ne sçai quel regard vint mes yeus enchanter :
Et s'il te plaist encor tant soit peu d'alenter
    (Miserable souhet!) de sa feinte inutile
    Le feu qu'amour me vient de son aile sutile
8   Tout alentour du cœur, sans repos, eventer :
Sur le haut de mon lit en vœu je t'apendrai,
    Devot, un saint tableau, sur lequel je peindrai
11   L'heur que j'aurai reçeu de ta forme douteuse [1],
Et comme Jupiter à Troye fut deceu
    Du Somme & de Junon, apres avoir receu
14   De la simple Venus la ceinture amoureuse.

IX

Ecumiere Venus [1], roine en Cypre puissante,
    Mere des dous amours, à qui toujours se joint
    Le plaisir, & le jeu, qui tout animal point
4   A toujours reparer sa race perissante,
Sans toi, Nimfe aime-ris, la vie est languissante,
    Sans toi rien n'est de beau, de vaillant ni de coint,
    Sans toi la volupté joïeuse ne vient point,
8   Et des Graces sans toi la grace est desplaisante.
Ores qu'en ce printans on ne sçauroit rien voir,
    Qui fiché dans le cœur ne sente ton pouvoir,
11   Sans plus une pucelle en sera elle exente ?
Si tu ne veus du tout la traiter de rigueur,
    Au moins que sa froideur en ce mois d'Avril sente
14   Quelque peu du brasier qui m'enflame le cœur.

X

Cache pour cette nuit ta corne, bonne Lune,
    Ainsi Endemion soit toujours ton ami
    Et sans se reveiller en ton sein endormi [1] :

4   Ainsi nul Enchanteur jamais ne t'importune [2].
    Le jour m'est odieus, la nuit m'est oportune,
      Je crains de jour l'aguet d'un voisin ennemi,
      De nuit plus courageus je traverse parmi
8   Le camp des espions, defendu de la brune.
    Tu sçais, Lune, que peut l'amoureuse poison,
      Le Dieu Pan, pour le pris d'une blanche toison
11   Peut bien fléchir ton cœur, & vous Astres insignes
    Favorisés au feu qui me tient alumé :
      Car s'il vous en souvient, la pluspart de vous, Signes,
14   Ne se voit luire au ciel que pour avoir aimé [3].

XI

    Le Jeu, la Grace, & les freres jumeaus [1]
      Suivent madame, & quelque part qu'elle erre,
      Dessous ses piés fait emailler la terre,
4   Et des Hyvers fait des printans nouveaus.
    En sa faveur jargonnent les oiseaus,
      Des vens Eole en sa caverne enserre,
      Le dous Zephire un dous souspir desserre,
8   Et tous muets s'acoisent les ruceaus [2].
    Les Elemans se remirent en elle,
      Nature rit de voir chose si belle :
11   Mais las! je crains que quelcun de ses Dieus
    Ne passionne apres son beau visage,
      Et qu'en pillant le tresor de nôtre age,
14   Ne la ravisse, & ne l'emporte aus cieus.

XII

    Cesse tes pleurs, mon livre, il n'est pas ordonné
      Du destin, que moi vif tu reçoives ta gloire :
      Avant que passé j'aye outre la rive noire,
4   L'honneur que l'on te doit ne te sera donné.
    Apres mile ans je voi que quelcun étonné
      En mes vers de bien loin viendra de mon Loir boire,
      Et voiant mon païs à peine voudra croire
8   Que d'un si petit champ tel poëte soit né [1].
    Pren, mon livre, pren cœur, la vertu precieuse
    » De l'homme quand il vit est toujours odieuse :
11   » Mais apres qu'il est mort chacun le pense un Dieu.
    » La rancueur nuit toujours à ceus qui sont en vie,

» Sur les vertus d'un mort elle n'a plus de lieu,
14   » Et la posterité rend l'honneur sans envie.

XIII

ELEGIE
A CASSANDRE

Mon œil, mon cœur, ma Cassandre, ma vie,
Hé! qu'à bon droit tu dois porter d'envie
A ce grand Roi, qui ne veut plus soufrir
4   Qu'à mes chansons ton nom se vienne ofrir.
C'est lui qui veut qu'en trompette j'échange
Mon Luc, afin d'entonner sa louange,
Non de lui seul, mais de tous ses aïeus
8   Qui sont issus de la race des Dieus.
     Je le ferai puis qu'il me le commande,
Car d'un tel Roi la puissance est si grande,
Que tant s'en faut qu'on la puisse eviter,
12   Qu'un camp armé n'y pourroit resister.
     Mais que me sert d'avoir tant leu Catulle
Ovide, & Galle [1], & Properse, & Tibulle,
Avoir tant veu Petrarche & tant noté,
16   Si par un Roi le pouvoir m'est osté
De les ensuivre, & si faut que ma lyre
Pendüe au croc ne m'ose plus rien dire.
     Donques en vain je me paissois d'espoir
20   De faire un jour à la Thuscane [2] voir
Que nôtre France, autant qu'elle, est heureuse
A souspirer une pleinte amoureuse :
Et pour montrer qu'on la peut surpasser,
24   J'avoi desja commancé de trasser
Mainte Elegie à la façon antique,
Mainte belle Ode, & mainte Bucolique.
     Car, à vrai dire, encore mon esprit
28   N'est satisfait de ceus qui ont ecrit
En nôtre langue, & leur amour merite
Ou du tout rien, ou faveur bien petite.
     Non que je soi vanteur si glorieus
32   D'oser passer les vers laborieus
De tant d'amans qui se pleignent en France :
Mais pour le moins j'avois bien esperance
Que si mes vers ne marchoient les premiers,
36   Qu'ils ne seroient sans honneur les derniers.

Car Eraton [3], qui les amours decœuvre,
D'assés bon œil m'atiroit à son œuvre.
   L'un trop enflé les chante grossement [4],
40   L'un enervé les traine bassement,
L'un nous despaint une amie paillarde,
L'un plus aus vers qu'aus sentences regarde
Et ne peut onc, tant se sceut desguiser,
44   Aprendre l'art de bien Petrarquiser [5].
   Que pleures-tu, Cassandre, ma douce âme ?
Encor Amour ne veut couper la trame,
Qu'en ta faveur je pandis au mestier,
48   Sans achever l'ouvrage tout entier.
   Mon Roi n'a pas d'une Tygre sauvage
Sucé le lait, & son jeune courage,
Ou je me trompe, a senti quelques fois
52   Le trait d'Amour qui surmonte les Rois.
S'il l'a senti, ma coulpe est effacée,
Et sa grandeur ne sera courroucée
Qu'à mon retour des horribles combas
56   Hors de son croc mon Luc j'aveigne à bas [6],
Le pincetant, & qu'en lieu des alarmes
Je chante Amour, tes beautés, & mes larmes,
» Car l'arc tendu trop violentement,
60   » Ou s'alentit, ou se romp vistement.
   Ainsi Achile apres avoir par terre
Tant fait mourir de soudars en la guerre,
Son Luc doré prenoit entre ses mains,
64   Teintes encor de meurdres inhumains,
Et vis à vis du fils de Menetie [7]
Chantoit l'amour de Briseis s'amie,
Puis tout soudain les armes reprenoit,
68   Et plus vaillant au combat retournoit.
   Ainsi, apres que l'aïeul de mon maistre [8]
Hors des combas retirera sa dextre,
Se desarmant dedans sa tante à part [9],
72   De sur le Luc à l'heure ton Ronsard
Te chantera, car il ne se peut faire
Qu'autre beauté lui puisse jamais plaire,
Ou soit qu'il vive, ou soit qu'outre le port,
76   Leger fardeau, Charon le passe mort.

PIECES
DES *MESLANGES*
1555

I

ODE
A Cassandre

Du jour que je fus amoureus,
Nul past[1] tant soit-il savoureus
Ne vin tant soit-il delectable
Au cœur ne m'est point agreable,
Car depuis l'heure je ne sceu
Rien boire ou manger qui m'ait pleu :
Une tristesse en l'ame close
Me nourist, & non autre chose.
   Tous les plesirs que j'estimois
Alors que libre je n'aimois,
Maintenant je les desestime,
Plus ne m'est plaisante l'escrime,
La paume, la chasse & le bal,
Mais come un sauvage animal
Je me pers dans un bois sauvage,
Loing de gens, pour celer ma rage.
   L'amour fut bien forte poison
Qui m'ensorcela ma raison,
Et qui me deroba l'audace
Que je portoi dessus la face,
Me faisant aller pas à pas,
Triste & pensif, le front à bas,
En home qui craint, & qui n'ose
Se fier plus en nule chose.
   Le mal que l'on faint d'Ixion
N'aproche de ma passion.
Et mieus j'aymeroi de Tantale

28   Endurer la peine infernale
   Un an, qu'estre un jour amoureus,
   Pour languir autant malheureus,
   Que j'ay fait, depuis que Cassandre
32   Tient mon cœur, & ne le veut rendre.

II

ELEGIE
A JAN BRINON [1]

  Aus faits d'amour Diotime [2] certaine,
  Dit à bon droit qu'Amour est capitaine
  De noz Daimons [3], & qu'il a le pouvoir
4 De les contraindre, ou de les emouvoir,
  Come celui qui Couronnal [4] preside
  A leurs cantons, & par bandes les guide
  Et que lui seul peut l'homme acouardi
8 En un moment rendre caut & hardi,
  Quand il luy plaist l'echaufer de sa flame,
  Et d'un beau soing lui époinçonner l'ame.
   Auparavant que je fusse amoureus,
12 J'estoi, Brinon, & honteus & poureus :
  Si j'entendoi quelque chose en la rue
  Grouler [5] de nuit, j'avoi l'ame éperdue,
  De çà de là tout le cors me trembloit,
16 Au tour du cœur une peur s'assembloit
  Gelant mes os, & mes saillantes venes
  En lieu de sang de froideur estoient plenes,
  Et d'un horreur tous mes cheveus dressés
20 Sous le chapeau se tenoient herissés.
  Si j'avisois une torche flambante,
  En m'encapant j'avoi l'âme tremblante,
  Ou m'en fuioi de peur qu'on ne me vist
24 Ou que rougir de honte on ne me fist.
  Mais par sur tout je perdoi le courage
  Quand je passoi de nuit, par un bocage
  Ou prés d'un antre, & me sembloit avis
28 Que par derriere un esprit m'avoit pris.
   Ores sans peur j'eleve au ciel la teste,
  Je ne crain plus ni gresle ni tempeste,
  Ni les voleurs par lesquels sont pillés
32 Les vestemens des amans depouillés,

Ni les Daimons des antres soliteres,
Ni les espris des ombreus cemeteres,
Car le Daimon qui leur peut commander
36   Me tient escorte, & me fait hazarder
De mettre à fin tout ce que je propose,
Ou si je crain, je ne crain autre chose
Que le babil, l'envie & le courrous
40   D'une voisine, ou d'un mari jalous,
Ou qu'un plus riche en ma place ne vienne,
Et que ma dame entre ses bras le tienne
Toute une nuit, & que sot ce pendant
44   A l'huis fermé je ne bée [6], attendant
Que l'on m'appelle, ou qu'une chambriere
Vienne éconduire humblement ma priere
Par une excuse, & me laissant davant
48   La porte close, à la pluye & au vent,
Triste & pensif je me couche à terre,
Tremblant de froid au bruit de ma guiterre.
    Donque, Brinon, si tu te plais d'avoir
52   L'estomac plein de force & de pouvoir,
Sois amoureux, & tu auras l'audace
Plus forte au cœur, que si une cuirasse
Vestoit son cors, ou si un camp armé
56   Pour ton secours t'enserroit enfermé.

III

ELEGIE
A JANET PEINTRE DU ROI [1].

Pein moi, Janet, pein moi je te supplie
Dans ce tableau les beautés de m'amie
De la façon que je te les dirai.
4   Comme importun je ne te suplirai
D'un art menteur quelque faveur lui faire,
Il sufist bien si tu la sçais portraire
Ainsi qu'elle est, sans vouloir deguiser
8   Son naturel pour la favoriser,
Car la faveur n'est bonne que pour celles
Qui se font peindre, & qui ne sont pas belles.
    Fai luy premier les cheveus ondelés
12   Noüés, retors, recrepés, annelés,
Qui de couleur le cedre representent,
Ou les demesle, & que libres ils sentent

Dans le tableau, si par art tu le peus,
16 La mesme odeur de ses propres cheveus.
D'un crespe noir sa teste soit voilée,
Puis d'une toile en cent plis canelée,
Telle qu'on dit que Cleopatre avoit
20 Quand par la mer Anthoine elle suivoit,
Et qu'elle assise au plus haut de sa poupe
Au bruit du Cistre encourageoit sa troupe.
        Fai lui le front en bosse revouté,
24 Par lequel soient d'un & d'autre costé,
Peins gravement sur trois sieges d'ivoire,
La majesté, la vergongne, & la gloire.
Que son beau front ne soit entrefendu,
28 De nul sillon en profond estendu,
Mais qu'il soit tel qu'est la pleine marine
Quand tant soit peu le vent ne la mutine,
Et que gisante en son lit elle dort
32 Calmant ses flots sillés d'un somme mort.
Tout au meillieu par la greve descende
Un beau rubi, de qui l'esclat s'epande
Par le tableau, ainsi qu'on voit de nuit
36 Briller les rais de la lune qui luit
Dessus la nege au fond d'un val coulée,
De trace d'home encore non foulée.
        Apres fai lui son beau sourci voutis
40 D'ebene noir, & que son pli tortis
Semble un croissant qui montre par la nue
Au premier mois sa vouture cornue :
Ou si jamais tu as veu l'arc d'Amour,
44 Pren le portrait dessus le demi tour
De sa courbure à demi cercle close,
Car l'arc d'Amour & lui n'est qu'une chose :
Mais las ! mon Dieu, mon Dieu je ne sai pas
48 Par quel moien, ni comment, tu peindras
(Voire eusse tu l'artifice d'Apelle)
De ses beaus yeus la grace naturelle,
Qui font vergongne aus estoilles des cieus :
52 Que l'un soit dous, l'autre soit furieus,
Que l'un de Mars, l'autre de Venus tienne,
Que du benin toute esperance vienne,
Et du cruel vienne tout desespoir :
56 Ou que l'un soit pitoiable à le voir,
Come celuy d'Ariadne delessée
Aus bords de Die, alors que l'incensée,
Voyant la mer, de pleurs se consommoit,

60   Et son Thesée en vain elle nommoit.
        L'autre soit gay, come il est bien croiable
        Que l'eut jadis Penelope louable,
        Quand elle vit son mari retourné,
64   Aiant vint ans loing d'elle sejourné.
          Apres fai lui sa rondellette oreille
        Petite, unie, entre blanche & vermeille,
        Qui sous le voile aparoisse à l'egal
68   Que fait un lis enclos dans un cristal,
        Ou tout ainsi qu'aparoist une rose
        Tout fraichement dedans un verre enclose.
          Mais pour neant tu aurois fait si beau
72   Tout l'ornement de ton riche tableau,
        Si tu n'avois de la lineature
        De son beau nez bien portrait la peinture :
        Pein le moi donc gresle, long, aquilin,
76   Poly, traitis, où l'envieus malin,
        Quand il voudroit, n'i sçauroit que reprendre,
        Tant proprement tu le feras descendre
        Parmi la face, ainsi comme descend
80   Dans une pleine un petit mont qui pend.
          Apres au vif pein moi sa belle joüe
        Du mesme taint d'une rose qui noüe
        De sur du laict, ou du taint blanchissant
84   Du lis qui baise un œillet rougissant.
        Dans le meillieu portrais une fossette,
        Fossette, non, mais d'Amour la cachette,
        D'où ce garson de sa petite main
88   Lache cent traitz, & jamais un en vain
        Que par les yeux droit au cœur il ne touche.
          Helas, Janet, pour bien peindre sa bouche
        A peine Homere en ses vers le diroit
92   Quel vermeillon egualer la pouroit,
        Car pour la peindre ainsi qu'elle merite,
        Peindre il faudroit celle d'une Charite.
        Pein la moy donc qu'elle semble parler,
96   Ores sourire, ores embasmer l'air
        De ne sçay quelle ambrosienne haleine.
        Mais par sur tout fai qu'elle semble pleine
        De la douceur de persuasion.
100   Tout à l'entour atache un milion
        De ris, d'atrais, de jeux, de courtoisies,
        Et que deux rangs de perlettes choisies
        D'un ordre egal, en la place des dens
104   Bien poliment soient arengés dedans.

Pein tout autour une levre bessonne,
Qui d'elle mesme, en s'elevant, semonne
D'estre baisée, aiant le taint pareil
108   Ou de la rose, ou du coural vermeil,
Elle flambante au printems sur l'espine,
Luy rougissant au fond de la marine.
    Pein son menton au meillieu fosselu
112   Et que le bout en rondeur pommelu
Soit tout ainsi que lon voit aparoistre
Le bout d'un coin qui ja commence à croistre.
    Plus blanc que laict caillé de sur le jonc
116   Pein lui le col, mais pein-le un petit long,
En forme d'Istme, & sa gorge douillette
Come le col soit un petit longuette.
    Apres fai lui par un juste compas,
120   Et de Junon les coudes & les bras,
Et les beaux dois de Minerve, & encore
La main pareille à celle de l'Aurore.
    Je ne sçay plus, mon Janet, où j'en suis,
124   Je suis confus, & muet je ne puis,
Come j'ay fait, te declarer le reste
De ses beautés, qui ne m'est manifeste :
Las! car jamais tant de faveur je n'u
128   Que d'avoir veu ses beaus tetins a nu,
Mais si l'on peut juger par conjecture,
Persuadé de raisons, je m'asseure
Que la beauté qui ne s'aparoist doit
132   Du tout respondre à celle que l'on voit.
Donque pein la, & qu'elle me soit faite
Parfaitte autant comme l'autre est parfaitte.
    Ainsi qu'en bosse eleve moi son sein,
136   Net, blanc, poly, large, profond & plein.
Dedans lequel mile rameuses venes
De rouge sang tresaillent toutes plenes.
Puis quant au vif tu auras decouvers
140   Desous la peau les muscles & les ners,
Enfle au dessus deux pommes nouvelettes
Come l'on voit deux pommes verdelettes
D'un orenger, qui encores du tout
144   Ne font qu'à l'heure à se rougir au bout.
    Tout au plus haut des épaules marbrines,
Pein le sejour des Charites divines
Et que l'Amour sans cesse voletant
148   Toujours les couve & les aille éventant,
Pensant voler avec le Jeu son frere

De branche en branche es vergers de Cythere.
   Un peu plus bas, en miroir arondi,
152 Tout poupellé, gracelet, rebondi,
Come celui de Venus, pein son ventre :
Pein son nombril ainsi qu'un petit centre,
Le fond duquel paroisse plus vermeil
156 Qu'un bel œillet entr'ouvert au soleil.
   Qu'atens tu plus ? portrai moi l'autre chose
Qui est si belle, & que dire je n'ose,
Et dont l'espoir impatient me point :
160 Mais je te pry ne me l'ombrage point,
Si ce n'estoit d'un voile fait de soie,
Clair & subtil, affin qu'on l'entrevoie.
Ses cuisses soient come faites au tour
164 En grelissant, rondes tout à l'entour,
Ainsi qu'un terme arondi d'artifice
Que soutient ferme un royal edifice.
   Come deus monts enleve ses genous,
168 Douillets, charnus, ronds, delicas, & mous,
Dessous lesquels fay lui la greve plene [2],
Telle que l'ont les vierges de Lacene [3],
Alant lutter au rivage connu
172 Du fleuve Eurote, ayans le cors tout nu,
Ou bien chassans à meutes decouplées
Quelque grand cerf es forets Amiclées [4].
Puis pour la fin portrai lui de Thetis
176 Les piés estrois, & les tallons petis.
   Ha, que fais-tu ? tu gaste ton ouvrage.
Tu faus, Janet, à peindre son visage,
Le paignant mal tu pers de ton renom :
180 Vien, sui mes pas au logis de Brinon,
Là, tu verras dans un coin de sa salle
Une peinture aus déesses egale,
Qu'il fist tracer par la main des amours
184 Pour sa Sidere, afin que tous les jours
En la voiant eust souvenance d'elle :
Je veus du tout que m'amie soit telle.
Ne lui pein donc, Janet, ne pis ne mieux
188 Le front, le nez, la bouche, ni les yeux.
Ha, je la voy! elle est presque portraite,
Encor un trait, encore un, elle est faite,
Leve tes mains, ha mon Dieu je la voy!
192 Bien peu s'en faut qu'elle ne parle à moy.

IV

ODE
A SA MAISTRESSE.

Quand au temple nous serons
Agenouillés, nous ferons
3   Les devots selon la guise
De ceus qui pour loüer Dieu,
Humbles se courbent au lieu
6   Le plus secret de l'eglise.

Mais quand au lit nous serons
Entrelassés, nous ferons
9   Les lascifs, selon les guises
Des amans, qui librement
Pratiquent folatrement
12   Dans les dras cent mignardises.

Pourquoi donque, quand je veus
Ou mordre tes beaus cheveus,
15   Ou baiser ta bouche aimée,
Ou tatonner ton beau sein,
Contrefais-tu la nonnain
18   Dedans un cloistre enfermée ?

Pour qui gardes-tu tes yeus,
Et ton sein delicieus,
21   Ta joüe & ta bouche belle ?
En veus-tu baiser Pluton
Là bas, apres que Caron
24   T'aura mise en sa nacelle ?

Apres ton dernier trespas,
Gresle, tu n'auras là bas
27   Qu'une bouchette blesmie :
Et quand mort je te verrois
Aus ombres je n'avourois
30   Que jadis tu fus m'amie.

Ton test n'aura plus de peau,
Et ton visage si beau
33   N'aura venes ny arteres,
Tu n'auras plus que les dens,

Telles qu'on les voit dedans
36   Les testes des cimeteres.

Donque, tandis que tu vis,
Change, maistresse, d'avis,
39   Et ne m'espargne ta bouche :
Incontinent tu mourras,
Lors tu te repentiras
42   De m'avoir esté farouche.

Ah je meurs, ah baise moi,
Ah maistresse aproche toi,
45   Tu fuis come fan qui tremble,
Au moins soufre que ma main
S'esbate un peu dans ton sein,
48   Ou plus bas si bon te semble.

V [1]

SONNET

Celui qui boit, comme a chanté Nicandre,
   De l'Aconite, il a l'esprit troublé,
   Tout ce qu'il voit lui semble estre doublé,
4   Et sur ses yeux la nuit se vient espandre.
Celui qui boit de l'amour de Cassandre,
   Qui par ses yeux au cœur est ecoulé,
   Il perd raison, il devient afolé,
8   Cent fois le jour la Parque le vient prendre.
Mais la chaut vive, ou la rouille, ou le vin
   Ou l'or fondu peuvent bien mettre fin
11   Au mal cruel que l'Aconite donne :
La mort sans plus a pouvoir de garir
   Le cœur de ceux que Cassandre empoisonne,
14   Mais bien heureux qui peut ainsi mourir.

VI

SONNET

J'ai pour maistresse une etrange Gorgonne [1],
   Qui va passant les anges en beauté,
   C'est un vray Mars en dure cruauté,

4   En chasteté la fille de Latonne [2].
         Quand je la voy, mile fois je m'estonne
         La larme à l'œil, ou que ma fermeté
         Ne la flechit, ou que sa dureté
8   Ne me conduit d'où plus on ne retourne.
         De la nature un cœur je n'ay receu,
         Ainçois plus tost pour se nourir en feu
11   En lieu de luy j'ay une Salamandre,
         Car si j'avoi de chair un cœur humain,
         Long tems y a qu'il fust reduit en cendre,
14   Veu le brasier dont toujours il ard plain.

VII [1]

SONNET

Que tu es, Ciceron, un affetté menteur,
     Qui dis, qu'il n'y a mal sinon que l'infamie.
     Si tu portois celui que me cause m'amie,
4   Pour le moins tu dirois que c'est quelque malheur.
Je sen journelement un aigle sus mon cœur,
     J'entens un soing grifu, qui come une Furie
     Me ronge impatient, puis tu veus que je die,
8   Abusé de tes mots, que mal n'est pas douleur.
Vous en disputerés ainsi que bon vous semble,
     Vous Philosofes Grés, & vous Romains ensemble,
11   Mais je croy pour le seur qu'un travail langoureux
Est douleur, quand Amour l'encharne dedans l'ame,
     Et que le deshonneur, la honte, et le diffame
14   N'est point de mal, au pris du tourment amoureux.

VIII

SONNET

Foudroye moy de grace ainsi que Capanée [1],
     O pere Jupiter, & de ton feu cruel
     Esteins moy l'autre feu qu'Amour continuel
4   Toujours m'alume au cœur d'une flame obstinée.
É ne vaut-il pas mieus qu'une seule journée
     Me despouille soudain de mon fardeau mortel,
     Que de soufrir toujours en l'ame un tourment tel
8   Que n'en soufre aus enfers l'ame la plus damnée ?

Ou bien si tu ne veus, pere, me foudroyer
    Donne le desespoir qui me meine noyer,
11   M'elançant du sommet d'un rocher solitaire,
Puis qu'autrement par soing, par peine & par labeur,
    Par ennuy, par travail, je ne me puis defaire
14   D'amour, qui maugré moi tient fort dedans mon cœur.

IX

SONNET

Amour, tu semble au phalange qui point [1],
    Lui de sa queüe, & toi de ta quadrelle [2] :
    De tous deux est la pointure mortelle,
4   Qui rempe au cœur, & si n'aparoist point.
Sans soufrir mal tu me conduis au point
    De la mort dure, & si ne voy par quelle
    Playe je meurs, ny par quelle moüelle
8   Ton venin s'est autour de mon cœur joint.
Ceus qui se font saigner le pié dans l'eau,
    Meurent sans mal, pour un crime nouveau
11   Fait à leur roy, par traitreuse cautelle :
Je meurs comme eus, voire & si je n'ay fait
    Encontre Amour ni traison, ni forfait,
14   Si trop aymer un crime ne s'appelle.

X [1]

CHANSON

Il me semble que la journée
    Coule plus longue qu'une année,
3   Quand par malheur je n'ay ce bien
    De voir la grand beauté de celle
    Qui tient mon cœur, & sans laquelle
6   Veissé-je tout je ne voy rien.

    Quiconque fut jadis le sage
    Qui dit que l'amoureux courage
9   Vit de ce qu'il ayme, il dit vrai :
    Ailleurs vivant il ne peut estre,
    Ni d'autre viande se paistre,
12   J'en suis seur, j'en ai fait l'essay.

Toujours l'amant vit en l'aimée :
Pour cela mon ame afamée
15   Ne se veut souler que d'amour,
De l'amour elle est si friande,
Que sans plus de telle viande
18   Se veut repaistre nuit & jour.

Si quelcun dit que je m'abuse,
Voye luimesme la Meduse
21   Qui d'un rocher m'a fait le cœur,
Et l'ayant veüe, je m'asseure
Qu'il sera fait sus la mesme heure
24   Le compagnon de mon malheur.

Car est-il home que n'enchante
La voix d'une dame savante,
27   Et fust-il Scythe en cruauté :
Il n'est point de plus grand magie
Que la docte voix d'une amie,
30   Quand elle est jointe à la beauté.

Or j'aime bien, je le confesse,
Et plus j'iray vers la vieillesse
33   Et plus constant j'aimeray mieux :
Je n'obliray, fussai-je en cendre,
La douce amour de ma Cassandre,
36   Qui loge mon cœur dans ses yeux.

Adieu liberté ancienne,
Come chose qui n'est plus mienne,
39   Adieu ma chere vie, adieu,
Ta fuite ne me peut déplaire,
Puis que ma perte voluntaire
42   Se retreuve en un si beau lieu.

Chanson, vaten où je t'adresse,
Dans la chambre de ma maistresse :
45   Di lui, baisant sa blanche main,
Que pour en santé me remettre,
Il ne lui faut sinon permettre
48   Que tu te caches dans son sein.

PIECES DU *SECOND LIVRE DES MESLANGES* (1559)

SONETS A SINOPE

I

L'an se rajeunissoit en sa verde jouvence,
Quand je m'espris de vous, ma Sinope cruelle [1] :
Seize ans estoyent la fleur de vostre age nouvelle,
4 Et vos beaux yeux sentoyent encore leur enfance.
    Vous aviez d'une infante encor la contenance,
La parolle, & les pas, vostre bouche estoit belle,
Vostre front, & vos mains dignes d'une immortelle,
8 Et vos cheveux faisoyent au Soleil une offense.
    Amour, qui ce jour là si grandes beautez vit,
Dans un marbre, en mon cueur d'un trait les escrivit :
11 Et si pour le jourdhuy vos beautez si parfaittes
    Ne sont comme autresfois, je n'en suis moins ravy :
Car je n'ay pas egard à cela que vous estes,
14 Mais au doux souvenir des beautez que je vy.

II

Sinope, de mon cueur vous emportez la clef,
La clef de mes pensers, & la clef de ma vie :
Et toutesfois (helas!) je ne leur porte envye,
4 Pourveu que vous ayez pitié de leur mechef.
    Vous me laissez tout seul en un tourment si gref,
Que je mourray de dueil, d'ire & de jalousie :
Tout seul je le voudrois, mais une compagnie
8 Vous me donnez de pleurs, qui coulent de mon chef.
    Que maudit soit le jour, que la flesche cruelle
M'engrava dans le cueur vostre face si belle,
11 Vos cheveux, vostre font, vos yeux, & vostre port!

Je devois mourir lors sans plus tarder d'une heure.
Le temps, que j'ai vescu depuis telle blesseure,
14 Aussi bien n'a servy, qu'à m'alonger la mort.

III [1]

Avant vostre partir je vous fais un present
(Bien que sans ce present impossible est de vivre),
Sinope, c'est mon cueur, qui brule de vous suyvre.
4 Gettez le en vostre coche : il n'est pas si pesant.
Il vous sera fidele, humble & obeïssant,
Comme un, qui de son gré à vous servir se livre.
Il est de toute amour, fors la vostre, delivre :
8 Mais la vostre le tue, & taist le mal qu'il sent.
Mais plus vous le tuez, & plus vostre se nomme,
Et dit que pour le moins il vaut le gentil-homme,
11 Qui d'amour vous enflame, & n'en est enflamé.
O merveilleux effaicts de l'inconstance humaine !
Celuy, qui ayme bien, languist tousjours en peine :
14 Celuy, qui n'ayme point, est tousjours bien aymé.

IV [1]

Ma Sinope, mon cueur, ma vie, & ma lumiere,
Autant que vous passez toute jeune pucelle
En grace & en beauté, autant vous estes celle
4 Qui m'estes à grand tort inconstante & legere.
Pardon, si je l'ay dit : las ! plus vous m'estes fiere,
Plus vous me decevez, plus vous me semblez belle :
Plus vous m'estes volage, inconstante, & rebelle,
8 Et plus je vous estime, & plus vous m'estes chere.
Or de vostre inconstance accuser je me doy,
Vous fournissant d'amy qui fut plus beau que moy,
11 Plus jeune & plus dispos, mais non d'amour si forte.
Donques je me condamne, & vous absous du fait :
Car c'est bien la raison que la peine je porte,
14 Sinope, & non pas vous, du peché que j'ay fait.

V [1]

D'un sang froid, noir et lent, je sens glacer mon cueur :
Quand quelcun parle à vous, ou quand quelcun vous
                                                    [touche,

Une ire au tour du cueur me dresse l'escarmouche,
4 Jaloux contre celuy qui reçoit tant d'honneur.
   Je suis (je n'en mens point) jaloux de vostre sœur,
De mon ombre, de moy, de mes yeux, de ma bouche.
Ainsi ce petit Dieu, qui la raison me bousche,
8 Me tient tousjours pour vous en soupson & en peur.
   Je ne puis aymer ceux, à qui vous faites chere,
Fussent-ils mes cousins, mes oncles, ou mon pere,
11 Je ne les puis aymer, mais je les hay bienfort.
   Les Roys ny les amans ne veulent point ensemble
Avoir de compagnons. Helas! je leur ressemble :
14 Plustost que d'en avoir, je desire la mort.

VI

Quand je suis tout bessé sur vostre belle face,
Je voy dedans vos yeux je ne sçay quoy de blanc,
Je ne sçay quoy de noir, qui m'esmeut tout le sang,
4 Et qui jusques au cueur de vene en vene passe.
   Je voy dedans Amour, qui va changeant de place,
Ores bas, ores haut, tousjours me regardant,
Et son arc contre moy coup sur coup debandant.
8 Las! si je faux, raison, que veux tu que j'y face ?
   Tant s'en faut que je sois alors maistre de moy,
Que je vendrois mon pere, & trahirois mon Roy,
11 Mon païs, & ma sœur, mes freres & ma mere :
   Tant je suis hors du sens, apres que j'ay taté
A longs traits amoureux de la poison amere,
14 Qui sort de ces beaux yeux, dont je suis enchanté.

VII

Je reçoy plus de bien à regarder vos yeux
Qu'à boire, qu'à manger, qu'à dormir, ny qu'à faire
Chose qui soit à l'ame, ou au corps necessaire :
4 Tant de vostre regard je suis ambicieux.
   Pource ny froid hyver, ny esté chaleureux
Ne me peut empescher, que je n'alle [1] complaire
A ce cruel plaisir, qui me rend tributaire
8 De vos yeux, qui me sont si doux & rigoureux.
   Sinope, vous avez de vos lentes œillades
Gasté de mes deux yeux les lumieres malades,
11 Et si ne vous chaut point du mal que m'avez fait :

Au moins guarissez-les, ou confessez l'offense :
Si vous la confessez, je seray satisfait,
14 Me donnant un baiser pour toute recompense.

VIII

Si j'estois Jupiter, Sinope, vous seriez
Mon espouse Junon : si j'estois Roy des ondes,
Vous seriez ma Thetys, Royne des eaux profondes,
4 Et pour vostre maison la grand mer vous auriez :
Si la terre estoit mienne, avec moy vous tiendriez
L'empire sous vos mains, dame des terres rondes,
Et de sur une coche, en belles tresses blondes,
8 Par le peuple en honneur, Déesse, vous iriez [1].
Mais je ne le suis pas, & puis vous ennuyez [2]
D'aymer les bonnets rons, gras troupeau de l'Eglise [3].
11 Ah! vous ne sçavez pas l'honneur que vous fuiez,
Ny les biens qui cachez dedans ce bonnet sont.
Si l'amour dans le monde a sa demeure prise,
14 Il ne la prit jamais que dans un bonnet rond [4].

IX

Il ne faut dedagner le troupeau de l'Eglise [1],
Pourtant s'il est gaillard, jeune, frais, & dispos,
Sejourné, gros, & gras, en aise, & en repos,
4 En delices confit, en jeux & mignardise.
Ma Sinope, mon cueur, quand une fille prise
Par trop le mariage, elle est hors de propos :
Car un mary commande, il tence, il dit des mots
8 Tous remplis de fureur, d'orgueil & de maistrise.
Au contraire un amant est humble & suppliant,
Comme franc de courage, & qui ne va liant
11 Sa douce liberté sous une loy de creinte.
Qui veut hayr s'amie, il faut se marier :
Qui veut tousjours l'aymer, il ne faut s'y lier,
14 Mais vivre avecques elle en amour sans contrainte.

X

Sinope, que j'adore en trop cruel destin,
Quand d'un baiser d'amour vostre bouche me baise,
Je suis tout esperdu, tant le cueur me bat d'aise :

4 Entre vos doux baisers puissay-je prendre fin !
　　Il sort de vostre bouche un doux flair, qui le tin
Surmonte de douceur, la rose, & la framboise,
Et tout le just des fleurs dont l'avette Appuloise
8 Fait dedans ses vaisseaux son miel le plus divin.
　　Il sort de vos tetins une odoreuse haleine
(Je meurs en y pensant) de parfum toute pleine,
11 Digne d'aller au ciel embasmer Jupiter.
　　Mais quand toute mon ame en plaisir se consomme
Mourant de sus vos yeux, lors pour me despiter
14 Vous fuiez de mon col, pour baiser un jeune homme.

XI

　　Maistresse, à tous les coups vous m'alleguez S. Pol [1],
Quand je vous veux baiser, vos yeux, ou vostre bouche,
Ou quand trop librement vostre beau sein je touche,
4 Ou quand ma dent lascive entame vostre col,
　　Ou quand de bon matin, contrefaisant le fol,
Passionné d'amour, je vois à vostre couche,
Ou quand ma souple main vous dresse l'escarmouche
8 A la breche qu'amour me defend du genol.
　　Je sçay que je commets envers vous une faute,
Mais la playe d'amour que je porte si haute,
11 Et si parfonde au cueur, m'a l'esprit empesché [2].
　　Ou bien ne soyez plus si gentille & si belle,
Ou bien je ne sçaurois (tant que vous serez telle)
14 M'engarder de vouloir faire un si beau peché.

XII

　　Sinope, baisez moy : non : ne me baisez pas,
Mais tirez moy le cueur de vostre douce halene.
Non : ne le tirez pas, mais hors de chaque vene
4 Sucez moy toute l'ame esparse entre vos bras.
　　Non : ne la sucez pas, car apres le trespas
Que seroi-je, sinon une semblance veine,
Sans corps de sur la rive où l'amour ne demeine,
8 Comme il fait icy haut, qu'en feintes, ses esbas.
　　Pendant que nous vivons, entr-aymon nous, Sinope,
Amour ne regne point sur la debile trope
11 Des morts, qui sont sillez d'un long somme de fer.
　　C'est abus que Pluton ayt aimé Proserpine,

Si doux soing n'entre point en si dure poitrine :
14   Amour ne sçauroit vivre entre les morts d'enfer.

XIII

Comme d'un ennemy, je veux en toute place
M'eslongner de vos yeux, qui mon cueur ont deceu,
Petits yeux de Venus, par lesquels j'ay receu
4 Le coup mortel au cueur, qui d'outre en outre passe.
Je voy tousjours dans eux Amour qui me menasse,
Au moins voyant son arc je l'ay bien aperceu :
Mais remparer mon cueur contre luy je n'ai sceu,
8 Dont le trait fausseroit [1] une forte cuirasse.
Or pour ne les voyr plus je veux aller bien loing
Vivre sur le bord d'une mer solitaire :
11 Encore j'ay grand peur de ne perdre le soing,
Qui hoste de mon cueur y loge nuict & jour.
Lon peut bien sur la mer un long voyage faire,
14 Mais on ne peut changer ny de cueur, ny d'amour.

XIV

Astres qui dans le ciel rouëz vostre voiage,
D'où vient nostre destin de la Parque ordonné,
Si ma Muse autre fois vos honneurs a sonné,
4 Detournez (s'il vous plait) mon malheureux presage.
Ceste nuict en dormant, sans faire aucun outrage
A l'anneau que Sinope au soir m'avoit donné,
S'est rompu dans mon doy, & du cas estonné,
8 J'ay senti tout mon cueur bouillonner d'une rage.
Si ma dame envers moy a peu rompre sa foy,
Ainsi que cest anneau s'est rompu dans mon doy,
11 Astres, je veux mourir : envoyez moy le somme,
Affin d'interpreter la doute de mon sort,
Et faittes, s'il est vray, que mes yeux il assomme,
14 Sans plus les reveiller, au dormir de la mort.

XV

Vos yeux estoient blessez d'une humeur enflammée,
Qui m'ont gasté les miens d'une semblable humeur,
Et pource que vos yeux aux miens ont fait douleur,
4 Je vous ay d'un nom grec Sinope surnommée [1].

Mais cest' humeur mauvaise au cueur est devallée :
Et là comme maistresse a pris force & vigueur,
Gastant mon pauvre sang, d'une blesme langueur,
8   Qui ja par tout le corps lente s'est escoulée [2].

Mon cueur environné de ce mortel danger,
En voulant resister au malheur estranger,
11   A mon sang converty en larmes & en pluye :

Affin que par les yeux auteurs de mon soucy
Mon malheur fust noyé, ou que par eux aussi
14   Fuiant devant le feu j'espuisasse ma vie.

XVI

C'est trop aymé, pauvre Ronsard, delaisse
D'estre plus sot, & le temps despendu
A prochasser l'amour d'une maistresse,
4   Comme perdu pense l'avoir perdu.

Ne pense pas, si tu as pretendu
En trop haut lieu une haute Déesse,
Que pour cela un bien te soit rendu :
8   Amour ne paist les siens, que de tristesse.

Je cognois bien que ta Sinope t'ayme,
Mais beaucoup mieux elle s'ayme soy-mesme,
11   Qui seulement amy riche desire.

Le bonnet rond, que tu prens maugré toy,
Et des puisnez la rigoreuse loy
14   La font changer & (peut estre) à un pire [1].

XVII

CHANSON
A OLIVIER DE MAGNY,
sur le chant de Saint Augustin.

Qui veult sçavoir amour & sa nature,
Son arc, ses feux, ses traits & sa poincture,
Que c'est qu'il est & que c'est qu'il desire,
4   Lise ces vers, je m'en vois le decrire.

C'est un plaisir tout remply de tristesse,
C'est un tourment tout confit de liesse,
Un desespoir où tousjours lon espere,
8   Un esperer où lon se desespere.

C'est un regret de jeunesse perdue,
C'est dedans l'air une poudre espendue,
C'est peindre en l'eau, & c'est vouloir encore
12 Tenir le vent, & denoircir un More.

C'est une foy pleine de tromperie,
Où plus est seur celuy, qui moins s'y fie :
C'est un marché, qu'une fraude accompagne,
16 Où plus y perd celuy, qui plus y gagne.

C'est un feint ris, c'est une douleur vraye,
C'est sans se pleindre avoir au cueur la playe,
C'est devenir valet en lieu de maistre,
20 C'est mille fois le jour mourir & naistre.

C'est un fermer à ses amis la porte
De la raison, qui languist presque morte,
Pour en bailler la clef à l'ennemye,
24 Qui la reçoit sous ombre d'estre amye.

C'est mille maux pour une seule œillade,
C'est estre sain, & feindre le malade,
C'est en mentant se parjurer, et faire
28 Profession de flatter & de plaire.

C'est d'une Hecube oser faire une Heleine,
D'une Cumée une autre Polyxene [1],
C'est se promettre aveques son amye
32 L'eternité d'une durable vie.

C'est un grand feu couvert d'un peu de glace,
C'est un beau jeu tout remply de fallace [2],
C'est un despit, une guerre, une treve,
36 Un long penser, une parole breve.

C'est par dehors dissimuler sa joye,
Celant un cueur au dedans, qui larmoye :
C'est un malheur si plaisant, qu'on desire
40 Tousjours languir en un si beau martyre.

C'est une paix, qui n'a point de durée,
C'est une guerre au combat assurée,
Où le veincu reçoit toute la gloire,
44 Et le veincueur a perte en sa victoire.

C'est une erreur de jeunesse, qui prise
Une prison trop plus que sa franchise :
C'est un penser, qui jamais ne repose,
48   Et si ne veut penser qu'en une chose.

Et bref, Magny, c'est une jalousie,
C'est une fievre en une frenaisie :
Car quel malheur plus grand nous pourroit suyvre,
52   Qu'en nous mourir pour en un autre vivre ?

Donques à fin que ton cueur ne se mette
Sous les liens d'une loy si sujette,
Si tu m'en crois, prens y davant bien garde :
56   Le repentir est une chose tarde.

XVIII

AMOURETTE

Or' que l'hyver roidist la glace espesse,
Rechaufon nous, ma gentille maistresse,
Non acroupis dans le fouyer cendreux,
4   Mais au plaisir des combats amoureux.
Assison nous sur cette verte couche.
Sus baysez moy de vostre belle bouche.
Pressez mon col de vos bras deliez,
8   Et maintenant vostre mere oubliez,
Que de la dent vostre tetin je morde,
Que vos cheveux fil à fil je detorde :
Car il ne faut en si folastres jeux,
12   Comme au Dimanche, arrenger ses cheveux.
Approchez vous, tendez moy vostre oreille :
Ha ! vous avez la couleur plus vermeille
Que paravant : avez vous point ouy
16   Quelque doux mot, qui vous ayt rejouy ?
Je vous disois que la main j'allois mettre
Sur vos genoux : le voulez vous permettre ?
Vous rougissez, maistresse, je voy bien,
20   A vostre front, que vous le voulez bien.
Quoy ? vous faut il cognoistre à vostre mine ?
Je jure Amour, que vous estes si fine,
Que pour mourir de bouche ne diriez
24   Qu'on vous le fist, bien que le desiriez :
Car toute fille, encor' qu'elle ait envye

Du jeu d'aymer, desire estre ravie.
Tesmoing en est Helene, qui suivit
28 D'un franc vouloir celuy qui la ravit.
Or je vais donc user d'une main forte
Pour vous avoir : ha, vous faittes la morte,
Sus, endurez ce doux je ne sçay quoy :
32 Car autrement vous moqueriez de moy
Dans vostre lit, quand vous seriez seulette.
Or, sus, c'est fait, ma gentille doucette :
Recommençon, à fin que nos beaux ans
36 Soyent rechaufez en combas si plaisans.

XIX

LA QUENOILLE [1]

Quenoille, de Pallas la compagne & l'amye [2],
Cher present que je porte à ma chere ennemye,
Afin de soulager l'ennuy qu'elle a de moy,
4 Disant quelque chanson en filant de sur toy.
Faisant pirouëter (tout le jour amusée),
Ou son rond devideau [3], ou sa grosse fusée [4]
Sus, Quenoille, suy moy, je te meine servir,
8 Celle que je ne puis m'engarder de suivir :
Tu ne viendras es mains d'une pucelle oysive,
Qui ne fait qu'atifer sa perruque lascive,
Et qui perd tout le jour, à mirer & farder
12 Sa face, à celle fin qu'on l'aille regarder :
Mais bien entre les mains d'une disposte fille,
Qui devide, qui coust, qui menage, & qui file,
Avecques ses deux sœurs, pour tromper ses ennuys,
16 L'hyver davant le feu, l'esté davant son huis [5] :
Aussi je ne voudrois que toy, Quenoille gente,
Qui es de Vandomois, où le peuple se vente
D'estre bon menager, allasses en Anjou
20 Pour demeurer oysive, & te rouiller au clou.
Je te puis assurer que sa main delicate,
Peut estre, filera quelque drap d'escarlate,
Qui si fin & si souëf en sa laine sera,
24 Que pour un jour de feste un Roy le vestira.
Suy moy donc, tu seras la plus-que bien venue,
Quenoille, des deux bouts & grellette & menue,
Un peu grosse au milieu, où la filace tient
28 Estreinte d'un riban, qui de Montoire [6] vient,

Aime-laine, aime-fil, aime-estain, maisonniere,
Longue, Palladienne, enflée, chansonniere.
De Coustures [7] desloge, & va droit à Bourgueil [8],
Où, Quenoille, on te doit recevoir d'un bon œil :
Car le petit present, qu'un loyal amy donne,
Passe des puissans Roys le sceptre & la couronne.

PIECES DES *NOUVELLES POESIES*
(1563-1564)

I

CHANSON

Douce Maistresse [1], touche
Pour soulager mon mal
Mes levres de ta bouche
Plus rouge que coral :
D'un doux lien pressé
Tiens mon col embrassé.

Puis face dessus face,
Regarde moy les yeux,
Afin que ton trait passe
En mon cœur soucieux
Lequel ne vit si non
D'amour & de ton nom.

Je l'ay veu fier & brave,
Avant que ta beauté
Pour estre son esclave
Doucement l'eust donté,
Mais son mal luy plaist bien
Pourveu qu'il meure tien.

Belle, par qui je donne
A mes yeux tant d'esmoy,
Baise moy, ma mignonne,
Cent fois rebaise moy.
Et quoy faut-il en vain
Languir dessus mon sein ?

Maistresse, je n'ay garde
De vouloir t'esveiller,
27   Heureux quand je regarde
Tes beaux yeux sommeiller,
Heureux quand je les voy
30   Endormis dessus moy.

Veux tu que je les baise
Afin de les ouvrir ?
33   Hà tu fais la mauvaise
Pour me faire mourir.
Je meurs entre tes bras,
36   Et s'il [2] ne t'en chaut pas !

Hà, ma chere ennemie,
Si tu veux m'apaiser,
39   Redonne moy la vie
Par l'esprit d'un baiser,
Hà ! j'en ay la douceur
42   Senty jusques au cœur.

C'est une douce rage,
Qui nous poingt doucement,
45   Quand d'un mesme courage
On s'ayme incessamment :
Heureux sera le jour
48   Que je mourray d'amour.

II

CHANSON
EN FAVEUR DE
MADEMOISELLE DE LIMEUIL

Quand ce beau Printemps je voy,
      J'appercoy
3   Rajeunir la terre & l'onde,
Et me semble que le jour,
      Et l'amour
6   Comme enfans naissent au monde.

Le jour qui plus beau se fait
      Nous refait
9   Plus belle & verde la terre,

Et Amour armé de traiz,
　　Et d'atraiz,
12　Dans nos cueurs nous fait la guerre.

Il respand de toutes pars
　　Feux & dards,
15　Et dompte soubs sa puissance
Hommes, Bestes & Oyseaux,
　　Et les eaux
18　Lui rendent obeissance.

Venus avec son enfant
　　Triomphant,
21　Au haut de sa coche assise,
Laisse ses Cygnes voler
　　Parmy l'air
24　Pour aller voir son Anchise [1].

Quelque part que ses beaux yeux
　　Par les cieux
27　Tournent leurs lumieres belles,
L'air qui se montre serain
　　Est tout plain
30　D'amoureuses estincelles.

Puis en descendant à bas
　　Soubs ses pas
33　Croissent mille fleurs descloses :
Les beaux lys & les œillets
　　Vermeillets
36　Y naissent aveq' les roses.

Celuy vrayement est de fer
　　Qu'echaufer
39　Ne peut sa beauté divine,
Et en lieu d'humaine cher
　　Un rocher
42　Il porte dans sa poitrine.

Je sens en ce moys si beau
　　Le flambeau
45　D'Amour qui m'echaufe l'ame,
Y voyant de tous costés
　　Les beautés
48　Qu'il emprunte de ma Dame.

Quand je voy tant de couleurs,
    Et de fleurs
51 Qui emaillent un rivage,
Je pense voir le beau teint
    Qui est peint
54 Si vermeil en son visage.

Quand je voy les grands rameaux
    Des ormeaux
57 Qui sont serrés de lierre,
Je pense estre pris aux lacs
    De ses bras,
60 Quand sa belle main me serre.

Quand j'entends la douce voix
    Par les bois
63 Du beau Rossignol qui chante,
D'elle je pense jouir
    Et oyr
66 Sa douce voix qui m'enchante.

Quand Zephyre meine un bruit
    Qui se suit
69 Au travers d'une ramée,
Des propos il me souvient,
    Que me tient
72 Seule à seul ma bien aymée.

Quand je voy en quelque endroit
    Un Pin droit,
75 Ou quelque arbre qui s'esleve,
Je me laisse decevoir,
    Pensant voir
78 Sa belle taille & sa greve.

Quand je voy dans un jardin
    Au matin
81 S'éclorre une fleur nouvelle,
J'accompare le bouton
    Au teton
84 De son beau sein qui pommelle.

Quand le Soleil tout riant
    D'Orient
87 Nous monstre sa blonde tresse,

Il me semble que je voy
   Pres de moy
90   Lever ma belle maitresse.

Quand je sens parmy les prez
   Diaprez
93   Les fleurs dont la terre est pleine,
Lors je fais croire à mes sens,
   Que je sens
96   La douceur de son haleine.

Bref je fais comparaison
   Par raison
99   Du Printemps & de ma mie :
Il donne aux fleurs la vigueur,
   Et mon cueur
102   D'elle prend vigueur & vie.

Je voudrois au bruit de l'eau
   D'un ruisseau
105   Desplier ses tresses blondes,
Frizant en autant de neuds
   Ses cheveux
108   Que je verrois frizer d'ondes.

Je voudrois pour la tenir
   Devenir
111   Dieu de ces forests desertes,
La baisant autant de fois
   Qu'en un bois
114   Il y a de feuilles vertes.

Hà maitresse mon soucy
   Vien icy,
117   Vien contempler la verdure :
Les fleurs, de mon amitié
   Ont pitié,
120   Et seule tu n'en as cure.

Au moins leve un peu tes yeux
   Gracieux,
123   Et voy ces deux collombelles,
Qui font naturellement
   Doucement
126   L'amour du bec & des aisles.

    Et nous, soubs ombre d'honneur [2],
        Le bon heur
129 Trahissons par une creinte :
    Les oyseaux sont plus heureux
        Amoureux,
132 Qui font l'amour sans contrainte.

    Toutefois ne perdons pas
        Nos esbats
135 Pour ces loix tant rigoreuses,
    Mais, si tu m'en crois, vivons
        Et suivons
138 Les collombes amoureuses.

    Pour effacer mon esmoy
        Baise moy,
141 Rebaise moy ma Déesse,
    Ne laissons passer en vain
        Si soudain
    Les ans de nostre jeunesse.

III [1]

SONET

    Las, je ne veux ny ne me puis desfaire
    De ce beau reth, où Amour me tient pris :
    Et, puis que j'ay tel voyage entrepris,
4   Je veux mourir, ou je le veux parfaire.
        J'oy la raison qui me dit le contraire,
    Et qui retient la bride à mes espris,
    Mais j'ay le cœur de vos yeux si épris
8   Que d'un tel mal je ne me puis distraire.
        Tay toy, raison : on dit communement,
    Belle fin fait qui meurt en bien aymant :
11 De telle mort je veux suyvre la trace :
        Ma foy ressemble au rocher endurcy,
    Qui, sans avoir de l'orage soucy,
14 Plus est batu & moins change de place.

IV

SONET

Certes mon œil fut trop avantureux
De regarder une chose si belle,
Une vertu digne d'une immortelle,
Et dont Amour est mesmes amoureux.
　　Depuis ce jour je devins langoureux
Pour aymer trop ceste beauté cruelle :
Cruelle non, mais doucement rebelle
8　A ce desir qui me rend malheureux :
　　Malheureux, non, heureux je me confesse,
Tant vaut l'amour d'une telle maitresse,
11　Pour qui je vy, & à qui je veux plaire.
　　Je l'ayme tant qu'aymer je ne me puis,
Je suis tant sien que plus mien je ne suis,
14　Bien que pour elle Amour me desespere.

V

SONET

Je meurs, Paschal [1], quand je la voy si belle,
Le front si beau, & la bouche & les yeux,
Yeux le sejour d'Amour victorieux,
4　Qui m'a blessé d'une fleche nouvelle.
　　Je n'ay ny sang, ny veine, ny moüelle
Qui ne se change : & me semble qu'aux cieux
Je suis ravy, assis entre les Dieux,
8　Quand le bon heur me conduist aupres d'elle.
　　Ha! que ne suis-je en ce monde un grand Roy!
Elle seroit toujours aupres de moy :
11　Mais n'estant rien, il faut que je m'absente
　　De sa beauté, dont je n'ose aprocher,
Que d'un regard transformer je ne sente [2]
14　Mes yeux en fleuve, & mon cueur en rocher.

PIECES DES *ELEGIES,*
MASCARADES ET BERGERIE (1565)

I[1]

Si jamais homme en aymant fut heureux,
Je suis heureux, icy je le confesse,
Fait serviteur d'une belle maitresse
4 Dont les beaux yeux ne me font malheureux.
    D'un autre bien je ne suis desireux :
Honneur, beauté, vertus, & gentillesse
Ainsi que fleurs honorent sa jeunesse,
8 De qui je suis saintement amoureux.
    Donc si quelcun veut dire que sa grace
Et sa beauté toutes beautés n'efface,
11 Et qu'en amour je ne vive contant,
    Le desfiant au combat je l'appelle,
Pour luy prouver que mon cœur est constant,
14 Autant qu'elle est sur toutes la plus belle.

II[1]

    Las ! sans espoir je languis à grand tort,
Pour la rigueur d'une beauté si fiere,
Qui sans ouyr mes pleurs ny ma priere
4 Rid de mon mal si violent & fort.
    De la beauté dont j'esperois support,
Pour mon service & longue foy premiere,
Je ne reçoy que tourment & misere,
8 Et pour secours je n'attens que la mort.
    Mais telle dame est si sage & si belle
Que si quelqu'un la veut nommer cruelle
11 En me voyant traitté cruellement,
    Vienne au combat, icy je le deffie,

Il cognoistra qu'un si dur traittement
14 Pour ses vertus m'est une douce vie.

III

SONET A Mlle DE LIMEUIL

Douce beauté à qui je doy la vie,
Le cœur, le corps, & le sang, & l'esprit,
Voyant tes yeux Amour mesme m'aprit
4 Toute vertu que depuis j'ay suivie :
    Mon cœur, ardant d'une amoureuse envie,
Si vivement de tes graces s'éprit
Que d'un regard de tes yeux il comprit
8 Que peut honneur, amour & courtoisie.
    L'homme est du plomb [1] ou bien il n'a point d'yeux,
Si te voyant il ne voit tous les cieux
11 En ta beauté qui n'a point de seconde.
    Ta bonne grace un rocher retiendroit,
Et quand sans jour le monde deviendroit
14 Ton œil si beau seroit le jour du monde.

IV

SONET A UNE DAMOYSELLE

Douce beauté qui me tenez le cœur
Et qui avez durant toute l'année
Dedans voz yeux mon ame emprisonnée
4 La faisant vivre en si belle langueur,
    Ha, que ne puis-je atteindre à la hauteur
Du ciel tyran de nostre destinée!
Je changerois sa course retournée,
8 Et mon malheur je muerois en bon heur.
    Mais estant homme il faut qu'homme j'endure
Du ciel cruel la violence dure
11 Qui me commande à mourir pour vos yeux :
    Doncques je viens vous presenter, Madame,
Ce nouvel an pour obeyr aux cieux,
14 Le cœur, l'esprit, le corps, le sang & l'ame.

V

SONET A RHODENTHE

Le premier jour du mois de May, Madame,
Dedans le cœur je senty vos beaux yeux,
Bruns, doux, courtois, rians, delicieux,
4   Qui d'un glaçon feroient naistre une flame.
De leur beau jour le souvenir m'enflame
Et par penser j'en deviens amoureux :
O de mon cœur les meurtriers bienheureux,
8   Vostre vertu je sens jusques en l'ame.
Yeux qui tenez la clef de mon penser,
Maistres de moy, qui peustes offenser
11   D'un seul regard ma raison toute esmue :
Ha ! que je suis de vostre amour espoint,
Las ! je devois jouyr de vostre veue
14   Plus longuement, ou bien ne vous voir point.

PIECE DU *SIXIESME LIVRE DES POEMES* (1569)

CHANSON

 Quiconque soit le peintre qui a fait
Amour oyseau & luy a feint des aesles,
Celuy n'avoit au paravant portrait
4 Come je croy sinon des Arondelles :
 Voire & pensoit en peingnant ses tableaux,
Quand à l'ouvrage il avoit la main preste,
Qu'homes & Dieux n'estoient que des oyseaux,
8 Aussi legers come il avoit la teste.
 L'Amour qui tient serve ma liberté,
N'est point oyseau : constante est sa demeure :
Il a du plomb qui le tient arresté
12 Ferme en un lieu, jusqu'à temps que je meure.
 Il est sans plume, il n'a le dos aeslé :
Le peindre tel il faut que je le face.
S'il estoit pront, il s'en fust envolé
16 Depuis cinq ans pour trouver autre place.

PIECES DU *SEPTIESME LIVRE*
DES POEMES (1569)

I

Le doux sommeil, qui toute chose apaise,
N'apaise point le soing qui m'a ravy :
En vous je meurs, en vous seule je vy :
4   Ne voyant rien sinon vous qui me plaise.
   Voz yeux au cœur m'ont jetté telle braize,
Qu'un feu treschaut s'est depuis ensuivy,
Et des le jour qu'en dansant je vous vy,
8   Je meurs pour vous, & si en suis bien aize.
   De mal en mal, de soucy en soucy,
J'ay l'ame triste & le corps tout transis,
11   Sans eschaufer le froid de vostre glace.
   Aumoins lisez & voyez sur mon front
Combien de mortz voz deux beaux yeux me font :
14   » Le soing caché se connoist à la face.

II

Ce jour de May qui a la teste peinte,
D'une gaillarde & gentille verdeur,
Ne doibt passer sans que ma vive ardeur
4   Par vostre grace un peu ne soit estainte.
   De vostre part si vous estes attaincte
Autant que moy d'amoureuse langueur,
D'un feu pareil soulageon nostre cœur,
8   Qui aime bien ne doibt point avoir crainte.
   Le Temps s'enfuit, cependant ce beau jour,
Nous doibt aprendre à demener l'Amour,
11   Et le pigeon qui sa femelle baize.
   Baisez moi doncq & faison tout ainsi

Que les oyseaux sans nous donner soucy :
14   Apres la mort on ne voit rien qui plaise.

III

J'avois l'esprit tout morne & tout pesant,
Quand je receu du lieu qui me tourmente
La pomme d'or come moy jaunissante
4   Du mesme mal qui nous est si plaisant [1].
Les pomes sont de l'Amour le present :
Tu le sçays bien, ô guerriere Atalante [2],
Et Cydipé qui encor se lamente
8   D'elle & d'Aconce & d'Amour si nuisant [3].
Les pomes sont de l'Amour le vray signe :
Heureux celuy qui de tel bien est digne,
11   Bien qui fait vivre heureusement les homes.
Venus a plein de pomes tout le sein,
Ses deux enfants en ont pleine la main,
14   Et bref l'Amour n'est qu'un beau jeu de pomes [4].

IV

Puis qu'autrement je ne scaurois jouïr
De voz beaux yeux qui tant me font la guerre,
Je veux changer de coustume & de terre,
4   Pour plus jamais ne vous voir ny ouïr :
Je ne sçaurois helas ! me resjouïr
Sans vostre main qui tout le cœur m'enferre,
Et vostre voix qui Sereine m'enserre [1],
8   Et voz regardz qui me font esblouïr :
Tant plus je pense à me vouloir distraire
De vostre amour & moins je le puis faire,
11   Si ce n'estoit par m'enfuïr bien loing,
Mais j'aurois peur qu'Amour par le voyage,
De plus en plus n'enflamast mon courage :
14   » Car plus on fuit & plus on a de soing.

V [1]

Le jour me semble aussi long qu'une année,
Quand je ne voy l'esclair de voz beaux yeux,
Yeux qui font honte aux estoilles des cieux,

4   En qui je voy quelle est ma destinée.
      Fiere beauté que le Ciel m'a donnée
    Pour si doux mal : helas! il valloit mieux
    Aller soudain au fleuve Stygieux,
8   Que tant languir pour chose si bien née.
      Au moins la mort eust finy mon desir
    Qui en vivant en cent formes me müe :
11   Le voir, l'ouïr me causent desplaisir,
      Et ma raison pour neant s'evertuë :
    Car le penser que j'ay voulu choisir
14   Pour me conduire est celuy qui me tuë.

VI

    Seul je m'avise, & nul ne peut sçavoir,
    Si ce n'est moy, la peine que je porte,
    Amour trop fin comme un larron emporte
4   Mon cœur d'emblée, & ne le puis r'avoir.
      Je ne debvois donner tant de pouvoir
    A l'ennemy qui a la main si forte,
    Mais au premier [1] le retenir de sorte,
8   Qu'à la raison obeïst le debvoir.
      Or c'en est fait! il a pris la carriere,
    Plus je ne puis le tirer en arriere
11   Opiniastre, il est maistre du frain.
      Je connois bien qu'il entraisne ma vie
    Contre mon gré, mais je ne m'en soucye :
14   » Tant le mourir est beau de vostre main!

VII

    Jaloux Soleil contre Amour envieux,
    Soleil masqué d'une face blesmie,
    Qui par trois jours as retenu m'amie
4   Seule au logis par un temps pluvieux.
      Je ne croy plus tant d'amours que les vieux
    Chantent de toy : ce n'est que Poësie :
    S'il eust jadis touché ta fantaisie,
8   D'un mesme mal tu serois soucieux :
      Par tes rayons à la pointe cornuë,
    En ma faveur eusses rompu la Nuë,
11   Faisant d'obscur un temps serain & beau :
      Va te cacher, vieil Pastoureau champestre,

Ah! tu n'es digne au Ciel d'estre un flambeau,
14 Mais un qui meine en terre les bœufz paistre [1].

VIII

Heureux le jour, l'an, le mois & la place,
L'heure & le temps où voz yeux m'ont tué,
Sinon tué, à tout le moins mué
4   Come Meduse en une froide glace.
Il est bien vray que le trait de ma face
Me reste encor, mais l'esprit deslié,
Pour vivre en vous, a son corps oblié,
8   N'estant plus rien sans esprit, qu'une mace.
Aucunefois quand vous tournez un peu
Vos yeux sur moy, je sens un petit feu,
11 Qui me r'anime & reschaufe les veines :
Et fait au froid quelque petit effort,
Mais ces regardz n'allongent que mes peines,
14 Tant le premier fut cause de ma mort!

IX

Qui vous dira qu'Argus [1] est une fable,
Ne le croyez, bonne Postérité,
Ce n'est pas feinte ains une verité,
4   A mon malheur helas! trop veritable.
Un autre Argus à deux yeux redoutable,
En corps humain non feint, non inventé,
Espie, aguete, & garde la beauté,
8   Par qui je suis en doute miserable.
Quand par ses yeux Argus ne la tiendroit
Toujours au col mignarde me pendroit,
11 Je connois bien sa gentille nature.
Ha! vray Argus tant tu me fais gemir,
A mon secours vienne un autre Mercure,
14 Non pour ta mort, mais bien pour t'endormir.

X

Que dittes vous, que faites vous mignonne ?
Que songez vous ? pensez vous point en moy ?
Avez vous point soucy de mon esmoy,
4   Come de vous le soucy m'espoinçonne ?

De vostre Amour tout le cœur me bouillonne,
Devant mes yeux sans cesse je vous voy,
Je vous entends absente, je vous oy,
8   Et mon penser d'autre Amour ne raisonne.
J'ay voz beautés, voz graces & voz yeux
Gravez en moy, les places & les lieux
11   Où je vous vy danser, parler & rire.
Je vous tien mienne, & si ne suis pas mien,
Je me perds tant au bien que je desire,
14   Que tout sans luy ne me semble estre rien!

XI

Honneur de May, despouille du Printemps,
Bouquet tissu de la main qui me donte,
Dont les beautez aux fleurettes font honte,
4   Faisant esclorre un Apvril en tout temps :
Non pas du nés mais du cœur je te sens,
Et de l'esprit que ton odeur surmonte,
Et tellement de veine en veine monte,
8   Que ta senteur embasme tous mes sens.
Sus baize moy, couche toy pres de moy,
Je veux verser mille larmes sur toy,
11   Mille soupirs, chautz d'amoureuse envie,
Qui serviront d'animer ta couleur,
Les pleurs d'humeur, les soupirs de chaleur
14   Pour prendre vif ta racine en ma vie.

XII[1]

Non, ce n'est pas l'abondance d'humeurs,
Qui te rend morne & malade & blesmie,
C'est le peché de n'estre bonne amie,
4   Et ta rigueur par laquelle je meurs.
Le Ciel, vangeur de mes justes douleurs,
Me voyant ardre en chaleur infinie,
En ma faveur, cruelle, t'a punie,
8   De longue fievre & de palles couleurs :
Si tu guaris le coup de la langueur,
Que tes beaux yeux m'ont versé dans le cœur,
11   Si tu guaris d'une amoureuse œillade
Mon cœur blessé qui se pame d'esmoy,
Tu guariras : car tu n'es point malade
14   Sinon d'autant que je le suis pour toy.

XIII

    Pren cette rose aimable comme toy.
Qui sers de rose aux roses les plus belles,
Qui sers de fleur aux fleurs les plus nouvelles,
4   Qui sers de Muse aux Muses & à moy.
    Pren cette rose & ensemble reçoy
Dedans ton sein mon cœur qui n'a point d'ésles [1] :
Il vit blessé de cent playes cruelles,
8   Opiniastre à garder trop de foy.
    La rose & moy differons d'une chose,
Un Soleil voit naistre & mourir la rose,
11   Mille Soleils ont veu naistre l'amour
    Qui me consome & jamais ne repose :
Que pleust à Dieu que telle amour esclose,
14   Come une fleur, ne m'eust duré qu'un jour.

XIV [1]

    En vain pour vous ce bouquet je compose,
En vain pour vous, ma Déesse, il est fait,
Car vous serez le bouquet du bouquet,
4   La fleur des fleurs, la rose de la rose.
    Vous & les fleurs differez d'une chose,
C'est que l'Hyver les fleurettes desfait,
Votre Printemps, en ses graces parfait,
8   Ne craint des ans nulle metamorphose.
    Heureux bouquet, n'entre point au sejour
De ce beau sein, ce beau logis d'Amour,
11   Ne touche point cette pome jumelle.
    Ton lustre gay se faniroit d'esmoy,
Tu es, bouquet, digne de vivre : & moy
14   De mourir pris des beautés de la belle.

XV

    Douce beauté meurdriere de ma vie,
En lieu d'un cœur tu portes un rocher :
Tu me fais vif languir & desecher,
4   Passionné d'une amoureuse envie.
    Le jeune sang qui d'aymer te convie,
N'a peu de toy la froideur arracher,

Farouche, fiere, & qui n'as rien plus cher
8 Que languir froide, & n'estre point servie;
    Aprens à vivre, ô fiere en cruauté,
Ne garde point à Pluton ta beauté,
11 Tes passe-temps en aymant il faut prendre,
    Par le plaisir faut tromper le trespas,
Car aussi bien quand nous serons là bas
14 Sans plus aymer nous ne serons que cendre.

XVI

BAISER

    Quand de ta levre à demy-close
    (Come entre deux fleuris sentiers)
    Je sens ton haleine de rose,
4   Mes levres, les avant-portiers
    Du baiser, se rougissent d'aize,
    Et de mes souhaitz tous entiers,
    Me font jouïr quand je te baize.
8   Car l'humeur du baiser apaise,
    S'escoulant au cœur peu à peu,
    Cette chaude amoureuse braize,
11 Dont tes yeux allumoient le feu.

XVII [1]

    Seul & pensif j'allois parmy la ruë,
    Me promenant à pas mornes & lents,
    Quand j'aperceu les yeux estincelantz
4   Au pres de moy, de celle qui me tuë.
    De chaut & froid mon visage se muë,
    Coup dessus coup mille traits violents,
    Hors des beaux yeux de la belle volans,
8   Ce faux Amour de sa trousse me ruë :
    Je ne soufry l'esclair de ses beaux yeux,
    Tant il estoit poignant & radieux,
11 Qui come foudre entra dans ma poitrine :
    Je fusse mort, sans elle qui pœureux
    Me r'asseura, & de la mort voisine
14 Me rapela d'un salut amoureux.

XVIII

Quand je te voy seule assize à par toy,
Toute amuzée [1] avecques ta pensée,
Un peu la teste encontre bas baissée,
4   Te retirant du vulgaire & de moy,
    Je veux souvent pour rompre ton esmoy
Te saluer, mais ma voix offensée,
De trop de peur se retient amassée
8   Dedans la bouche & me laisse tout coy.
    Soufrir ne puis les rayons de ta veuë,
Craintive au corps mon ame tramble esmeuë :
11   Langue ne voix ne font leur action.
    Seuls mes soupirs, seul mon triste visage
Parlent pour moy, & telle passion
14   De mon amour donne assez tesmoignage.

XIX

De veine en veine, & d'artere en artere,
De nerfz en nerfz le salut me passa
Que l'autre jour Madame prononçea,
4   Me promenant tout triste & solitaire.
    Il fut si doux que je ne puis m'en taire,
Tant en passant d'aiguillons me laissa,
Et tout mon cœur si doucement blessa
8   Que je m'en flate, & me plais en l'ulcere.
    Les yeux, la voix, le gratieux maintien,
A mesme fois s'acorderent si bien
11   Qu'au seul gouster d'un si nouveau plaisir
    Non esperé, s'effroya l'ame toute,
Et pour aller rencontrer son desir
14   De me laisser fut mille fois en doute.

XX

Je suis larron pour vous aymer Madame :
Si je veux vivre il faut que j'aille embler
De vos beaux yeux les regards, & troubler
4   Par mon regard le votre qui me pasme.
    De voz beaux yeux seulement je m'afame,
Tant double force ilz ont de me combler
Le cœur de joye & mes jours redoubler,

8 Ayant pour vie un seul trait de leur flame.
    Un seul regard qu'il vous plaist me lacher
    Me paist trois jours, puis j'en revais chercher,
11 Quand du premier la puissance est perduë,
    Emblant mon vivre en mon adversité :
    Larron forcé de chose defenduë,
14 Non par plaisir mais par necessité.

XXI [1]

    Si trop souvent quand le desir me presse
    Tout afamé de vivre de voz yeux,
    Pœureux, honteux, pensif & soucieux
4 Devant votre huis je repasse Maitresse,
    Pardonnez moy, ma mortelle Deésse,
    Si malgré moy je vous suis ennuyeux,
    Malgré moy non, car j'aime beaucoup mieux,
8 Sans vous facher, trespasser de tristesse.
    Las! si je passe & passe si souvent
    Aupres de vous fantastique & resvant,
11 C'est pour embler un trait de votre veuë,
    Qui fait ma vie en mon corps sejourner :
    Permetez doncq que l'ame soit repeuë
14 D'un bien qui n'est moindre pour le donner.

XXII

    Que maudit soit le mirouër qui vous mire,
    Et vous fait estre ainsy fiere en beauté,
    Ainsy enfler le cœur de cruauté,
4 Me refuzant le bien que je desire :
    Depuis trois ans pour voz yeux je soupire,
    Mais mes soupirs, ma Foy, ma Loyauté
    N'ont, las je meurs! de vostre cœur osté
8 Ce doux orgueil auteur de mon martire.
    Et ce-pendant vous ne connoissez pas
    Que ce beau mois & vostre age se passe,
11 Come une fleur qui languist contrebas,
    Et que le temps passé ne se ramasse :
    Tandis qu'avez la jeunesse & la grace,
14 Et le temps propre aux amoureux combaz,
    De tous plaisirs ne soyez jamais lasse,
16 Et sans aimer n'atendez le trespas.

I

Maistresse, embrasse moy, baize moy, serre moy,
Haleine contre haleine, échauffe moy la vie,
Mille & mille baizers donne moy je te prie,
4 Amour veut tout sans nombre, amour n'a point de loy.
  Baize & rebaize moy; belle bouche pourquoy
Te gardes tu là bas, quand tu seras blesmie,
A baiser (de Pluton ou la femme ou l'amie),
8 N'ayant plus ny couleur, ny rien semblable à toy ?
  En vivant presse moy de tes levres de roses,
Begaye, en me baisant, à levres demy-closes
11 Mille mots trançonnez, mourant entre mes bras.
  Je mourray dans les tiens, puis, toy resuscitee,
Je resusciteray, allons ainsi là bas,
14 Le jour tant soit il court vaut mieux que la nuitee.

II

La mere des amours j'honore dans les Cieux
Pour avoir trois beautez, trois Graces avec elle,
Mais tu as une laide & sotte Damoyselle,
4 Qui te fait deshonneur, le change vaudroit mieux.
  Jamais le chef d'Argus, fenestré de cent yeux,
Ne garda si soigneux l'Inachide pucelle,
Que sa rude paupiere, à veiller eternelle,
8 Te regarde, t'espie & te suit en tous lieux [1].
  Je ne suis pas un dieu pour me changer en pluye :
Dessoubs un cygne blanc mes flames je n'estuye,
11 C'estoient de Jupiter les jeus malicieux.
  Je prens de tes beaux yeux ma pasture & ma vie,

Pourquoy de tes regards me portes tu envie ?
14 On voit sur les autels les images des Dieux ².

III

J'ay reçeu vos Cyprez, & vos Orangers verds,
Le Cyprez est ma mort, l'oranger signifie
(Ou Phebus me deçoit) qu'apres ma courte vie
4 Une gentille odeur sortira de mes vers.
    Recevez ces pavots que le somme a couvers
D'un oubly Stygien ¹. Il est temps que j'oublie
L'amour qui sans profit depuis six ans me lie,
8 Sans alenter la corde ou descloüer mes fers.
    Pour plaisir, en passant, d'une lettre bien grosse
Les quatre vers suyvans engrave sur ma fosse,
11 Une Espagnolle prist un Tudesque en ses mains :
    Ainsi le sot Hercule estoit captif d'Iole ²,
La finesse appartient à la race Espagnolle,
14 Et la simple Nature appartient aux Germains.

IV

Mon Page, Dieu te gard, que fait nostre Maistresse ?
Tu m'apportes tousjours ou mon mal ou mon bien :
Quand je te voy je tremble, & je ne suis plus mien,
4 Tantost chaud d'un espoir, tantost froid de tristesse.
    Ça baille moy la lettre, & pourtant ne me laisse,
Contemple bien mon front par qui tu pourras bien
Cognoistre en le fronçant ou defronçant, combien
8 La lettre me contente ou donne de detresse.
    Mon page que ne suis–je aussi riche qu'un Roy,
Je feroy de porphyre un beau temple pour toy,
11 Tu serois tout semblable à ce Dieu des voyages ¹ :
    Je peindrois une table où l'on verroit pourtraits
Nos sermens, nos accords, nos guerres & nos paix,
14 Nos lettres, nos devis, tes tours & tes messages.

V

Quand au commencement j'admiré ton merite,
Tu vivois à la Court sans louange & sans bruit :
Maintenant un renom par la France te suit,

4 Egallant en grandeur la Royalle Hypolite [1].
     Liberal j'envoyay les Muses à ta suite,
  Je fis loin de ton chef evanoüir la nuit,
  Je fis flamber ton nom comme un astre qui luit,
8 J'ay dans l'azur du Ciel ta loüange décrite.
     Je n'en suis pas marry, toutefois je me deux,
  Que tu ne m'aymes pas, qu'ingrate tu ne veux
11 Me payer que de ris, de lettres & d'œillades.
     Mon labeur ne se paye en semblables façons,
  Les autres pour parade ont cinq ou six chansons,
14 Au front de quelque livre, & toy des Iliades.

VI

     L'Enfant contre lequel ny targue ny salade [1]
  Ne pourroient resister, d'un trait plein de rigueur
  M'avoit de telle sorte ulceré tout le cœur
4 Et brulé tout le sang que j'en devins malade.
     J'avoy dedans le lict un teint jaunement fade,
  Quand celle qui pouvoit me remettre en vigueur,
  Ayant quelque pitié de ma triste langueur,
8 Me vint voir, guarissant mon mal de son œillade.
     Encores aujourd'huy les miracles se font :
  Les Sainctes & les Saincts les mesmes forces ont
11 Qu'aux bons siecles passez, car si tost que ma Sainte
     Renversa la vertu de ses rayons luisans
  Sur moy qui languissois, ma fievre fut esteinte,
14 Un mortel medecin ne l'eust fait en dix ans.

VII

     Je n'ayme point les Juifs, ils ont mis en la croix
  Ce Christ, ce Messias qui nos pechez efface,
  Des Prophetes occis ensanglanté la place,
4 Murmuré contre Dieu qui leur donna les loix.
     Fils de Vespasian, grand Tite tu devois,
  Destruisant leur Cité [1], en destruire la race,
  Sans leur donner ny temps, ny moment ny espace
8 De chercher autre part autres divers endroits.
     Jamais Leon Hebrieu des Juifs n'eust prins naissance,
  Leon Hebrieu, qui donne aux Dames cognoissance
11 D'un amour fabuleux, la mesme fiction :
     Faux trompeur, mensonger, plein de fraude & d'astuce

Je croy qu'en luy coupant la peau de son prepuce
14 On luy coupa le cœur & toute affection.

VIII

Je trespassois d'amour assis aupres de toy,
Cherchant tous les moyens de voir ma flame esteinte;
Accorde, ce disoy-je, à la fin ma complainte,
4 Si tu as quelque soin de mon mal & de moy.
Ce n'est (ce me dis-tu) le remors de la loy.
Qui me fait t'econduire, ou la honte, ou la crainte,
Ny la frayeur des Dieux, ou telle autre contrainte,
8 C'est qu'en tes passetemps plaisir je ne reçoy.
D'une extreme froideur tout mon corps se compose,
Je n'ayme point Venus, j'abhorre telle chose,
11 Et les presens d'Amour me sont une poison :
Puis je ne le veus pas. O subtile deffaite!
Ainsi parlent les Roys, defaillant la raison,
14 » Il me plaist, je le veux, ma volonté soit faite.

NOTES

LES AMOURS (1552)

VŒU

  1. Les Muses.

  2. L'Eurotas, le Parnasse, la fontaine Hippocrène, séjours légendaires des Muses. Ailleurs, Ronsard dit « la fontaine au cheval ».

  3. « Danses. Mot françois ancien » (Muret).

  4. Le portrait de Cassandre.

I

  1. L'archer Amour.

II

  1. En 1578 Ronsard change son texte :

> Qu'autres plaisirs je ne sens que mes peines,
> Ny autre bien qu'adorer son pourtrait.

Il ne pouvait conserver la leçon primitive, après avoir chanté Marie, Sinope, Genèvre, Isabeau de Limeuil, Astrée et Hélène.

III

  1. Variante 78.

> Qui tout doré blondement descendoit

84-87 :

> Qui tout crespu sur sa face pendoit

IV

  1. Il assimile sa Cassandre à la princesse troyenne dont le frère Pâris fut tué par l'archer Philoctète. Celui-ci tenait les flèches d'Hercule, sans lesquelles Troie n'eût jamais été détruite.

  2. Peuples grecs dont les « soldats » guidés par Achille prennent part à l'expédition contre Troie.

  3. Aulide : Aulis.

  4. Chorèbe vint en aide à Priam, poussé par son amour pour Cassandre.

  5. L'archer Pénéléos.

V

  1. Il s'agit du soleil, plus éloigné : on dirait « celui-ci » aujourd'hui.

  2. Muret traduit par « prodiguement respandu ».

  3. Comme Prométhée, cloué sur le Caucase.

VIII

1. C.-à-d. : la lyre, outil des Muses, que seul le Toscan Pétrarque est digne de toucher.

2. C.-à-d. : Accuse ton œil, qui m'a changé en rocher.

3. Cf. Horace, *Carm.* I, iii, 20 :

Infamis scopulos Acroceraunia.

Transposé en latin, ce mot grec veut dire le cap de la foudre. Le poète, même changé en rocher, attirera la foudre du regard de Cassandre.

IX

1. Il s'agit d'un portrait de Cassandre dû à Nicolas Denisot.

X

1. Il n'a plus à envier l'ambroisie que dégustait Zeus chez le dieu Océan.

XI

1. Mot purement latin.

XII

1. C.-à-d. : Je redoute Amour.

2. Le sens de ce vers est expliqué par le sonnet XIII.

XIII

1. Comme Prométhée, cloué sur le Caucase pour avoir dérobé le feu du ciel.

2. Hercule tua le vautour qui rongeait le foie du Titan.

XIV

1. Texte d'une chanson médiévale cité par Marot.

XV

1. Les Charites ou les Muses. Homère compare la rapidité d'un événement à la promptitude du penser.

2. Bellérophon tua la Chimère, monstre à tête de lion, corps de chèvre et queue de serpent, avec l'aide de Pégase, le cheval ailé.

3. La Renommée.

4. Zéthès (avec Calaïs) personnages ailés qui chassèrent les Harpies acharnées qui dévoraient la nourriture de l'infortuné Phinée, aveugle. Cf. l'*Hymne de Calaïs et Zéthès* de Ronsard.

XVI

1. Comme Ulysse et les Sirènes.

2. Allusion à une double légende, celle d'Hyacinthe et celle d'Ajax, dont le sang après la mort produisit une fleur sur laquelle étaient écrites les lettres AI, signifiant la douleur d'Apollon dans le premier cas, le nom d'Ajax dans le second. Allusion aussi aux armes parlantes des Ronsart : des *ronces* qui *ardent*.

XVII

1. « Mot de fauconnerie » (Muret).

2. Allusion au mythe de l'androgyne, expression de Platon dans le *Banquet.*

3. Sonnet en vers rapportés. Cet exemple, unique chez Ronsard, est très apprécié à la Renaissance. Cf. l'introduction p. 19.

XIX

1. Sa Cassandre qui lui a prédit son avenir comme Cassandre la Troyenne le faisait.

2. Présage funeste.

XX

1. Allusion à la fable de Danaé, séduite par Zeus transformé en pluie d'or. Cf. le célèbre tableau du Titien.

2. Allusion à la fable d'Europe, séduite par Zeus transformé en taureau.

3. Allusion à la fable de Narcisse.

XXI

1. « Par sa Royne il entend sa raison, par le cheval noir un appetit sensuel et desordonné... par le cheval blanc un appetit honneste et moderé... Ceste allegorie est estraite du dialogue de Platon, nommé Faedre » (Muret).

XXII

1. Muret traduit les verbes des vers 3 et 4 comme étant des néologismes : *se desoyfver* « se désalterer, éteindre sa soif »; *s'aviander* « se repaître ».

XXIV

1. C.-à-d. : j'ai peur que tes yeux ne soient trompeurs comme Laomédon, père de Priam.

XXV

1. Mot inventé par Ronsard. En 1553, Muret ressent le besoin de le traduire : « captivé, asservi ».

2. *Colorer :* non pas embellir mais dépeindre.

XXVI

1. C.-à-d. : l'âme du monde s'égarera dans le vide, extérieur au monde d'Empédocle et de Lucrèce.

2. Cassandre étant brune, certaines contradictions concernant la chevelure d'or décrite dans certains sonnets touchant la description commune à Vénus et à Cassandre ne laissent de surprendre. Ronsard lui-même dans des éditions plus tardives essaie (en vain) de les éliminer. Voir surtout le sonnet XXXIX et ses variantes; voir mon introduction page 26.

3. « Images des choses, qui s'impriment en notre ame. » (Muret.)

XXVII

1. *Pantoisement :* avec oppression. Etre *pantois,* c'est avoir la respiration difficile. « Mot propre en fauconnerie » (Muret).

2. Ronsard compare le délire poétique à celui de la pythonisse de Delphes ou à celui de la Sibylle de Cumes.

XXX

1. Comme au sonnet XXIX, il s'agit de l'image en songe de Cassandre.

2. C.-à-d. : tu fais nager l'image.

XXXI

1. Ronsard croyait à l'existence des démons, intermédiaires entre l'homme et la divinité. Voir son *Hymne des daimons.*

2. *Sic* optatif latin.

3. « Comme les Latins disent *Sis* pour *Si vis*, ainsi les François, *avous*, pour *avez-vous* » (Muret).

XXXII

1. Zeus

2. Pandore fut une femme d'une extrême beauté. Tous les dieux la douèrent de tous les charmes. Zeus, irrité contre Prométhée, offrit Pandore à Epiméthée, frère du Titan, pour se venger. Elle avait reçu de Zeus une boîte remplie de tous les fléaux, qu'elle ne devait pas ouvrir. Cependant, elle ouvrit la boîte, répandant ainsi toutes les misères sur la terre.

3. « Ainsi disoit les vieux François, non pas, comme nous disons aujourd'hui, Apollon » (Muret).

4. La mère de Vénus.

5. Déesse de la persuasion.

6. *Anthologie grecque*, V, 94 : « Tu as... les seins d'Aphrodite et les chevilles de Thétis. »

7. Muse de l'Histoire.

XXXIII

1. La princesse Cassandre qui avait le don de prophétie, mais qui n'était pas crue de ses compatriotes.

XXXVI

1. Allusion à l'amour d'Apollon pour Cassandre.

2. Cassandre, épouse de Jehan Peigné, seigneur de Pré, près de Vendôme, à trois lieues environ de la rive gauche du Loir.

XXXVII

1. D'après Epicure, les atomes subissent en tombant une déviation leur permettant de s'accrocher les uns aux autres. Cf. Lucrèce, *De rerum natura*, ii, 216.

2. « Orin, rosin, ivoyrin et de tels autres mots sont de l'invention de Jan Antoine de Baïf » (Muret). Les *Amours* de Baïf paraissent deux mois après le recueil de Ronsard, en décembre 1552. Très probablement chacun des deux poètes avait eu connaissance du manuscrit de l'autre.

XXXVIII

1. Cassandre, s'accompagnant de son luth pour chanter les sonnets du poète, donne une âme à ses vers.

XXXIX

1. Variante de 78-87 :
                    Et les filets de ses beaux cheveux blons
2. Vénus, née de l'écume de la mer.
3. Variante de 78-87 :
                    Qui or' pignant les siens brunement lons

XL

1. Hésiode en dit autant de Vénus. Cette allusion à Vénus est encore associée à une Vénus blonde. Cf. le vers 3.

XLII

1. Lucrèce croyait que l'âme était composée d'atomes aussi bien que le corps. Voir livre III, *De rerum natura*.

XLIII

1. « Il se plaint que pour un faus rapport sa dame était courroussée contre lui » (Muret). « Et » au vers 7 a le sens de l'interjection « Eh ».

2. Jusqu'à ce que.

XLIV

1. Sa maîtresse est comparée à la naïade Leucothée qui sauva Ulysse (*Odyssée*, V, 333 et suivant).

2. Ronsard compare les yeux de Cassandre à la constellation des Gémeaux, favorable aux matelots.

XLV

1. C.-à-d. : les vers bien cadencés. Le mot grec νόμοι signifie lois et modes musicaux (d'où chants).

XLVI

1. Les épaules et la poitrine.

2. « Tel est le *Deh* des Italiens » (Muret). Mais vieux mot comme dans « oui-da ».

XLVII

1. Les Parques.

XLVIII

1. Dans l'Océan, père de toutes choses.

2. *Allora, allora* = aussitôt.

L

1. Ronsard joue ici sur le nom d'alliance de Cassandre Salviati, épouse du seigneur de Pré.

LII

1. « Epigramme en grec signifie toute inscription » (Muret).

LIII

1. De notre époque, l'*unique nouveauté*.

LIV

1. Le tombeau du roi Mausole en Carie.

LV

1. Les trois Grâces.

LVI

1. « Metafore prise des armuriers » (Muret).

2. D'après Muret, ce mot, qui vient d'Aristote, signifie perfection, forme essentielle, par opposition à la matière. Sur ce mot, voir Budé, *De asse*, éd. de 1550, p. 33-47, et Rabelais, livre V, ch. xix. L'interprétation de Cicéron (perpétuel mouvement) suscita une véritable querelle littéraire qui dura quinze ans. Voir la variante de 1553 : Entelechie.

LX

1. Platon, Aristote, Empédocle niaient l'existence du vide. Ronsard se range dans le parti opposé, avec Epicure et Lucrèce, du moins dans ce texte.

LXI   (Pièce retranchée en 1553)

1. Voltant en sens inverse.

LXII

1. « A qui mieus. La metafore semble prinse des harnois » (Muret).

2. C.-à-d. : Fasse pleuvoir tant de ses grâces.

LXIII

1. C.-à-d. : il fait briller ou jaillir.

LXIV

1. Orphée.

2. Les vers toscans de Pétrarque.

LXV

1. Ulysse qui visita l'île de l'enchanteresse Circé.

2. Racine que Mercure donna à Ulysse pour le préserver des enchantements de Circé.

3. Les soldats d'Ulysse changés en porcs par Circé. *Duliche* de Dulichium, l'une des îles du royaume d'Ulysse.

4. Cette bague détruisait les enchantements. Voir Arioste, *Orl. fur.*, chant VII.

LXVI

1. C.-à-d. : me faisant une plaie. Vieux mot (déjà dans le *Testament de Jean de Meung*).

2. L'arbre consacré à Vénus (déesse de Paphos), vaut celui d'Apollon, *i.e.* le vers amoureux, quand c'est Amour qui l'inspire, mérite bien le vers héroïque.

LXVII   (Pièce retranchée en 1587)

1. Allusion à la plaine de Crète appelée Omphalion, du nombril de Zeus.

2. Le cordon ombilical aurait été à l'origine ce qui reliait les deux moitiés de l'Androgyne.

LXVIII

1. C.-à-d. : le Monde.

LXIX

1. Opinion des atomistes anciens.

2. C.-à-d. : si quelque image matérielle ne se place devant mes yeux.

3. C.-à-d. : ferma les yeux au Monde. « Le mot *siller* est propre en fauconnerie » (Muret).

LXXI

1. Il s'agit d'Homère et du héros Achille.

2. Le jugement de Pâris entre les trois déesses, Junon, Minerve et Vénus.

3. Le fleuve Tanaïs (aujourd'hui le Don).

4. « Ce mot en latin et en grec est signe d'alegresse » (Muret).

5. « Suffisant. Mot italien » (Muret).

LXXII

1. C.-à-d. : je mourrais.

2. On croyait que la salamandre ne pouvait vivre que dans le feu.

LXXIII

1. C.-à-d. : dépouillés de leurs vertus, qui se sont « écoulés » en Cassandre.

2. Pontus de Tyard, *Erreurs amoureuses* (1549). C.-à-d. : la fureur divine qui anime le philosophe du groupe, Pontus. Voir (dans son *Solitaire premier*) son commentaire sur les « quatre fureurs ».

3. Joachim du Bellay, *Olive* (1549).

4. Guillaume des Autels, *Repos de plus grand travail* (1550).

5. Antoine de Baïf, *Amours* (1552).

LXXVI

1. C.-à-d. : elle rend sa tête semblable à celle d'Adonis.

2. Muret a expliqué que *son chef douteux* signifie « qui met en doute ceus qui le voient » et que les Latins « ainsi prenent quelquefois *ambigus* ».

LXXVII

1. « Quiconque soit celle pour qui ce sonet, et un autre encor, qui est dans ce livre, ont esté faits, elle a nom, Marguerite. D'où je collige que les poëtes ne sont pas toujours si passionnés, ne si constans en amour, comme ils se font... Aussi ne faut il. Une bonne souris doit toujours avoir plus d'un trou à se retirer » (Muret).

LXXIX

1. Ajax qui voulut violer Cassandre réfugiée dans un temple de Minerve fut foudroyé par cette dernière et noyé aux bords du fleuve Gyrées par Neptune.

LXXX

1. Le trait de l'Amour, fils de l'oisiveté.

2. C.-à-d. : entre les seins.

LXXXI

1. C.-à-d. : du pied (latin *planta*).

2. C.-à-d. : qui remue en brillant. Muret traduit par « estincellante ».

LXXXIII

1. « Voi ce qu'en dit Heroet en un petit discours, qu'il en fait apres sa *Parfaitte amie* » (Muret).

LXXXIV

1. La *tente* était une sonde de charpie. C.-à-d. : Je ne veux pas de sonde en la plaie qu'Amour me fit.

LXXXV

1. Jupiter, en coupant les bourses de son père Saturne, mit fin à l'âge d'or. Voir Ovide, *Met.* I.

2. C.-à-d. : au fond de la boîte de Pandore.

LXXXVI

1. Muret traduit *accorte* par *gentile* en ajoutant « Mot italien ».

LXXXVII

1. C.-à-d. : les Amours.

2. « Chapeaus de fleurs. Mot italien » (Muret).

LXXXVIII

1. « Mots faits à l'imitation de Pétrarque » (Muret).

LXXXIX

1. Allusion à la fable d'Actéon.

XC

1. Cassandre était aimée d'Apollon lequel, sous sa forme du Soleil, rivalise avec lui.

2. Vieille exclamation française.

XCII (Pièce retranchée en 1587)

1. Le poète oppose son insuccès au bonheur de Roger qui obtint dès son arrivée les faveurs d'Alcine la magicienne. Voir *Orl. fur.*, chant VII.

2. Muret traduit ce mot par *pousse* en ajoutant « mot de marine ».

XCIII

1. « Colline fertile en bons vins » (Muret).

XCIV

1. « C'est le nom d'un astre, nommé par les Grecs προκύων, par Cicéron en la traduction d'Arat, *Antecanis*, mais en prose *Canicula* » (Muret).

2. Le soleil entre dans le signe zodiacal du Cancer le 17 juin et dans celui de l'Archer le 18 novembre. Il faut comprendre : soit en été, soit en hiver.

XCV (Pièce retranchée en 1587)

1. Les lèvres sur les deux rangées de dents.

XCVI (Pièce retranchée en 1584)

1. « Homme, outre la conoissance des sciences dignes d'un bon esprit (ausquelles il a peu d'égaus) garni d'une telle eloquence latine, que mesme le Senat de Venise s'en est quelque fois emerveillé » (Muret).

2. Cicéron, né à Arpinium.

3. « Là où Paschal fait sa plus ordinaire residence » (Muret).

4. Pierre Michel de Mauléon, protonotaire de Durban.

5. Le *sic* optatif latin.

XCVII

1. « Il prie quelqu'une (je ne puis penser que ce soit Cassandre, car il ne parleroit pas si audacieusement à elle) de luy accorder rondement ce qu'il desire, ou de lui refuser tout à plat » (Muret).

2. « Faire de l'amoureus transi, comme Petrarque » (Muret).

3. Chacun vivait un jour sur deux aux enfers ou dans l'Olympe.

XCIX

1. Gnide (en Asie Mineure), Amathonte (à Chypre), Eryx (en Sicile) étaient des lieux consacrés à Vénus.

C (Pièce retranchée en 1584)

1. Ce mot a ici le sens de fier, orgueilleux (italien *bravo*).

CI (Pièce retranchée en 1584)

1. Allusion au mythe de l'androgyne.

2. C.-à-d. : l'or que roulait ce fleuve de Lydie.

CII

1. Breuvage qui dissipe le chagrin. Voir Homère, *Ody.* IV, 220.

2. Vénus était née des flots de la mer.

CV

1. C.-à-d. : il renferme comme dans un étui.

CVI

1. Peintre et poète.

2. C.-à-d. : imagine un modèle d'après les plus beaux dieux.

CIX

1. La hache (ailleurs la lance) d'Achille, faite en bois du mont Pélion, guérit la blessure qu'elle avait faite à Télèphe, prince de Mysie.

CX

1. « *Planer*, se convertir en plaines... *Montaigner*, s'élever comme montaignes. Mot nouveau » (Muret).

CXI

1. « Desvoiant » (Muret) *i.e.* dépistant.

2. Roi-prophète de Thrace aveuglé par Jupiter « pour avoir trop apertement revelé aux hommes les secrets des dieus » (Muret).

CXII

1. (Pièce retranchée en 1587.)

CXIII

1. « *Brosser* est courir à travers les bois sans regarder à rien qui puisse empescher le cours du cheval. Mot de venerie » (Muret).

CXIV

1. Les Cyclopes.

2. « De Jupiter. Mot François ancien » (Muret).

CXVI

1. Prière de Phœnix. Voir Homère, *Il.*, IX.

CXVII

1. « Un de ces vieus chevaliers errans de la Table ronde » (Muret).

CXIX

1. La déesse de la Lune, Séléné, endormit Endymion d'un sommeil perpétuel sur le mont Latmus en Carie, pour pouvoir l'embrasser à son aise. Voir Ovide, *Amores*, I, xiii.

2. « La beauté de ma dame » (Muret).

CXX

1. Montgibel : l'Etna.

CXXII

1. Montagne et forêt d'Arcadie.

2. Montagne de Thrace.

3. Fleurs et arbres qui symbolisent la tristesse.

CXXIII

1. « Ce sonet a esté fait contre quelques petits secretaires, muguets et mignons de court, lesquels aians le cerveau trop foible pour entendre les escrits de l'auteur, et voians bien que ce n'étoit pas leur gibier, à la coustume des ignorans faignoient reprendre et mépriser ce qu'ils n'entendoient pas. Le poëte donc s'adresse à un qui estoit leur principal capitaine, auquel il ne veut faire ceste honneur que de le nommer » (Muret).

2. Hercule.

CXXIV

1. « Car je me consume au regard d'une peinture comme il se consumera voiant son image dans la fonteine » (Muret).

CXXV

1. Allusion au mythe de Narcisse, fils de Céphise, fleuve de Béotie.

CXXVII

1. Philomèle, outragée par son beau-frère Térée, fut changée en rossignol. Voir Ovide, *Mét.* VI.

CXXVIII (Pièce retranchée en 1587)

1. C.-à-d. : de l'Amour. Idalie, ville de Chypre, consacrée à Vénus.

CXXX

1. Dans une autre vie.

2. Sur terre, après l'avoir été une première fois au ciel.

CXXXI

1. « Mestier, ourdir, trame sont mots prins des tisserans » (Muret).

CXXXII

1. Favorablement.

2. Une des Muses, Cassandre.

3. Fontaine du mont Parnasse, consacrée aux Muses.

CXXXIII

1. Le poète Hésiode, natif d'Ascra.

CXXXIV

1. Allusion à l'aventure d'Ulysse et de ses compagnons chez les Lotophages. La lote était un fruit délicieux qui fit oublier leur patrie aux compagnons d'Ulysse. Voir *Ody.* IX.

CXXXV

1. Allusion au fil d'Ariane qui permit à Thésée de sortir des détours (latin *errores*) du labyrinthe.

CXXXVI

1. « Ce sonet est tiré du *Romant de la Rose*, là où Belacueil meine l'amant dans le verger d'Amour » (Muret).

2. Allusion aux « cinq points en amour » dont l'expression traditionnelle remonte aux troubadours.

CXXXVII

1. « Non tranchant » (Muret), *i.e.* émoussé.

CXXXVIII

1. Hercule, dont les douze travaux avaient été accomplis au service d'Eurysthée, roi de Mycènes.

CXXXIX

1. Hercule qui se brûla sur le mont Œta.

CXL

1. Allusion à Icare.

CXLII

1. Ascrée désigne ici Hésiode lui-même, non pas sa patrie Ascra.

2. La fontaine Hippocrène jaillit d'un coup de pied du cheval ailé Pégase.

CXLIV

1. (Pièce retranchée en 1587.)

CXLV

1. « Vuides d'esperance. Il prend, cassé, ainsi que les Latins prennent *cassus* » (Muret).

2. « Manes se nomment en latin les ames sorties des cors. Il faut naturaliser et faire françois ce mot là, veu que nous n'en avons point d'autre » (Muret).

CXLVI

1. « Cette figure est nommée par les Grecs ἐπανόρθωσις. Les François la peuvent nommer Correction » (Muret).

CXLVII

1. Les Ménades et les Thyades (au vers 5) sont les prêtresses de Bacchus.

2. Les Corybentes et les Curetes, prêtres de Cybèle, dansaient tout armés près de l'antre où Zeus fut caché afin que Cronos n'entendît pas les cris de l'enfant.

3. « La fureur. Ainsi prennent souvent les Grecs le mot οἶστρος » (Muret).

4. C.-à-d. : l'amour pour celle qui me lie, une des quatre fureurs inspiratrices.

CL

1. « Avantpenser est ce que les Grecs disent προμελετᾶν » (Muret).

CLI

1. (Pièce retranchée en 1587.)

CLII

1. Apollon, adoré à Delos.

2. La chevelure de Bérénice, reine d'Egypte, changée en une constellation.

CLIII

1. Comme l'*ouroboros*, le serpent qui se mord la queue, symbole du cycle annuel.

2. « Fay distiller » (Muret).

3. Hyperbole fréquente.

CLIV

1. Fille du roi Cécrops. Jalouse de sa sœur Hersé, aimée de Mercure, elle fut changée en pierre par lui.

2. L'une des Furies, *i.e.* elle se lie farouchement à ton col.

CLV

1. Virgile, *En.* IV, 373, *Nusquam tuta fides.*

2. « Ce sonet et le précédent apartienent à une mesme » (Muret).

CLVI

1. Allusion aux amours de Jupiter pour Léda et Europe.

2. Les astres moindres.

CLVII

1. (Pièce retranchée en 1553.)

CLIX

1. C.-à-d. : la forme incertaine.

CLXI

1. La nymphe Daphné, fuyant devant Apollon en Thessalie, implora le secours des dieux qui la changèrent en laurier.

2. Esculape, qu'on représentait le plus souvent avec une longue barbe.

3. Les Ragusin d'Epidaure, ville consacrée à Esculape.

CLXII

1. L'anémone née du sang d'Adonis.

2. Voir *supra*, sonnet XVI, note 2.

3. « Il dit double, parce que le nom de Marguerite est le nom et d'une fleur et d'une perle » (Muret).

CLXIII

1. La loi du mariage.

2. Le mari jaloux.

CLXV

1. « Par le cercle appelé Zodiac » (Muret).

CLXVI

1. « C'étoit une chose usitée aus anciens d'ouvrir un Homere ou un Virgile, ou un autre tel Poëte à l'avantage, et des vers qu'ils rencontroient à cette fortuite ouverture, colliger les choses qui leur devoient avenir » (Muret). Cf. les « sorts homeriques et virgilianes » (Rabelais, III, x).

2. « Il entend ceus, qui vulgairement sont apelés Bohemiens » (Muret).

CLXVII

1. « Il parle à son serviteur » (Muret).

2. « C'est à dire, ausquels j'écrirai choses qui seront de plus longue durée que le diamant » (Muret).

CLXVIII

1. *I.e.* ma Vénus.

2. C.-à-d. : en l'autre œil qui étincelait.

CLXIX

1. C.-à-d. : arretés. « Mot italien » (Muret).

2. « Sympathie est un mot grec : mais il est force d'en user, veu que nous n'en avons point d'autre » (Muret).

CLXXI

1. « De l'idée qu'il en avoit eternellement conceüe » (Muret).

CLXXII

1. Gastine, Loir et Braye, forêt et rivières du Vendômois.

2. Ce « maistre » est Antoine de Bourbon, duc de Vendôme, suzerain des Ronsard de la Possonnière.

CLXXIII

1. « Le roiaume de Navarre injustement usurpé par l'Empereur » (Muret).

CLXXIV

1. C.-à-d. : Si on ne me blâme plus, comme on en avait coutume.

2. « Pour contempler la beauté divine, source de toutes autres beautés » (Muret).

3. « Fureur. Platon au Faedre témoigne que les anciens estimoient ce nom-là treshonneste » (Muret).

CLXXV

1. Violent (de l'italien).

2. « Ces trois mots sont heureusement composés à la manière grecque, pour signifier les effets du vent Borée » (Muret).

3. Fille du roi Erechthée. Elle fut enlevée par Borée.

4. Du latin *minae*=menaces.

5. Le *sic* optatif latin.

CLXXVI

1. Cassandre Salviati quitte le château de Talcy pour le château de son époux.

CLXXVII

1. « Mot de fauconnerie » (Muret).

CLXXIX

1. Ce souffle.

CLXXX

1. C.-à-d. : hors du lien.

2. Latinisme : *solemnia* (ou *quotannis*) *solvere vota*.

CLXXXII

1. Cette date des exploits de Henry II sur le Rhin correspond à la fin de la composition des *Amours* publiées en octobre 1552.

Les Amours (Pièces ajoutées en 1553)

I

1. (Pièce retranchée en 1587.)

2. Pour je vais, courant au XVIᵉ siècle.

II

1. « Faillir. Mot prins de l'italien » (Muret).

III

1. Bienveigner : souhaiter la bienvenue.

2. Estomac : la poitrine (latin *pectus*).

IV

1. Aux enfers. Ixion était attaché à une roue enflammée qui tourne sans cesse. Tantale, plongé dans l'eau jusqu'au cou, ne pouvait s'abreuver.

2. « Si ainsi estoit. Ainsin pour ainsi, à cause de la voielle qui s'ensuit à la maniere des Grecs qui disent ἐστίν pour ἐστί... » (Muret).

3. Non fussé-je celui qui remonte et redevale le roc. « Cette maniere de parler n'est pas encore usitée entre les François : mais elle est divinement bonne toutefois, et poetique autant qu'il est possible » (Muret).

4. Lesquels avaient la réputation d'être très heureux.

5. Vieux mot français (Moyen Age : *m'aésier*) ; c.à.d. : me satisfaire tout à mon aise.

VII

1. Comme une plante qui « sèche sur pied ».

2. Nuit et jour.

VIII
  1. Les Grâces.

IX
  1. « Doucement graves. Mot composé à la manière des Grecs »
(Muret).
  2. « La couleur aussi vermeille qu'est celle de l'Aurore. On pourrait aussi entendre par l'orient, la bonne odeur, parce que les plus
exquises senteurs sont aportées du païs d'Orient » (Muret).
  3. « Rendre perpetuels. Paranniser est ce que les Latins disent
perennare. Mot nouveau » (Muret).
  4. « C'est une herbe fort amere. Quelques-uns tiennent que c'est
celle que les Latins apellent Absynthium » (Muret).
  5. « La rend amere. Enamerer est ce que les Grecs disent πικροῦν »
(Muret).
  6. Comme Castor et Pollux. Voir sonnet CXVII, note 3. Œbalie =
Laconie.

XI
  1. Libéré de tes filets.

XII
  1. « Ceus qui sont mors en aimant demeurent leurs amours encore
apres leur mort » (Muret).

XIII   (Pièce retranchée en 1578)
  1. I.e. Amour. « Abuseur. Amadouer est tenir quelqu'un sous vaine
esperance » (Muret).
  2. C.-à-d. : fait échouer ma course. Le mot « vanoïer » est un
néologisme, de l'italien « vaneggiar ».
  3. « D'une femme abandonnée. Mot italien » (Muret).

XV   (Pièce retranchée en 1578)
  1. Polyxène, fille de Priam, qui fut sacrifiée sur la tombe d'Achille.
  2. En science prophétique. Helenin, frère jumeau de Cassandre,
avait lui aussi le don de prophétie.
  3. Laomédon, père de Priam, manqua deux fois à sa parole.
  4. Anténor, chef troyen, conseilla de rendre Hélène aux Grecs.
  5. Antigone, fille de Laomédon, fut transformée en cigogne pour
avoir osé comparer sa beauté à celle de Junon.
  6. Neptune et Apollon avaient aidé Laomédon à la construction
des murailles de Troie.
  7. L'armée.

XVI
  1. Incapable de se maîtriser.

XIX
  1. Du même coup.

XX
  1. Insuffisant (du latin mancus).

XXI
  1. Aux enfers. Comprendre : même si je mourais.

XXII
  1. Ma démarche est stérile.

2. « Pour m'ofre. Ainsi disent les Grecs... » (Muret). « Tu pourras aussi à la mode des Grecs qui disent οὔνομα pour ὄνομα adjouter un u apres un o, pour faire ta rime plus riche et plus sonnante, comme troupe pour trope... » Ronsard, *Abregé de l'art poëtique.*

3. Voir *supra*, sonnet IX, note 4.

Chanson

1. D'un gosier inspiré. « Les Prestres et les Prestresses ancienne-ment lorsqu'ils vouloient prophetiser, et chanter les oracles, man-geoient du laurier et s'en couronnoient aussi, afin qu'Apollon, qui aime cet arbre, prenant plaisir à leur haleine et à leur regard, leur envoyast plus aisément l'esprit prophetique » (Muret).

2. J'entends crier.

3. Un des sept poètes qui formèrent la Pléiade alexandrine.

4. « Abaisseront » (Muret).

5. « Meurdrissoient : parce que la chair meurdrie devient de cou-leur plombée » (Muret).

XXIV

1. Nager, ondoyer.

2. La palpitation des seins est comme le flot d'où naquit Aphro-dite. Cette déesse était adorée à Cythère.

XXV

1. « Pline dit que la fleur nommée par les Latins *Innula* nasquit des larmes d'Helene, d'où est que les Grecs l'appellent Helenion » (Muret).

XXVI

1. L'Amour.

XXVIII

1. Laisser la trace de son passage dans les prés.

2. Lorsque la chaleur baisse.

XXIX

1. « Reverdir » (Muret).

2. « Rendre horrible. Mot inventé par l'auteur... » (Muret).

XXX

1. « Qui me derrobe le cœur » (Muret).

2. « Me ravit » (Muret).

XXXI

1. « Janet, paintre du roy, homme, sans controverse, premier en son art » (Muret). Il s'agit de François Clouet.

2. Il a gravé au cœur un portrait moins périssable que la toile du peintre.

XXXII

1. Hélène tissait sur sa « gaze » (toile) les combats de ses maris Ménélas et Pâris. Voir Laumonier, tome V, page 156, note 1.

2. Destin cruel.

XXXIII

1. Les sourcils.

2. « Abondante en cheveus. Mot nouveau » (Muret).

3. Poison (aussi appelé *reagal*) : l'aconit.

XXXIV

1. « Apostats en grec sont proprement apelés gensdarmes qui laissent leur ranc, faussans la loi promise à leur capitaine » (Muret).

2. « Au ciel il a veincu Juppiter, aus enfers Pluton, en la terre les hommes » (Muret).

XXXV

1. Comme la tête de Méduse.

XXXVI

1. C.-à-d. : il y a sept ans.

2. Si Ronsard s'était moqué du recueil de Pétrarque dans sa jeunesse, il voulait pourtant que sa maîtresse le « seust par cueur ».

XXXVII

1. Encore une fois, le poète assimile sa Cassandre à la princesse troyenne, aimée d'Apollon. Elle reçut de celui-ci le don de prophétie, mais comme elle refusa son amour, le dieu lui cracha dans la bouche, lui retirant le don de la persuasion.

2. Delos était une ville flottante et stérile jusqu'à ce que Apollon la fixât en y naissant. Ce Dieu tua le dragon Python à Delphes. Daphné (*laurier* en grec), poursuivie d'Apollon, fut métamorphosée en laurier, l'arbre consacré à ce dieu.

XXXIX

1. Cette ode à Cassandre apparaît en appendice dans l'édition des *Amours* de 1553.

PIÈCES AJOUTÉES AUX *AMOURS*
(LIVRE I) en 1560

I

1. Voir *supra* LXXIII, note 4.

2. Parnasse, séjour des neuf Muses.

3. Des Autels avait chanté sa maîtresse sous le nom de Sainte.

CONTINUATION DES AMOURS (1555)

I

1. Pontus de Tyard.

2. Protée, dieu marin, prédisait l'avenir prenant toutes sortes de formes « pour plus aisement decevoir ceus qui s'adressoient à luy, desireux de sçavoir les choses futures : mais pour en avoir la raison il le falloit surprendre de toute force et luy garoter piez et mains, et alors il reprenoit sa forme naturelle et annonçoit le futur à ceus qui le demandoyent » (Belleau).

II

1. Etienne Jodelle, poète dramatique.

2. L'Amour, fils de Vénus, adorée dans l'île de Cythère.

3. C.-à-d. : d'abord.

III

   1. Le Tibre.

   2. Tantôt... tantôt.

   3. Le poète Olivier de Magny.

IV

   1. Jacques Peletier du Mans, poète, mathématicien et philologue.

   2. Ils se connaissent depuis 1543.

   3. C'est dans l'*Amour des Amours* que Peletier décrit la lente élévation de son âme jusqu'au ciel.

V

   1. Jean Dorat, maître de Ronsard au collège de Coqueret.

   2. La nymphe Echo.

   3. C.-à-d. : en cigale.

   4. C.-à-d. en rossignol. Térée, fils d'Arès et époux de Procné, devint amoureux de sa belle-sœur, Philomèle. Il fit violence à cette dernière en lui coupant la langue pour qu'elle ne pût pas se plaindre. Cependant, Philomèle broda ses malheurs sur une étoffe, et Procné, pour punir son mari, tua son propre fils, le fit bouillir et le servit à Térée. Quand il s'aperçut de ce crime, Térée poursuivit les deux sœurs avec une hache. Elles implorèrent les dieux de les sauver; ceux-ci transformèrent Procné en rossignol, et Philomèle en hirondelle. Térée devint une huppe.

VI

   1. Étienne Pasquier, avocat, poète et historien.

   2. C.-à-d. : n'est-ce pas chose étonnante...

VII

   1. Une jeune fille de Bourgueil que le poète rencontra au printemps de 1555 ou de 1554.

   2. Les Scythes passaient dans l'Antiquité pour un peuple barbare.

VIII   (Pièce retranchée en 1578)

   1. Bourgueil.

IX

   1. Mis pour *qu'il*.

X

   1. Πειθώ, déesse de la persuasion.

   2. Farouche.

XI   (Pièce retranchée en 1578)

   1. Anne à partir de 1557.

XII

   1. Noter la rime interne.

   2. « Abeilles, appelées filles du ciel, parce que la plus douce partie de leur miel coule du ciel » (Belleau).

XIII

   1. Autant que les autres, beauccup.

   2. Nom de fantaisie que Ronsard emprunte de Virgile (*Bucoliques*, II et VII) et qu'il donne à ses domestiques.

   3. C.-à-d. : qu'on jonche la terre de fleurs.

XV

1. Variante 1578 :
> Puis que je n'ay qu'un cœur, je n'en puis aimer qu'une :
> Une m'est un milier, la nature y consent.
> Il faudroit pour vestir toute amour rencontrée,
> Estre nay Gerion, ou Typhe, ou Briarée.
> Qui n'en peult servir une, il n'en peult servir cent.

Cette variante contient des noms de géants « qui avoient les uns cent bras, les autres cent corps, les autres trois testes, et par conséquent pleins d'innombrables et monstrueuses affections » (note mise sous le nom de Belleau en 1578).

XVI (Pièce retranchée en 1578)

1. C.-à-d. : Que Dieu me donne patience.

XVII

1. « Mois consacré à Venus » (Belleau).

2. « Il descouvre par une gentille allegorie le lieu et la saison en laquelle il commença à faire l'amour à sa dame... Par ce chevreuil il entend sa Marie. Il y a un semblable sonet dedans Petrarque, *Una candida cerva* » (Belleau).

3. Sa piste. Cf. *détraqué*.

XVIII (Pièce retranchée en 1578)

1. « Il raconte le plaisir qu'il tire de sa surdité, l'excusant par une gentille invention » (Belleau).

XX

1. Soir. Graphie phonétique.

XXI

1. (Pièce retranchée en 1578.)

XXII (Pièce retranchée en 1578)

1. Clio, Muse de l'histoire et de la poésie épique.

XXIII

1. « Ian est une particule prise du vulgaire, laquelle signifie accorder et affirmer quelque chose » (Belleau).

XXIV

1. (Pièce retranchée en 1578.)

XXV

1. Jean Lemaire, dans ses *Illustrations de Gaulle*, I, xxiv, raconte l'amour de Pâris pour Pégasis. Chez Ovide, la nymphe que Pâris abandonne pour Hélène s'appelle Œnone (*Héroides*, V).

2. Fille de Jupiter et de Léda.

XXVII (Pièce retranchée en 1578)

1. Historiographe de Henri II avec lequel Ronsard se brouillera plus tard.

XXVIII (Pièce retranchée en 1578)

1. Les vers de onze syllabes sont ici des décasyllabes à rime féminine : pour Ronsard la syllabe finale de ces vers, toute muette qu'elle fût, comptait dans la mesure, comme pour le musicien. Voir Laumonier, *Ronsard poète lyrique*, p. 677 et suiv.

2. Même si Vénus descendait entre nous.

3. « Nous disons ce mot en François pour faire mourir » (Belleau).

4. « Ceus qui ont plus naivement parlé de l'amour ont tousjours logé sa puissance dedans les venes, parce qu'elles sont les propres et particuliers vaisseaux de nostre sang, qui cause le désir, et qui par sa chaleur naturelle nous donne la vie et rechaufe nostre cœur. Virgile : *Vulnus alit venis*. Et pource, on dit que le foye est le vray siege du desir et de l'amour » (Belleau).

XXIX (Pièce retranchée en 1578)
1. C.-à-d. : et pourtant j'y demeure.

XXXI (Pièce retranchée en 1578)
1. « Il repette les quatre premiers vers, d'une mignardise qui n'a point mauvaise grace, encores que la loi du sonet ne le permette » (Belleau).

XXXII
1. C.-à-d. : par le fait de ma mauvaise étoile.

XXXIII
1. (Pièce retranchée en 1578.)

XXXV (Pièce retranchée en 1578)
1. *Flaque,* calqué sur le latin *flaccus*.
2. Sous la pierre du tombeau.

XXXVI (Pièce retranchée en 1578)
1. Médecin : Polidore est un des deux fils d'Esculape.
2. Le voilà.
3. « Il a tiré cette passion de ce que l'on dit qu'un cors, mort par violence, commence à seigner, s'il sent aprocher celui qui a fait le meurtre, comme demandant vengeance de son sang » (Belleau).

XXXVII
1. (Pièce retranchée en 1557.)

XXXVIII (Pièce retranchée en 1578)
1. Courant au XVIe siècle pour foie.

XL (Pièce retranchée en 1578)
1. « L'auteur, pour l'amitié qu'il me porte, m'a toujours familierement descouvert ses plus secrettes passions. Or aiant pris conjé de Marie vint à Paris où il devint amoureux d'une dame portant ce mesme nom » (Belleau).

XLI (Pièce retranchée en 1578)
1. Allusion à l'amour de Vénus pour Adonis ou pour Anchise.

XLII (Pièce retranchée en 1578)
1. Au XVIe siècle (latin *pectus*), le siège de l'émotion ou de la sensibilité.

XLIII
1. (Pièce retranchée en 1587.)

XLIV
1. La piqûre.

XLV
1. Ni pouls.

XLVI
  1. (Pièce retranchée en 1578.)

XLVII
  1. (Pièce retranchée en 1578.)

XLVIII
  1. Nuées.

XLIX   (Pièce retranchée en 1578)
  1. Busire : roi très cruel d'Egypte. Il immolait des victimes pour conjurer la famine. Cacus : monstre qui habitait au pied de l'Aventin. Tous les deux furent tués par Hercule.
  2. Némésis châtiait les coupables et notamment les orgueilleux.
  3. Les trois Furies, Alecto, Tisiphone et Mégère.

L
  1. « Il adresse ce sonet à Brués, homme fort docte, & des mieus versez en la cognoissance du Droit et de la Philosophie, comme il a fait paroistre par certains dialogues qui se lisent aujourd'huy » (Belleau). Les *Dialogues contre les nouveaux Academiciens* de Guy de Bruès parurent en 1557.

LI   (Pièce retranchée en 1578)
  1. Gérard Marie Imbert, condisciple de Ronsard et de Baïf au collège de Coqueret.

LII
  1. Vénus.
  2. Jean de Pardaillan, secrétaire du cardinal Georges d'Armagnac.

LIV
  1. Le devin Mopse accompagnait Jason et les Argonautes partis à la conquête de la Toison d'or.

LV
  1. « *Douce contraire, douce ennemye, douce guerriere, aigre-douce*, mots mignardement inventez pour signifier les contraires passions d'Amour, qui se paist friandement de telles confitures » (Belleau).
  2. « Tourner en roche, en eau, en glace, en feu : mots nouveaus et necessaires pour enrichir la pauvreté de nostre langue » (Belleau).

LVI
  1. « Ce commencement est tiré du troisiesme livre des *Argonautes* d'Apoloine, où il dit qu'Amour se vint cacher dedans les plis de la robbe de Jason, pour plus facilement décocher ses fleches dedans les yeus de Médée, s'eslançant par l'air, horrible et effroyable, comme un tan qui fait moucher les genisses » (Belleau).
  2. « Il a voulu paindre au naturel les gestes mesme que l'on fait pour bien encorder un arc, usant d'une belle similitude d'un nouveau croissant » (Belleau).
  3. Sonnet de quinze vers réduit à quatorze en 1578; les autres poèmes de quinze vers s'appellent désormais *madrigal*.

LVII
  1. (Pièce retranchée en 1578.)

LVIII   (Pièce retranchée en 1578)

1. Allusion à Virgile, *Aen.* III, 444-445, où la Sibylle de Cumes trace ses prédictions sur des feuilles.

LIX

1. Nom primitif de l'île de Naxos.

LXI   (Pièce retranchée en 1578)

1. Sans me soucier de moi-même.

LXII   (Pièce retranchée en 1557)

1. Corrélatif de « pour cela ».
2. C.-à-d. : un peu putain.
3. C.-à-d. : le plus fidèle.
4. Colère, prêt à frapper.
5. C.-à-d. : s'en indigner.

LXIII

1. C.-à-d. : fait tomber dans l'abîme.
2. « Il fait advertir Thetis par un dauphin, à l'imitation de la fable qu'en raconte Opian, qui dit que Neptune estant amoureux, et ne pouvant trouver sa dame qui se cachoit de lui, la recouvra par la diligence des dauphins, et pour recompance leur donna la vitesse sur tous les autres poissons, et encores je ne sçay quel instinct d'amour qui (pour *qu'ils*) portent aux hommes » (Belleau).
3. Ronsard confond Thétys, déesse de la mer, avec Thétis, la néréide, sœur d'Aphrodite, née de l'eau comme elle.

LXIV

1. « Il écrit ce sonet à Caliste, fort docte, bien né et bien versé en l'une et l'autre langue » (Belleau).

LXV   (Pièce retranchée en 1578)

1. Son valet de chambre.
2. C.-à-d. : Si quelque chose.
3. C.-à-d. : Je ne veux même pas.
4. Vieux mot qui signifie repos.
5. M'habiller.
6. Du latin *tantummodo*.

LXVI

1. Coiffe qui retenait les cheveux en arrière.
2. Comme le faisait la tête de Méduse.

LXVII

1. Vénus.

LXIX

1. La Gorgonne.
2. Ecraser, briser les reins.
3. Canope, endormi au bord du Nil, fut mordu par un serpent de sable « ... qui le mordit... Helene... de colere écrasa de ses piés le dos de ce serpent... Depuis... les serpens ont tousjours sinueusement glissé à dos rompu » (Belleau).
4. Eurydice, épouse d'Orphée, morte d'une morsure de serpent.

LXX

1. « Il s'excuse en ce sonet d'avoir changé de façon d'écrire en cette seconde partie » (Belleau).

NOUVELLE CONTINUATION DES AMOURS

II

1. « Je croy que nostre poete avoit opinion d'esprouver le jugement du lecteur de son livre, quant sous ce tiltre de Chansons il a comprins un bon nombre d'Odes autant mignardes et gentilles que les premieres ausquelles il a faict porter ce nom. Et pourtant si quelqu'un, se repaissant seulement de ce nom commun de chansons les a leues legerement, je le prie de les revoir et j'espere qu'il y prendra plus de contentement... » (Belleau).

2. Nymphe qui refusa d'écouter l'amour d'Iphis. De désespoir celui-ci se pendit à sa porte. Aphrodite, irritée par sa dureté, la changea en pierre.

VI

1. (Pièce retranchée en 1578.)

XII

1. (Pièce retranchée en 1578.)

XIII

1. C.-à-d. : tu engendres des malheurs.

XV

1. La violette de Mars ou de Marie comme on l'appelait (Cotgrave).

2. L'alouette.

3. La tourterelle.

4. Le rossignol. Aédon, jalouse de Niobé, sa belle-sœur, voulut tuer le fils de celle-ci et assassina le sien par erreur. Elle fut changée en rossignol et ne cessa de lamenter sa détresse. Il s'agit de Philomèle, changée en rossignol pour avoir tué Itys, le fils de sa sœur, qui fut changée en hirondelle. Les deux mythes sont parfois confondus.

XVI   (Pièce retranchée en 1578)

1. C.-à-d. : Je le jure par l'Amour (tournure latine).

2. Maîtresse.

3. « (Platon) fait une comparaison de la raison au cocher qui tient les chevaux en bride pour trainer la coche, par laquelle il vouloit figurer le corps, et par les deux chevaux, l'un blanc et l'autre noir, la bonne et la mauvaise volonté » (Belleau).

4. Allusion aux amours de Jupiter qui se transforma en aigle pour séduire Astérie, en cygne pour Léda et en taureau pour Europe.

XIX

1. (Pièce retranchée en 1578.)

XX

1. (Pièce retranchée en 1578.)

XXIII

1. Toutes les rimes de cette chanson sont masculines.

XXIV

1. (Pièce retranchée en 1578.)

XXX

1. « Il parle à ses soupirs comme Petrarque en mille endroits » (Belleau).

2. C.-à-d. : pour une personne d'un rang qui vaut la peine.

XXXI

1. « L'autheur appelle madrigals les sonets qui ont plus de quatorze lignes, comme cestui-cy... C'est un mot italien qui vient de *mandra*, qui signifie troupeau. Ce sont chansons sans contrainte de lignes ordonnées, que chantent les pasteurs à plaisir » (Belleau). Cette fantaisie se retrouve 18 fois dans son œuvre.

XXXV

1. Aux enfers, dans la barque de Charon.
2. Sa belle taille.

XXXVI

1. Alourdi.

XXXVIII

1. (Pièce retranchée en 1578.)

XXXIX

1. Sorte de flûte champêtre, ou tourloure.

XL   (Pièce retranchée en 1560)

1. Le geai.

XLIII

1. Sans armes.
2. A contrecœur (latin *invito corde*).

XLIV

1. La variante « Plus subtilz par le nez que le Rhinoceront » est ainsi expliquée :« Avoir le nez d'un Rhinoceron, cette façon de parler est tirée du proverbe ancien, *naso suspendere*, qui signifie se moquer ouvertement de quelqu'un » (Belleau).

2. Les écuries d'Augias, nettoyées par Hercule.

3. Instruite.

4. « Le bouc estoit anciennement le loyer du poète tragique » (Belleau).

5. « Au reste il ne se faut esbahir, si l'Auteur a ecrit en vers alexandrins la plus grande part de ce livre, pour autant qu'il a opinion que ce soient les plus françois, et les plus propres pour bien exprimer nos passions : et si quelcun les blasme de sentir leur prose, ce n'est que faute d'estre bien faits, et bien prononcez : mais la pluspart de ceus qui ecrivent aujourdui ne les sçavent pas animer, ni leur donner la grace qui leur faut, car s'ils estoient composez et forgez par bons artizans, et rusez à la façon de ces beaus vers, ils (les adversaires de l'alexandrin) changeroient d'opinion. Aussi les Latins et les Grecs ecrivent ordinairement leurs passions amoureuses en vers heroïques, bien qu'il ne leur manque de plus petits et de plus mignards, comme hendecassyllabes, saphiques, et autres qui semblent estre plus propres au sujet amoureux... » (Belleau).

PIÈCES AJOUTÉES AUX *AMOURS* (LIVRE II) EN 1560

I

1. « Ce sonet s'adresse à Marc-Claude Buttet, gentil homme Savoisien, lequel... est merveilleusement bien versé aux sciences de Philosophie & Mathematique : & pource le surnom de docte luy est icy attribué » (Belleau).

II

1. Jérôme L'Huillier, seigneur de Maisonfleur, soldat et poète. Vers 1566, il se fit huguenot et, en 1572, il composa un Cantique sur le massacre de la Saint-Barthélemy. Ronsard supprime sa dédicace dès 1567.

2. Les « pasteurs » Antoine (de Baïf) et Pierre (de Ronsard).

3. Bourg faisant partie aujourd'hui du département d'Indre-et-Loire.

4. L'Angennerie, hameau sur la Choisille.

5. Rivière qui arrose Poitiers.

6. Il veut dire qu'il a consulté une sorcière, qui agita du sable quelconque dans un sac.

7. Croutelle, sur la route de Poitiers à Bordeaux.

8. Nombre fatidique.

9. Souquenille, vêtement de paysan.

10. Hippomène.

11. La grande lavande, dont la fleur est un épi.

12. Une variété de menthe à tige très courte.

13. Le nénuphar.

14. Nom vulgaire du fruit de l'églantier.

15. Apollon garda les bœufs du roi Admète.

16. « Turnus, qui fonda Tours, est enterré sous le chasteau de la ville » (Belleau).

17. Ce pasteur pourrait être Jean Dorat.

III

1. Jacques Grévin, poète, dramaturge et membre de la Brigade ronsardienne, *Olimpe* (1560). Devenu huguenot, il se retourna contre Ronsard lequel fit disparaître le nom de Grévin des *Œuvres* dès 1567.

2. Polyphème.

3. Néréide.

IV

1. Hébé, déesse de la jeunesse, versait le nectar aux dieux.

2. Comme Apollon tue le serpent Python.

3. Aux Enfers, les myrtes réservés aux amoureux.

PIÈCE AJOUTÉE AUX *AMOURS* (LIVRE II) EN 1567

Élégie à Amadis Jamin

1. Poète et secrétaire de Ronsard entre 1565 et 1568. Jamin publia ses *Œuvres poétiques* en 1555. A partir de 1584 ce poème s'intitule *Le Chant des Serenes*.

SUR LA MORT DE MARIE

I

  1. Les vers sur la mort de Marie ne furent pas composés pour Marie de Bourgueil, comme Sorg l'a montré, mais comme tombeau de Marie de Clèves, maîtresse d'Henri III, morte prématurément en 1574.

  2. « Un grand amour franchit jusqu'au fatal rivage », Properce, Élégie, XIX, *Ad Cynthiam*.

III

  1. En 1584, Ronsard corrige par *de son soir*, cette traduction maladroite de Pétrarque.

VI

  1. Ovide raconte la mort de Clytie, amoureuse d'Apollon et transformée en héliotrope. *Métamorphoses*, IV, 206-270.

IX

  1. Plainte (latin *querela*).

XI

  1. Ronsard se serait ici souvenu d'une épigramme funèbre de l'*Anthologie grecque* : « Aster, naguère tu brillais parmi les vivants, étoile du matin, et maintenant que tu n'es plus, tu brilles étoile du soir chez les morts. »

XIII

  1. *Qu'encores :* qui encore.

SONETS ET MADRIGALS POUR ASTREE

I

  1. Françoise d'Estrées, mère de Gabrielle d'Estrées, maîtresse de Henri IV.

  2. Ronsard substitua son nom à celui de Du Gast, amoureux de Françoise — pour qui Ronsard avait composé ces sonnets.

II

  1. Après avoir tué la Chimère, Bellérophon, monté sur son cheval ailé, Pégase, voulut s'élever jusque dans la demeure de Zeus. Celui-ci le précipita sur la Terre et Pégase devint une constellation.

III

  1. Érigone, fille d'Icarios, roi d'Athènes, se pendit de désespoir sur le tombeau de son père. Elle fut transformée en constellation (la Vierge, l'un des signes du zodiac).

  2. Sonnet en rimes féminines.

IV

  1. Ronsard appelait madrigal un sonnet trop long d'un ou plusieurs vers.

  2. Jupiter, ayant appris qu'Ixion était amoureux de Junon, façonna une nuée qui ressemblait à la déesse. Ixion s'unit à ce fantôme et fut précipité aux enfers.

V

1. Ancien subjonctif présent du verbe *aller*.

VIII

1. Attirant par tes yeux une foule amoureuse.
2. Allusion à l'enlèvement d'Europe par Zeus transformé en taureau.

IX

1. Féminin au XVIe siècle.
2. M'éloigner (sens du latin *distrahere*).

X

1. Passé simple : *conduisit*.

XI

1. Bérénice consacra sa chevelure à Aphrodite pour assurer le retour de son mari, Ptolémée Evergète. La chevelure ayant disparu du temple, l'astronome Conon soutint qu'elle avait été transformée en constellation.
2. Forçat.
3. C.-à-d. : l'enthousiasme.

XII

1. Acquérir.
2. Symbole de constance.
3. C'était pour me congédier.

XVII

1. Voir l'*Hymne du Printemps* de Ronsard.

SONETS POUR HELENE (LIVRE I)

I

1. Hélène de Surgères que Ronsard compare souvent à Hélène de Sparte. Celle-ci naquit de l'union de Jupiter transformé en cygne et de Léda ; elle sortit d'une coquille d'œuf avec ses frères jumeaux Castor et Pollux et fut élevée par Tyndare. D'une grande beauté, elle fut convoitée par tous les princes de Grèce, mais choisit Ménélas, roi de Sparte, comme époux. Ses prétendants, sur le conseil d'Ulysse à Tyndare, avaient prêté serment de respecter son choix et de porter secours à l'élu au cas où sa femme lui serait disputée. Elle fut enlevée par le Troyen Pâris, peut-être avec son consentement, ce qui déclencha la longue et sanglante guerre qui mit à feu et à sang l'Asie Mineure.

III

1. Comme l'Hélène grecque cause aux Troyens une guerre de dix ans, Hélène de Surgères cause au poète un amoureux souci.

IV

1. Contrefaire : imiter.

V

1. La plante qui enlevait toute douleur morale et rendait la gaieté.
2. Qui conserve gravés le nom des amants.
3. Qu'il n'est pas réciproque.

VI

1. Je mourrai naufragé.

2. Bien né.

CHANSON

1. De ma souffrance.

2. Le souci que j'ai pour vous.

3. Comme Pâris, il faut que je meure.

VII

1. Lieux consacrés à Vénus.

VIII

1. Tantôt bonne, tantôt mauvaise.

IX

1. Transpercé

XII

1. « Par ce que c'est... une fable, qu'ils ont controuvée... » (Richelet). *Mensonge* est féminin au XVIe.

XIII

1. Selon Homère une des Grâces ou Charites.

2. Expérimenté.

XIV

1. Aurore avait obtenu de Zeus que son époux Tithon devînt immortel, mais elle oublia de demander en même temps la jeunesse éternelle. Aussi fut-il accablé d'infirmités en vieillissant.

XVII

1. Géant aux cent yeux chargé par Junon de surveiller Io transformée en génisse. Sur ce mythe, voir l'introduction, p. 30, note 2.

2. Le fort : Hélène ; le plus faible : Ronsard.

XVIII

1. Fatigués (latin *quassatus*).

2. Echo.

XIX

1. Tête.

2. « Sa première fut du chef de Juppiter » (Richelet).

XXII

1. Comme les Titans contre Jupiter.

XXIV

1. Achille aurait pu guérir avec sa lance les blessures prodiguées par elle.

2. Me manque.

XXV

1. Loin de la foule.

2. Rusé.

XXVI

1. Hippomène, pour conquérir le cœur d'Atalante qui l'offrait à celui qui pourrait la vaincre à la course, la trompa en jetant des pommes d'or qui l'arrêtaient dans son élan.

2. Aux pieds.

XXVII

1. Si je ne regarde pas.
2. Les colombes tiraient le char de Vénus.

XXX

1. Le lion n'attaque l'homme que s'il se sent menacé par lui.

XXXI

1. Remy Belleau, dans ses *Amours et Eschanges de Pierres Precieuses*, dédie l'*Agathe* à Hélène de Surgères.
2. L'écrevisse, ou scorpion, est le symbole du soleil parce que « ... quand le Soleil est monté, comme à son poinct, il commence à descendre & à retrograder, en guise d'Escrivice, ... laquelle marche en arriere comme il fait alors » (Richelet).
3. Sirène.
4. Voir *supra* XIII.

XXXIX

1. Allusion aux pommes d'or du jardin des Hespérides.
2. Zeus la séduisit en prenant la forme d'une pluie d'or.

XLI

1. Voir *Sonets et Madrigals pour Astrée*, IV, note 2.

XLII   (Pièce retranchée en 1584)

1. Le *Pimandre*, attribué à Hermès Trismégiste, commenté et traduit en français en 1579.
2. De propos platoniciens.

XLIII

1. Allusion aux combats entre Catholiques et Protestants.

XLIV

1. « Helene et luy avoient faict serment de s'entr'aimer d'amour inviolable, mais tout n'estoit que tromperie du costé d'elle. Elle juroit pour se parjurer. J'ay appris du Sieur Binet que ce serment fut juré sur une table tapissée de Lauriers, symbole d'eternité, pour remarquer la mutuelle liaison de leur amitié procedante de la vertu, qui est immortelle » (Richelet).

XLV

1. Prométhée pétrit l'argile pour façonner le corps de l'homme et l'animer d'une étincelle divine.

XLVI

1. Tu es stupéfaite.

CHANSON

1. La barque de Charon.
2. Le myrte réservé aux grands amoureux.
3. Proscris, en épiant son mari Céphale durant la chasse, fut tuée par celui-ci qui la prit pour une bête.
4. Artemise, reine célèbre pour l'amour qu'elle portait à son époux.

XLVIII

1. Charles IX mourut le 30 mai 1574.
2. Parque qui coupait le fil de la destinée.

XLIX

1. Ovide, dans les *Fastes*, propose cette étymologie pour le mois d'avril (en latin *Aprilis*).

L

1. « ... parce qu'il est masle & represente l'esprit & l'immortalité... » (Richelet).

2. « ... à cause qu'il est femelle & nombre de division & de mort : ou parce qu'il représente la matiere & le corps, comme la forme est representee par l'unité, selon la science Pythagorique » (Richelet).

3. Tant je prends mon essence dans la personne aimée.

LII

1. La Gorgone Méduse dont le regard pétrifiait.

LIII

1. Le tisserand se sert de ses deux pouces sur son métier.

LIV

1. Hier soir.

2. En les suspendant.

3. L'image mensongère.

LV

1. Vénus.

2. Junon mère de Mars.

3. Phidias.

4. Persée délivra Andromède d'un monstre marin. Voir Ovide, *Métamorphoses*, IV, 669 et suiv.

SONETS POUR HELENE (LIVRE II)

I

1. Cf. Virgile, *Géorg.* III, 391 et suivant :
   Munere sic niveo lanae, si credere dignum est,
   Pan, deus Arcadiae captum te, luna fefellit.

2. Voir livre I, XIV, note 1.

3. Sans voler ou conduire le char du Soleil.

4. Volontairement, comme Icare et comme Phaéton.

II

1. Nos descendants.

2. La joubarbe ou « ... la Sempervive est d'une habitude à faire aimer » (Richelet).

VII

1. Le roi des Crétois aurait lui aussi tenu sa loi de Dieu.

2. Errant (latin *vagus*).

3. L'Exode, XXI, 2 :
   Si tu achètes un esclave hébreu, il restera six années esclave, et à la septième il sera remis en liberté sans rançon.

X

1. Signe de malheur.

XV

1. « ... les Lymphatiques qui sont touchez de ce mal, craignent l'eau, pour l'object du chien que l'eau tousjours leur represente, ce dit Galen... » (Richelet).

2. Voir Sonets et *Madrigals pour Astrée*, IV, note 2.

XVI   (Pièce retranchée en 1584)

1. Voir livre I, note 1.

XXI

1. Aeson, rajeuni par Médée.

XXVII

1. Jacques de la Rivière, capitaine des gardes du Roi, fiancé d'Hélène, tué par les Huguenots.

XXVIII

1. Deucalion, échappé au déluge, représente les yeux qui pleurent ; Phaéton, le cœur.

XXXI

1. La poitrine, siège du cœur.

XXXII

1. Fins.

XXXIII

1. Sur des sables, instables.

2. Poète grec, frappé de cécité pour avoir médit d'Hélène.

XXXIV

1. « Ronsard... reprend après Pétrarque la création d'un nouveau personnage mythologique, le Penser » (Laumonier).

XXXV

1. « Voila la perfection d'un tetin, qu'il soit rond, moyen, ferme & blanc » (Richelet).

XXXVI

1. Te voyant véritablement, et les autres à travers une nue.

XXXVII

1. Un des noms de Diane (Ortyge, nom primitif de Délos où la déesse naquit).

2. Cause de la guerre de Troie.

3. Sans égal.

XLVIII

1. L'éducation.

2. De ton portrait.

XLIX

1. « Prompte à finir... A raison de sa courte vie » (Richelet).

2. Synonyme de piliers.

3. Homère.

L

1. Hyacinthe ou Narcisse.

STANCES DE LA FONTAINE D'HELENE

   1. Vent d'Ouest (du latin *Favonius*).

   2. Petites grenouilles.

   3. Plainte.

   4. Philomèle, métamorphosée en rossignol.

   5. En patois angevin, rouge-gorge.

   6. Région où Hylas, ami d'Hercule, se noya.

   7. Hylas.

   8. Renaut de Montauban.

LI

   1. « ... Pallas apres la mort des Geans... se vint laver & ses cheveux en un lavatoire » (Richelet).

PIÈCE AJOUTÉE AU SECOND LIVRE
DES *SONNETS POUR HÉLÈNE* (1584)

ELEGIE

   1. Élégie en forme d'adieu qui date probablement de 1578-1579.

PIÈCES AJOUTÉES AU SECOND LIVRE
DES *SONNETS POUR HÉLÈNE* (1587)

I

   1. Voir *SPH* II, VIII.

II

   1. La main de la Parque qui coupait le fil de la vie.

LES AMOURS DIVERSES

I

   1. Phœbus-Apollon fut amoureux de Daphné.

II

   1. Reçue de son père Pélée.

VI

   1. La chaste Diane et son frère Phœbus.

VIII

   1. Bacchus passait pour avoir apporté la civilisation aux Indes.

IX

   1. Allusion à la trompe minuscule du moustique.

X

   1. J'attends sa faveur en vain.

XVI

   1. La poitrine, siège des nobles inspirations.

   2. Génie inspirateur (sens grec du mot).

XX
  1. Propre à faire disparaître.

XXI
  1. Latin *Augustum*.

XXII
  1. Le vase.

XXIII
  1. La magicienne Médée rajeunit son beau-père Æson.

XXIV
  1. Aphrodite née de l'écume.

XXV
  1. Le foie.
  2. *I.e.* je suis né poète.

XXVI
  1. La ceinture de Vénus.

XXVII
  1. D'un noble souci.
  2. La Philosophie.

XXX
  1. Une guerre entre frères.
  2. Ronsard étant plaideur depuis 1568 contre le teinturier Fortin.

ELEGIE
  1. A la place d'Eurydice.
  2. Le frère jumeau de Zétès, fils de Borée et d'Orithyie.
  3. Les Ménades vengèrent ainsi leur sexe.

XXXII
  1. Dévoré.
  2. Votre cœur endurci.
  3. A attendre.

XXXV
  1. Bonnet porté par les femmes élégantes.

XXXIX
  1. « Nemesis, ayant este déflorée par Jupiter, delivra un œuf, duque est issue Helene » (Richelet).

XLI
  1. Télèphe, blessé par la lance d'Achille, fut guéri par celle-ci.

XLIV
  1. Du latin *gaude mihi*, réjouis-moi, godmiché.
  2. Phryné et Laïs : courtisanes ; Portia : stoïcienne.

XLVI (Pièce retranchée en 1584)
  1. Allusion à Bérénice. Voir *Sonets et Madrigals pour Astrée*, **XI**, note 1.

L
  1. C.-à-d. : du mont Pierus ; les filles du roi Pieros furent changées en pierre, par suite, Pieride devint l'équivalent de Muse.
  2. Une guerre entre frères. Voir *A. Div.*, **XXX**.

PIECES AJOUTEES AUX *AMOURS DIVERSES* (1584)

I

1. La parabole du festin des noces du fils du roi (Matthieu, XXII).

2. Il s'agit de la Croix du Sud.

3. « L'étoile nouvelle », visible de novembre 1572 à mars 1574, qui a inspiré à Ronsard et à ses contemporains le sentiment de catastrophe qui les envahit.

4. « En ce temps (mars 1580), y a commencement de peste à Paris... Courent force rougeoles et petites véroles, mesme aux grandes personnes, jusques aux vieillards qui s'en trouvent attaints » (P. de l'Estoile).

5. Jean de Morvilliers, évêque d'Orléans, mort en 1577 ; Claude de l'Aubespine, mort en 1567, et son fils mort à 27 ans en 1570.

PIECES DU *CINQIESME DES ODES* (1553)

I

1. *Tugeant* : mot composé, qui tue les géants. Hercule aida Atlas à porter le ciel et Jupiter à lutter contre les Géants.

2. Le sanglier d'Erymanthe.

3. Le centaure.

4. Les centaures Hylaeus et Pholus.

5. Il tua l'hydre de Lerne.

6. Cerbère qu'Hercule enchaîna.

7. Hippolyte, reine des Amazones, qu'Hercule dompta.

8. L'orque qui devait dévorer Hésione.

9. Le fleuve Achéloüs qui lutta contre Hercule pour la possession de Déjanire et qui prit successivement la forme d'un serpent puis d'un taureau pour tenter d'échapper à Hercule.

10. Méduse, fille de Phorkys.

11. Le lion de Némée.

12. Le géant Antée, fils de la Terre.

13. Les monts Calpé et Abyla à Gibraltar et à Ceuta, appelés les colonnes d'Hercule.

14. « Qui osta les monstres de la terre » (Muret).

15. Eurysthée, roi d'Argolide.

16. Fille d'Eurythus, enlevée par Hercule.

17. C.-à-d. : matin et soir.

18. C.-à-d. : l'amour lui fit oublier les armes.

19. C.-à-d. : qui aimait l'aventure.

20. Omphale, reine de Lydie, força Hercule à filer à ses pieds.

21. D'après la tradition, ce personnage n'était que le cousin d'Hercule.

22. L'exemple, le modèle.

PIECES DU *BOCAGE* (1554)

I

1. Numide.

III
  1. Stèle formant piédestal.

IV
  1. Allusion au naufrage de la flotte grecque au retour de Troie.

V
  1. La punition éternelle d'Ixion attaché à une roue.
  2. Comme Prométhée.

VII
  1. La Sibylle de Cumes. « Ayant esté defloré par Apollon, elle lui demanda de vivre autant d'années qu'elle pourroit prendre de grains de sable dedans la main, ce que le Dieu luy octroya. Et par ainsi elle & Nestor sont mis au rang de ceus qui ont le plus vescu » (Muret et Belleau).

VIII
  1. Variante en 1578 :
            J'apprendray sur mon lit ta peinture plumeuse
            En la mesme façon que je t'auray conceu
            La nuict par le plaisir de ta forme douteuse.
Belleau explique que Ronsard dit « peinture plumeuse » « pource que Morfée est un Dieu couvert d'ailes & de plumes, comme la Renommée, Amour & autres ».

IX
  1. Parce qu'elle est née de l'écume produite par les « génitoires » d'Ouranos, dieu du ciel : « car tout sperme, dont se fait la generation est humide, blanc & escumeux » (Muret et Belleau). Cf. *A.* 52, XLII et notre introduction, p. 26.

X
  1. Pour ce mythe, voir *A.* 52, CXIX, note 1.
  2. Voir *SPH* II, I, note 1.
  3. De nombreux signes du ciel représentent des personnages célèbres pour leurs amours, comme les Pléiades, Andromède, etc.

XI
  1. Les deux Amours, Eros et Anteros.
  2. C.-à-d. : les ruisseaux se taisent, « vieil mot françois » (Muret).

XII
  1. Paroisse de Couture-sur-Loir où se trouvait la Possonnière.

XIII
  1. Le poète latin Cornelius Gallus.
  2. La Toscane, patrie de Pétrarque.
  3. Erato, Muse de la poésie élégiaque.
  4. Hyperboliquement.
  5. C.-à-d. : s'attacher surtout à la forme. Or, Ronsard prétend avoir fait le contraire. Cf. notre introduction p. 16.
  6. C.-à-d. : j'atteigne et je décroche.
  7. En face de Patrocle.
  8. Francus, ancêtre troyen des rois de France.
  9. C.-à-d. : quand j'en aurai terminé avec mon poème épique.

PIÈCES DES *MESLANGES* (1555)

I

   1. Repas, plat.

II (Pièce retranchée en 1587)

   1. Cette élégie est la contrepartie de l'ode précédente.

   2. Diotime aura initié Socrate à l'amour, voir le *Banquet*.

   3. « Daimon es dit ἀπὸ τοῦ δαῆναι, qui signifie sçavoir, pource qu'on dit que tels Daimons & simples esperitz sont sçavans et tres experimentez en toute chose » (Muret).

   4. Colonel.

   5. Grouiller.

   6. « C'est-à-dire que je ne face le sot... vieil mot françois » (Muret).

III

   1. François Clouet. Cette invitation ressemble plutôt à un défi que lance au peintre le poète imagier, comme le montreront les vers 177-192.

   2. La jambe pleine.

   3. Laconie.

   4. Ville voisine de Lacédémone.

V

   1. (Pièce retranchée en 1578.)

VI

   1. La tête de Méduse.

   2. Artémis.

VII

   1. (Pièce retranchée en 1567.)

VIII (Pièce retranchée en 1584)

   1. Un des sept chefs qui fit avec Polynice le siège de Thèbes et fut foudroyé par Jupiter.

IX (Pièce retranchée en 1578)

   1. « Phalanges... ce sont petites bestes infectes qui piquent les hommes à la mort, & si la blessure n'est manifeste nullement » (Muret).

   2. « Quadrelle est un pur mot italien non encor cognu entre les François, qui signifie fleche » (Muret).

X

   1. (Pièce retranchée en 1578.)

PIECES DU *SECOND LIVRE DES MESLANGES* (1559)

I (Pièce retranchée en 1578)

   1. Sinope est un pseudonyme, voir le sonnet XV.

III

   1. (Pièce retranchée en 1584.)

IV

   1. (Pièce retranchée en 1578.)

V
  1. (Pièce retranchée en 1584.)

VII
  1. Que je n'aille.

VIII
  1. Comme Cybèle sur son char.
  2. C.-à-d. : cela vous ennuie.
  3. On appelait « bonnets ronds » les ecclésiastiques d'ordre mineur
à cause de la calotte qu'ils portaient.
  4. La variante de 1560 est instructive, vers 11-14.

       Mais je voudrois avoir changé de bonnet rond,
       Et vous avoir chez moi pour ma chere espousée :
       Tout ainsi que la nege au chaut soleil se fond,
       Je me fondrois en vous d'une douce rousée.

Ronsard aurait pu se marier à condition d'abandonner son « bonnet
rond ».

IX (Pièce retranchée en 1560)
  1. Il s'agit des ordres mineurs.

XI (Pièce retranchée en 1560)
  1. Dans l'*Epître aux Corinthiens*, saint Paul recommande la virginité.
  2. Absorbé.

XIII
  1. Terme militaire : enfoncer.

XV
  1. De deux mots grecs, σίνειν, gâter, et ὄψ, vue (Belleau).
  2. « Voy. ce que dit Marc. Ficin en son commentaire sur le Banquet
d'Amour en Platon, quand les humeurs des yeux malades viennent
infecter les yeux sains de ceux qui les regardent, et comme ils portent
leur venin jusques au cœur » (Belleau).

XVI (Pièce retranchée en 1578)
  1. Le droit d'aînesse avait pour conséquence l'entrée des puînés
dans les ordres.

XVII
  1. La vieille Sibylle de Cumes était violente. Polyxène était une
douçe jeune fille.
  2. Un jeu loyal *(fair play)*, plein de fausseté.

XIX
  1. Imitation de Théocrite.
  2. Pallas était la déesse des arts domestiques.
  3. Dévidoir.
  4. La masse du fil enroulé sur le fuseau.
  5. Marie et ses deux sœurs.
  6. Petite ville sur le Loir.
  7. Village natal de Ronsard.
  8. Village natal de Marie.

PIÈCES DES *NOUVELLES POESIES* (1563-1564)

I

    1. Probablement Isabeau de Limeuil.

    2. Et pourtant.

II

    1. Amant de Vénus. De leur union naquit Enée.

    2. C.-à-d. : sous prétexte d'honneur.

III

    1. (Pièce retranchée en 1578.)

V

    1. Historiographe d'Henri II.

    2. Sans que je sente.

PIECES DES *ELEGIES,*
MASCARADES ET BERGERIE (1565)

I

    1. (Pièce retranchée en 1587.)

II

    1. (Pièce retranchée en 1578.)

III

    1. C.-à-d. : insensible.

PIECES DU *SEPTIESME LIVRE DES POEMES* (1569)

III

    1. L'orange. « Toutes sortes de pommes et principalement les oranges sont dédiées à la Volupté, aux Graces et à l'Amour » (Belleau).

    2. Voir *SPH* I, XXVI.

    3. Acontios s'éprit de Cydippe ; il écrivit sur une pomme cette phrase « Je jure par le Temple d'Artémis de me marier avec Acontios » qu'elle lut à haute voix. Par cette ruse le jeune homme l'obligea à l'épouser.

    4. « Tout ce qui est de plus delicat en amour tire sur la forme ronde, la teste, les yeux et les joues vermeilles..., les tetins, l'enflure du ventre, les genoux, le rond des cuisses et autres belles parties de la femme » (Belleau).

IV (Pièce retranchée en 1578)

    1. Comme une Sirène.

V

    1. (Pièce retranchée en 1578.)

VI

    1. Dès le premier jour.

VII

1. Allusion à Apollon qui avait gardé les troupeaux d'Admète.

IX

1. Argus surveillait Io changée en génisse par Junon. Toute personne chargée de surveiller la femme aimée peut être identifiée à Argus.

XII

1. (Pièce retranchée en 1578.)

XIII

1. C.-à-d. : constant, fidèle.

XIV

1. (Pièce retranchée en 1578.)

XVII

1. (Pièce retranchée en 1578.)

XVIII

1. Toute absorbée.

XXI

1. (Pièce retranchée en 1578.)

PIECES POSTHUMES (1609)

II

1. Io, fille d'Inachos, que Junon jalouse faisait garder par Argus.
2. C.-à-d. : pourquoi ne puis-je te regarder, puisqu'il est permis de regarder les statues des dieux ?

III

1. Le pavot, symbole de l'oubli.
2. Iole, aimée d'Hercule, provoque la jalousie de Déjanire qui envoie à ce dernier la tunique de Nessus.

IV

1. Mercure.

V

1. Pseudonyme de Marguerite de Valois, chantée par Desportes.

VI

1. Ni bouclier ni casque.

VII

1. Jérusalem détruite en 69.

GLOSSAIRE

A

A : avec (du latin *apud*).

Abas (d') : d'en bas.

Acointance : connaissance.

Acoler (ou acoller) : embrasser.

Acoustrer : orner, parer, garnir.

Adeulé : affligé.

Adonc : alors.

Aguet : embuscade. D'aguet, par ruse.

Ainçois : mais plutôt.

Ains : mais.

Ains que : avant que.

Alenter (ou allenterer) : calmer, apaiser.

Alme : nourricier.

Amadouer : caresser, flatter.

Amoder : tempérer.

Amusé : occupé, absorbé.

Appendre (ou apandre) : suspendre, dédier.

Anter (ou enter) : planter.

Ardre : brûler.

Arene : sable.

Argenteux : argenté; ce qui produit de la richesse.

Arner : écraser, éreiner.

Arraisonner (s') : s'entretenir avec quelqu'un ou avec soi-même.

Arresté : pris dans un rets.

Arrester : s'arrêter, retenir prisonnier.

Avaler (s') : s'abaisser.

Aveine (ou avaine) : avoine.

Avette : abeille.

Aymant : acier (symbole de dureté).

B

Baler (ou baller) : danser.

Baste : il suffit.

Béant : la bouche ouverte.

Bers : berceau.

Besson : jumeau.

Bienveigner : souhaiter la bienvenue.

Blandissant : charmant, flattant.

Bluetter : étinceller, jaillir.

Brandon : torche.

Branle : danse.

Brave : violent, insolent.

Braver (se), se faire gloire de, s'enorgueillir.

C

Caller : abaisser.

Carolle : danse en rond.

Caut : prudent, avisé.

Cautelle : ruse, artifice.

Cep : lien.

Ce pendant : en attendant.

Cestui-là : pronom démonstratif.

Cette-là : pronom démonstratif.

Chaloir (se) : avoir de l'importance, s'occuper de.

Charite : Grâce.

Chef : tête.

Chetif : malheureux.

Cil : celui.

Cinabre : sulfure rouge de mercure.

Coint : élégant.

Comme : comment.

Compas : mesure, modèle.

Compasser (se) : se régler, se conduire.

Coqu : coucou.

Couharder : se montrer lâche.

Coyment : tranquillement.

Crespon : boucle.

Crin : cheveu.

Cuider : croire, penser.

D

Dam (à mon) : pour mon malheur.

Defaire (ou deffaire) : tuer.

Deflammer : éteindre.

Degoiser : chanter.

Degré : escalier.

Dementir (se) : se contredire.

Demeurance : demeure.

Depandre : perdre inutilement.

Desaffamer : rassasier.

Desastre : influence nuisible des astres.

Des-attizer : éteindre.

Despit : qui a du dépit, irascible.

Despiteux : arrogant, impitoyable.

Despourprer : décolorer.

Desreter : libérer.

Desservir : mériter.

Devaller : descendre, faire descendre.

Deuls (ou deux) voir douloir.

Discretion : discernement.

Douaire : bien donné par le mari à sa femme.

Douloir (se) : souffrir, se plaindre.

Drillant : qui remue en brillant.

E

E! : eh!

Eclouit : 3e pers. passé simple d'éclore : faire éclore.

Effect (d' ou par) : en réalité.

Embler : dérober, enlever.

Emmanné : rempli de manne.

Encharner (ou encherner) : incarner, entrer dans la chair.

Entrecoupement : mélange.

Enfieller : rendre amer.

Enfranger : garnir d'une frange.

Enjonché : couvert de joncs.

Entrerompu : interrompu.

Epasmer : se pâmer.

Epoindre : exciter, aiguillonner.

Erre : chemin, moyen. Grand erre : rapidement.

Escarmoucher (s') : aller à l'escarmouche.

Esclaver : asservir.

Esmailler : émailler, orner.

Esprits : esprits animaux.

Estomac : poitrine.

Estuyer : mettre dans un étui, cacher.

Exenter : empêcher.

F

Facond : éloquent.

Faconde : éloquence.

Faie : foie.

Faillir : faire défaut, manquer; commettre une faute.

Fantaisie : imagination, inclination.

Fère : bête sauvage.

Fier : cruel.

Fleurage : amas de fleurs.

Fonteine (ou fontaine) : source.

Fortune (de) : par hasard.

Fourchument : à la manière d'une fourche.

Fouteau : hêtre.

Frauder : tromper, frustrer.

Frigoreux : froid.

Frisquement : élégamment.

Froisser : briser.

Froydureux : glacial.

G

Gaillard : robuste.
Garir : guérir.
Genne : gêne, supplice.
Genner : torturer.
Greigneur : plus grand.
Greve : jambe.
Guerdon : récompense.

H

Hacquebute : arquebuse.
Haim (ou hain) : hameçon.
Haineux : ennemi.
Hanissant : hennissant.
Haussebec : action de lever la
    tête; signe de dédain.
Heur : bonheur.
Humeur : humidité, eau.
Humblesse : humilité.
Hupe : huppe.

I

Influxion : pénétration du flux
    astral.
Ire : colère.

J

Ja : déjà, maintenant.
Jargonner : gazouiller.
Joliere : geôlière.
Just : jus, liqueur.

L

Lacs : lacet, piège.
Lambruche : espèce de vigne
    sauvage.
Liesse : joie.
Loier : récompense.
Luc : luth.

M

Maniment : mouvement.
Marri : affligé.
Matté : dompté.

Maugrayer : maudire.
Mercy : pitié.
Meschef : malheur.
Morne : sans vigueur.
Muer : changer.

N

Navrer : blesser.
Nerf : tendon, muscle.
Nice : naïf, ignorant.
Nouer : nager, onduler.
Noyse : discorde.
Noud : nœud.

O

Occire : tuer.
Ocieux : voir otieux.
Œillader : regarder, regarder
    amoureusement.
Offencer : blesser.
Onc (ou onq, onques) : jamais.
Onder : onduler.
Or (ou ore, ores) : maintenant;
    or... or, tantôt... tantôt.
Otieux : oisif, paresseux.
Oultrage : blessure.
Oultre : au-delà de; d'oultre en
    oultre : de part en part.
Ourdir : tresser.
Oyseux : immobile.

P

Paistre : se paître, nourrir.
Panser : soigner un malade.
Paragon : modèle.
Paragonner : comparer.
Parsus : par-dessus.
Passion : souffrance.
Passionner : tourmenter.
Pensement : rêverie.
Per à per : d'égal à égal.
Petit (un) : un peu.
Piper : tromper.
Poindre : percer.
Pointure : piqûre, blessure.

Pollu : souillé.
Portraire : faire le portrait.
Pource : c'est pourquoi.
Poureus : peureux.
Poutre : pouliche.
Premier : le premier, d'abord.
Preuve (à) : à l'envi.

Q

Quant est de : pour ce qui est de.
Quitter : abandonner, pardonner.

R

Racointer : remettre d'accord.
Racoustrer : aiguiser, rajuster.
Raffoler : rendre fou.
Rai (ou ray) : rayon.
Ralenter : ralentir.
Rebours : contrepied, contraire.
Rebouter : repousser.
Recoursé : retroussé.
Recréer : rejouir; se recréer, se
    devertir.
Refraindre : briser l'élan.
R'empaistrer : empêtrer à nou-
    veau.
Rengreger : accroître, empirer,
    aggraver.
R'engrever : alourdir.
Repaistre : nourrir.
Requoy (à) : en repos.
Resonner : répéter.
Ret : filet, piège.
Retours : en sens inverse.
Ris : sourire.
Rolle : registre.
Rouhard : roucoulant.
Ruer : jeter avec force, précipiter.

S

Sagette : flèche.
Senestre : gauche.
Serain : le calme.

Si : et pourtant.
Si est ce : et pourtant.
Si que : au point que.
Simple : naïf.
Soin : souci, tourment.
Somme : sommeil.
Songeard : rêveur.
Souci : tourment.
Sœuf : doux.
Souldart : soldat.
Souler : rassasier.
Souloir : avoir l'habitude de.
Stygien : du Styx, fleuve des
    Enfers.
Superbe : orgueilleux.
Surgeon : jet d'eau.
Sus : sur. Exclamation : allons!

T

Tançon : chant poétique.
Tanseulement : seulement.
Tard : qui vient tard.
Temples : tempes.
Terme : borne d'un champ.
Tolu : ôté.
Traverse : détour.
Treluire : voir imparfaitement
    quelque chose.
Truchement : interprète.

V

Vain : vide; chose vaine, fantôme.
Vanoyer : devenir vain.
Verdugade : robe rendue bouf-
    fante par un bourrelet.
Vergogneux : honteux.
Veuf : solitaire, privé de.
Volée (à la) : sans réfléchir.
Vueil : désir, volonté.
Vueil : 1er pers. prés. de vouloir.

Z

Zaphir : saphir.

TABLE DES INCIPIT

A

B

C

E

F

G

H

I

J

M

N

O

P

Q

R

S

T

U

V

Y

TABLE DES MATIÈRES

PUBLICATIONS NOUVELLES

Vous trouverez chez votre libraire le catalogue complet des livres de poche
GF-Flammarion et Champs-Flammarion.

GF — TEXTE INTÉGRAL — GF

92/01/M0257 – I 1992 – Impr. MAURY Eurolivres SA, 45300 Manchecourt.
Nº d'édition 13567 – 1ᵉʳ trimestre 1981. – Printed in France.